京门风月

❻ 盛世欢喜

[上册]

西子情 著

青岛出版社
QINGDAO PUBLISHING HOUSE

图书在版编目（CIP）数据

京门风月. 6, 盛世欢喜 / 西子情著. —青岛：青岛出版社，2020.5
ISBN 978-7-5552-8772-8

Ⅰ. ①京… Ⅱ. ①西… Ⅲ. ①长篇小说—中国—当代 Ⅳ. ①I247.5

中国版本图书馆CIP数据核字(2020)第001324号

书　　名 京门风月6 盛世欢喜
著　　者 西子情
出版发行 青岛出版社
社　　址 青岛市海尔路182号（266061）
本社网址 http://www.qdpub.com
邮购电话 010-85787680-8015　13335059110
0532-85814750（传真）　0532-68068026
责任编辑 李文峰
特约编辑 孙小淋　李双榆
校　　对 耿道川
装帧设计 梁　霞
照　　排 梁　霞
印　　刷 三河市良远印务有限公司
出版日期 2020年5月第1版　2020年5月第1次印刷
开　　本 16开（700mm×980mm）
印　　张 35
字　　数 450千
书　　号 ISBN 978-7-5552-8772-8
定　　价 59.80元（全二册）

编校印装质量、盗版监督服务电话　4006532017　0532-68068638

建议陈列类别：畅销·古代言情

目录 上册

CONTENTS

目录 下册

CONTENTS

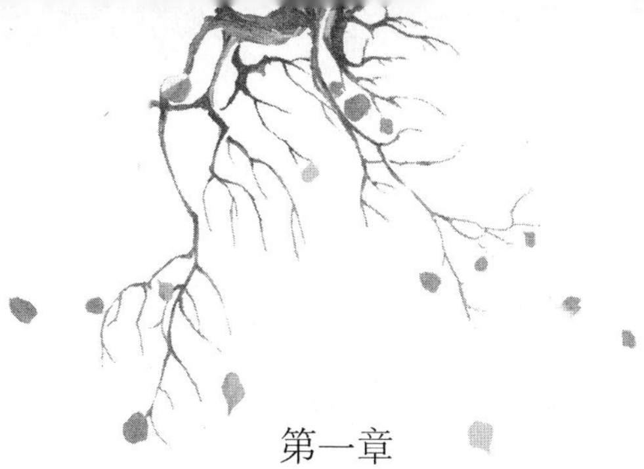

第一章

情爱成灰

这扇门极其厚重，可是敞开时却无声无息，足可容纳三四个人并排进入。

崔意芝大喜，转头看向秦铮，说道：“表哥，果然如你所料，门开了。”

秦铮颔首，看向门内，入眼处有着淡淡的烟雾，只可看清前方一丈远之处，他示意崔意芝跟上。

崔意芝连忙跟在他身后，二人一起进了门。

随着二人的进入，门又缓缓地无声地合上了。

崔意芝进了门后，好奇地越过秦铮向前走去。

秦铮一把拽住他：“前面是悬崖，不想掉下去就止步。”

崔意芝大惊，转头看他：“悬……崖？”

“云缭雾绕，这跟我们在奈何崖山顶上向下看时有什么不同？”秦铮挑眉，松开他，“若不信你可以跳下去试试。”

崔意芝恍然大悟，连忙摇头：“既然是悬崖，那我们怎么办？”

秦铮俯下身，在悬崖边看了片刻，说道：“崖壁上有一根绳索，你我顺着绳索下去。”

崔意芝松了一口气：“我已经不想攀爬了，有绳索就好。”

秦铮伸手拽住绳索，绳索有拳头般粗细，他拽着绳索纵身跃下。

崔意芝连忙也拽住绳索，跟着他一起顺着绳索滑下。

四周云雾缭绕，除了这一面石壁和他们拽住的绳索，周遭的景物无一可辨。

他们大约下滑了半个时辰，距离地面还有丈余时，可以清晰地看到湖面上波光粼粼。

崔意芝的脸顿时灰了："不会又是一处绝壁的湖吧？"

"不会！"秦铮摇头。

崔意芝拽着绳索不再动，脚蹬着光滑的崖壁打转："我不会浮水。"

"下面有竹筏！"秦铮说着便抽出腰间的钩锁甩了出去，只听咔的一声响动，钩锁卡住了什么东西，紧接着他用力一拖，果然，一只竹筏被他从不远处的水草中拖了出来。

崔意芝松了一口气："有竹筏就好。"

秦铮松开绳索，跳上了竹筏，崔意芝也跟着跳了上去。

秦铮拿过竹竿，撑动竹筏，竹筏带着二人沿着湖面向前漂去。

湖面雾气浓郁，周遭除了湖水什么也看不见。

崔意芝摊开手掌放在空中好半晌，之后，惊奇地说道："表哥，这雾甚是奇特，不像是寻常的雾气，我的手放在空中触摸它，它不是那般湿润清冷，而是温温润润的，十分绵软、舒适。这湖面也没有湿气，亦不寒冷。"

"这不是雾。"秦铮道。

"不是雾？那是什么？"崔意芝惊讶地问道。

"应该是魅族的雾术，由四周山石草木的灵气而滋生的雾术，似雾而非雾。"秦铮看着前方，说道，"否则，此时怎么会起雾？"

"对呀，我们开门时是申时三刻，下来用了半个多时辰，此时酉时一刻了。"崔意芝恍然大悟。

秦铮不再言语。

"这水好像也有方向。"崔意芝看向水面，又道。

秦铮低头看了一眼，掣了竹竿，虽然竹竿已掣，但是竹筏依旧载着二人顺流而行。

"不知道前方是什么模样。"崔意芝感叹，"随表哥一行，真是长了见识，天下果然无奇不有。我还是第一次见到这般天险之地，如此巧夺天工地设置机关密道，实在匪夷所思。"

秦铮不知在想什么，看着前方没搭话。

崔意芝偏头看了秦铮一眼，想到封灵引着他们找谢芳华，一路追来才来到此地。

这一片湖很大，也很宽，竹筏沿着水流一路漂游，半个时辰后他们依稀看到了对面的亭台楼阁。

"表哥，你快看！"崔意芝捅捅秦铮。

秦铮自然早已经看到了，点点头。

过了片刻竹筏来到岸边，浓雾散去，二人这才看清对面的情形。

确切来说，这儿是一处类似山庄的村落，只不过这里有着几十处层层殿宇，那处最大、最高的殿宇上方的露台上隐约站了一个人。

那人是个女子，她穿着一身华丽的衣裙，头上戴着珠钗、梳着云鬟，在楼阙中看来如九天仙子。

“是谢芳华！”崔意芝低声说道。

秦铮嗤了一声：“什么眼神？她不是谢芳华。”

崔意芝一愣，定睛细看，发现她还真不是谢芳华，她比谢芳华要稍微年长一些，只是穿着一身华丽的衣裙，乍看之下还真有些像谢芳华。他拍拍秦铮：“表哥，还是你眼神好使，这个女子是谁？你可认识？”

“平阳城胭脂楼的老鸨，月娘。”秦铮道。

“她就是平阳城胭脂楼的老鸨？”崔意芝又仔细地看了看，忽然说道，“她怎么看起来有些像一个人，像是……”

“月落是她的弟弟！”秦铮道。

崔意芝恍然大悟：“我说她怎么像太子身边隐卫月落的模样，原来月落是她弟弟。”说罢，他惊讶地问道，“她怎么会在这里？难道……她是魅族人？”

“不是！”秦铮摇头，“她是北齐玉家的人，叫玉月娘，她与月落父母双亡、自小失散。一个被谢芳华收在了身边，一个被秦钰收在了身边。”

崔意芝了然：“这么说，谢芳华真的在这里了？”

秦铮不再言语，面上看不出什么情绪。

崔意芝不再说话。

二人下了竹筏上了岸，沿着岸边的石阶向那处最高、最大的楼宇走去。

整个村落、楼阁都静悄悄的，若不是有那站在楼宇上的月娘，二人会以为此处空无一人。

二人还未走近，月娘忽然从楼宇上飘然而下，拦在了二人的面前，笑吟吟地说道：“主子离开时说铮小王爷会来此，让我等在这里，果然等来了您，奴家这厢有礼了。”说罢，她看向崔意芝，“这位可是清河崔氏的二公子？果然如传言中一般俊俏。”

崔意芝见她虽然乍看时如大家闺秀，可是走近之后开口说话，果然有老鸨的风尘之气，不由得嘴角抽了抽，想着，忠勇侯府这等高门望族最忌讳脂粉污尘之地，可是芳华小姐偏偏收了青楼女子做手下，真是……

秦铮闻言，面色忽然一沉，挑眉：“她离开了？”

月娘笑着点头：“主子昨日夜晚便离开了，命我在这里等着，想必她是知晓小王爷会来找她，本来打算今日离开，便提前走了。”

秦铮抿唇："她去了哪里？"

月娘摇摇头："主子没说。"

秦铮忽然出手，宝剑瞬间横在了月娘的脖颈上，他脸色微寒地说道："信不信我现在就杀了你？"

"哎哟，小王爷，您就算现在杀了我也没用。我在您面前可不敢说谎，主子确实昨日就走了，命我在这里等您，主子留了一封信给您，您若是不信，我现在就将信拿出来给您看，您看过之后就知道了。"月娘立即说道。

秦铮冷哼一声，伸手："将信拿来。"

月娘将手中的信抽出，递给秦铮。

只见信封上写着"秦铮"二字，笔迹秀丽，的确是谢芳华的字迹。

秦铮掣回宝剑，伸手去打开信笺，可是就在他即将打开信笺的工夫，信笺忽然在他手里变黑，转眼便化成了灰烬。

这时一阵风吹来，灰烬顷刻间被吹散了。

秦铮伸手去抓，却什么也没抓到，手心里只有些微灰末，他猛地抬头去看月娘。

月娘也吓了一跳，惊讶地道："小王爷，您还没看信，为何便摧毁它？"

"我摧毁它？"秦铮眯起眼睛，问道。

"难道不是吗？"月娘怀疑地看着他，"那信……怎么毁了？"

秦铮冷冷地看着她。

月娘被他的目光震慑住了，不由得后退了两步。

"她离开时都说了什么？"秦铮盯着她，寒声问。

月娘想了想，说道："主子只命我等在这里将这封信交给小王爷，再没说什么。"

"只言片语也无？"秦铮问。

月娘摇头："无。"

秦铮脸色清寒，忽然恼怒地道："她当我是什么？留下这信笺想要告诉我什么？情爱成灰吗？做梦！"

月娘看看他，又看看他手里的灰粉，一时无言以对。

"她真认为我不敢杀你吗？"秦铮忽然又出手，这一次杀气凌厉。

月娘大惊失色，可是秦铮这样的凌厉剑招她根本就躲不过。

崔意芝也惊了，连忙喊："表哥！"

秦铮确是拿定主意要杀月娘，所以丝毫不留余地，转眼宝剑便割破了月娘的脖颈。

千钧一发之际，一缕轻烟忽然从斜侧飘来，柔软却快速地弹开了秦铮的宝剑。

当的一声轻响，宝剑如碰到了金石，秦铮也被那柔软却如金石一般的弹力震得后退了一步。

月娘捡回来一条命，一屁股坐在了地上，伸手去摸脖颈，秦铮的宝剑太快，割破了她脖颈的皮层，却没立即流血，直到她的手去触摸，鲜血才顿时流了出来。

月娘看到满手的鲜血，大叫了一声，昏厥了过去。

崔意芝看着只是一缕轻烟便弹开了秦铮的宝剑，惊异万分，他清楚地知道秦铮要杀一个人时有多大的杀气。见月娘晕倒，那缕轻烟撤回，崔意芝立即顺着轻烟收回的方向转头看去。

秦铮也慢慢地转过身，顺着轻烟收回的方向看去。

最大的那处楼阁门口站着一个人。

这个人秦铮认识，崔意芝也认识。

这个人正是在丽云庵山体崩塌时随泥石流跌落山崖而失踪的谢云澜。

崔意芝顺着那缕轻烟看到了谢云澜，轻烟在靠近谢云澜的衣袖时消失了，他不由得惊讶地睁大了眼睛："谢云澜，怎么是你？"

谢云澜穿着一身绛色的织锦软袍，身上披着一件轻而薄的黑色锦缎披风，面色有些苍白，看起来十分孱弱。

"崔侍郎！"谢云澜看着崔意芝，点点头，又转向秦铮，淡淡地打招呼，"铮小王爷！"

"你……你怎么在这里？刚刚出手的人是你？"崔意芝仔细地打量他，他此时的状态明显是在病中。

谢云澜颔首："是我，至于我怎么会在这里……"顿了顿，他笑着说道，"这里是我家。"

崔意芝大惊，转头看向秦铮。

秦铮的薄唇紧紧抿成一条线，直直地看着谢云澜："她呢？"

"你说芳华？"谢云澜淡淡地说道，"她昨日便离开了。"

"去了哪里？"秦铮问。

"她带走了大量的黑紫草，如今除了临安城还有哪里需要用黑紫草？"谢云澜的眉梢扬了扬，"她自然是去临安城了，子归兄在临安城，她不会让他出事的。"

秦铮眯起眼睛看着谢云澜。

谢云澜面色寡淡地说道："我无须骗你。"

秦铮收回视线，四下里扫了一眼，问道："这里是哪里？"

"寻水涧。"谢云澜道。

"未曾听说。"秦铮道。

谢云澜笑了一下："这里水外有水，山外有山，寻常人很难找到这里，虽在南秦国内，但是从未有人发现，国图上也没有记载，你自然不曾听说了。”

“你说这里是你家？”崔意芝忍不住询问，“这里怎么会是你家？你家不是在谢氏米粮吗？”

“我出生在谢氏米粮而已。”谢云澜看了崔意芝一眼，继续说道，“天下哪处都可以安家，这里为何不能是我家？崔侍郎手里既然有族传的封灵，祖辈自然与我祖辈有渊源，既然来到了这里，便该知道这里是魅族人的隐世之地，我是魅族人。”

崔意芝一时无言，不过谢云澜提到的封灵，正是他关心之事，立即询问：“封灵呢？在你手里？”

谢云澜摇头：“封灵被芳华带走了。”

崔意芝追问：“当真？”

谢云澜点头：“那只鸟儿找到她，她便将其收了。”顿了顿，他意有所指地说道，“大概是不想暴露踪迹，若是我被人时刻闻香而寻，也不太喜欢。”

秦铮脸色微沉。

崔意芝则松了一口气，对此时的他来说，封灵活着就好，否则他难以向族中众人交代，他转头问秦铮：“表哥，咱们是去临安城，还是……”

“我与云澜兄也算故交，既然来到了他的家，怎么能过门不入？更何况现在天色已晚，云澜兄不会不留我一宿吧？”秦铮挑眉，没有要走的意思。

“自然。”谢云澜看了他一眼，侧身让开门口。

秦铮抬腿向内走去。

崔意芝看了昏迷过去的月娘一眼，问道：“她……没事吧？”

谢云澜摇摇头，轻轻抬手，一个人出现在他身后，他吩咐：“将月娘抬去赵先生处，她爱惜容貌，令赵先生给她包扎，别留下伤疤。”

“是！”那人上前，将月娘拖起，去找赵柯。

三人进得楼内，楼内的一切布置雅致、华美。

秦铮一脚门里一脚门外，停住脚步，将里面扫视了一圈，眸色变深，说道：“这里的一切陈设都是她喜欢之物，云澜兄好有心。”

谢云澜的脸上终于有了些笑意：“凡是她喜欢的事物，我自然不遗余力，毕竟……”

“毕竟什么？”秦铮猛地回头看向谢云澜。

谢云澜对上他的目光，低声说道：“她若是在这里，这里便是她的家了。”

秦铮的目光瞬间变得凌厉：“家？”

谢云澜点头：“前世今生，兜兜转转，这里才是安宁之地。”

秦铮忽然冷笑：“吾心安处是吾家，这里未必是她的安宁之地。”说罢他便走了进去，随着他的进入，珠帘噼里啪啦一阵响。

谢云澜看着面前晃动的珠帘，抿唇站了片刻，回身看崔意芝。

崔意芝对于在这里看到谢云澜实在太过讶异，对于秦铮和谢云澜之间的对话着实不懂，总觉得二人言谈间如雷滚动，见谢云澜看来，他笑笑：“云澜兄，打扰了。”

谢云澜不以为意，请他入内。

赵柯听闻秦铮和崔意芝找来，正要出门时见月娘被人送来，立即问：“公子呢？可有恙？”

那人摇头：“回先生，公子无恙，只是月娘被铮小王爷的宝剑伤了，公子命我送到这里，说月娘爱惜美貌，请您尽量不要让其脖颈的伤口落下疤痕。”

“好锋利的剑。”赵柯看了一眼月娘的脖颈，摇摇头，“告诉公子放心，铮小王爷的剑虽然快，但看起来不是真想要出手杀人，只不过擦破了皮而已，若是他真要出手杀人，公子的术法虽然能及时拦住他，恐怕也不会只留下这么浅的伤口。这点儿伤无大碍，我用上好的药给她包扎，应该不会留下疤痕。”

那人点头，将月娘放在了榻上。

赵柯动手给月娘包扎，不多时伤口便包扎好了，他轻轻抬手推醒了月娘。

月娘醒来后，第一时间脸色发白地抓住赵柯的胳膊，问道：“我是不是被毁容了？”

赵柯摇摇头：“没有，放心吧，只是伤了表皮。”

“真的？”月娘立即问。

“真的。”

月娘见他不像是在说笑，这才放下心来，须臾，想起秦铮，又问：“铮小王爷呢？”

“在我家公子的住处。”赵柯转回身，“铮小王爷竟然过了层层机关找到这里，果然厉害，怪不得小主甘愿下嫁。”

月娘立即不满地说道：“还说什么‘下嫁’？他们如今已经不是夫妻了。圣旨休书传遍了天下，他们自此再无干系。他闯到这里，还要杀我，我可是奉了主子之命留在这里的，真是过分，难怪主子要和他绝情断爱。”

赵柯看了月娘一眼：“铮小王爷不是想杀你，而是想要逼公子现身。”

月娘一愣：“我家主子离开了，他知道我所言非虚，难道也猜出了你家公子在这里？喊一声，你家公子出来相见就是了，何至于出手相逼？又不是不认识。”

“若他不如此，公子本无意见他。”赵柯道，“这里占据天然奇险，他既然能破机关进来，想必对魅族也知晓了个十之八九。而他本就知道公子是魅族王室的继承人，循着小主的踪迹，自然能想到公子也在这里。”

月娘闻言，虽然理解了秦铮的本意不是要杀她，但依旧有些气不顺："他如今在你家公子处？这么说，他今晚会留在这里了？他不去追主子了？"

"我还不知那边是何情形，稍后你可以和我过去看看。"赵柯道。

月娘顿时摇头："我才不要过去呢，以后还是躲他远些为好。若不是主子身边无人，也不至于将我留在这里受他的剑。"说话间，牵扯到了脖颈的伤口，她顿时倒吸了一口凉气，"这伤口什么时候能好？"

"小主是昨日夜里离开的，如今已经一日又半夜了，走最近的路应该快到临安城了，希望赶得及救谢侯爷。"赵柯道，"我用的是上好的药，你若是不触动伤口，十日可大好。"

月娘点点头，有些担忧地说道："临安城危险，这一路上主子别出事就好。"

赵柯摆手："放心吧，我家公子已经派了人暗中护送小主，黑紫草一定会平安运到临安城，他不会让小主出事的。"

"还是云澜公子好。"月娘放下摸脖子的手，感慨，"小主爱的人怎么就不是云澜公子呢，她偏偏喜欢铮小王爷，如今弄得这般境地。若她喜欢的人是云澜公子的话，我们做属下的会少操多少心？"

赵柯说道："小主此番能找来这里并将你留下，便是将这里当作家了。以后的事情、她和公子之事哪里说得准？毕竟她如今再不是小王妃了。"

"也是！"月娘顿时乐了，"说真的，我觉得你家公子比铮小王爷讨喜多了。"

赵柯摆摆手："你既然不敢再去见，便回去歇着吧！伤好之前忌辛辣之物，我去公子处看看。"说罢，他走出了房门。

月娘见他出去了，摸着伤口自言自语："那我岂不是这些日子半点儿酒水也不能沾了？真是要命……"说罢，她便下了榻，郁闷地出了房门。

回到自己的住处，月娘窝在软榻上寻思半晌，下了软榻，抬手招来一只鹰鸟，提笔唰唰写了一封信，绑在了鹰鸟的腿上。

不多时，鹰鸟便飞离了寻水涧。

太子秦钰染了瘟疫，再不能处理政务，郡主秦怜协助谢墨含严格控制着临安城。

第一日，城内秩序井然。

第二日，谢墨含在会议厅与临安城的官员议事时突然昏倒在地，众官员大惊，连忙喊来言宸。言宸看过之后面色大变，说道："谢侯爷也染上了疫疾。"

众官员听罢，人人骇然。

太子染了疫疾，临安城还有谢侯爷稳定民心，可是如今谢侯爷也染上了疫疾，怜郡主毕竟是女儿家，临安城可谓真正陷入危机了。

众人一时你看我、我看你，不知所措。

正在众人愁容满面时，言宸扫了一眼众人，说道："我观诸位大多印堂发黑，也是染了疫疾的征兆。"

他此言一出，众人齐齐惊骇，人人自危。

议事厅内顿时乱作一团。

秦怜得到消息后跑来，一把抓住言宸，急急地问："谢墨含当真也染了疫疾？"

言宸轻轻抬手，抽回她刚捏住的衣袖，点点头。

"黑紫草至今还没有找到，如今城中有一大半的人都染了疫疾，这可怎么办？"秦怜本来不觉得可怕，可是这两日接连看到城中有人死去，士兵们抬着一批一批的尸首去火化，她也开始害怕起来。

照这个势头发展下去，整座城的人都会染上瘟疫，都会死，那么就有十几万人要死去。她几次忍不住想要开城门将那些没染疫疾的人放出去，可是又怕其中有潜伏着病情的人，放出去的话就会祸害整个南秦。

因此，她只能拼命地控制自己不去开城门。

两日下来，她已经近乎崩溃。

如今见谢墨含也染了疫疾，临安城的官员里也有一多半染了疫疾，她彻底受不住了。

"越是这个时候，郡主越该稳住，不能乱了阵脚。"言宸道，"郡主知道自己这时候该做什么。"

"我该做什么？如今已经两日了，明日就是第三日了，再没有黑紫草，秦钰哥哥和谢墨含都会没命。"秦怜脸色惨白，喃喃道，"怎么办？我出去找黑紫草。"

"方圆五百里都没有黑紫草，太子派出去了多少人？至今都没音信。现在还剩下一日，你出去能走多远？"言宸说道，"况且，郡主若是这时候出城，临安城由谁来控制？一旦城内暴乱，可想后果会如何！郡主并不是不知事理的人，该明白其中的道理。"

秦怜后退了两步，一时无言。

言宸看了她一眼，挥手招来两个人，将谢墨含抬起，出了议事厅。

言宸带着谢墨含走后，议事厅内的众人你看我、我看你，见到印堂发黑者都吓得连忙避开，有人要冲出议事厅，一人往外走众人便都跟着往外走。

"都给我站住！"秦怜大喝一声，站直身子，挡在议事厅门口，看着议事厅内的所有人，喊道，"来人！将这里守好，任何人都不准踏出一步。"

众官员大惊。

有人立即质问："怜郡主，你这是要做什么？"

“既然言宸说你们大都和谢墨含一样染了疫疾，就必须隔离。”秦怜烦躁地一摆手，丢下这句话便转身出了议事厅。

众官员互看一眼，都露出不服之色，齐齐往外走。

有护卫抽出腰间的宝剑，横在门前，板着脸说道：“郡主有令，任何人踏出一步即死。”

众人都齐齐后退了一步。

有人大怒：“我们是临安城的父母官，这个时候郡主凭什么将我们所有人都关在这里？我们这里还有没染疫疾的人。”

“就凭秦钰哥哥给我的令牌！”秦怜去而复返，拿出令牌展现在众人面前，“与染了疫疾的人接触者，目前看着没发作，保不准下一刻就会发作。所以，你们自然都不能再离开。”

众人看到太子的令牌，齐齐噤了声。

秦怜冷哼一声：“若不是你们临安城父母官无能，治不了水患、防不了瘟疫，临安城怎么会发生疫疾、陷入危机？还连累了秦钰哥哥和谢侯爷！最好有人能在明日日落之前找回来黑紫草，否则，不等你们疫疾发作，只要秦钰哥哥和谢侯爷有事，我就先杀了你们这些无用之人。”

众人吓得齐齐后退了数步，有的人腿软，扑通一声跪在了地上。

秦怜丢下两句狠话后，见众人都安静了下来，她才转身离开，去了秦钰的住处。

秦钰的住处极其安静，无一人喧哗吵闹。

秦怜疾步来到门口，急忙对守门的人问道：“秦钰哥哥呢？他怎么样了？”

“太子在房间内，一直咳，刚刚才止住。”那人立即回答道。

秦怜点头，焦急地往里走。

那人立即出手拦住她：“郡主，太子染了疫疾，而且太子吩咐了任何人不能进去。”

“谢墨含也染了疫疾，临安城的官员有一大半都染了疫疾，整个临安城也有一半的人染了疫疾。都什么时候了？还拦着我有什么用？待所有人都染了疫疾后我也跑不了。”秦怜挥手打开他，“让我进去！”

“没有太子的命令，属下不敢放您进去。”那人摇头，依旧死死地拦在门口。

秦怜恼怒地挥手去打，但那人有武功，轻巧地避开了。

秦怜拿他没办法，只能对里面大喊：“秦钰哥哥！秦钰哥哥！让我进去！”

她喊了几声后，里面无人应答。

秦怜怀疑，抓住那人问：“你告诉我，秦钰哥哥是不是不在？”

她话音刚落，里面便传出秦钰沙哑的声音：“我在。”

秦怜听到他的声音后，立即说道：“秦钰哥哥，让我进去。”

秦钰咳嗽了两声，开口问：“你要进来做什么？可有急事？”

“谢墨含也染了疫疾，如今已经过去两日了，若是再没有黑紫草可怎么办？！秦钰哥哥，你派出去找黑紫草的人有消息了吗？”秦怜立即问。

“暂且没有，再等等。”秦钰道。

“已经等了两日了，再等一日你可就性命不保了。”秦怜急得快哭了，“谢墨含倒下了，如今我将临安城的一众官员都隔离在议事厅了。接下来该怎么办？你不让我进去，至少要告诉我该怎么办吧？”

“守好城门，依旧如前两日一样，任何人不准出城。”秦钰道。

秦怜刚要再说话，便有人急忙跑来：“郡主，您快去城门吧！有人要出城，在城门口闹事。很多百姓听闻谢侯爷也染了疫疾，都向城门跑去了。”

“谢墨含刚刚染了疫疾晕倒，消息怎么这么快就传出去了？”秦怜大惊失色。

那人摇摇头：“不知道。”

“一定是有人在暗中搞鬼！”秦怜也顾不得再进去找秦钰了，匆匆出了院子，带着人向城门而去。

秦怜离开后，侍画和品竹从秦钰的房间里走出来。

守在门口的那人看到两人，立即对品竹说道：“你模仿太子殿下的声音实在是太像了，连我都以为是太子真的在。”

“若不是我家谢侯爷有吩咐，我才不愿意模仿你家太子呢，他明明染了疫疾，却可以到处乱跑。而别人染了疫疾就不准出城，没道理！”品竹瞪了那人一眼。

那人一噎，立即说道：“太子也是没办法，他身边的所有人都派出去找黑紫草了，如今有事情他不亲自出去怎么行？我倒是想出去，但是太子说我做不来，非得他亲自去。”说着，他便担忧起来，“太子本就染了疫疾，又孤身一人出城，都走了大半日了，可别出什么事情。”

品竹闻言也觉得秦钰不易，但还是冷哼了一声，说道：“是你家太子没本事，早早就来临安城了，却使得临安城陷入这般境地。真不知道他是怎么跟铮小王爷打成平手的！依我看，他的本事不及铮小王爷。”

那人闻言顿时恼怒：“我家太子一路治水，救活了多少百姓？临安城是有人在暗中操控，且此人背景强大！太子带出京的人本来就少，所谓双拳难敌四手，哪里是他没本事？！”顿了顿，他又说道，“别忘了，你家小姐和铮小王爷的婚事已经作废了，你还口口声声说铮小王爷的好做什么？你说好他也听不见，他如今指不定在哪个温柔乡里快活呢。”

品竹一听便来气了：“怪不得太子带着疫疾出去办事，只留下你这么一个小护卫呢，原来你还真是就知道耍嘴皮子，你这样的人只配守门。”

“你……”那人气得瞪眼。

“行了，都少说一句吧！都什么时候了！别扯这么多了。”侍画打断二人，看着那侍卫，问道，“我问你，谢侯爷真的染了疫疾？晌午时不是还好好的吗？”

那人打住话头，摇摇头：“怜郡主说是染了疫疾，我一直守在这里，哪里知道？你们快去问问言宸公子，他是神医，谢侯爷是不是染了疫疾他最清楚。”

侍画点头，伸手拉住品竹，二人一起向谢墨含的住处匆匆而去。

言宸将谢墨含送回了他的住处，吩咐听言守好房门。

听言连忙应了一声，哭丧着脸守在门口。

言宸来到床前取出金针，在谢墨含的人中穴上扎了一针，金针拔出来后，谢墨含也跟着醒来了。谢墨含见屋中只有言宸，立即坐起身，问道：“怎么样？”

“你昏倒后，怜郡主下令封了议事厅，严加看守，任何人不准踏出一步。”言宸道，“不过，刚刚我听闻你染了疫疾的消息还是传出去了，有大批百姓已经拥去了城门要出城，怜郡主去了城门口。”

谢墨含面色一沉：“果然不出所料，官员中有背后人的细作。”

言宸颔首：“在怜郡主封闭议事厅的情况下，还能将消息传出去，不外乎有两种情况：一种是随身养着信鸽，从天窗飞走传信；一种是会武功内力之人，会隔墙传音。”

“太子在住进这所院子的那一日，就已经暗中命人在院墙外下了一种香，凡是飞鸟、信鸽，一律会因吸进异香而晕倒。”谢墨含道。

“这我知道，稍后我便去查看一遍。”言宸道。

“现在就去。”谢墨含道，“若真是有人私养信鸽传信，那么，我们便可以将计就计。”

言宸颔首，转身出了房门。

听言见言宸出来，一把拽住他：“言宸公子，侯爷怎么样？可有大碍？”

“暂时无大碍，你好好守住这里。”言宸丢下一句话后便出了院子。

听言见言宸急匆匆的，心知必有事，他不放心，转头进了房间。见谢墨含已经醒来，坐在床上，不知道在想什么，他立即跑到近前，问道：“侯爷，您怎么样？”

谢墨含摇摇头：“无碍。”

“言宸公子说您染了疫疾，是……是真的？”听言小心翼翼地问。

谢墨含点点头，对他摆摆手：“所以，你要离我远些。”

听言脸发白，但没有退后，哭丧着脸摇头：“至今还没找到黑紫草，这可怎么办呀，难道我们真等着死？”

"死倒未必！"谢墨含道，"今日午时，言宸便发现我不知何时染了疫疾。因这几日我都随临安城的官员处理事情，出入都与他们在一起，对于疫疾一直防范，一直也服着言宸给的药丸，甚是小心，连太子都未接触，应该不会染上疫疾才是，可是偏偏染上了。我二人揣度之下，觉得众官员里面定然有人搞鬼，与太子被人暗害一样，致使我也染了疫疾。"

"到底是哪个官员，揪出来先杀了他。"听言一听大为恼火，"害了太子还不够，还要来害您！"

"太子染了疫疾，我若是再染疫疾，就只剩下秦怜了。若是有人趁机再弄出些风浪来，控制不好的话，不等疫疾全面覆盖临安城，这临安城就先乱了。"谢墨含道，"背后之人确实歹毒。"

"这背后之人到底是什么人？您和太子联手，竟然都找不出来吗？"听言恨恨地道，"背后之人整出这么多事情，使得小王爷和小王妃都分离了，如今不知道小王爷在做什么，小王妃又在哪里，真是可恨。"

"京中的人已经得到了临安城危难的消息，若是我猜得没错的话，秦铮应该离京前来临安城了，无论是皇上、英亲王，还是左右相和朝中的一众大臣，都不想太子和临安城的十几万百姓出事。"谢墨含思忖，"至于妹妹，应该是去寻找黑紫草了。"

听言闻言一喜："您是说，小王妃去寻找黑紫草了？那这么说，我们就等着小王妃到来就行了？她真的能找到黑紫草吗？"

谢墨含点点头："能！"

听言脸上的灰色褪去，双手合十："佛祖保佑，菩萨保佑，一定让小王妃找到黑紫草，快来临安城。"

谢墨含看着听言，不觉莞尔，对他道："你先别高兴，如今我刚病倒，临安城内又出了事，稍后言宸回来，我与他商议一番，视情况而定。"

听言这时放宽了心，应了一声，高兴地退到了门外，在迈出门槛的第一时间，收起了脸上高兴的表情。自从谢墨含将他带离京中，他着实成长了不少，也知事了些。

不多时，言宸从外面回来，听言连忙让开门口，言宸走进了屋。

"怎样？"谢墨含立即问道。

言宸摇摇头："外围并无痕迹，应该是隔墙传音。"

谢墨含皱眉："如此不留痕迹，怪不得能做出这么多事来，背后之人实在厉害。还有一日就到期限了，这临安城一半染了疫疾的人都会挺不住，明日若是再没有黑紫草，大罗金仙也救不活那些人了。已经到了这个时候，也差不多了，别再等了，给妹妹传信吧。"

言宸颔首："信自然是要传的，不过要看怎么传了。"

"嗯？"谢墨含看着他，问道，"你还有别的想法？"

"到底谁是细作，先要揪出来，背后人这时应该还不知道太子已经暗中离开，他只知道太子染了疫疾，已经不能起床，而你又染了疫疾，你本来身体就不好，如今更是昏迷，不能理事。临安城已经如一座死城。秦怜毕竟是女子，虽然有气魄，但是历练太少，本事不够。此时，背后人应该会在暗中指使人在城门作乱，使整个临安城未被瘟疫覆盖便大乱。"言宸道，"若是这时议事厅内的人知道了芳华带黑紫草来的消息，你猜会如何？"

"自然会立即追踪去拦截芳华的黑紫草。"谢墨含道。

"正是！"言宸道，"这几日，芳华失踪，我们不知道她的踪迹，背后之人自然也不知道。如今，背后之人若是突然有了她的踪迹呢？定然不会放过她！"

"你的意思是，将背后之人引去拦截芳华？"谢墨含问道。

言宸颔首。

"从京城内外到如今的临安城，背后之人使出了这么多阴毒的招数，其心狠辣，其谋甚深，心思想必也是极其缜密。若是我们使用假手段，定然会被人识破。"谢墨含道。

"不是用假手段，是用真的。"言宸道。

谢墨含面色微变："你的意思是，真的将人引到芳华那里拦截她？"

言宸点头。

"不行！"谢墨含顿时否决，"如今整个临安城的人都等着黑紫草救命，若是将背后之人引去找她、拦截她，那她岂不是危矣？别说临安城十几万人的性命系于她一身，就是光凭她是我的妹妹这一点，我也不能将坏人引去害她。万一她有个三长两短，我还怎么去九泉下见我的父母？我更无颜面去见爷爷和舅舅了。"

言宸看着他，说道："如今太子不在城中，你确实又染了疫疾，此时城门处已经大乱，秦怜必然难以支撑这种局面。若是不将背后那些势力引出临安城，那么，不等黑紫草来临安城便会毁了，十几万人性命难保，就算芳华带了黑紫草来、太子回来了，到时也是无用。"

"我刚刚染了疫疾，无大碍，一日还是能支撑的，我这便赶去城门处，定然能控制城内的形势。"谢墨含说着便下了床。

言宸抬手拦住他："芳华虽然本性善良，但是因为在无名山待了八年，见惯了生死。所以，对她来说，临安城十几万人的性命加在一起，也不及你一人。你是她的至亲兄长，她宁愿自己出事也不想你出事。她这才一直托付我照看你，跟在你身边。你到如今还不明白吗？照如今这个形势发展下去，背后之人就要开始杀人了，一旦你出去，此时城门处大乱，蔓延到城内，我不见得护得住你。所以，你何不听我一言？”

“诚如你所说，她是我妹妹，我宁愿自己出事也不愿意她出事。所以，她对我之心和我对她之心是一样的。你叫我如何忍心因护住自己而使妹妹陷入险境？背后之人如此厉害，若是伤了她，我该如何？我这个当兄长的无能，不能一味地依靠妹妹。别的事我能听你的，这件事不行。”谢墨含坚决地道。

言宸见谢墨含态度坚决，任他怎么说，谢墨含就是不同意。无奈之下，他只能出手点了谢墨含的穴道。

谢墨含毕竟染了风寒一直未好，如今又染了疫疾，寻常时候尚且不见得是言宸的对手，此时猝不及防，更不是他的对手了。谢墨含整个人定在了那里，脸色大变，看着言宸，问道：“你……要做什么？”

言宸看着他道：“你先别急，我在乎芳华的性命，在乎她的程度不比你这个亲哥哥轻。我一定不会让她出事的。我的想法是，先引开这些人，出了临安城，我便暗中跟上，不单单是为了临安城目前的安危，更是为了暗中用这根线做引子，引出幕后之人，查到幕后之人的身份和踪迹，争取主动。你放心，芳华和我相识、相知多年，早已经有了默契。我给她传信之后，她便能知晓我的意思。我们前后联合，不说一举铲除背后之人和他的势力，也定会让背后之人在短期内再不敢妄动。”

第二章

非死即伤

听罢言宸所说，谢墨含的面色终于有了一丝松动。

言宸挥手解开他的穴道，对他说道：“你省着些力气，在我稍后做出布置离开后，你也能暗中扶持着秦怜稳住临安城的局势。”

“也罢！那你小心一些。一定……要让妹妹平安。”谢墨含有些沉重地嘱咐道。

“你且放心，没有万全之策我不会轻举妄动。”言宸说罢，出了房门。

言宸离开后，谢墨含一屁股坐回床榻上，揉揉眉心，沉默许久，喊：“听言。”

“侯爷。”听言立即跑进了屋。

“你出去打点一下，我们换行装，你随我去城门处看看。”谢墨含吩咐。

听言一惊，不赞同地道：“侯爷，您既然染了疫疾，就好生在房间待着吧。城门处如今大乱，怜郡主在呢。万一伤着您，可就不好了。”

“正因为城门处如今大乱，怜郡主毕竟是养在宫闱的女子，恐难支撑，我才更要去。别多说了，赶紧准备，我们这就暗中出去，别张扬。”谢墨含摆手。

听言嘟起嘴，这么长时间以来，听言已然熟悉他的脾性，只要不能说服他，那么他决定的事情就一定要做，断然没有更改的道理。听言只能点点头，下去准备了。

不多时，二人便已准备妥当，翻墙偷偷出了这座府邸。

满城弥漫着难闻的腐蚀气味。

他们跳下高高的院墙，能听到城门口传来的吵闹声，十分嘈杂。

“快走！”谢墨含脚刚落地，便催促听言。

听言点点头，二人连走带跑，向城门而去。

二人来到街道上，只见大批的百姓急匆匆地逃命似的拥向城门。

有的人一边走一边喊：“听说太子已经不行了，谢侯爷如今又染了疫疾，没有黑紫草，不只那些染了瘟疫的人会死，我们这些没染瘟疫的人也得死。”

“是的，太子都要死了，谢侯爷本来就体弱，都多少天了还没有等到黑紫草，我们难道真等着死吗？”

“我不想死！”

“谁想死？听说城门已经开了，我们赶紧逃命去吧。”

“城门真的开了吗？”

“不开也得开！都什么时候了？听说官员老爷们有一大半都染上疫疾了，如今还有谁能为我们找到黑紫草？只靠怜郡主一个女儿家吗？她自小长在皇宫，连拔草、锄地都不会，有多大能耐？”

“是呀，那我们快走。”

……

一批人领头，全城的其余人几乎都被引动，齐齐向城门拥去。

不多时，街道就被挤得水泄不通了，人人脸上都是从心底溢出的、面对死亡的恐慌的神色。

谢墨含和听言刚到街道上时，还没有多少人，二人刚走不远，整条街道就被挤得站不住脚了。

听言看着人们发疯一般逃命的情况，脸都白了，伸手拽谢墨含的衣袖：“侯爷，这可怎么办呀？就算咱们去了，怕是也控制不住呀。”

谢墨含此时明白了，若是临安城的十几万百姓联合起来，多少官兵也压制不住。

“我们先去城门处看看情况再做定夺。”谢墨含道。

听言胆战地点点头。

二人跟随着人流来到了城门口。

只见城门依然紧闭着，士兵们手持武器，严加把守着城门四周。

秦怜穿着一身轻便的戎装，站立在城墙上，脸色虽然苍白，但在夕阳的照耀下泛着凛冽的金红，整个人的神情严峻、肃穆，注视着城墙下的百姓，手里拿着一把剑，她的身影反而在这时候不再那么纤细、柔弱。

她的身后站着侍画、侍墨、侍蓝、侍晚、品竹、品萱、品妍、品青八人。

侍画和品竹本来从太子秦钰处出来，便要去寻谢墨含，路遇言宸，八人知道谢墨含无恙，依照言宸的吩咐，来城门协助秦怜。

秦怜本来看到城门口这般大乱的情形时，有些不知所措。可是，她在看到侍画等八人后，忽然想起了谢芳华，无论在什么时候、面对什么事，谢芳华都是沉稳如山、沉静淡定的。这样一想，她忽然有了底气，抽出宝剑横在身前，打定主意，若是有人强闯，她便杀一儆百，虽然她没亲手杀过人，但是在这特殊的时候，她不能心慈手软。

"开城门！"

"开城门！"

"快开城门！"

……

有人高喊，紧接着很多人跟着一起喊了起来，大家虽然都在喊，但是看着凛然伫立的士兵，无人敢上前硬闯。

秦怜看着打头高喊的那人，只见那人十分瘦弱，像一个文弱书生，若说谢墨含已经够瘦、够孱弱，这个人比他更甚。这个书生显然很有号召力，他一开口，百姓们就如开了闸的水冲了起来。

品竹凑近秦怜，小声说："郡主，这个书生一定有武功，而且他的虚弱是伪装的。"

秦怜闻言，脸色顿时冷了："果然是有人在搞鬼！"说罢，她小声问，"你们看他武功如何？能不能制止，杀了他？"

"他被人围得水泄不通，而且如今天色还早，光天化日之下，他只不过起头闹事而已，所做的是民心所向。即便我们能杀他，也不能贸然出手，以防更加激怒百姓，那样便不可收拾了。"侍画道。

"那可怎么办呀？！"秦怜恨得咬牙。

"郡主先稳住，好言劝说，若是实在掌控不住，再将有人趁瘟疫作乱，要毁掉临安城之事公之于众，控制民心，才能控制局面。"侍画想了想道，"毕竟，临安城的百姓大多世代生活在这里，若不是性命攸关，也不愿意离开。"

"你说得有理。好，就这么办。"秦怜颔首，听到了侍画的话，心顿时安稳了一半，扫了一眼下面，说道，"太子哥哥虽然染了疫疾，但是被言宸公子用药物控制着，目前安排人手在全力寻找黑紫草。谢侯爷只不过是刚刚染了疫疾，此时怕是已经醒来，也定然会无恙，大家都别慌，不要被有心人挑唆，安心静等黑紫草。"

"都多少天了？黑紫草还没有找到？"一人大声说道，"怜郡主，你一个女儿家，就该好好在闺阁里待着，出来堵着城门做什么？皇上不是说最忌讳女人当政吗？"

秦怜闻言大怒："我是女儿家怎么了？我一样能维持住秩序，行男子所不能行之事。临安城有难，太子哥哥和谢侯爷抱恙，维持临安城的秩序，与参与政事何干？”

说罢，她不等人说话，厉声问：“刚刚是哪个人质问的本郡主？这个人一定居心不良！本郡主早就有言在先，誓与临安城的百姓共存亡。”顿了顿，她凌厉地说道，“来人，把刚刚说话的那个人给我拿下！”

百姓们顿时低呼一声，噤了声。

早先说话那人是那孱弱书生身边之人，没想到秦怜没说两句话就要拿他开刀，他立即求救地看向那孱弱书生。

那书生猛地咳嗽了几声，开了口：“郡主请息怒，如今城中一半的人都染了疫疾，都多少天了，还不见黑紫草，每天都有大批的尸首被火化，我们这些人都不想死了连一把骨头都剩不下。我们这些人里，也没有染疫疾之人，就放我们出城吧？”

“对呀，我们只是想要出城而已，放我们出城吧！”

“求郡主开开恩，放我们出城吧！”

……

城门处的百姓们，由刚刚吵闹着要出城，变成了一声声地恳求着要出城。

秦怜本来也是好心肠之人，冲她来硬的她不怕，可是如今百姓们的一声声恳求，她却有些受不住了，脸上现出为难的神色。

“郡主，一定要忍住，这些百姓虽然可怜，但是您想想，若是放他们出城，染了疫疾的人也跟着出去了呢？更何况，疫疾发作之前是没有征兆的。您想想太子，再想想侯爷。”

秦怜顿时绷起脸，大声说道：“你们怕什么？一定会有黑紫草的。没有黑紫草的话，本郡主陪着你们一起死。”

“郡主毕竟是女子，俗话说，唯女子与小人难养也。女子不是君子，是可以失信的，万一届时还没有黑紫草，你自己出城就能一走了之。可是我们怎么办？”那孱弱书生道。

秦怜大怒，说道：“本郡主可以对天起誓，若是弃城而走，天打雷劈！”

她此言一出，百姓们顿时噤了声。

秦怜毕竟是英亲王府的嫡女，自小长在皇宫，受皇后教导，可谓尊比一众公主。她以千金之躯留在危难的临安城，并且发誓没有黑紫草就不离开，实属巾帼英雄。

很多百姓顿时对她好感大增。

“郡主发誓顶什么用？若是没有黑紫草，这城内的十几万人都得死。您发誓又有什么用？”那孱弱书生道。

百姓们闻言顿时觉得有道理，连声附和。

“郡主还是快开城门吧！”那孱弱书生又道。

“开城门！”

“开城门！”

“开城门！”

……

众人又喊了起来。

“郡主若是还不开城门，我们就要硬闯了！虽然在下的孱弱身躯定然不敌郡主手中的利剑，但是能让城内的父老乡亲们出城去活命，在下被郡主杀死也甘愿。”那孱弱书生又道。

他此言一出，百姓们顿时大声叫嚷起来。

“大家都别怕，既然郡主不开城门，我们就闯出去。能出去一个是一个，能出去两个是两个。只要父老乡亲们有人能活命，我们就算是功劳一件。”那孱弱书生又大声说道。

“对，对，我们闯出去！”

“大家都不要怕郡主手中的剑，闯！”

“闯！”

众人瞬间一齐拥向守城的士兵。

秦怜大怒：“都给我站住，不准闯！谁再闯我就杀了谁！”

她的声音被淹没在闯上前来的人的声音里，百姓们一心要闯出城，根本不再听秦怜的话。

秦怜顿时急了，对身后的人问道：“怎么办？”

“郡主，我们动手杀了那人。”侍画觉得此时不管秦怜再说什么，都不管用了，只能动手了，只要动手，肯定就会有无辜的百姓死伤，但也是没办法之事。

“好，你们动手吧！你们小心一些，那个人怕是有帮手隐在暗处。”秦怜嘱咐。

侍画点头，一挥手，招呼侍墨、侍蓝、侍晚，四人齐齐出剑，一起对准那孱弱书生。

那孱弱书生忽然趁乱抓过来一个百姓，挡在他身前。

侍墨的剑收势不及，刺中了那百姓的心口。

那书生立即松开了那百姓，大叫：“郡主真的杀人了！”

四周的百姓们转头，也都看到了被一剑刺穿了心口的人，齐齐大怒：“郡主不是好人，当真要杀我们，我们快逃。”

秦怜在城墙上看着，气得脸都青了，只恨自己没有好武功，若是有好武功的话，一定亲自出手杀了那书生。

守城的士兵和要出城的百姓更是乱了起来。转眼间，便逼迫得士兵不得不出手，士兵连伤了好几人，而且，众人大乱时，拥挤、踩踏中也伤了好几个人。

侍画、侍墨、侍蓝、侍晚对看一眼，知道这孱弱书生狡猾，便分别占据了东南西北四个方位，摆出了四剑阵。她们认为先杀了这书生，百姓们自然就会安静下来。

但是这书生显然武功极高，她们四人竟然一时奈何不了他，反而又被他挡杀了几名百姓。

"你们也下去帮她们。"秦怜看得发急。

"不行，我们四人要在这里保护郡主，言宸公子特意交代了，哪怕城门处大乱，百姓死伤众多，也要先护住郡主。"品竹立即说道。

"都什么时候了，我的安危不要紧，去杀了那个坏人。"秦怜挥手。

品竹摇头："怜郡主，您是随我家侯爷一起出京的，铮小王爷将您托付给我家侯爷照顾，您一定不能出事。若是您出了事，您想想，铮小王爷会如何质问我家侯爷？还有英亲王、王妃，定然会肝肠寸断。"

秦怜闻言，恼怒地说道："我哥哥根本就不关心我，质问什么？快下去帮忙。"

"郡主这话可真是昧着良心说的，您扪心自问，铮小王爷真不关心您吗？"品竹不赞同地反问。

秦怜一噎。

"郡主且安静些，我看到我家侯爷了。侯爷一向聪明，想必他有办法。"品竹向人群中扫视了一眼，见到了易容、变装后的谢墨含，心下一喜，连忙说道。

"谢墨含？他在哪里？"秦怜连忙往四下里看去。

"我能看破侯爷的易容术，郡主少安毋躁，侯爷一定有对策。"品竹道。

"好吧！"秦怜听说谢墨含来了，顿时安静了下来。

此时，血腥味弥漫开来。

听言急得抓耳挠腮，躲在人群后着急地问谢墨含："侯爷，怎么办？快想想办法杀了那书生，再这样下去，不知会死多少人。"

"侍画等四人其实擅长的不是武功，她们八人，每个人擅长一门旁门技巧，当初我训练她们，也是知道妹妹在无名山学艺，功夫自然差不了，怕她别的不能涉及，才着重培养侍画她们辅助她。但是遇到真正有好功夫的人，她们即便摆出阵来，也是无用。"谢墨含道，"看来，只能我出手了。"

"您……出手？"听言吓了一跳，"侯爷，您的身体……"

"无碍！"谢墨含说罢，忽然飞身而起，手中的剑灌注内力，一道金光射出，对着那孱弱的书生打去。

这时，侍画等四人的剑正好分别刺向那书生的周身死穴。

那书生面色大变，侍画等四人的剑阵他不惧，但谢墨含学的都是上乘武功。谢墨含出手，自然非同凡响。

那书生眼看躲避不及谢墨含的剑，忽然发狠，将自己手中的剑对着城墙上的秦怜全力掷去。

这剑十分快、狠、猛，若是被这剑刺中，秦怜非死即伤。

秦怜一直注视着城墙内的动静，根本就没有想到那文弱书生竟然会对她出手。

那剑被灌注了那文弱书生的全部功力，带着一阵破空之声，十分狠辣。

谢墨含看到那飞向秦怜的剑，带着一股强大的力道，面色大变，大喊："保护郡主！"

品竹、品青、品萱、品妍四人见那书生竟然要杀秦怜，大惊失色，齐齐出剑去打开这柄剑。可是那文弱书生拼尽全力的一击实在太过霸道，只见那剑掷来，带着一股势如破竹的气劲，瞬间便逐一弹开了四人同时挡住的宝剑，穿透四人的防护，哧的一声刺中了秦怜。

秦怜的身子瞬间向后倒去。

品竹惊慌地转头，见秦怜所站的位置正是城墙的边角，此时她被剑刺中，整个人栽落到城墙外，品竹大骇，连忙飞身过去伸手捞她，可是只拽住了她的一片衣角，刺的一声，衣角撕裂，被扯掉，她掉下了城墙。

品竹就要飞身追随下去捞人，品萱一把拽住她："你不要命了？！"

"怜郡主……掉下去了！"品竹被拦住，脸白得跟纸一般。

品萱的脸色也发白："这么高的城墙，没有绳索辅助，跳下去必死。"

"可是郡主……郡主怎么办？"品竹看着落叶一般掉下城墙的秦怜，她脸向下，看不清脸色，只能看到她胸前的剑明晃晃的骇人，品竹喃喃道，"小王爷只有这一个妹妹，他将她托付给了侯爷，若是死了，小王爷一定会对咱们侯爷发怒，那么，以小姐爱兄如命的性情，定会维护侯爷，小姐与小王爷本就不是夫妻了，若是因此事弄得再无回旋的余地，可……"

品萱拽住品竹的手颤抖着松开了。

品青、品妍此时也看到了掉下城墙的秦怜，齐齐惊骇。

谢墨含一剑杀了那文弱书生，清楚地看到了城墙上的动静，脸都灰了。

那文弱书生临死前对谢墨含露出得意的一笑："以我一条贱命换郡主的千金之躯，也是赚了。"说罢，他便闭眼倒地死去了。

谢墨含身子发颤地扔了手中的剑，剑咣当一声掉在了地上，声音极其清晰。

百姓和士兵的喧嚣此时都停了，似乎一切都静止了。

城墙内外，静得出奇。

眼看秦怜即将落在地上，品竹、品萱、品青、品妍四人齐齐闭上了眼睛。这么高的城墙，即便她们有武功的人，跳下去也会摔得非死即伤，更何况秦怜又身中一剑，且剑正中她的胸口，毫无抵抗之力的她怕是会摔成烂泥。

但是四人闭上眼睛后，并没有听到秦怜落地的动静，她们便立即齐齐睁开了眼睛。

只见城墙下，一人接住了秦怜。

四人看清那人后，顿时大喜。

品竹更是惊喜地喊出了声："云继公子！"

品萱、品青、品妍也齐齐欢喜地道："真的是云继公子。"

谢云继闻声，抬头看来，正看到站在城墙上的四人，挑了挑眉。

品竹立即回身，对城墙内的谢墨含大声说道："侯爷，云继公子来了，他正巧接住了郡主。"

谢墨含闻言大喜，捡起地上的宝剑，飞身而起，在城墙腰处以剑为支点，瞬间上了城墙，脚不沾地，径直来到边沿，向下看去，见果真是谢云继，他庆幸地闭上了眼睛，大松了一口气道："云继，幸好你来了，若是秦怜出了事，我怎么向王爷、王妃、秦铮兄交代？"

"也不算恰巧，我来了有一会儿了，只不过正赶上城门内大乱，就躲在下面看了一会儿。"谢云继哼了一声，看了秦怜一眼，"算是这个臭丫头好运，赶上小爷我来了临安城，否则她如今怕是被黑白无常抓去走黄泉路了。"

"正是好运。"谢墨含万幸地道，"你救了她，也算救了我，否则我真不知如何交代。"

"秦铮都已经休了芳华妹妹了，咱们谢氏跟他们英亲王府早已经没干系了。死就死了，还交代个什么？"谢云继不以为然，对他招手，"你快下来，这个臭丫头虽然被我接住了，但是这剑刺得深得很，又是在心口处，不知道还有没有救。"

谢墨含闻言，立即下了城墙。

品竹看着谢墨含轻巧地下了城墙，咬着唇说道："我们若是有侯爷的武功，也不至于让郡主中剑、落下城墙。"

"回头我们定要勤加练武。只盼着怜郡主的伤不深，别伤到心脏，否则我们万死难辞其咎。"品青道。

品萱、品妍齐齐点头。

谢墨含下了城墙后，快步来到秦怜身边，蹲下身看了一眼，道："这剑确实刺得很深，但是我不是医者，看不出来是否伤了心脉。"

"我也不是医者。"谢云继挠挠头，对他说，"快去请言宸吧！他如今不是在临安城吗？据说他的医术比芳华妹妹的医术还好，只要没伤到心脉，他就一定能救她。”

谢墨含闻言，立即抬头对城墙上的人说道：“快去找言宸公子。”

品竹等四人应声，连忙下了城墙，越过人群向府内跑去。

谢墨含回头对谢云继低声说：“就怕言宸已经出城了，他若是不在城内的话，可怎么办？”

“他不是一直在临安城，跟在你身边吗？怎么会不在？”谢云继纳闷儿。

谢墨含低声说道：“他另外有安排，引出幕后人，出城去接应芳华了。”顿了顿，他满面忧愁地道，“这时候他十有八九出城了，否则刚刚我断然不会轻易地杀了那人，没有更厉害的高手暗中相助，营救那人，这样看来的话，城内的厉害人物应该都撤走了。”

“嗯，他另外安排的是什么好事？好不好玩？我也跟去玩玩。”谢云继一听便来了精神。

谢墨含看了他一眼：“十分危险，你还是别去了，免得打乱了他的安排。我已经染了疫疾，秦怜如今又性命堪忧，你还是先帮我稳住城内的秩序吧，若是言宸真的出了城，我便必须赶紧找医者给她医治。”

“好吧！”谢云继泄了气，对他说道，“我才不要抱这个臭丫头，你来抱。”

谢墨含知道谢云继和秦怜在忠勇侯府时互相看不顺眼，他伸手抱起秦怜。

“开城门！”谢云继抖抖衣袖，对城门内的人大喊。

守城的士兵看了城外的三人一眼，不认识谢云继，也不认识易了容的谢墨含，只知道有一人接住了秦怜，正犹豫着要不要开城门。

侍画、侍墨、侍蓝、侍晚四人来到城门前，对那士兵说道：“外面的人是易了容的谢侯爷和谢氏盐仓的云继公子，他们着急救郡主，快开城门。”

守城的士兵闻言，立即打开了城门。

谢云继当先走进，谢墨含伸手扯了脸上的面具，露出本来面目，抱着秦怜进了城。

城内一片狼藉，地上有十几具尸体，士兵们的刀枪剑戟上都染了鲜血，有的百姓身上也染着血，无论是前面几排的百姓还是士兵都分外狼狈。

但是开了城门后，无一人说要出城。

谢墨含扫视了一圈，沉声说道：“关闭城门，任何人不准出城。黑紫草一日不来，一日不准开城门。若有违者，生焚以祭亡灵。”

百姓们闻言，腿一软，跪在了地上。

什么叫作生焚？就是活活地将人烧死！这样的惩罚，居于南秦刑罚之首。

谢墨含本是温润之人，说话时总是带着三分笑意，这一次他着实怒了。

自从谢侯爷来到临安城，临安城发大水时，他协助百姓们避水，救了许多人，后来被困在临安城，太子前来治水，他协助太子治水，随后，临安城发生了瘟疫，他又协助救人，一直以来，百姓们都觉得谢侯爷丝毫没有架子和脾气，极其好相处。所以，如今见他勃然大怒，所有人都觉得，只要有人闯城门，他一定会将其生焚。

所以，此刻人人皆不敢言声。

"今日之事，是有心人刻意煽动，想要谋杀郡主。郡主如今身受重伤，那人也被我杀死。"谢墨含沉声说道，"今日在这里死伤的百姓全部厚葬。其余喧闹作乱要闯出城者，此次可以不予追究。再有犯者，如我方才之言。"

百姓们闻言，都齐齐松了一口气。

"因郡主受伤，我要为郡主寻医救治，从即日起，守城之事交由云继公子负责。"谢墨含匆匆说了一番话后，抱着秦怜疾步向所住的府邸而去。

谢云继看着城门处的一片狼藉，对百姓们挥挥手，漫不经心地道："黑紫草一定会找来，所有人都好生地在家里关紧房门待着，别给我找麻烦，生焚一人是小事，我可不是什么善类，若是有不按我的规矩行事者，我焚其全家。"

百姓们闻言惊慌地起身，一哄而散。

谢云继比较满意自己的威慑力，对士兵们摆手："把这里都收拾了，守好城门。"然后他又对侍画等四人说道，"我刚来临安城，不熟悉城内的情况，你们来了有几日了吧？先看着城内别出事，若是出了事，喊我一声。"说罢，也不等四人答应，他便嫌恶地捂着鼻子去追谢墨含了。

侍画等四人对看一眼，算是默认了。

谢墨含抱着秦怜回到住处，品竹等四人满头大汗地迎上前："侯爷，我们找了一圈，所有地方都找了，言宸公子不在。"

"那他一定是离开了。"谢墨含连忙说道，"快去找找临安城的大夫。"

品竹等人道："刚刚找言宸公子时，奴婢四人已经让人去找了。临安城一共有三个比较有名望的大夫，其中一人去外乡行医了，至今没回来，另外一个染了瘟疫不能自救，死了。还剩下的一人，听言已经去请了，其余的都是普通大夫，郡主这样的伤势，找来怕是也无用，我们便没派人去找。"

谢墨含点点头。

不多时，一名老大夫和听言匆匆地进了院子。

品竹等人连忙掀开门帘，将其请进了屋。

谢墨含见到那名老大夫，立即让开床前，对他说道："老人家，一定要救郡主。"

那老大夫放下药箱，先看了秦怜一眼，大惊，然后对谢墨含拱了拱手："侯爷，小老儿行医大半辈子，知道什么样的病症和伤势小老儿能救，这剑一眼看来，实在是太深了，又是刺在心口处，小老儿怕是救不了呀。”

谢墨含闻言，面色大变。

这时，谢云继从外面走进来，跨进门槛，正听得这老大夫如此说，说道：“你只看了一眼，没把脉怎么就能肯定一定救不了？没准儿她的心脏长偏了呢！这小丫头一副歪心肠，不分青红皂白，不辨好坏，心眼儿若不是长偏了，怎么能一肚子歪主意和坏水？”

“云继！”谢墨含闻言，无奈地制止他，“都什么时候了，你还说浑话。”说罢，他转头对老大夫说道，“我这位兄弟的话虽然不中听，但是也有道理，您先给她号脉、拔剑试试，她不一定没有救。”

“那好吧！”那老大夫上前，去给秦怜把脉，片刻后，他又换了一只手把脉，又过了片刻，他松开手，仔细地看了看秦怜心口处的剑，然后慢慢伸手，贴近被剑刺中的部位，覆上片刻后，忽然面露喜色，转身对谢墨含和谢云继拱手，“侯爷，真被这位公子说中了。郡主的心还真是长偏了一寸，小老儿能有五成把握救好她，但小老儿的医术毕竟不精，怕是会使郡主身上落下伤疤。”

老大夫说罢，谢云继目瞪口呆，他本是随口说说，没想到还真给说中了。

此剑正中秦怜的心口，可是她的心恰巧长偏了一寸，也就是说没伤到心脉。

只要没伤到心脉，人就有救。

谢墨含闻言，惊喜地对老大夫拱手：“留下伤疤是小事，慢慢再用好药淡化疤痕就是了，什么也不及性命重要。”

老大夫点点头：“小老儿刚刚说了，只有五成把握，若是……”

“大夫说话一般都给自己留有三分余地，你说你有五成把握，也就是说你其实是有八成把握。既然有八成把握，那就是性命能保住了。”谢云继不耐烦地摆摆手，“既然如此，还废话什么？动手吧。”

老大夫的话被卡在喉咙里，一时不上不下，他只看着谢云继。

“你看着我做什么？赶紧救她呀！”谢云继挥手。

老大夫无奈地转回身，对谢墨含施了一礼：“侯爷，郡主乃未嫁之身，老朽身为大夫，治病救人本属应该。您和这位云继公子……”

“小爷正不想待在这里呢，她有什么可看的？我现在就出去！”谢云继转身走了出去。

谢墨含拱拱手：“老人家可需要人在旁辅助？我命两名婢女进来帮忙。”

“最好是有武功之人，可以帮我拔剑。”老大夫道。

谢墨含点点头，出了房门，对守在门外的品竹、品青说道：“你们二人进去，协助大夫拔剑救郡主。一定要小心谨慎，切不可出丝毫差错。”

“是！”品竹和品青进了房门。

谢墨含望天祈祷：“希望大夫真能救活郡主。”

“她命大得很，死不了！”谢云继抬起胳膊放在鼻子前闻了闻，嫌恶地道，“接住这个臭丫头，弄了我一身血腥味，难闻死了。给我找一间房间，我要沐浴。”

“听言，你带云继公子去我隔壁的房间，吩咐人烧水让他沐浴。”谢墨含对听言吩咐。

听言应声：“那您呢？您不回去？”

“我在这里等着，确定郡主安然无恙之后再回去。”谢墨含摆摆手。

听言点点头，走到前面去带路，带着谢云继去了谢墨含隔壁的房间。

谢墨含等在门口。

过了片刻，品竹从里面匆匆走了出来。

谢墨含立即问：“怎么出来了？”

“奴婢去打清水！”品竹道。

谢墨含点点头：“那快去！”说罢，他对跟他一样等在门口的品萱、品妍吩咐，“你们两个也快跟着去打清水。”

二人齐齐应声。

不多时，三人端了三盆清水进去，片刻后她们又端了三盆血水出来，血水分外红，触目惊心。

谢墨含的薄唇紧紧地抿起，他站在门口，并没有再出声询问。

如此清水进去，血水出来，反复三四次之后，再没有血水端出来。

品竹泼了血水，回到门口，见谢墨含脸色发白，对他小声说道：“侯爷，您放心，刚刚大夫说了，拔剑很顺利，郡主的命十有八九是保住了。”

谢墨含闻言，松了一口气。

品竹又走了进去。

两盏茶的工夫之后，那老大夫从里面走了出来，擦了擦额头上的汗，对谢墨含拱手：“侯爷，小老儿不负所望，总算救回了郡主的性命。接下来，郡主只要不发高热，应该就性命无虞，只等着养好伤口了。”

“多谢大夫。”谢墨含连忙施礼，对他恳求道，“我这府中无大夫，您可否在这府邸住下？也好随时看顾郡主的病情。只要救活郡主，京中的皇上、皇后、王爷、王妃、太子、铮小王爷，以及在下都会对您加以重谢。”

“侯爷言重了，救死扶伤本是医者的本分，就算侯爷不恳请，小老儿也决定留下来照看郡主，待郡主脱离危险再离开。”老大夫连忙说道。

“那真是太好了。”谢墨含回身，对品竹吩咐道，“快些在这所院子里找一间房间安置大夫。”

“是，侯爷。”品竹对那老大夫施了一礼，“请随我来。”

老大夫点点头，一边擦着汗一边跟上了品竹的步伐。

谢墨含目送老大夫离开，见听言回来，便问听言：“将云继安置妥当了？”

听言点点头，嘟嘴说道：“云继公子真是难伺候，同样出身谢氏，您还出身忠勇侯府呢，他只是出身谢氏盐仓，竟然比您还挑剔，毛病多得很，水热了、水冷了，都不行，一定要调到适宜的温度。自己没带衣物，我临时找了您的旧衣，他死活不穿，要我拿新的。这临安城处处闹瘟疫，裁缝店都关门了，哪里还有卖新衣服的地方？没办法，我只能拿了您的新衣服给他。”

谢墨含听罢乐了，对听言说道：“你不知道他真正的身世，他是我姑姑和北齐皇帝的儿子，只不过寄养在谢氏盐仓而已。你说他这身份该不该如此挑剔？”

听言一呆，恍然大悟：“怪不得呢！”说罢，他挠挠脑袋，“云继公子的身份一直是保密的吧？侯爷怎么就这样告诉我了？万一我脑子不好使时，泄露出去了可怎么办？”

“如今形势迫人，南秦皇室和谢氏也不再水火不容了。云继这回从北齐回来，我虽然还没与他细谈，但也知道他的身份公之于众不过是早晚之事。况且，太子、秦铮，还有不少人都是知晓的。”谢墨含道。

听言眨眨眼睛：“好在咱们南秦和北齐一直和睦。”

谢墨含闻言心思一动，忽然低声说道：“和睦……”

“侯爷怎么了？我说得不对？”听言看着谢墨含，见他神色有异，奇怪地问。

谢墨含摇摇头：“没怎么，我只是觉得这‘和睦’二字听来怪异罢了。南秦和北齐未必如表面上一般和睦。我姑姑嫁去北齐，定然不喜两国兵战，可是北齐的二皇子就未必会如此想了。早先有姑姑重病被救回，后有齐言轻数月前来南秦，暗中谋划，虽然后来被秦铮利用，但也不过是太子和秦铮之间的较量。至于和睦，若是齐言轻被立为太子，做了北齐的皇帝的话，恐怕这天下会起兵战。”

听言睁大眼睛：“不会吧？”

“这哪里是说得准之事？毕竟如今南秦内乱，从京城到京外一片狼藉，我被困在临安城，以致漠北边境守军无人做主，若是趁机制造乱象，而云继又回到了南秦，那么，万一齐言轻私下做些什么，前景真是不容乐观。”谢墨含说着，忽然喊道，“品竹。”

“侯爷！”品竹立即从里屋走了出来。

“郡主既然无恙，我就不进去看她了，你和品萱、品青、品妍四人好好地守在这里，再不准出差错。郡主一旦醒来，就去喊大夫。”谢墨含吩咐。

“是。”品竹应声。

谢墨含转身向谢云继所住的房间走去。

听言纳闷儿侯爷怎么说着说着脸就变了，焦急起来了。但是他觉得谢墨含这样的变化跟谢云继有关，于是连忙追上谢墨含。

谢墨含匆匆来到谢云继的房间外，伸手叩门。

谢云继懒洋洋地问："谁？"

"是我。"

谢云继纳闷儿："那臭丫头救活了？你怎么这么快就来找我了？别告诉我她没救过来，让我想办法，我可没办法可想。"

"不是，你沐浴完了吗？我有话与你说，是重要的事。"谢墨含强调道。

谢云继闻言，也正经地说道："既然你有话要说，我就不洗了，你稍等一会儿。"

谢墨含点头："好。"

不多时，谢云继一身清爽地打开房门，见谢墨含一脸焦急，他疑惑地问道："不是那臭丫头的事，难道是临安城又出事了？又有人捣乱？"

"也不是，你别猜测了，我进屋与你细说。"谢墨含道。

谢云继点头，让开了门口，说道："你从秦铮手里要来的这个小书童，真是不合格，回头还给他吧，我帮你选个合格的。"

听言一听顿时怒了，还没反驳，谢墨含便伸手关上了房门，同时将谢云继推进了屋。

听言只得气哼哼地作罢，经此一事他明白了一个道理，得罪谁也不能得罪谢云继这样的人。

进了屋后，谢墨含也不坐下，问谢云继："我问你，你回北齐之后，可是见到北齐皇帝和姑姑了？另外，可也见到齐言轻和玉家人了？"

谢云继翻了个白眼："我当是什么事呢，原来是这个呀。"他说着，坐下身，倒了两杯茶，将一杯茶递给谢墨含，一杯茶自己端起来喝了一口，跷着二郎腿说道，"都见了。"

"你与我说说，如何？"谢墨含问。

谢云继懒散地道："还能如何？齐云雪将我抓去了北齐，途中我使计溜走了。虽然她是奉了那老头子的命来南秦接我的，但我也不能真被她抓回去吧，那显得我多没本事，多丢面子？于是，小爷甩了齐云雪，自己去北齐皇宫了。她以为我逃跑是要回南秦，于是命人拦在了北齐边境，各处找我，哪里知道我自己去北齐皇宫了？"

谢墨含点点头："能从齐云雪手中溜走，确实本事不小。"

谢云继嘁了一声："被一个女人抓了，从她手中溜走，算什么本事？只是我走时整了她一把，不太窝囊罢了。”

“不要小看女子的本事，算起来她是北齐的公主，也是你的亲姑姑，不是一般的女人。”谢墨含道。

谢云继哼了一声：“我管她姑姑不姑姑呢，她没经过我的同意便抓了我，就是得罪我了。到了北齐后，我偷偷地溜去了皇宫。”

“先去见姑姑了？”谢墨含问。

谢云继摇摇头：“去见了玉贵妃。”

谢墨含一愣：“你既然回了北齐，进了京城又去了皇宫，为何不先去见姑姑，而要先去见玉贵妃？见她做什么？”

“传言玉贵妃十分貌美，我想看看她到底有多美。”谢云继道。

谢墨含无语。

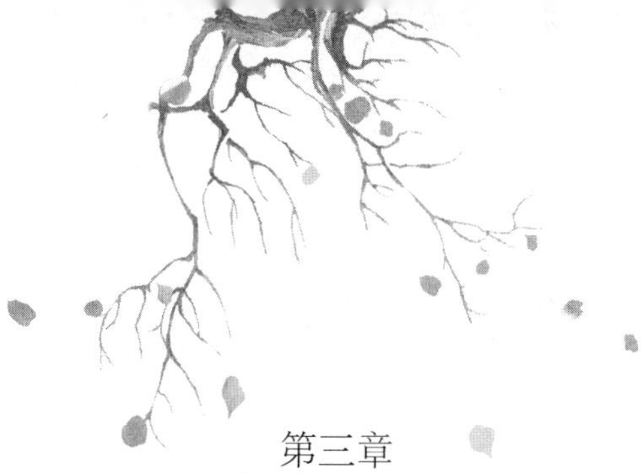

第三章
燕亭回归

谢云继颇为失望地道："果然传言都是骗人的，她就是一个深宫怨妇而已。"

"玉贵妃的确是美人，我见过她的画像。只不过姑姑和北齐皇帝两情相悦，姑姑又冰雪聪明，懂得权谋制衡之术，拴住了北齐皇帝的心，玉贵妃虽然和北齐皇帝青梅竹马，即便有玉家支撑，但是北齐皇帝的心向着姑姑。长年累月，她幽怨愤懑，自然美貌不及从前。"谢墨含道。

谢云继撇撇嘴："我娘若真是冰雪聪明，怎么会喜欢那个老头子，与他的后宫妃嫔争宠？即便宠爱长盛不衰，但也不是一心人。"

谢墨含失笑："北齐皇帝怎么成老头子了？"

"反正没什么可看的，就是一个老头儿，只不过是比老侯爷年轻一些的老头儿罢了。"谢云继道。

谢墨含摇摇头，不理会他的不正经，严肃地说道："我急急找你，是刚刚听言的话提醒了我，他说北齐和南秦和睦。你如今往北齐走了一趟，虽然你身份特殊，但因为自小生长在南秦，所以该当有中正的看法，你怎么看？"

"和睦？"谢云继嗤笑一声，"这么多年，我娘的美人计使得好，抹除了老头子的征伐杀戮野心，他不再想侵吞南秦国土统一南北了，可是别人未必这么想。若说和睦，也不过是汹涌的水上盖着一层薄冰罢了。"

"你既然也这么看，是否知道些什么？"谢墨含看着他，"我且问你，是不是玉家和齐言轻有什么谋略针对南秦？这次南秦发生这样的内乱，据我所知牵连了皇室隐山隐卫，是否也牵连了北齐玉家？"

谢云继眨眨眼睛：“也许吧，谁知道呢，我又没在北齐京城待多久！只不过是转了一圈，看我娘好好的，那老头子因为无奈而送走我，面对我愧疚，恨不得要星星摘星星、要月亮摘月亮，北齐玉家的人看到我恨不得吃了我。在宫里是火，出宫后就是冰，小爷我可受不住，索性就回来了。还是南秦好，就连南秦的空气都是新鲜的。”

“你没待几日？”谢墨含闻言揣度，“玉家人待你不好实属正常，毕竟玉贵妃和玉家人多年来也没斗得过姑姑，上次姑姑病重，他们本以为能将姑姑治死，可还是功亏一篑。如今你又回了北齐，且你还是北齐皇帝的嫡子，姑姑多年的根基不容小视，若你想要北齐的皇位，依靠姑姑和北齐皇帝的推动，你即便多年不在北齐，也不愁坐稳，本来是唯一子嗣的齐言轻，他的地位就岌岌可危了，玉家人当然恨不得杀了你。”

“谁乐意要那个皇位了？”谢云继嗤了一声，“受苦受累，白给我都不要，他们当香饽饽，我可不当，那个位置哪里有温柔乡、美人骨、天下美景及美食更使人舒适？”

谢墨含无语，沉默了片刻，说道：“人人喜好高处，可是不知道高处不胜寒。尤其帝王更是要绝七情、灭六欲，勤勉者日日劳累都不见得能流芳百世。而一旦懈怠便国无宁日，需要自省自罚。你不要那个皇位，寻常人对此难以理解，可是在我看来也没有不对之处，不要也好。”

谢云继点点头，喝了一大口茶水，感慨：“虽然临安城处处闹瘟疫，但是这茶水喝起来还是香喷喷的。”

“你的身份至今还没公之于众，是否也是因为你不想要北齐的皇位？”谢墨含又问。

谢云继哼了一声：“老头子愧疚，屡次试探我，但我娘看得开，没为难我，说她自己一辈子困在皇宫，我以后想过什么样的日子，就由我自己选择。她虽然生了我但没养我，也就不干涉我的生活了，凡事由我自己决定。”

“姑姑这一辈子不易，北齐皇宫的确困了她一生。”谢墨含叹了口气，“自从她去了北齐便再未回过娘家，心里又何尝不想故土？何尝不想踏出北齐皇宫，游历名山大川？爷爷说姑姑最是活泼爱玩，可惜随我娘去了一趟漠北，一辈子便被拴在了漠北。”

“那也是她的选择，她心甘情愿着呢。”谢云继撇撇嘴。

“你回南秦，北齐皇帝和姑姑可知道？”谢墨含问。

“我是背着老头子离开的，我娘知道，她给了我一批暗卫。”谢云继说着，眼睛忽然亮了起来，“我娘还真是厉害，她的暗卫人数虽然不多，但是个个精明强干，随便拿出一个就能以一挡百。我这回还真没白去北齐，在路上时玉家的人想杀我，结果他们的人折损了不少。嘿嘿……”

谢墨含闻言，立即问道：“姑姑给你的暗卫呢？我怎么不曾感到他们在附近？”

谢云继摆摆手：“让我留在漠北边境了，齐言轻打的什么主意我心里一清二楚。南秦一直动乱，而你又被困在临安城，暂时难以抽身去漠北边境，他若是这时候出手，漠北边境一乱，南秦可就是雪上加霜了。所以，那些人被我留在漠北了。只要齐言轻在边境一有动作，他们就会及时拦下，即使拦不住也会报与我，也能帮你拖延些时间，防患于未然嘛。”

谢墨含闻言，大喜：“我来找你正是要说此事，既然你提前替我做了安排，那我就放心了，多亏有你。”

若是齐言轻趁南秦内乱，水深火热之时搅乱边境，那么，南秦就真正内忧外患、雪上加霜了。

谢云继能提前防着齐言轻，有他娘给他的精明强干的隐卫，那么，齐言轻就会受到掣肘，定不会轻易得手。

谢墨含听罢，心中的大石落下了，沉着的心总算轻松了几分，对谢云继询问道：“这么说，姑姑给你的隐卫你一个都没带回来？从漠北边境到临安城，这一路上只你一人？谢氏盐仓的叔伯自从知晓你被齐云雪带走后，便倾巢出动去找你了，你可与他们接上了话、碰上了面？”

“不是我一个人，还有一个人，燕亭与我一起回来的。”谢云继道，“谢氏盐仓抚养我多年，对我恩重如山，我虽然去了北齐一趟，但也不能舍谢氏盐仓而不顾。在摆脱齐云雪之后，我便给他们传信了，如今谢氏盐仓的人跟老侯爷在一起。”

“燕亭回来了？”谢墨含一愣。

“嗯，回来了！”谢云继点头，“他当时离开南秦京城，本就是因为在永康侯府长期积压的郁气无处宣泄，再加上思慕芳华妹妹又不得。芳华妹妹虽然不能给他情意，但帮助他摆脱了永康侯府和南秦皇室隐卫以及范阳卢氏的围追拦截，请言宸一路护他去了北齐。燕亭一直在北齐小国舅府待着，不得不说，言宸的手段极其厉害，言宸虽然人不在北齐京城，却派人在北齐京城里将燕亭保护得很好，老头子和玉家的人即便知道燕亭是南秦永康侯府的燕小侯爷，也装作不知，燕亭走马当街，没人奈何得了他。摆脱了永康侯府的他，在北齐过得甚是自在。”

谢墨含闻言，叹了口气：“燕亭的性情本来爽利，他自小跟秦铮交好，也染了秦铮的几分性格，两人脾性相投，只是没想到他们都心仪妹妹，才弄得兄弟离心，实在是……”

谢云继闻言嘿嘿一笑，说道：“正是因为他听说了圣旨休书，才在北齐京城待不住回来了。”

谢墨含一惊：“他走了半年有余，难道还没对妹妹死心？”

“这我就不知道了，反正听闻了芳华妹妹被下了休书，他把马鞭抽得啪啪响，我自认骑术高超，武功也比他高，可是硬是没追上他。到漠北边境后，我在安排事情，他等都不等我，自己快马加鞭走了。我随后追来，一路上连他的人影也没看到。”谢云继道。

“这么说，他先你一步回来了？既然如此，他去哪里了？难道回京城了？”谢墨含说着，摇头，“也不对呀，回京城的话临安城是必经之地，如今临安城闹瘟疫，四城封闭，不通关他如何回京城？”

谢云继眨眨眼睛：“他关心的是芳华妹妹，也许没来临安城，而是直接找她去了。”

“找妹妹？”谢墨含一怔，疑惑，“他拿什么去找？我都联络不上妹妹，要联络妹妹就需要靠言宸，他如何联络妹妹？”

“他不是被言宸带去北齐小国舅府的吗？如今言宸也离开临安城了，他与言宸应该能联络上。他若是联络上了言宸，不就能联络上芳华妹妹了吗？”谢云继道。

“也是。”谢墨含点头，“可是言宸如今引背后势力离开了临安城，前去找妹妹，此行实属危险，他能让燕亭赴险？怕是妹妹也不会同意。”

“操那么多心做什么？你人还未老，却跟个小老头儿一般，日日操心，难怪身子骨怎么也养不好。”谢云继打了个哈欠，不以为意地摆摆手，“一路奔波，困死了，你若是没别的事，就让我先睡一觉吧。”

谢墨含闻言，看了看谢云继的黑眼圈，只能作罢，站起身：“那你睡吧，晚饭时我喊你。”

“只要这城内不再出事，就不必喊我了，我不吃晚饭了。”谢云继起身，打着哈欠进了内室。

谢墨含无奈，出了房间，回到了隔壁自己的房间。

听言跟在谢墨含身后小声问：“侯爷，燕小侯爷真的回来了？”

“嗯，回来了。”谢墨含知道听言守在门口，听到了他和谢云继的谈话，不过听言口风比较紧，不会随意外露他们的谈话内容。

听言挠挠脑袋，郁闷地道：“小王爷和芳华小姐如今这副样子，燕小侯爷就趁机回来，可真是会找时间。芳华小姐明明不喜欢他，他还回来做什么？难道还要抢夺芳华小姐不成？那小王爷怎么办？”

谢墨含闻言无奈地道：“燕亭是关心妹妹，才急匆匆地赶回来的，未必是对妹妹不死心。况且，秦铮难道是那种任人抢夺之人？除非他和妹妹真的不可挽回了，否则……且观后效吧。”

听言松了一口气："那还好。"

"你也是够操心的。"谢墨含好笑，对他摆手，"去问问郡主醒了没有，可有碍。"

听言点点头，跑了出去。

谢墨含倚在软榻上，疲惫地揉揉额头，闭上眼睛稍事休息。

不多时，听言跑了回来，对谢墨含道："侯爷，郡主还未醒，品竹等四人听您的吩咐，小心地看着呢，说醒了一定会派人告诉您，到目前为止没见发热，让您放心。"

谢墨含点点头，对听言摆摆手。

听言知道他也累了，退出了房间不再打扰他。

余晖透进窗子照进谢墨含的房间，他虽然在闭目休息，但眉目间那忧愁的神色怎么也化不开。

他最担心的自然是谢芳华。

隔壁房间，谢云继听到谢墨含的房间内没了动静之后，轻手轻脚地来到窗前，打开窗子向外看了一眼，院内无人影，他轻轻纵身跳到了窗外，脚尖刚点地便挥手无声无息地关上了窗子，同时，飞身而起，几个起落便来到了西院墙处，跳出了院墙。

谢墨含从京城带出来的侯府隐卫，自从临安城发生瘟疫，为了寻找黑紫草都派出去了，只留下了从不离身的近身暗卫云叶，只不过谢墨含不让他轻易在人前出现罢了。

但是他不出现并不代表他不在。

所以，谢云继刚跳出墙外，他便现身于谢墨含的窗前，低声喊："侯爷。"

谢墨含立即睁开了眼睛，因为没有极其重要的事情，云叶不会轻易现身。而如今又是非常时期，有点儿风吹草动便都是大事，能惊动他现身的事必然比较重要。谢墨含立即问道："云叶，可是出了什么事？"

云叶低声说道："云继公子刚刚悄悄出了院子，不知去了哪里，属下是去拦下他还是任其离开？"

谢墨含一怔："云继悄悄离开了院子？"

"是！"

谢墨含低头思索，恍然大悟："他刚到临安城时，听闻我说言宸引背后人离开，去找妹妹了，他便有些动心想要追去，被我拦下了。如今他应该还是待不住去凑热闹了，怕我拦阻，借着累要睡觉悄悄地溜了。"

云叶不语。

谢墨含想了想，又道："谢氏自有一套追踪之术，爷爷和谢氏盐仓的叔伯当初将云继从北齐接回来，对于如何培养之事，也是慎重地商议过的，后来，决定按照谢氏盐仓继承人的规矩培养，将来是回北齐还是留在谢氏盐仓，由他自己决定。作为谢氏盐仓培养的继承人，他若是想追言宸的踪迹，想必也不是追不到。毕竟不只言宸离开了临安城，他同时也引开了大批的人，总有人会留下踪迹。”

云叶依旧不语。

谢墨含思忖片刻，又道：“云叶，你去追云继，不是去拦他，而是追在他身后以观其变，若是有危险也好相助一二。”

云叶摇头：“侯爷，属下从未离你身侧，当初老侯爷让我谨记，任何时候都不能离开你。”

“彼一时，此一时。”谢墨含道，“爷爷也不想妹妹出事。另外，临安城经白天一事，应该也不会再生事端了，毕竟人已经被言宸引开了。”

云叶依旧摇头，站着不动：“别的事情都能听侯爷吩咐，唯独离开您万万不能。尤其如今您身染疫疾，若是明日再没有黑紫草，万不得已时我必须带您出城去找黑紫草。”

谢墨含叹了口气：“这样，我们打个商量，今夜临安城应该不会再有事情了，你先追上云继，天明之前赶回到我身边就是了。你放心，依如今的形势，临安城已经无人再生事端，我肯定不会有事。”

云叶依旧摇头。

谢墨含无奈，摆摆手：“算了，让云继自己去吧，不必管他了。”

云叶这才颔首，退了下去。

入夜时分，临安城内甚是安静。

谢云继出了院落后径直来到城门处，侍画、侍墨、侍蓝、侍晚四人已经安排人将城门口打扫干净。她们刚准备回去，便见谢云继出现在了城门处。

四人连忙对谢云继行礼。

谢云继嘘了一声，隐在暗处对四人招招手。

四人纳闷儿，疑惑地走近他。

待四人走近，谢云继对她们低声说道：“我要出城去迎芳华妹妹，你们四人守好临安城。”顿了顿，他又道，“不过依我估计，今夜临安城应该没什么人闹事了，你们该睡觉就睡觉，警醒着点儿就是了。”

“您要去迎小姐？”四人一惊，“您知道我家小姐的下落？”

谢云继摇摇头：“不知道，不过，我刚刚在四个城门处皆转了一圈，已经找到丁点儿踪迹，沿途追踪下去定有收获。先过来告诉你们一声，明天不是瘟疫发作的最后一日吗？既然芳华是去找黑紫草了，她就能带回来。在这之前，你们除了要看好临安城外，还要保护好谢墨含，别让他出事。”

四人点点头：“您离城去找小姐，是不是瞒着侯爷的？”

“小丫头都这么聪明做什么？！”谢云继说着，拿出爬墙索，嗖一下跳下了城墙。

侍画、侍墨等四人去看，只见谢云继利用爬墙索下城墙时十分利落，不过片刻便出了城，他渐渐走远，向西北而去。

临安城因为地理位置特殊，一面环山，此山名为九曲山。一面绕水，此水名为九曲水。无论是陆路还是水路，都四通八达，因此临安城在南秦建国以来快速地发展起来，十分繁华，故而成为南北东西往来商贸和通行的要道。

所以，一般的城池只有几万人居住，而在临安城居住的人则有十几万之多。

而谢云继离开的方向正是西北环山的方向，西北方只有一面山，之所以说临安城交通发达，是因为即便这西北群山环绕，但也不像别的地方的山那般陡峭难以行人，反而是九曲回肠，有许许多多条山路与各个方向连通。

这些山路都与临安城相接，也就是说，走每条路都能来到临安城。

甚至西北这一面九曲山同时和西南的九曲水相应，陆路水路两相宜。

这也是言宸决定引背后势力出临安城的原因之一，在这样的地方能做许多在临安城内做不了的事情。

敌在暗我在明，不如敌在明我在暗。

谢云继寻到一丝踪迹后，便沿着踪迹去了九曲山。

九曲山，九曲回肠。

谢云继站在九曲山的中心路口，原地转了无数个圈圈，将每一条路都仔细地看了一遍。

片刻后，他从怀里拿出地星针，俯身在地将地星针放在了地面上。

地星针接触地面之后，指针便开始在罗盘上转圈。

须臾，地星针指在了一个方位上。

谢云继眨了眨眼睛，收起地星针，向着地星针指明的方位追去。

他一人，没骑马，轻手轻脚，足尖沾地便走，沿着羊肠小道径直上了山。

这一条路算是九曲山最难走的路。

天色已黑，本来以白日里晴朗的天气来观，今夜怎么也是星月当空的，可是如今却是渐渐地乌云笼罩，不见一丝星辰。

谢云继没拿出任何可以照明的东西，走了一段路后便适应了黑暗。

一个时辰后，他便沿着山路走出了二十里，来到了一处两山崖壁的夹道山口。

谢云继停住脚步四下里张望，迎面有两处山崖，中间只有一处夹道，再无别路。他重新拿出地星针，俯身在地。地星针开始转动，片刻后直指对面的夹道山口。

他无奈地看了一眼，嘀咕了一句，进了夹道山口。

他刚一进入，山口内忽然射出一箭，这箭无声无息且又快又狠地向他射来。

谢云继开始并没发现，待他发现时已经躲避不及，他大惊失色，大叫一声，心想完了。

就在箭即将穿透他来不及躲开的左臂时，左侧山体忽然有一把剑斜斜地过来，铛的一声，箭与剑相撞，那箭被打开了。

谢云继惊魂未定，连忙转头，看到飘然落在他左侧的人后大喜："芳华？"

谢芳华收起宝剑，看着谢云继，蹙眉："云继哥哥？怎么是你？你什么时候回南秦了？来这里做什么？"

谢云继伸手去摸左胳膊，胳膊完好，他大松了一口气，上前一步一把抱住她，说道："吓死哥哥我了，我还以为我这一只胳膊今天必定废了，幸好你来了。"

谢芳华冷不防地被他抱住，觉得谢云继在被齐云雪抓走的这数月似乎又疯长了些身量。听着他的话，她一时好气又好笑，伸手推开他："我问你话呢，你什么时候回南秦的？怎么来了这里？"

"你还质问我？我还不是为了你？"谢云继被推开，不满地说道，"我听说临安城有难，你又被人休了，我不放心，从北齐一路骑快马回来，刚到临安城便得知你要带黑紫草去临安城，言宸筹备了什么好玩的事，我便一路追来找你了。没想到，我刚到这儿就险些被废了一只胳膊。"

谢芳华听他简略地说明来意，瞪了他一眼："什么时候都改不了你好玩的本性！刚刚真该废了你的一只胳膊。"

"刚刚那一箭是你射的？"谢云继看着她，问道。

谢芳华摇摇头："不是我，是秦钰。"

"秦钰？"谢云继睁大眼睛，难以置信地问道，"你竟然和秦钰在一起？"

谢芳华瞪了他一眼："我和他在一起有什么值得大惊小怪的？"

谢云继撇嘴："是没什么值得大惊小怪的……只不过，你们化敌为友了？那……那个谁呢？"

谢芳华不答他的话，转头看向山口外，问道："你是一个人来的？"

谢云继点点头："是呀。"

"你既然是跟着言宸的踪迹而来的，言宸如今还未来，你怎么反而先来了？"谢芳华纳闷儿。

谢云继愣了一下："我哪里知道？言宸真是和你约好了？他还没来？"

谢芳华点点头，思索片刻，问道："你是用什么方法找到这里的？"

谢云继说道："老头子给我的地星针，果然好用。"

“地星针？”谢芳华不解，“哪个老头子？你是说我爷爷，也就是你外公？”

“不是。”谢云继摆摆手，“老侯爷是老的老头子，我口中的老头子是比他年轻一点儿的，北齐皇帝，我爹。”

谢芳华失笑，无语地看着他，说道：“去北齐走了一遭，变得更不正经了，你这副样子，将来谁还敢嫁给你？估计你一辈子都娶不到媳妇儿了。”说罢，她伸手将他一拽，拽离了洞口，对他说道，“地星针据说也是魅族的灵宝之一，你既然用的是地星针，通过地表星灵意念找人，你本来想找的不是言宸而是我，地星针走的是直线，所以，先找到我倒没什么奇怪的了。”

“小丫头，你少咒我，天下女子一抓一大把，都得求着小爷娶。”谢云继嗤了一声，“那言宸呢？真还没来？他比我早走了近一个时辰呢。”

“九曲山，九曲水，依照言宸的性格，总要带着那些人绕一绕的。”谢芳华收回视线，对他说道，“这里不是说话的地方，跟我上崖。”

谢云继住了嘴。

谢芳华从袖中拿出袖剑和攀岩索，向上甩去，须臾，叮的一声响，攀岩索钉在了几十丈高的石壁上。她一手拽住攀岩索一手拉起谢云继，凌空上崖。

二人本来都有武功，须臾之间便上了几十丈。

这里有一处半崖壁上凸起的山石，可容纳两三个人坐下。

山石上斜着坐着一个人，此人正是秦钰。

来到山石处，谢芳华收了攀岩索，将谢云继拉上山石。

“原来是云继兄，久违了！”秦钰微笑着看着谢云继，声音里带着惯有的温润，“早先不知是你，我的箭用了十分之力，见谅。”

谢云继上了山石后，仔仔细细地将秦钰打量了一遍，挑眉：“听闻太子殿下染了瘟疫，看来是假的了？”

秦钰摇头：“不是假的，只不过我找到芳华后，吃了她用黑紫草调配的药而已。”

谢云继拉长音噢了一声，说道：“既然你瘟疫好了，那我也就不怕你传染给我了。”说罢，谢云继伸手勾住他的肩膀，贴着他坐下，“我听说你一直待在临安城，芳华妹妹则是从京城出来的，你们是怎么联络到的？”

秦钰任他勾住肩膀，看了谢芳华一眼，微笑着并没作答。

谢云继的眼珠子转了转，见谢芳华收好攀岩索和袖剑之后，拿过一旁挂在石壁上的大弓，也不再问秦钰，而是说道：“这样的夹道真是占据天险，你们这是特意埋伏在这里？等言宸引着人来了，便将那些人一网打尽？”

“云继兄猜对了。”秦钰点头，也拿过一旁的弓箭。

谢云继这才发现，在谢芳华和秦钰的两侧，分别挂着一排箭，有二三十支，每一支箭都十分精致，是寻常箭的三倍粗重，箭尖锋利。

这样的箭，若是武功高强者使用，对方即使有千军万马，也能取其首级，难怪刚刚他躲不开。

他立即来了兴趣，扭头对谢芳华说道："芳华妹妹，我们打个商量好不好？稍后人来了让我也射几箭。"

"你没有提前练过这样的箭弩，怕是使不惯，还是好生待着吧，别乱了我的计划。"谢芳华着重强调，"今天可不是闹着玩的，你不要胡来。否则，我们三个再加上言宸，怕是难敌几十人甚至上百人。若是不按照安排行事，稍有差错这里就是我们的埋骨之地了。"

谢云继大惊："这么严重？"他难以置信地问，"那暗卫呢？都到哪里去了？"

"我让他们从九曲水护送黑紫草去临安城了。"谢芳华道，"所有的隐卫都调派过去保护黑紫草了。"

谢云继的脸都灰了："我虽然人在北齐，但是有所耳闻，这次南秦内乱皆因宗师之祸。隐山宗师背叛南秦皇室，难对付得很。你这小丫头，怎么如此胆大？万一来的人多，你们就这些箭对付得了吗？"

"对付不了也要对付。"谢芳华压低声音提醒道，"我另外还有机关安排，从现在起，你乖乖地待在这里，稍后给我们两个人递箭。"

"我递箭？"谢云继看着谢芳华，难以置信地问道。

"要不然趁着现在你就赶紧离开。"谢芳华强硬地道。

谢云继也知道今日事情严峻，本来想着看热闹的同时，能帮上些什么忙，可是没想到自己只能给秦钰和谢芳华递箭。见谢芳华不容拒绝的模样，他只能屈服："好吧，递箭就递箭。能得本公子这金手递箭，可是千百年修来的福气，你们两个可要一射一个准呀，别让我白递一回。"

"定不叫云继兄白递。"秦钰微笑着颔首。

谢芳华不再说话，注视着夹道入口，凝神静观。

谢云继也收起了不正经的神色，觉得自己即便是递箭的，但这等千载难逢的事情，能赶上就是福气。他也打起了精神，静静等着。

半个时辰后，夹道外有了动静。

秦钰转头看谢芳华。

谢芳华也转过头看，对他点点头。

二人同时举手，拉弓搭箭，将弓拉满。

不多时，一个人冲进了夹道口。

谢云继立即睁大眼睛，只隐约看出此人穿着一身黑衣。他等着谢芳华和秦钰射箭，二人却谁也没动手。他不由得纳闷儿了，须臾，他才想起，先进来的人定然是言宸，所以，二人肯定不会放箭。又一想，不对呀，他和言宸都是一人进来，在这样的高处向下看，想必都只能看到是一道黑影，看不清是谁。为何他就差点儿挨了一箭，险些废了一条胳膊，而对言宸就没射箭。他本想问询原因，但转头见二人都全神贯注，他不好打扰，只能将话压下。

只见那黑影进了夹道，向里面走了十几步后，吹了个轻轻的口哨。

这口哨十分有趣，竟然听哨音就能听出是在喊“芳华”两个字。

哨音落，在几十米外传来一声哨音的回应，同样是以哨音回了“言宸”两个字。

谢云继睁大了眼睛，向夹道内的几十米处看去。

言宸听到哨音后似是大喜，向夹道冲了进来。

他刚向里走了不远，夹道入口处忽然冲进来一批黑衣人。这批黑衣人带着一股沉冷、阴暗的气息，瞬间就让黑漆漆的夹道又添了几分浓重的黑色。

当前一批黑衣人有十几人，人人气息相同。

秦钰和谢芳华对看一眼，都没动手。

谢云继本就聪明，也猜出来了，前面这十几人恐怕是打头阵的死士隐卫，因为气息均等的话，这里面便不可能有宗师，宗师的气息应是不同寻常的。

这一批人进来之后，前后左右看了一眼，之后有一领头人一摆手，向夹道内冲去。

十几个人进入夹道，竟然只发出了些许动静。

那一批人进去片刻后，又有一批人出现在了夹道入口，这一批人一共有五人，其中一人的气息阴暗、浑厚，胜于其他人。

从气息来判断，这人便是一个宗师了。

谢云继暗暗吸了一口气，半点儿气息都不敢外露，想着传说中的隐卫宗师果然厉害，光是气息就能这般压人，怕是两个他也不是这隐卫宗师的对手。

秦钰和谢芳华又对看一眼，谢芳华摇摇头，秦钰点点头。

二人依旧谁也没动。

谢云继猜想，二人都不动，想必他们还在等着什么人。

果然不出所料，待第二批人进去后，又有一批人出现在洞口，这一批只有三个人。但三个人的气息都很浑厚，三个人出现在洞口，黑暗的气息好似要将整个夹道封住。

谢云继惊得眼睛都有些发直了，而且已经忘了呼吸。

那三人来到之后，齐齐站在夹道入口，并没有如前两批人一般立即进来，而是四下里看了一眼，同时释放出气息，沿着山壁两侧覆盖而来。

秦钰忽然给谢芳华和谢云继传音入密：“不好，他们是用的内识搜索，若是内识覆盖到我们身上，我们定然会被他们发现。”

“放心，不会让他们察觉的。”谢芳华用传音入密回话，说罢，她轻轻抬手，一缕轻烟从她的手腕处溢出，转眼间便变成了一张密不透风的网，将整块大石和她自己以及秦钰、谢云继罩在了网内。

她刚罩好，三位宗师的内识便覆盖了过来。

黑暗的气息压住了密网，瞬间越过，弥漫至整个两侧的山崖峭壁。

谢云继好奇地看着眼前，在密网罩住的一瞬间，他觉得十分温暖、舒服，不由得眨了眨眼睛，开口想问谢芳华用的是什么内力，但知道不是时候，生生地忍住了。

秦钰看着周身的密网，极细、极浅，在黑暗的内识压盖过来时，密网纹丝不动，他也觉得十分温暖、舒适，他先是惊奇，片刻后便是了然。

只有魅族的秘术才能做到这么不动声色地防护和笼罩，即便是自小修炼阴暗邪功的隐卫宗师，用强大的内识也难以发现他们的气息。

谢芳华不动声色地看着夹道入口处的三个人，脸色一片漠然。

片刻后，三位宗师的内识将两侧的山壁，以及方圆一里之地搜寻了一遍，除了夹道内前方半里地有人的动静和气息外，再没发现别的。

三人对看一眼，齐齐进了夹道，向里面走去。

谢芳华在心里默默地数，一步，两步，三步……

三位宗师具有深厚的内功，一步如寻常人的四五步。

待他们向内走了三步之后，谢芳华忽然撤了秘术的防护，转头看向秦钰。

秦钰此时也对她点了点头。

二人齐齐将弓拉满，每张弓上放着的三支箭齐齐地射了出去。

二人都是高手，所以这箭射出去之时无声无息，比秦钰早先射谢云继的那一箭厉害数倍。

谢云继看着这每人连发的三箭，才知道早先秦钰说是用了十成功力，也不过是用了七八成而已。否则，以他的功夫定会被秦钰一箭毙命。

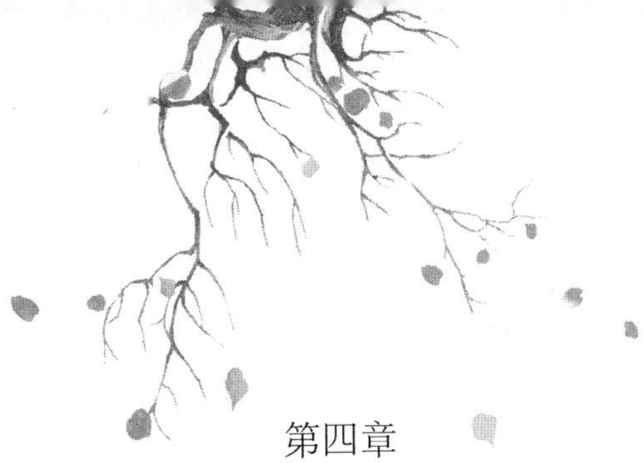

第四章

夹道之杀

谢芳华和秦钰三箭连发，谢云继顾不得赞叹二人的箭术，立即给二人递箭。

二人利落地再度拉弓搭箭。

“不好，有埋伏！”一位宗师大喊了一声。

其余两位宗师自然也察觉到了射来的箭。

箭羽远时无声，近了才被他们察觉，而且六支箭都极为凌厉、霸道。

三人瞬间用内力在周身罩起了防护墙，可是射箭的人显然也在箭上灌注了内力，六支箭瞬间突破了防护，直直地对着他们的要害部位射来。

三人大惊失色，后退数丈，他们不愧是宗师，六支箭羽竟然都躲了过去。

可是即便躲过了六支箭羽，但是不想另有机关，谢芳华的其中一支箭羽射到了地面的一处机关，只听砰的一声，地面埋着的土火药雷被射中后引爆了。

三人正好被罩在了土火药雷中间。

这时，秦钰和谢芳华第二轮的箭羽全力地对着三人又射了过去。

只听得箭羽刺破衣袂与肌肉的声响，这一轮箭羽射中了人。

谢云继大喜，又连忙第一时间给二人递上了箭。

二人不待宗师喘息，又一轮箭羽向下射去。

“什么人？”宗师如鬼魅般大叫了一声。

谢芳华和秦钰都不说话，谢云继也不说话，见二人射出第三轮箭后，谢云继又给二人递上箭。

“在左山崖上面！”一位宗师怒喝了一声。

“我们上去！”又一位宗师道。

说罢，有两道人影冲破了土火药爆炸时产生的黑烟，凌空而起，向左山崖三人的藏身之地而来，那两位宗师各拿着一把宝剑，携带着排山倒海的杀气。

秦钰和谢芳华这时将手中的箭又同时射了出去。

因六箭集中，那二人凌空而上的身影难以躲开，所以那二人齐齐挥剑，用内力震开了箭。

只见箭与剑相碰，擦出火星，发出刺耳的声响。

宗师不愧是宗师，若是寻常人，别说六支箭羽，就是一支箭羽也难以抵挡，可是这二人却丝毫不惧，合力挥剑，便齐齐地挡住了这六支箭羽，丝毫未受伤。

谢芳华、秦钰的面色同时一沉。

谢云继瞬间紧张起来，照这个气势，显然刚刚的土火药爆炸并没有对这二人造成伤势，应该只伤了下面的那一位宗师。若是这二人上来，依照这般浑厚的邪功，他们三人合在一起也不见得是那二人的对手。

他正想着，谢芳华忽然将箭递到了他的手里：“你来！”

“我？你不是……”谢云继一愣，早先她不是还说不准他插手，只准他递箭吗？怎么现在又将弓箭给他了？

“我困住他们，你们两个趁机放箭，否则他们一旦上来，我们不是对手。”谢芳华说罢，翻转双手，手心溢出淡淡的青烟，瞬间对着那两位宗师而去。

秦钰当即明白了，颔首：“好！”

谢云继虽然不明白谢芳华要如何困住这二人，但也知道她应该是要用跟刚才躲过三位宗师内识一样的方法。他也连忙拿过箭羽，拉弓、搭箭。

谢芳华将两缕青烟合于一处，织起了一张无形的网，将两位宗师罩在了网里。

两位宗师突然不能动了。

“射箭！”谢芳华低声喊道。

谢云继大喜，三支箭羽嗖一下射了出去。

秦钰的箭羽紧随其后，也对准两位宗师的要害部位射了出去。

在箭羽即将碰触到谢芳华织起的密网时，谢芳华猛地撤了网，箭羽发出哧哧数道刺破衣袂的响声，两位宗师还没来得及反抗便中了箭，身子齐齐向下坠去。

“好！”谢云继大叫了一声，“痛快！”

只听得两声重响，那二人齐齐栽落到了夹道内的地面上。

夹道内除了浓郁的火药味、血腥味，还充斥着烟尘、粉末味。

“应该都死了吧？”谢云继动了动身子，转头问谢芳华，“我们下去看看？”

谢芳华摇头，对秦钰说道：“为保险起见，将未打开的机关全部打开。”

秦钰颔首：“我也正是如此想法，毕竟这是宗师，不同于一般人。”说罢，他将剩下的一支箭羽拉满弓，对着一处射去。

箭羽射去的第一时间，只听咔咔数声响动，紧接着，砰砰砰一连串的炸响声接连响起。

不远处，传来惨烈的叫声。

一连串响声之后，谢芳华道："我们下去。"

秦钰、谢云继齐齐点头。

谢芳华拿出夜明珠，三人一起下了几十米高的山崖，来到地面。

只见地面上躺着两具不完整的穿着黑衣的尸体，两人各中了两箭，又被土火药炸到，一人少了条胳膊，一人少了条腿。

谢云继咦了一声："怎么拼凑都只有两个死人，那个人呢？"

谢芳华眯了眯眼睛。

秦钰拿着夜明珠四下里转了一圈，说道："恐怕那一人趁机逃出了夹道，漏网了。"

"逃出去了？"谢云继疑惑，"咱们一直盯着，他是怎么逃出去的？"

"早先射中机关，火雷崩裂，其中有一人应该受了伤，所以，后来有两位宗师发现了我们的藏身之地，齐齐要对我们出手，在被芳华困住后又被我们射伤坠落，后来我们又引动了机关。"秦钰看着地上不完整的两具尸体，说道，"这两个人应该就是后来被我们所伤之人，而那一人虽然受了重伤，但应该是趁机又退出夹道逃走了。"

"重伤之下，就算是逃应该也走不了多远。"谢云继恼恨地道，"我们去追。"

"还是不要去追了，那离开之人不死也只剩下半条命了，咱们先前放过去了两批人，虽然做了安排，但言宸一个人恐怕不好应付，还是言宸要紧。"谢芳华说着，便向里面走去。

谢云继知道言宸对于谢芳华的重要性，点点头，蹲下身扯开那二人的面纱看了一眼，嘀咕："我还以为真的是长舌鬼，没想到是面相如此普通的人，不知怎么就修炼成了这等厉害的邪功，霸道得跟厉鬼现身一样。"

秦钰对于不去追那逃走之人而去帮助言宸也没什么意见，见谢云继掀开隐卫的面纱，他也看了一眼，接口道："隐卫宗师自有一套厉害的内功，他们以气压人，以功迫人，巅峰者可以摧毁十里范围内的草木。"

"这么厉害？！"谢云继睁大眼睛。

秦钰颔首："我今日也是第一次见，只不过隐卫出自南秦皇室，我知道些消息罢了。"

谢云继撇撇嘴："这等祸害，皇室还留着做什么？早就该将他们一锅端了，早死早超生，也不会出来害人。”

秦钰叹了口气：“隐卫培养不易，毁之也不易。”

谢云继在南秦长大，自然也知道南秦一直以来的形势，便不再接话，而是快步追上谢芳华，凑近她问道：“芳华，你刚刚用的是什么内功，竟然一下子就困住了那两个魔鬼？”

“魅族秘术。”谢芳华道。

谢云继一惊：“魅族……秘术？”

谢芳华点头：“你没听错，别废话了，快走，我听到那边有打杀声了，希望言宸别出事。”

谢云继还想再问她什么时候学会了魅族秘术，只能住了口，跟着她快步向前走。

三人走了四五十步，前方传来打斗声。

谢芳华挑起夜明珠，只见前方一片狼藉，地上被火药炸得坑坑洼洼，躺着无数具尸体，尸体皆是断胳膊断腿，其中箭羽、刀剑凌乱一片。显然，早先这里经历了一场机关恶战，死伤的皆是谢芳华等三人放进来的那两批人。

其中，言宸正在和一个黑衣人对打，这名黑衣人的黑暗气息十分强大，言宸的身上已经挂了彩，那黑衣人的后背似乎也受了伤。

但是比较起来，言宸明显吃力。

三人来到近前，那黑衣人显然也发觉了，面色大变，忽然虚晃一招就要离开。

谢芳华哪里会让他离开，瞬间手心溢出青烟，对着他直直地卷去，顷刻间便将他罩在了密网里。言宸见谢芳华来了，欺身上前追上那人，一剑刺向那人的后背心。

谢芳华撤了青烟，言宸一剑刺中那人后背的心口，那人轰然倒地。

言宸瞬间抽出宝剑，又在那人的重要穴位处补上了一剑，那人腿脚踢蹬了一下没了气。

谢云继上前一步扯开那人的面纱，又嫌恶地扔掉：“这么厉害的邪功，人却没什么可看的，都是一副长着一双死鱼眼的木木的德行，污了小爷的眼睛。”说罢，他对谢芳华道，“芳华妹妹，你有这么厉害的本事，杀这些人哪里还用得到我们？早知道，我看戏就好了！害我白紧张一场。”

他话音刚落，谢芳华忽然身子一软，向地上倒去。

距离她最近的秦钰一把将她托住，只见她已经昏迷了过去，秦钰面色一变。

谢云继顿时呆了，连忙走过来问道：“芳华怎么了？”

言宸收起剑，来到近前，伸手给谢芳华把脉。

秦钰和谢云继都看着他。

片刻后，言宸道："她内腹被掏空，气血如丝，损伤甚重。"

秦钰立即追问："要紧吗？"

言宸点头："她应该是动用魅族秘术的次数太多，以致心血损伤大亏。我先给她服用一丸稳住心脉的药，不让她的心血再流失。回去之后慢慢调养，至少半年之内不能再动用魅术，一个月之内不能再动剑、用内力。"

"这么严重？"谢云继看着言宸，纳闷儿，"我看她早先一下子就困住了那两个人，如今又一下子就困住了这一个人，很是轻松呢！怎么会把自己弄成这副样子？"

"你有所不知，魅术是以心血为根基的，能灵驭天下万物，可是这毕竟是逆天之事。所以，每用一次魅术，都会损耗心血。而魅术这一术法也是依照功强功弱而分的，她本就功弱，却连番用之对付强者宗师。宗师修炼的是暗之功，是邪功，能使黑暗之气。所以，你看着她是轻松地困住了宗师，可是她却是自己暗中用了十倍的精血才能制住他们，损伤自然大。"

"原来如此！"谢云继皱眉，上前一步，对秦钰道，"将她给我，我抱着她。"

秦钰摇头："我来吧。"说罢，他便将谢芳华抱在了怀里。

谢云继挑了挑眉，立即伸手将谢芳华夺到了自己怀里，对秦钰道："太子殿下，男女授受不亲。我呢，算起来是她的表哥，不大碍于男女之防，还是我来抱她吧。"

秦钰抿了抿唇，点点头："那就辛苦云继兄了。"

"我们是自家人，这小丫头轻得很，不辛苦。"谢云继抱着谢芳华，转头看向言宸，"我们后面拦截的三个宗师，趁机跑了一个，你这里呢？"

"一个都未逃脱。"言宸道。

"你果然厉害！接下来有什么打算？我们去哪里？"谢云继问。

"回临安城吧！"秦钰道，"芳华和我联手派了大批的人从九曲水护送黑紫草，不知道如今黑紫草有没有顺利到达临安城，我们得回临安城看看。"

言宸点点头："不错，谢侯爷也染了瘟疫，必须尽快用药，若是黑紫草顺利到了临安城的话，我们就要尽快赶回去，连夜架锅熬药，让百姓们尽快都服下，少耽误一刻能少死不少百姓。"

"那就走吧！"谢云继抱着昏迷不醒的谢芳华，顺着原路返回。

秦钰道："你们先走，我将这里的尸首搜查一遍，随后追上你们。"说罢，他又对谢云继道，"你抱着个人，总会慢一些。"

"这些人有什么可搜查的？"谢云继语带不屑地问道。

"也许他们身上会有些有用的东西，毕竟这些人的来历、名讳，以及他们到底要做什么我们都不清楚，还需要追查，而且还有逃脱之人。我总觉得，从他们将南秦搅了个翻天覆地来看，他们的背后定然还有鬼祟。”秦钰道。

“也对，那你慢慢搜查吧！”谢云继说罢便走了。

“你小心一些，隐卫宗师自小练功，几乎百毒不侵，寻常人近不了他们的身，一是因为他们功力迫人，二是因为他们周身藏毒。”言宸提醒道。

“好！”秦钰颔首。

言宸跟上谢云继，不多时他们便走远了。

秦钰在死去的所有黑衣人的身上搜索了一遍，拿到了一块黑色的令牌、一本黑色的本子，其余的毒药等物并未收起，然后纵了一把火，将尸首都焚了。

收拾好一切，秦钰前去追谢云继和言宸。

谢云继将谢芳华抱出了夹道，抱着走了十里，之后将她塞给言宸：“换换手，你来抱。”

言宸挑眉：“我与她同样授受不亲。”

谢云继翻了个白眼：“那话不过是说给秦钰听的，你拿来比较做什么？抱不抱？”

言宸失笑，将谢芳华接了过来。

他刚接过走了几步，秦钰便追了上来。

谢云继一身轻松，回头看是秦钰追来了，挑了挑眉：“太子殿下这么快就处理完了？”

秦钰点点头，见言宸抱着昏迷不醒的谢芳华，没说话。

“可有什么收获？”谢云继勾住他的肩膀，问道，“若是有好东西，别一个人独吞，兄弟我也是费心帮忙的，杀死了魔鬼我也有功劳。”

秦钰推开他的手，将一个黑色的本子递给了他。

“这是什么？”谢云继接过后问道。

“我还没看。”秦钰摇摇头。

谢云继拿过来后打开，借着夜明珠照亮，只见里面俱是白纸，他嗤了一声：“这不是白纸吗？要来何用？”

言宸扭头看了一眼：“不见得是白纸。”

“从宗师身上搜到的，能是白纸吗？”秦钰道，“我也不信。”

“也对！”谢云继点点头，自觉地揣进了自己的怀里据为己有，“回去后我研究研究。”

秦钰笑了笑，没什么异议。

他们顺利地回到了临安城。

深夜，临安城内灯火通明，处处人声，十分喧闹。

守城的士兵见到秦钰，惊了一下，连忙打开城门跪地见礼。

秦钰道："黑紫草可到了？"

"回太子殿下，黑紫草在半个时辰之前已经进城了，如今都送到了县衙。谢侯爷已经通令全城百姓，都在家门口等着，届时太子和神医公子回来，会配出药方、熬好汤药，着士兵挨家挨户送去，以免大家齐齐出动造成混乱。"那人继续说道，"黑紫草来得比预计的要早，如今大家皆在等药，明日午时之前，临安城的所有百姓便都可以喝上解瘟疫的药，临安之危就解了。"

"如此甚好。"秦钰大喜，对言宸、谢云继道，"走，我们进去吧。"

言宸点点头。

三人一起进了城，前往县衙。

一路上都有百姓在街道两侧等着，见到秦钰，百姓们纷纷跪地："多谢太子殿下找回黑紫草救我们。"

秦钰摆摆手，指了指被言宸抱在怀里的谢芳华："找来大批黑紫草的人不是我，而是忠勇侯府的芳华小姐，她同样救了我。因找黑紫草，她如今受了重伤，待大家的瘟疫好了之后谢她吧。"

"原来是芳华小姐！"

"芳华小姐真是救命的活菩萨！"

"芳华小姐的大恩大德，我们临安城的百姓没齿难忘！"

"菩萨保佑芳华小姐的伤势早早好起来。"

……

众人也清楚地看到了言宸怀里抱着的谢芳华，你一言我一语，甚是感激。

谢墨含听闻秦钰、言宸、谢云继、谢芳华回来，且谢芳华受了重伤，急急地等在门口迎接。

"子归兄！"秦钰见到谢墨含，对他抱歉地拱了拱手，"芳华的伤势不轻，但是性命并无大碍，你先别着急。"

谢墨含松了一口气，也看到了言宸怀里昏迷不醒的谢芳华，立即接手抱过来，对言宸道："全城的百姓都在等你，初迟、青岩、轻歌等人虽然都会一点儿医术，但是这等瘟疫，他们都不敢轻易开药方。"

"先进去，我给芳华开一张药方，她的伤势虽然无性命之忧，但也比较要紧，还是要尽快服药稳住心血才行。"言宸道。

谢墨含点点头。

一行人进了画堂。

侍画、侍墨等人见小姐回来了，且弄了一身伤，昏迷不醒，齐齐红了眼眶，连忙帮忙铺纸、研墨。

言宸很快就给谢芳华开了一张药方，交给侍画，侍画拿着匆匆跑了下去。

言宸又开了一张治疗瘟疫的药方，递给了秦钰。

秦钰拿过后看了一眼，将药方递给谢墨含，问道：“你查看一下，其余的药都不缺吧？”

谢墨含拿过来看了一眼，摇摇头：“其余的药都不缺，几日前，言宸研究出解瘟疫的药方后曾与我提了几次，我都私下命人准备了。如今大批的草药都放在县衙的仓库里，只需要着人去搬出来就是了。”

秦钰颔首，对谢墨含道：“这几日你看守临安城也累了，我去督促煎药，你好生休息一下吧。”

谢墨含摇摇头：“虽然黑紫草找来了，但也不能懈怠，只有临安城所有百姓的瘟疫都解了，才能真正放下心来。万一再有人趁熬药之时作乱，一旦出事就白费了一番功夫，我与你一起前去盯着。”

“回来的路上，我听云继兄说你也染了疫疾，你的身体可受得住？”秦钰见他气色极差。

“受得住！太子放心吧！”谢墨含道。

“那好吧！我们一起过去，从架锅到煎药、派送，各个环节都需要派人盯着。”秦钰点头。

“不错，都要我们自己带来的人盯着。临安城的官员里有人是背后人的细作，黑紫草来时，我刚刚得报，被怜郡主困在议事厅的其中一位官员瘟疫发作死了，还没细查是否那人就是细作。总之，官员们还是不要用了。”谢墨含道。

秦钰眯了眯眼睛：“临安城的一众官员，待瘟疫解了之后都要严惩，以整治官风。”

谢墨含点头：“若非临安的官员早先刻意隐瞒，临安城的瘟疫也不至于发展成目前的境地。太子殿下这次既然在临安，为了稳定朝野自然要整治官风。”

秦钰颔首，回过头看了一眼立在谢芳华床榻边的侍墨等人，吩咐道：“你们留在这里，一定要寸步不离地照看好她，不得有误。”

“太子放心吧！我等一定照顾好小姐，再也不敢离开半步了。”侍墨等人立即说道。

秦钰颔首，对谢墨含示意：“走吧！我们尽快过去。”

谢墨含点头，看向言宸，言宸颔首，三人一起出了画堂。

谢云继并没有跟着去，他对架锅、煎药、派送、解瘟疫都不感兴趣，他感兴趣的是从秦钰手中拿过来的那本黑色的本子。

待几人都走后，他从怀中拿出那个黑本子，然后坐到桌前挑着灯看，看了半晌也没看出个所以然来，吩咐侍墨：“去，再多加一盏灯来。”

侍墨应声，加了一盏灯拿过来。

谢云继将两盏灯一左一右地摆在一起，灯光亮堂了一倍，他继续翻着黑色的本子看。

看了半晌，他还是没看出什么来，就是黑色牛皮封面，里面是白色的草纸本。

他泄气地放下本子，对侍墨等人招手："来，过来，你们也帮我看看，这个黑色的本子有什么秘密。"

侍墨等人闻言走了过来，拿起来看。

看了半晌，侍墨摇头。

品竹摸着草纸本，疑惑地道："这不像是草纸，倒像是……"

"像什么？"谢云继盯着她问。

品竹小声说道："像人皮！"

"什么？"谢云继拔高音量，看着品竹。

品竹立即说道："云继公子，奴婢喜好研究易容之术，所以，对适合做易容面具的各种材料都有过研究，做易容面具的绝佳材料就是人皮，人皮薄且容易伏贴，十分好用。"

"你说……这是人皮？"谢云继用指尖捏着一张微微泛黄的白纸挑眉。

"应该是草木屑混合着人皮制造出的材料，所以，这样的纸张摸起来才不如草纸那般粗糙，有些韧性。"品竹道。

谢云继闻言，伸手去摸："果然。"

侍墨等人也纷纷伸手来摸。

谢云继又看向品竹，一副发现了十分好玩的事情的模样，说道："你再看看，还能发现什么？可能解出这里还有什么秘密？"

品竹点点头，又拿过黑色的本子细细地研究，半晌后摇摇头："奴婢再看不出什么来了，但是这样花费功夫制造出来的精致纸张一定不简单。"

谢云继看着她，问道："真看不出来了？"

品竹摇摇头："真看不出来了。"

谢云继泄气。

品竹想了想，回头看了床榻一眼，谢芳华依旧昏迷不醒，她轻声说道："小姐的易容术比奴婢高明，若是小姐醒来看到这个本子的话，说不定能看出什么门道来，您不妨等小姐醒来让她看看。"

"也好！"谢云继点头，将本子收了起来。

这时，侍画、侍晚已经熬好药端了进来。

侍墨、品竹等人连忙聚到床前，有人扶起谢芳华，有人端着碗，有人拿着汤勺给她喂药。

谢芳华服下汤药后，依旧沉睡着。

谢云继在她的房间内守了一个时辰，见她没有醒来的迹象，他反而困得眼睛都睁不开了，便不再等了，出了房门去谢墨含早先给他安排的房间睡了。

侍画、侍墨等人不敢离开谢芳华身侧，一直守着她。

县衙内，秦钰、谢墨含亲自监督着众人架锅、熬药，言宸监督着熬药的火候，初迟和听言二人带着护卫、士兵将一锅锅熬好的药派送到百姓的住处。

临安城四个城门处的守城士兵依旧不敢松懈，城内秩序井然。

天明时分，城内的百姓已经有一半喝了解瘟疫的药，一切顺利。

谢云继虽然只睡了几个时辰，但也让他睡得黑眼圈散了，精神饱满，他懒洋洋地起床梳洗后，从房间走出来，来到熬药的场地，见秦钰和谢墨含皆是一身疲惫，但秦钰身体底子好，所以状态比谢墨含强些。于是，他对谢墨含摆摆手："你去睡，我来替你盯着。"

秦钰闻言催促："子归快去休息吧！"

"侯爷快去休息吧！"听言也连忙劝说，"您的身体要紧，临安城之危解了之后，您不是还要启程去漠北边境吗？不休息怎么撑得住？"

"也对！"谢墨含不再强撑，站起身对谢云继道，"那就劳烦云继了。"

"好说！"谢云继挥挥手，坐在了椅子上。

谢墨含并没有立即去自己的房间休息，而是先去了谢芳华的房间。

"芳华还未醒吧？"秦钰问身边的人。

身边人摇摇头："奴才一直盯着芳华小姐房间内的动静，没听到醒来之说，应该还未醒。若是芳华小姐醒来，会有人立即来向殿下禀告的。"

秦钰点点头。

谢云继忽然转头看向秦钰："你这么关心芳华做什么？"

秦钰也转头看他："芳华找到了大批的黑紫草，解了临安城之危，于南秦江山可谓厥功至伟。你说，我身为储君该不该关心她？"

谢云继眯起眼睛，说道："这等话，太子还是对别人说去吧，对我不必这样说，我也不信，你敢说你没有私心？"

秦钰微笑，也不否认："我倾慕芳华不是一日两日了，没瞒着任何人。"

谢云继挑眉："她如今可是被人休弃的弃妇，太子殿下身份尊贵，既然是一国储君，该当知道对她不宜太过关心。功臣归功臣，别的东西可是要分清的。"

"虽然功臣归功臣，但别的东西未必要分得太清。"秦钰道。

谢云继嗤笑："太子殿下这是在告诉我，你对我表妹其实还是居心不良吗？你可别忘了，你是有未婚妻的，右相府的李小姐和你是圣旨赐婚。右相是老臣，门生遍布天下，对南秦来说举足轻重，可受得住圣旨下了，太子却不娶之辱？”

“这就不是云继兄该操心的事了，右相是明白人，他晓得本太子的心思。”秦钰道，“我自有办法让右相府的人没意见，也有办法让右相的门人没意见。”

谢云继啧了一声：“看来，你的如意算盘早就打好了？不在乎芳华是弃妇，不在乎你有未婚妻，难道也不在乎百年声名、千载史册？”

秦钰嗤笑：“不在乎，我不同于父皇，千载史册与我不相干，我要的只是这一生家国安顺，身边有一心人与我琴瑟和鸣。”

“那芳华呢？她的心意呢？”谢云继冷笑，“你别告诉我她也心仪于你。”

“她早已经答应了！”秦钰道。

“什么？”谢云继一惊，腾一下站起来，看着他问道，“我没听错吧？她答应你了？什么时候？我怎么不知道？”

“就在前几日。”秦钰看着谢云继，微笑着说道，“云继兄，你虽然是她的表兄，但是未免管得太宽了。子归是她的亲兄长，若是听闻她答应，都未必会置喙。”

谢云继睁大眼睛，问道：“她答应了你什么？为什么答应你？”

“她答应只要解了临安城之危，我能退了右相府的婚事，她便应允我的求娶，做我的太子妃、未来的皇后。”秦钰道，“这两日，我们朝夕相处，情愫渐生。况且，她心有家国，在这一点上我们心意相通，我们一心为国为政，想使南秦真正变得繁华，永结秦谢之好。”

谢云继彻底惊呆了，难以置信地看着他。

“云继兄好像不信？”秦钰微笑着问道。

谢云继呆了片刻，慢慢地坐下，嗤笑一声：“你求娶她，你们永结的是同心还是秦谢之好？”

“又有什么分别？”秦钰笑道，“昔日她厌我恶我，无非是因为秦谢不睦，秦氏谋算在前，但是谢氏亦不甘落后。这么多年，秦氏累，谢氏也累。我身为储君，自当担当起秦氏的大梁；芳华出身于忠勇侯府，她爱护爷爷、兄长、亲人，不想谢氏流于岁月长沙，我们结为夫妻有何不可？”

谢云继翻了个白眼。

秦钰看着他，说道：“云继兄是北齐皇帝和皇后之子，月前我便接到消息，称你已经回到北齐皇宫，因你与北齐皇帝和皇后长相都十分相似，所以北齐朝臣也很快地接受了你的身份，并且中宫无子女的谣言也消失了。这些年你母亲在北齐培养了自己的势力，北齐帝后又多年齐心，至今太子未立，若是你想做储君，想必会有北齐帝后、大半朝臣扶持，轻而易举，玉家的人虽然会大怒、干涉，但他们应该也不会成功。”

谢云继嘁了一声：“小爷才不想做什么储君呢，小爷只好温柔乡、美人骨，游山玩水、逍遥自在，谁喜欢天天看什么破奏折！”

秦钰失笑：“人各有志。”

谢云继轻哼一声。

“虽然云继兄不想要那个位置，可是玉家的人和齐言轻未必会放过你。多年来，北齐只有一位皇子，在玉家人和齐言轻的眼里，北齐的储君非齐言轻莫属。可是如今凭空出来一个你，还是嫡子。而且你已回北齐认祖，这么一来你即便想要逍遥自在，怕是也不能了。”秦钰道。

谢云继懒洋洋地说道：“不能又如何？大不了我以后就跟着芳华妹妹了，芳华妹妹在哪里我就在哪里，凭她的本事，谁又能奈我何？”

秦钰好笑：“也对，凭她的本事，自然没人奈何得了你。”

谢云继摆摆手，说道：“别再废话了，等你真能把她娶到，真做了我的表妹夫再说，我虽然看不惯秦铮那嚣张、不可一世的轻狂模样，但也懒得看你这张伪作温润平和的狡诈狐狸脸。若说你没拿什么威胁她，或者你们没什么协议，她便甘愿嫁给你，打死我都不信。什么能做，什么不能做，芳华这小丫头向来心里有数。”

秦钰含笑点头，也不反驳：“是的，她不是一般的女子，所以，情情爱爱对她来说如风如云。”顿了顿，他又道，“况且，我所求也不多，她能给点儿，我便满足了。”

谢云继闻言，彻底无语。

熬药、送药有序地进行着，秦钰和谢云继的私下交谈并没有传入第三人耳朵里。

谢墨含来到了谢芳华的房门外，侍画等人迎了出来，齐齐见礼：“侯爷。”

“妹妹可醒了？”谢墨含询问。

“小姐还没有醒来的迹象，我们在夜间给她喂了两次药、几次水，她都喝进去了。”侍画道。

“我进去看看妹妹。”谢墨含道。

侍画等人让开了门口。

谢墨含一进房间，便闻到了一股浓郁的药味，谢芳华躺在床榻上，帷幔垂着。他走到床前挑开帷幔，只见谢芳华脸色苍白，气息十分微弱，她睡得很沉。他看了片刻，放下帷幔，对侍画道：“好生照看着，不能只喂汤药和水，现在辰时了，也要熬些稀粥或者米汤喂她吃些。”

“是。”侍画等人齐齐应声。

谢墨含又道：“我回房去休息，妹妹这期间若是醒来了，立即去喊我。”

“侯爷放心休息，小姐一旦醒来，奴婢立即喊您。”品竹立即说道。

谢墨含点点头，转身走出了房间，回房去休息了。

晌午时分，临安城所有的百姓、士兵、官员，甚至鸡、狗、羊等动物，都喝了祛除瘟疫的汤药。笼罩在临安城上空的死亡气息消散了，临安城的所有店铺都开始营业了，商贩们也都在大街上摆了摊子，人声鼎沸，热热闹闹，一派欢腾，生机勃勃。

秦钰着实累了，见瘟疫顺利地解了，便吩咐人将临安城的所有官员都收监，随后去看了谢芳华一眼，见她还没醒来，又去看了看受了剑伤的秦怜，秦怜也未醒，他便去休息了。

谢云继虽然睡了几个时辰的觉，但仍觉得不够，也回去补眠了。

这一日，临安城的热闹一直延续到了深夜。

深夜时分，谢云继被一只鹰鸟啄醒，他睁开眼睛坐起身，抓过鹰鸟，从它的腿上解下了一张字条，看了一眼，皱眉，之后穿衣下床，前往隔壁敲门。

谢墨含着实累了，从早上一直睡到深夜，刚刚醒来喝水便听见有人敲门，立即问：“谁？”

“是我。”谢云继道。

谢墨含立即打开房门，问道：“此刻已经深夜了吧？何事？”

“漠北边境有动静，北齐军营似乎有调兵的动作。”谢云继将那张字条递给谢墨含。

谢墨含看了一眼，面色凝重地说道：“果然不出所料，这是大事，我们还是先找太子去商议吧。”

谢云继点点头。

谢墨含穿戴妥当后，和谢云继一起来到了秦钰的住处。

秦钰的房间里亮着灯，谢墨含上前叩门。

“房门没插，进来！”秦钰在屋中说道。

谢墨含推开房门走了进去，见秦钰端坐在桌前，手里拿着一封信，他一愣：“太子为何深夜还没睡？难道你也……”

“你们可是为了漠北边境的军事而来？”秦钰看了谢云继一眼，问道。

谢墨含颔首：“刚刚云继得到消息，说漠北边境的北齐军中有调兵的动静，临安城瘟疫解了的消息没有这么快传去漠北。临安城就算脱难，此次也是元气大伤，还有诸多事宜需要安排，值此之际正是我等疲惫之时，北齐若是有征战之心的话，此时兴兵正是时机。”顿了顿，他又说道，“前日云继来时，与我说起姑姑给了他一队隐卫，他放在了漠北边境，盯着北齐军营的动静。那队隐卫如今传来消息，北齐兴兵十有八九是真的了。”

“太子殿下果然厉害，心在庐中而知天下，北齐军营的消息刚传到我这里，你竟然也得到消息了。”谢云继难得钦佩秦钰。

秦钰的神色略微凝重，说道：“我在漠北待了大半年，漠北有我的眼线。”

“太子以为该如何处理此事？”谢墨含问。

秦钰看向谢云继：“云继兄从北齐皇宫而来，北齐皇帝和皇后可有兴兵对战之念？”

“我娘是南秦人，自然不愿两国兴兵。我爹现在越发爱我娘了，将她从鬼门关救回后，更是对她言听计从了。所以，他也没什么兴兵的念头。但是呢……”谢云继话锋一转，“我不愿意回北齐坐那把椅子，皇位的不二人选自然就是齐言轻了。以他的野心，怎么会放过此次机会？”

“这么说，北齐有调兵的动静，是齐言轻自作主张了？”秦钰问。

“谁知道呢？！”谢云继一副不与之为伍的姿态，“玉家在北齐势大，一直扶持齐言轻，齐言轻又是太子的不二人选。而且一直以来他颇会做人，不骄不躁，行事稳妥，名声甚好，和他那个只知道争宠的娘玉贵妃大有不同。”顿了顿，他嗤笑了一声，“不过，他如今翅膀硬了想要趁机兴兵，自作主张也没什么奇怪。毕竟，朝政大部分都是他在处理。”

“也就是说，对漠北的军营，他有操控权？”秦钰问。

谢云继不答反问：“太子殿下您对漠北的军营不是也有操控权吗？您若是调兵，也不必禀告当今圣上吧？齐言轻自小占据多方优势，又一心想坐那个位置，怎会没有操控权？”

秦钰颔首：“是这个道理。”

“我现在就启程去漠北吧！若是真兴兵的话，太子可有良策？”谢墨含问。

“子归你身体不好，这样吧，你在临安城处理后续事宜，还是我亲自去漠北吧。”秦钰想了想，说道。

谢墨含立即摇头：“漠北距离此地有千里之遥，太子如今身负重任，岂可再轻易动身去漠北？若是有人再趁机在南秦作乱，怎能无人稳住局势？我歇了一日，身体已经稍好了，还是我去漠北吧！本来朝廷任命，也是我去漠北接管军营，我不说能保证击退齐言轻，但一定能稳住漠北军营的局势。”

秦钰闻言，叹了口气：“看来只能劳烦子归兄了。”说罢，他又道，“言宸是北齐的小国舅，据我所知玉家的势力一大半已经被他暗中收服，不知他若是得知此事是何想法。”

“我这便去找言宸。”谢墨含站起身。

正在这时，门口有了动静，有人走来。

“子归不用去了，言宸来了。”秦钰道，“他应该也是得到了消息。”

谢墨含立即走过去开门，门外站着的果然是言宸。

言宸对谢墨含拱了拱手，谢墨含立即让开门口：“我与太子、云继正说到漠北北齐军营有调动兵甲兴兵的动静，正想去找你你就来了，甚好。”

“我正是为此事而来。”言宸点点头，抬腿进了屋。

第五章

雪城请兵

秦钰见到言宸，拱了拱手。

言宸亦对秦钰拱了拱手。

待言宸落座，秦钰看着他，询问："小国舅既然也得到了北齐兴兵的消息，不知可有什么看法？"

言宸看着秦钰，淡淡地说道："我虽然是北齐的小国舅，但是不代表玉家，更不代表北齐皇室，也不代表皇子齐言轻。"

"哦？"秦钰看着他，问道，"依你此言，是不对此事发表看法了？"

言宸颔首："我知晓得到北齐军营有动静的消息，太子和侯爷想必会去找我，我便不请自来了。我来此是为了告知太子，我近来不打算回北齐。"

秦钰看着他，问道："你的意思是还要留在南秦？"

言宸颔首："早先我是有回北齐的打算，所以和谢侯爷一起前往漠北，却被困在了临安城。如今芳华的身体亏损得如此之重，也皆因我引背后人去夹道的策谋而起。侯爷听闻北齐军营的动静后，想必会起身去漠北，我此番便不跟随了，我留下来照看芳华。"

"芳华虽然医术高超，但是医者不自医，言宸兄能留下来照看她最好不过了。"秦钰道。

谢墨含也点点头："妹妹向来不拿自己的身体当回事，你留下来最好。"

"这么说，对于齐言轻于边境兴兵，你是不打算管了？"谢云继问言宸。

言宸颔首："我多年不在北齐，玉家大半的势力虽然被我掌控在手中，但也不是兵甲之势。对于拦住北齐兴兵作用不大，我管也管不了。”

“我更管不了，只能帮着兄弟拖延点儿时间。”谢云继摊摊手，对秦钰道，“你们同是皇位继承人，太子自己想主意吧。”

“我若是能亲自去北齐，自然不惧齐言轻，只是子归要去漠北接管军营，这些时日你本就劳累，再加上你身体不好，我真怕你撑不住。”秦钰看向谢墨含，说道。

“离京时太子将初迟给了我，让他跟着我，如今还让他跟在我身边就是了。我的身体撑得住，太子大可放心。”谢墨含道，“北齐皇子兴兵，我也不惧他。”

“让我再想想，南秦有三十万兵马驻扎在漠北，北齐也有三十万兵马驻扎在漠北。北齐军营有动静，那么，北齐是否在别的地方也有动静？”秦钰思忖片刻，说道，“我去漠北大半年，也只是收服了漠北的三十万兵马。对于南秦的其他地方……”

他说到这儿，似乎想到了什么，忽然顿住了。

“怎么了？我们是否也能调动其他地方的兵甲？”谢墨含询问。

“南秦的兵制和北齐的兵制略有不同，北齐是一方动、八方动，两百里之内，边境总兵有自己临危解难调动就近军队之权，而南秦的边境总兵没有这个权力。”秦钰叹了口气。

谢墨含恍然大悟，也跟着叹了口气。

秦钰无奈地说道：“就拿北齐玉家和北齐皇帝来对比南秦谢氏和南秦皇室，北齐皇帝的策略是，牵制玉家，但不铲除。这些年来北齐君王和外戚的关系松紧合宜，而南秦就不同了。父皇这一辈对谢氏严防死守，处处限制、打压，想方设法要除去谢氏。为了牵制漠北军营的兵权和将军的权力，便由四方州郡县各司其政，不受漠北将军命。就算我传信给父皇，他传旨四邻相助，怕是也来不及，就算来得及，分流已久未必齐心。”

谢云继闻言，嗤了一声：“怪不得齐言轻抓准时机非要兴兵，原来除了南秦内乱有机可乘外，还有漠北边境这个军制压着。”说罢，他看向谢墨含，“我劝你，干脆现在就辞官归隐得了。这样看的话，你就算去了也打不过齐言轻。据我所知，北齐边境方圆两百里的兵马聚齐了的话，最少有二十万。北齐方面加起来就是五十万兵马了，这还不算齐言轻另有筹谋。”

谢墨含看了谢云继一眼，摇头：“云继，不可胡言乱语，只要皇家用得到谢氏，谢氏自然不该推辞。若是国将不国，家又在何处？”

谢云继撇撇嘴，看向秦钰：“你刚刚想到了什么？可是想到了办法？既然南秦军制有这个漏洞，你身为太子为何不填补上？”

秦钰蹙眉，说道：“我是太子，又不是皇上。”

谢云继嗤了一声。

秦钰看了谢墨含一眼，又道："若是想要解救漠北之危，有一个极其有效却很难办的办法。"

"什么办法？"谢墨含立即问道。

"请雪城出十万雄兵。"秦钰道。

"雪城？"谢墨含讶异。

"不错，就是雪城。雪城位于南秦和北齐的交界处，属于两不管的地界。南秦和北齐分庭抗礼近三百年，但是中间偏偏漏了雪城。"秦钰道，"雪城养有十万雄兵，若是能借得雪城之兵，齐言轻便不敢对南秦兴兵。"

谢云继翻了个白眼："你说得好听，但是雪城的兵这么好借吗？你上嘴皮和下嘴皮一碰，就能借来兵了？天下人提起雪城都三缄其口，那里的人不是人，都是疯子。城主是疯子，在城里居住的人不是恶棍就是江洋大盗，个个凶神恶煞。"

"我没说容易。"秦钰道，"我只说这是个有效的办法，但是极难做到。"

"若要请动雪城出兵，确实极难。南秦和北齐建朝这么多年来，边境时有摩擦，但是两国都不敢轻易动雪城。雪城的十万兵马可抵三十万兵马，一城之泽可以抵一国之界，雪城长年飘雪，雪落黄金。"谢墨含道，"即便艰难，万不得已还是要请。"

秦钰没说话。

谢墨含拱拱手，说道："太子，这样吧，我即刻启程前去漠北，到了漠北稳定住军心之后，即刻亲往雪城请兵。"

秦钰想了想，说道："据说雪城的城主虽然是个不甚正经之人，不按常理出牌，但是一直以来对谢氏的人颇为敬重。这样，我写一封信，你随身带去，由你亲自前去，再加上我的亲笔信，若是能说动城主最好，就算说不动也能拖延两日，我即刻去密信给父皇，边境告急，让他下旨更改军制，同时从朝中调兵遣将去漠北助你，只是这期间援军不到时，只得辛苦你了。"

"只要能保家卫国，辛苦一些没有关系。"谢墨含颔首，"我听闻在漠北，雪城的城主和太子有过一面之缘，这样最好不过。"

"但愿城主能够看在一面之缘的分儿上出兵。"秦钰说道。

谢墨含站起身，说道："那此事就此商定，我先回房去收拾行囊，星夜启程。"

秦钰颔首。

谢墨含出了房门。

谢云继打了个哈欠："我继续回房去睡觉。"说罢，他也起身跟在谢墨含身后走了。

房中转眼间只剩下了言宸和秦钰。

秦钰看向言宸："小国舅建立的天机阁近年来似乎和雪城走动得颇勤，你一直以来暗中行事，和雪城的城主有些交情吧？你觉得墨含此番前去恳请，雪城的城主是否会出兵相助？"

"雪城历代的城主皆十分敬重谢氏的人，也是有原因的。当年，雪城受了一种以雪生虫的虫灾。那种雪虫专食米谷，雪城的城主发现后，带着人全力捕虫，将整个雪城的雪都化尽，绝了雪虫的根后，才发现雪城米谷告急。当年，还没有谢氏米粮、谢氏盐仓之分，谢氏是一家。天下盐、粮出于谢氏，所以，雪城的城主亲自前去向谢氏家主求救，谢氏家主借了一百万石粮食给雪城，雪城安然度过了危机。"言宸道，"谢侯爷亲自去请雪城的城主出兵，基于他是谢氏忠勇侯府嫡系这层关系，应该有五成把握。"

秦钰点头："我也是基于这层渊源，才请子归兄亲自前去的。但我还是有些担心，毕竟碍于两国之争，雪城向来又有不掺和两国兵政的规矩，也不太好说。"

言宸笑了笑，说道："谋事在人，成事在天。"

秦钰看向言宸："齐言轻算起来是你的亲外甥，我以为你该当向着玉家才是。"

"齐言轻是我外甥不假，但是这些年来，在我的心里，我的家是天机阁。"言宸站起身，继续说道，"天下太平了三百年，有的人好日子过得久了，就想兴兵大动干戈，受苦的无非是百姓。"说罢，他转身走了出去。

秦钰目送着言宸出门，独自坐在椅子上，薄唇抿起，面容沉冷。

谢墨含回到房间后，吩咐听言收拾东西，自己则去了谢芳华的住处。

侍画、侍墨等人见谢墨含来了，立即见礼："侯爷，您怎么深夜过来了？可是有事？小姐还没醒来。"

"北齐军营有兴兵的动静，我要即刻前往漠北，所以来看看妹妹。"谢墨含道。

侍画、侍墨等人一惊："那您的身体……"

"无碍！"谢墨含说着便进了画堂。

侍画、侍墨等人连忙掌上灯。

谢芳华依旧在床榻上躺着，脸色有了些许红晕，但依旧睡得很沉。

谢墨含站在床前叹了口气："照这样看来，她明日都不见得会醒来。"

"言宸公子傍晚时来过，说小姐大约会在明日晚上醒来。"侍画看着他，问道，"侯爷，您真要这么急着走吗？小姐还没见到您呢。"

"我见妹妹性命无忧，就放心了。言宸不会跟我去漠北，会留在这里。由他照看妹妹，我很放心。"谢墨含道。

“那您呢？您的身体也需要调养呀。”侍画立即说道。

“初迟会跟着我去漠北。”谢墨含道。

品竹闻言，轻哼了一声：“初迟除了看不惯咱们家小姐外，还有什么用处？若不是言宸公子，这临安城的危难还解不了呢，他连个药方都配不出来。”

谢墨含看了品竹一眼，说道：“初迟的医术的确不如言宸，但是药理却不差。况且他还有别的身份和本事，有他跟着我，你们不用担心我的身体。”

品竹闻言住了口。

“待妹妹醒来，你们帮我转告她，让她不可再肆意妄为，一定要好生养好身体。”谢墨含说罢，想了想又道，“让她也不必担心我，我自会照顾自己。若是她把身体累垮了，我和爷爷更会为她忧急难安。”

“是！”侍画等人颔首。

谢墨含又待了片刻后，出了谢芳华的住处。

听言已经收拾妥当，谢墨含点齐了从忠勇侯府带出来的随从护卫，深夜出城。

秦钰亲自将谢墨含送出城，临别时对他说道：“子归兄，还有一事我还未来得及与你细说，如今就简略说说吧。”

“太子请说！”谢墨含立即说道。

秦钰看着他，低声说道：“芳华已经应允了我，待我退了右相府的亲事，我便以太子妃之礼求娶她。”

谢墨含一惊，难以置信地看着秦钰。

秦钰对他肯定地点点头：“你没听错，我不说虚言，确有此事。所以，你此行去漠北军营尽管放心，能请动雪城兵马最好，请不动的话我一定想尽办法抵御北齐兵马，定不让北齐兵甲踏过漠北军营。你此去尽管施展作为，不必顾忌朝纲法纪。”

谢墨含震惊片刻，张了张嘴，但是一句话也没说出来。

“这是我的令牌，见令如见我，漠北军营里若有不服从你命令者尽管处置。”秦钰将一块令牌递给了谢墨含。

谢墨含想说什么，但触及秦钰的神色，又闭上了嘴，慢慢地点了点头，接过令牌，说道：“既然妹妹已经应允，我便不多说什么了。妹妹向来有主见，望太子善待妹妹。”

“自然！”秦钰颔首。

谢墨含拱了拱手，不再多说，翻身上马。

秦钰叫来初迟，嘱咐他：“一定照看好子归的身体，无论何种情况下均要先保他平安。”顿了顿，他又道，“答应你的事情我自然记得，你大可放心。”

“太子也放心！”初迟颔首，也翻身上了马。

秦钰摆摆手，谢墨含、初迟带着人离开了临安城。

谢墨含启程后，秦钰即刻写了一封信，命人快马加鞭送往京城。

第二日，谢芳华为找寻黑紫草受了重伤，以及临安城的危难化解了的消息传回了南秦京城。

朝野上下，皆是欢喜。

临安城之危化解、太子平安无恙，最欢喜的人莫过于左相了，他一大早便进了宫向皇帝道喜。

皇帝此时亦是心下大喜，但听闻黑紫草是谢芳华找到的，不由得皱眉，问左相："消息可准确？黑紫草当真是谢芳华找到的？"

"回皇上，是芳华小姐找到的，据说芳华小姐和太子联手，在九曲山铲除了在临安城作乱的人，黑紫草被提前由水路运到了临安城。据说太子安然无恙，芳华小姐受了重伤，至今昏迷不醒。"左相道。

皇帝闻言点点头，轻哼一声："看在谢芳华拯救了临安城的百姓的分儿上，既往过错朕就不予追究了。"

左相欢喜得不能自已："如此甚好！"

"太子总算不负朕望。"皇帝在殿内走了两圈，忽然问，"不对呀！秦铮和崔意芝呢？他们是为了黑紫草前去的，如今可有消息？"

左相摇头："回皇上，未曾听闻铮小王爷和崔侍郎的消息。二人似乎并没有去临安城。"

皇帝绷起脸来，问道："那这二人哪里去了？"

"老臣的人在二人出京时一直暗中跟着他们，可是在奈何崖失去了他们的踪迹。"左相道，"自此他们便音信全无了。"

"奈何崖？"皇帝看着左相，问道。

"正是奈何崖！'奈何从此过，魂断望天涯'的奈何崖。是高万丈的绝地，飞鸟难度，野兽都不敢在那里出没。无论是活人还是活的动物，一旦在奈何崖滑落，便会万劫不复。"左相道。

皇帝闻言，面色微沉，说道："秦铮和崔意芝去那里干什么？他们若是去临安城的话，不需走奈何崖吧？"

"要去临安城是不需要走奈何崖，但是他们离京是为了黑紫草，整个南秦只有谢氏米粮的谢云澜手里有黑紫草。他们是为了找谢云澜和他手下的赵柯。"左相也纳闷儿，"不过臣也猜不出他们为何会去奈何崖，难道谢云澜在奈何崖？可是芳华小姐和太子又是从哪里得到的黑紫草？"

"奈何崖能住人吗？"皇帝问。

左相摇摇头："臣刚刚已经说了，奈何崖别说是人，方圆几里连动物都没有一只。”

“这就是了，那他们去奈何崖做什么？谢云澜又怎么会在奈何崖？”皇帝不解。

左相也是百思不得其解：“这就要等联络上铮小王爷，或者待他回来之后才能得知了。”

“皇兄呢？他那里可有消息？”皇帝又问。

“铮小王爷和崔侍郎离开后，老臣一直与王爷待在一处，铮小王爷并没有给王爷传信回来。”左相说道。

皇帝听罢摆摆手：“算了，既然临安城的危难解了，太子又安然无恙，朕就放心了。至于秦铮和崔意芝，联络不上就暂且别理会了。”

左相点头，在他看来只要太子安然无恙就行了。

君臣二人叙话片刻后，到了早朝时间，左相便陪着皇帝一起到了金銮殿。

朝臣们也都得到了临安城之危化解的消息，道喜、恭贺声不断。

皇帝心口压着的郁气总算消散了，说道：“待太子回京后，好好犒赏太子。”八皇子这几日稳住朝局，行事有所长进，十分不错，皇帝对他也予以了表扬。

八皇子秦倾抹抹额头的汗，这两日他一直提心吊胆，生怕京城内外再出事，好在有左右相、英亲王、永康侯等人一心相帮，挺了过来，没出现什么大事。如今临安城之危解了，他也就放下了心，连忙上前说道：“父皇，儿臣不敢表功，若没有众位大人一心帮助儿臣，儿臣便不足以担负朝政之责。”

皇帝闻言，点了点头：“八皇子不居功，朕心甚慰，你还年幼，对于朝政还需多加磨炼。”说罢，他又扫了一眼群臣，“这些日子以来，朕一直身体欠佳，多亏众位爱卿辅助朝政。今日临安之危解了，朕午时在御花园设宴款待众位爱卿。”

“多谢皇上！”群臣叩谢。

早朝后，皇上于御花园设宴的消息传开，文武百官自然都留在了皇宫，前往御花园等午时开宴。

午时宴席刚开始，音乐刚奏起，便有人来报：“皇上，八百里加急！”

这一声极大，群臣齐齐一惊。

皇帝坐在上首，闻言面色一沉：“报上来。”

“是！”那人呈着加急文书，递到了皇帝面前。

吴权养了几日伤已经能动弹了，一瘸一拐地下了台阶，接过书信递给皇帝。

皇帝展开书信一看，面色微变。

群臣都看着皇帝，歌舞暂歇，御花园里无一人出声。

片刻后，皇帝沉着脸说道：“太子接到奏报，北齐军营有调兵的动静。”说罢，他将书信递回给吴权，“拿下去，传给皇兄和众位爱卿看看。”

吴权应声，将书信递给英亲王。英亲王看过后递给右相，右相看过后递给左相，左相看过后递给永康侯，永康侯看过后依次传递了下去。

群臣一时间默默无声，欢喜的气氛霎时间消失，御花园内一时甚是沉寂。

“都下去吧！”皇帝也无心歌舞，挥挥手。

歌姬和舞者立即退了下去。

“诸位爱卿都已经看过了信，谢侯爷已经于昨日夜里赶往漠北，但是骑最快的马也要五日后才能到达，这五日漠北无主帅，而北齐的主帅十有八九是齐言轻。据传此子文韬武略，深得百姓之心。他坐镇北齐军营，如今有兴兵动静，看来是想趁我南秦内乱之时大举进犯。”皇帝看着文武百官，说道，“太子于昨日夜里得到了消息，用最快的飞鹰来传信，从漠北到临安也要走上一日。也就是说，待谢侯爷到漠北就是七日之后了。”

众人齐齐点头。

“七日之后是个什么后果，众位爱卿可曾想到？”皇帝伸手一拍桌案，“北齐居心叵测，如今兴兵是否说明近来南秦所发生的一些事端都是北齐在背后搅乱、挑起的？”

众人你看我我看你，一时间没人接话。

“皇兄，你怎么看？”皇帝看向英亲王。

英亲王满面忧色地起身，对皇帝一揖：“南秦近来内忧外患，到底是不是北齐在背后搅动还有待查证。北齐军营有调兵的动静，是否有兴兵之征也还未落实。既然谢侯爷已经赶去，太子又恳请皇上更改兵制，调动漠北方圆百里的兵甲为谢侯爷所用。依臣之见，太子所言甚是，皇上赶紧下旨吧。”

“更改兵制是大事，岂能轻易决定？”皇帝皱眉，看向其他人。

左相闻言，立即出列：“皇上，若是连日来南秦的内乱确实是北齐暗中所为，那么，北齐趁机兴兵，我南秦就应该立即采取应对之策。臣同王爷一样，觉得太子之言甚有道理。北齐兵制与南秦兵制不同，若是齐言轻调动北齐边境周边的兵马加以部署，我漠北边境区区三十万大军，在无主帅的情况下断然不是北齐兵的对手。若是边境被攻陷，北齐军乘胜追击、长驱直入，马踏南秦山河的话，后果不堪设想呀皇上。”

“臣也觉得太子提议更改兵制甚有道理。”右相此时也出列了。

永康侯看了一眼左右，也出列：“臣附议。”

“臣也附议！”众臣纷纷起身。

皇帝看着众人，恼怒地说道：“你们都同意太子之言？但是你们考量没有，忠勇侯府如今人去楼空，谢氏米粮和谢氏盐仓同样门口落了锁疙瘩，谢氏满门如今只剩下了六房的老弱病孤。谢氏到底是何居心，谁能保证？况且，都别忘了，忠勇侯府的谢凤可是北齐的皇后。若是谢氏满门皆归顺北齐，谢墨含此去兵权加重，与北齐联手里应外合，我南秦还有活路？”

众人闻言，面面相觑。

英亲王闻言出列：“皇上，谢氏忠心日月可鉴，临安城大危，谢芳华寻到黑紫草救了临安城的百姓，以致重伤在床，此消息已经传得天下皆知，不是作假。况且谢侯爷一直和太子固守临安城，他们齐心合力才解了临安城百姓的危难。忠勇侯府的老侯爷只不过是在京城待得久了，外出游历、散心去了。谢氏米粮和谢氏盐仓是为了找寻云澜、云继两位公子才人去楼空的。据臣所知，云继公子如今就在临安城，小女秦怜在临安城的城墙上被歹人所害，正是被云继公子及时接住才保下性命的。臣以为，谢氏忠心耿耿，无须再猜疑、顾忌。”

“是呀，皇上。”左相上前说道，“太子既然来了信，皇上就算不信任谢氏，也该信任太子呀。”

“太子？”皇帝冷哼一声，说道，“太子见了谢芳华，便没了……”

“皇上！”英亲王忽然大喝一声，打断了皇帝的话。

皇帝惊醒，也觉得不该当堂出此不适的言论，住了口。

群臣却是齐齐心神一醒，想着皇上下旨让秦铮休了谢芳华，谢芳华不顾英亲王妃的追赶执意离开，在临安城与太子会合，如今与太子联手解了临安城之危，难道她和太子之间有……太子才信任谢墨含，为了北齐兴兵决定更改兵制？

一时间，无人说话。

英亲王又气又怒，忽然一甩袖子：“臣忽然觉得身体不适，先告退回府了。”说罢，他第一次不等皇帝应允便出了御花园。

群臣人人噤声，悄悄打量起皇帝的神色。

皇帝的脸色极其不好看，但也没对离去的英亲王发怒，而是压制住怒气：“兵制乃先皇崩逝前所定，断然不能轻易更改。不过，朕可以下一道旨，一旦北齐大举进攻，漠北周边的兵马即刻援助。八百里加急，即刻送往漠北周边各郡县。”

左相和右相对看一眼，知道皇上主意已定，虽然没有更改兵制，但有这道圣旨也能起到作用，便齐齐上前喊道：“皇上万岁！”

皇帝一挥袖子，也出了御花园。

皇帝、英亲王都离开后，群臣面对满桌珍馐也无心再进食，都垂头丧气地出了皇宫。

南秦近来真是流年不利，没有一日能真正让人感到安稳。他们这些官员，每日将脑袋别在裤腰带上过活，甚是不易。

英亲王怒气冲冲地回到了府内。

英亲王妃听闻了御花园之事，迎上英亲王，对他仔细询问：“怎么生了这么大的气？”

英亲王叹息一声：“想当年，七弟不曾坐上皇位时，饱读圣贤书，为人心胸豁达、通晓仁义。可是如今的皇上，真是和昔日有着天壤之别。若是当年，他断然不会当众说出那等话。即便华丫头已经不再是英亲王府的儿媳妇儿，但事关太子的声誉，他怎可乱说？难道皇位坐久了，真能改变一个人？”

“皇上的确已经不是昔日的皇上了。我早就深有体会，你偏偏对他还抱有希望。”英亲王妃瞋了他一眼，来到身后给他捶肩，“罢了，你也别气了，气又有什么用？铮儿和意芝到现在都没有消息，我实在是担心，临安城之危解了，却不知他们的踪迹。”

“唉，真是不叫人省心！”英亲王揉揉头。

英亲王妃也愁容满面，刚要再说什么，喜顺便从外面匆匆赶来：“王妃，有一封给您的信函。”

“给我的信函？”英亲王妃一愣，“谁送来的？”

“是右相府的李公子给您的信函。”喜顺说道。

英亲王妃大喜：“快拿进来。”

喜顺应声连忙跑到门口，春兰迎出去接过信函，回屋递给了英亲王妃。

英亲王妃连忙打开信函，果然是李沐清来的信。

英亲王立即问道：“什么事？”

信函很简短，英亲王妃看了一遍后，半喜半忧地道：“右相府的李小子说他日前见到了华丫头，华丫头摆脱他独自离开了，他没查到华丫头的踪影，却无意间寻到了铮哥儿的下落。”

“秦铮现在在哪里？”英亲王问道。

英亲王妃说道：“被困在了魅族的密地。”

魅族的密地？

英亲王不解地看着英亲王妃，问道：“什么魅族的密地？”

“信上是这么说的，但也没具体地说，给，你看看吧。”英亲王妃将信递给了英亲王。

英亲王接过信，只见信的内容很简短，只简略地叙述了李沐清追到了谢芳华，但又被她甩开了，他追查之下找到了秦铮的踪迹，秦铮就在魅族的密地，只不过他不懂魅族渊识，破解不了密地，进不去。据他揣测，秦铮是被困在了密地里，他正在想办法进入密地。

英亲王看完信，皱眉：“这信上也没说魅族的密地在哪儿呀。”

“李家小子应该是怕信落入外人手中，以免此事泄露。”英亲王妃叹了口气，

"我儿子的本事我比谁都清楚，更何况吉人自有天相。"

英亲王放下信，叹了口气，对外面的人问道："喜顺，那送信的人可走了？"

"送信的人已经离开了，老奴说等王妃回信，那人说他家公子吩咐了，王妃得到信就好，不必回信了。"喜顺在门外回答道。

英亲王点点头："既然如此，你便下去吧。"

喜顺退了下去。

英亲王妃转头看向英亲王："听说华丫头为了寻找黑紫草受了重伤，昏迷不醒？"

"据传来的消息是这样，她如今在临安城。"英亲王点头。

"怜儿恰巧被谢云继所救，福大命大，不知道如今怎么样了。"英亲王妃咬唇，对英亲王道，"王爷，我想去一趟临安城。"

"嗯？"英亲王看着她。

"我不放心这两个孩子，想去看华丫头和怜儿。"英亲王妃说道。

"不行！"英亲王摇头，"临安城距离京城可不近，八百里路，一路上万一遇到危险，你让本王怎么活？"

英亲王妃瞋了英亲王一眼："都多大岁数了，王爷还说这等话？我带着护卫，八百里算什么？日夜兼程，两日夜总能到吧？"

"那也不行，我不放心。"英亲王摇头。

"裕谦王府的弟媳从岭南一路来京城，不是照样来了？"英亲王妃不满，"她都能行，我如何不行？临安城比起岭南，不足三分远。"

"来是来了，可不是把孩子给弄丢了吗？"英亲王瞪眼。

"孩子真丢了吗？"英亲王妃看着英亲王，问道，"你又不是不知道，我那日冲去裕谦王府时弟媳在做什么，若是孩子真丢了，她还有那等闲心做别的事？裕谦王焉能饶她？如今你再看裕谦王府，孩子还是没找到吧？还不是什么事都没有？"

英亲王一噎："那也不行。"

英亲王妃微恼："你不能出京去看孩子，我还不能出京？日日困在这京城，担心得寝食难安，难过死了。"

"如今南秦上下，明里暗里混沌一片。更何况，漠北边境还要兴兵，秦铮所在的魅族密地，不知在何处，怜儿伤得不轻，险些丢了性命。内忧外患之际，我已经焦头烂额，两个孩子我管不了，你就别再让我操心了。"英亲王拍拍英亲王妃。

英亲王妃本来还想再说要去临安城的话，但见到英亲王鬓角的白发后，只好作罢："好啦，我依你就是了。"

"你听我的最好不过。"英亲王的脸上露出了笑容。

英亲王妃忧心地叹息："如今太子在临安城，华丫头也在临安城，铮儿却不在临安城，谢墨含又去了漠北，我怕……”

“你是怕太子和华丫头？”英亲王闻言收起笑容。

“是呀。”英亲王妃点头，“太子本来就倾慕华丫头，若不是铮儿力争，当初铮儿不一定能娶到华丫头。如今他们已不是夫妻，难保太子不会……”

“怎么可能？太子怎可娶被休弃的人为太子妃？储君之妻将来可是一国之母。”英亲王摇头，“你想多了。”

“太子是我们看着长大的，他表面看着规规矩矩，其实骨子里和铮儿一样，做事全凭喜好。若他一心求娶华丫头，谁又拦得了他？”英亲王妃道。

“既是储君，就该明白储君身上的责任，岂能胡闹？”英亲王微怒，“更何况，堂兄之妻焉能再娶？”

英亲王妃有些无言：“自古以来，也不是没有先例，子继父业、父纳子妃都能如此，更何况娶兄弟之妻！”

“你……”这回轮到英亲王无言了，他恼怒地看着英亲王妃。

英亲王妃看着他：“我又没说错。”

英亲王无奈：“你是没说错，但……”他转过头无奈地说，“若是真被你说中，你就算去了临安城，又能阻止什么？”

“我去搅个天翻地覆。”英亲王妃道，“就不信阻拦不住。”

“临安城刚脱离险境，你还是不要去胡闹的好，更何况如今只是你的猜测，作不得准。”英亲王想了想，“就算太子有此心，那也还要看华丫头是否同意。就算华丫头……同意，还要官媒文书，三媒六聘，太子总要先退了右相府的婚事才行，就算不退婚事，纳个侧室……”

“华丫头岂能给他做侧室？”英亲王妃打断英亲王的话。

“也对！”英亲王住了口。

英亲王妃烦闷地道：“罢了，罢了，不与你说这个了，也不要多想了，越想我越急，还不如不想。”

“是的，孩子们的事让他们自己解决去吧，你我急来急去有什么用？”英亲王揉揉眉心。

英亲王妃不再言语。

英亲王府为此事烦恼之际，皇后的凤鸾宫里，上下人等也正在谈论此事。

皇后对如意询问道：“据说临安城的百姓叩谢太子救了他们时，太子竟然将功劳都推给了谢芳华？钰儿这到底是什么意思？”

“娘娘，据说黑紫草本来就是芳华小姐找到的，因找黑紫草她还受了重伤，知晓内情的大有人在，太子才不好居功的。”如意道。

“我看不尽然。”皇后摇头，“太子对谢芳华怕是还有心。”

如意一惊："娘娘是说太子他还想……"

皇后点点头。

"可是芳华小姐总归也是嫁过了英亲王府的铮小王爷的，太子怎可……"如意小心地道。

皇后叹了口气："她救了临安城的十几万百姓，功劳甚大，太子若是一心想求娶，就算她是被休弃之人，别人也说不出什么反对的话来。比起名利私节，家国才是大事。"

如意点点头："那怎么办呀？您是不喜欢芳华小姐吗？"

"以前我是不甚喜欢，但是我儿子喜欢，我还有什么喜欢不喜欢的？"皇后摇摇头，"如今乃多事之秋，南秦内外动荡，只要他能稳稳当当地坐上皇位，我就别无他求了。"

如意垂下头，不再说话。

同一时间，右相府内的人也在谈论此事。

右相夫人向来喜好礼佛，端庄恬静，将右相府的内院整治得井井有条，十分规矩，污秽的事不会拿到明面上来，也不会总是拿内院的小事去烦右相，所以，多年来他们夫妻和睦、相敬如宾。

如今，太子在临安城治水、救瘟疫，谢芳华在临安城十几万百姓危难之际找到了黑紫草，成了临安城的救世主，受到临安城甚至天下百姓的一致赞扬，天下人只知太子和忠勇侯府的芳华小姐，将太子和芳华小姐放在一起来说。似乎从不知右相府的李如碧小姐是太子的未婚妻，更似乎忘记了谢芳华被休弃的告示曾传遍整个南秦。

如今这形势，恬静的右相夫人终于坐不住了。

待右相下朝回府去了书房后，她便立即冲去了书房。

右相正在和府中的幕僚议事，听到夫人来见，对幕僚摆摆手，幕僚避去了后厢，右相请夫人进了书房。

右相夫人进了书房后，问右相："可是打扰了老爷议事？"

"无碍！"右相摆摆手，"你急匆匆赶来，所为何事？"

右相夫人犹豫了一下，说道："太子和谢芳华在临安城的事你定然知道了，我怕……"

"原来是为了这事。"右相叹了口气，"我早就与你说过了，碧儿对太子无心，太子亦对碧儿无心，太子早在皇上赐婚后便与我单独言明不会娶碧儿，所以，对于碧儿和太子的婚事，你还是不要想了。"

"就算太子不娶碧儿，可是如今临安城的消息传出来，外面定然会沸沸扬扬。让人如何看我家碧儿？太子不羁世俗，总不能耽搁我们的女儿吧？"右相夫人气恼，“既然无意，太子当初为何应承婚事？为何不找皇上退婚？”

“当时是皇上一意孤行，太子受到掣肘只能应下婚事。如今……”右相从桌案上拿出一封信，“我这不是已经收到太子的退婚信函了吗？”

“退婚信函？”右相夫人一怔。

“正是，是太子附在八百里加急文书里，一同送进京来的信函。一封呈递给了皇上，一封送到了右相府。”右相道，“你自己看看吧！不用你怒你恼，太子自然会退婚的。”

右相夫人连忙拿过信函，展开过目。

看过之后，她脸上的怒气消失了，取而代之的是喜悦的表情：“太子在信中说此事委屈了右相府，亲自对右相府表明了歉意，同时也向老爷承诺，右相府三代之内相门不旁落。也就是说，清儿将来会接替您在朝为相，清儿的两代子孙也都是卿相？”

右相颔首：“是这个意思。”

右相夫人大喜：“若真是这个意思，那我们右相府自此后便是真真正正的相门清贵了，门楣至少会延续百年了？”

右相点头：“不错。”

“相爷，用碧儿的亲事来换我们右相府前程无忧，太子也算是诚心诚意了。”右相夫人道。

右相叹了口气：“是呀，太子的确诚意十足。我们右相府又能有何不满？况且碧儿这孩子本来也不愿进宫。”

第六章

日薄西山

“正是这个理儿，本来妾身对太子十分不满，可是如今这封信函来得如此及时，妾身便没有不满了。”右相夫人道，“只是这退婚一事，太子说还要劳烦你进宫找皇上提出，一是右相府主动退婚全了颜面，二是他远在临安城，势必要处理瘟疫后的一应事宜，三是漠北边境的军中也需要他暂且在临安城观望，万不得已时还要动身前往漠北。这些话也有理，可是这是圣旨赐婚，您若是去退婚，皇上会答应吗？”

“太子还有一封私下给皇上的信，在给我的信中言明，我提出退婚时将信函一并呈给皇上，皇上看过之后会答应的。”右相道。

“信函呢？”右相夫人立即问。

“在这里。”右相从桌上的奏折下拿出了一封密封着的信函。

“这上面写了什么？”右相夫人询问。

右相摇摇头：“既然是太子给皇上的密函，怎能私下拆开来看？”

“也是。”右相夫人点头，“那你什么时候进宫呢？”

“稍后我就进宫，此事宜早不宜迟，早处理的话，对我们碧儿也好，这孩子近日来越发瘦削了。”右相道。

“是呀，既然如此，妾身就不打扰老爷了。”右相夫人点点头告退。

右相摆摆手，右相夫人出了书房向后院走去，脚步较来时轻松了许多。

幕僚从后厢出来，对右相拱手：“相爷，皇上的病情虽然时有反复，人不如从前，但是您进宫后还是要小心谨慎，皇上毕竟还是皇上，太子给您的三代为相的信函您还是一并呈给皇上过目吧。”

右相颔首：“本相也是这么想的。”

二人说罢，右相换了一套衣冠，匆匆出府进了皇宫。

皇帝回寝殿后不久，外面便有人禀告右相求见。

皇帝从御花园回来后余怒未消，闻言皱眉：“右相来干什么？”

吴权小声问道：“臣出去问问？”

“不用问了，让他进来吧！”皇帝摆摆手，沉声说道。

吴权应了一声，连忙出去请右相，到了殿外见到右相，他小声说道：“皇上为了太子和文武百官陈请更改兵制之事，从御花园回来后一直存着怒气，相爷说话要谨慎一些。”

右相暗暗叹了口气：“多谢公公。”

右相进了殿内，发现皇帝的脸色果然极差，不等右相行礼皇帝便问：“朕看你一头的汗，可是有急事？”

右相为难地看着皇帝，犹豫着说道：“回皇上，臣是……有些事。”

皇帝看着他，嗯了一声。

右相跪在地上，将手中的两封信函一齐递给皇帝：“皇上，臣刚刚收到太子派人给臣送到府里的信函，其中一封是给臣的，一封在给臣的信中言明是给皇上的。臣看完信后，片刻没敢耽搁便匆匆进了宫。”

“什么信函？”皇帝沉声问。

“您过目之后就知道了。”右相恭敬地举着两封信函。

“吴权，给朕呈上来。”皇帝喊。

吴权连忙上前接过右相手中的信函，递给了皇帝。

皇帝先拿起秦钰给右相的信函看，刚看了几行脸色便变得难看起来，看完之后脸色阴沉，并没说话，又将另外一封密封着的信函拆开。

皇帝看完密封着的信函之后脸色更沉了，几乎要下雨。

吴权打量着皇帝的脸色，默默地后退了两步。

右相自从将信函呈递给皇帝之后一直没抬头，头几乎贴在了地上。

一时间，皇帝身上散发出了暴雨欲来时的气息。

片刻后，他啪一下将信函摔在了地上：“岂有此理！”

吴权大气也不敢出，右相更是不吭声。

皇帝起身，在内殿来回踱步，之后，停在了右相面前，看着右相问道：“你可知道太子在给朕的密信里写了什么？”

右相连忙摇头：“回皇上，臣接到密信之后并没拆开看，不知晓。”

“他要娶谢芳华！”皇帝怒道。

右相虽然早已经有所猜测，但闻言还是抬起头，露出惊讶的表情看着皇帝。

皇帝的身子有些发抖，似乎是被气的："他竟然在密信中威胁朕，说朕若是不答应，他这个太子便不做了，让朕选八皇子即位。"

右相这回是真的惊了，难以置信地看着皇帝。

"连你也不相信是不是？"皇帝眉心直跳，"可是他就是这么说的，他可真敢说。他竟然要娶谢芳华，朕若是不应，他就连太子都不做了。他竟然拿一个女人跟朕的江山比，他是疯了不成？"

右相一时也有些无言，但细细思量，太子虽然外表温和，但其实脾气难以捉摸，论不顾世俗，他与铮小王爷不相上下。

"谢芳华那个弃妇，凭什么跟朕的南秦江山比？"皇帝又怒道，"她有什么资格？"

吴权抬头看了皇帝一眼，又垂下了头。

右相依旧不语。

"右相，你说太子是不是疯了？他到底想要干什么？自古以来没听说过女人能跟江山比的！更何况已经嫁过人的女人。"皇帝盯着右相。

右相看着皇帝，说道："这……女人自然不能跟江山比。"

"那你说，秦钰怎么就敢如此跟朕说？"皇帝质问。

右相似乎寻思了一下，试探着揣测道："臣以为，太子应该是甚喜欢芳华小姐，怕皇上不喜欢芳华小姐，不答应此事，才如此言语。"

皇帝恼怒地冷哼一声："朕的确不喜欢谢芳华。"

右相叹了口气："皇上，恕臣直言，太子甚喜欢芳华小姐，在芳华小姐和铮小王爷大婚前他便倾慕她，铮小王爷和芳华小姐大婚之日，太子未曾阻挠住二人，后来自苦数日。臣私以为，家国天下、儿女情长，帝王两者兼得未尝不可。"

"什么？"皇帝瞪着右相。

右相立即说道："临安城的瘟疫一旦无药可解，那么，小则一城城池尽毁，大则南秦国危。幸芳华小姐寻到了大批的黑紫草，才解了临安城的瘟疫之急，救了整个临安城十几万百姓的性命。芳华小姐如今名传天下，乃贤良大才，甚得百姓推崇。若是太子有心她也有意，他二人乃天作之合，也算南秦江山的福源。"

"太子有心她也有意？"皇帝沉下脸，"她会吗？"

"臣以为，从太子这两封密信所请说之事来推断，芳华小姐兴许是应了太子，或者是太子有把握在皇上应允之后娶到芳华小姐。"右相道。

皇帝看着右相。

"皇上，您想想，北齐兴兵，这个时候太子提出此事，且说若是您不应，就不做太子了，让您选八皇子，可是八皇子年幼，未经磨砺，焉能……"右相看着皇帝，话说到一半又打住，顿了顿继续说道，“这就说明，太子是下定决心了，而且十有八九此事能成。”

皇帝闻言怒意不退：“那秦铮呢？他要娶谢芳华，秦铮可会同意？”

右相的眼珠转了转：“铮小王爷就算不同意又能如何？太子和铮小王爷从小斗到大，各有输赢。”说罢，他又劝慰道，“皇上您又何必动气？且旁观就是了，太子和铮小王爷都是有分寸之人，断然不会做出毁江山基业之事。”

皇帝闻言，冷冷地说道：“谢芳华就是红颜祸水！”

右相不再接话。

皇帝又来回走了两步：“你的意思是，让朕答应太子？他若是真能娶谢芳华，朕也由着他娶了？”

右相点点头：“恕臣直言，南秦如今不能没有太子。”

“罢了！”皇帝一下子又苍老了些，疲惫地摆摆手，“你起来吧！”

右相跪在地上，并没有立即起身：“那臣小女的婚事……”

“看你的意思，也是想退了这门亲事。你辅佐朕多年，功劳、苦劳都甚大，虽然朕极其中意你家的女儿，也极为愿意与你做亲家，但是事已至此也只能作罢了。”皇帝挥手，“吴权，将右相扶起来。”

吴权连忙上前扶右相。

右相的腿已经麻了，被扶起来之后慢慢揉了揉，才能自己站稳。

皇帝在一旁见了，深深地叹了口气，有一种老暮之态：“李延，朕病了、老了，你也老了。”

“是呀，皇上，臣也老了。”右相苦笑，“一晃几十年就过去了。”

“是呀，几十年弹指一挥间。”皇帝揉揉眉心，颓然地道，“朕日渐觉得力不从心，朕再不喜，也难以左右太子和朝局了。”

“皇上切不可过于忧心，定当好生养病才行。”右相连忙说道。

皇帝摇摇头：“朕的病朕知道，养也养不好了。”

右相看着皇帝，一时无言。

皇帝看着他，又道：“太子答应你的三代卿相之事朕就不管了，朕不知何日归去，两眼一闭倒也省心。”

右相动了动嘴角，苦笑着说道：“太子虽然应承了臣，但是臣敢对皇上起誓，臣这一门若无具有相才之人，断不可为相，免得毁了朝纲社稷。”

“你家的小子，文能安邦，武能定国，是个人才。他自然有相才，太子会用人，也会拉拢人，这个江山若是交给他，朕也放心。”皇帝说罢，摆摆手，“朕累了，你出宫吧。”

右相连忙站起身：“皇上好生休息，切不可操劳，朝局之事有臣等照应。臣告退了。”

皇帝点点头。

右相一步步退到门口，即将跨出殿门时只听皇上又道：“退婚的旨意随后朕就命吴权送到你府上。”

“多谢皇上！”右相叩首，退到了殿外。

出了皇帝的寝殿，右相长长地舒了一口气，伸手一摸后背，后背已经湿透，冷风一吹凉彻骨。

出了宫门，右相正碰到左相匆匆进宫，右相喊住左相：“这么急，出了何事？”

左相一愣：“你这是……刚从宫里出来？”

右相点点头。

“皇上呢？皇上可好？”左相连忙问。

“皇上累了，乏了，今日御花园之事，皇上余怒未消，兵制是皇上当年在先皇崩逝后一力执行的，他的毕生心愿就是除去谢氏这只在南秦卧榻之侧安睡的猛虎。可是到头来却没能做到，反而在内忧外患时需要仰仗谢氏。”右相叹了口气，低声说道，“照如今这形势看来，南秦既有谢芳华得百姓民心，又有谢墨含接掌兵权。若是太子登基，谢氏再繁荣百年亦不是不可能。”

左相聪明，闻言大惊，拉过右相低声问：“这么说，皇上今日因为太子请求更改兵制之事受打击了？不太好？”

“兵制更改之后，皇上对谢氏便再也不能掣肘，对南秦朝局再也不能掌控了。”右相道，“江山代有才人出，一代新人换旧人。皇上老了，我们都老了，太子一旦登基，早晚会改兵制，如今只待新旧更替了。”

左相闻言，心惊了惊：“你是说皇上怕是……”

右相点点头，面露沉重之色。

左相片刻无言，看向皇宫，宫门巍峨，像是垂垂老矣的雄狮，再无昔日的威仪。他一头的汗被冷风一吹，冷却了，心有些凉：“我本来想再去劝说皇上更改兵制，一道圣旨怕是对于漠北军事起不到什么作用，若北齐长驱直入，则我南秦危矣。但是听你这样一说，我就不敢再去了。”

“别去了，去也无用。”右相摆摆手。

左相点点头，跟右相一起离开了宫门。

右相回到府中不久，吴权便带着圣旨到了右相府。

整个右相府的人都出来接旨了。

退婚圣旨言明圣上依右相恳请，退了右相府的小姐和太子的婚事，自此后太子与右相府的小姐各自嫁娶。

右相府众人谢恩。

吴权将圣旨递给右相，小声说："相爷，今日也就是您，若是换个人都不能从宫里安然地走出来。"

右相接过圣旨："承蒙公公在皇上面前美言了。"

吴权一挥手："咱家是个奴才，哪里能管那许多事？更哪里能左右圣意？是皇上念在相爷这么多年来忠心辅佐，舍不得相爷。皇上其实是个念旧情的人，只不过身在帝位，不得已而已。"

"是呀。"右相点头，做了个请的手势，"公公请到府里喝茶。"

"咱家还要回宫去复旨，改日吧。"吴权告辞，上了马车返回皇宫。

右相目送吴权走远，转过身看向立在右相夫人旁边的李如碧。

李如碧瘦了很多，整个人看起来似乎被风一吹就要倒，因为多日闷在房中，脸色是不见阳光的白。

右相叹了口气："碧儿，人这一生长得很，和谁有缘分也是命中注定的，没有缘分也强求不来。你何必苦了自己？"

李如碧屈膝一礼："女儿知道。"

"你若真知道就好了。"右相看着她，说道，"你是个聪明的孩子，切勿钻牛角尖。如今你和太子退了婚，而且是咱们右相府主动退的婚，于你以后的婚事没影响，你好好想个明白，接下来我和你娘便会给你商量婚事。"

李如碧抿起嘴角，没说话。

右相夫人看了李如碧一眼，对右相说道："老爷有事便去忙吧，我同碧儿说说话。"

右相点头，向书房走去。

右相走远后，右相夫人拉过李如碧的手向里面走，一边走一边对她低声说道："今日你父亲进宫后，我闲来无事特意命人去打听了一番，荥阳郑氏的嫡子早先与谢氏长房的大小姐定了亲，但是因为谢氏长房落难，全家被发配去了岭南，所以那门亲事就黄了，如今荥阳郑氏的嫡子还没有另寻婚配。"

李如碧一愣："娘的意思是，想让我嫁给荥阳郑氏的嫡子？"

右相夫人点点头："荥阳郑氏的嫡子自小受家族培养，一表人才，我曾在谢氏长房见过。当初敏夫人是通过赵郡李氏和清河崔氏，以及英亲王府的关系，想方设法才促成的自家女儿与荥阳郑氏嫡子的亲事，奈何竹篮打水白忙一场。"

"荥阳郑氏的嫡子虽好，但娘想过没有，若是这门亲事成了我就要远嫁，难道娘想将我远嫁？"李如碧低声问。

右相夫人叹了口气："娘也不想，可是秦铮放出了话，再见你必杀，太子如今又退了婚，在这京城里虽然未婚之子还大有人在，能匹配你者也有，翰林大学士之子、监察御史之子。可是……”顿了顿，她无奈地道，“可是这些人都知晓内中情由，怕是不愿，已然嫁不得。”

李如碧的眼眶渐渐发红，她抓住右相夫人的衣袖问道：“娘，难道这是女儿的错吗？”

右相夫人见李如碧如此，心里也跟着难受了起来：“自然不是你的错，可是天意弄人，谁知道事情会演变到如此地步？那铮小王爷为何要杀你，娘至今也不明白，你爹私下问了英亲王，王爷也不知晓，就连王妃都糊涂着呢。这只能问铮小王爷自己了，不知你哪里得罪了他。”

“我是心仪他，但自从皇宫催情引那件事情之后，我再不敢动心思，后来他和谢芳华大婚，皇后和太子接我进宫，我也只不过是他们把卢雪妍推进英亲王府的幌子。这些事情与女儿何干？”李如碧说着便哭了起来，“娘，与女儿何干？心仪他就是错吗？连我在京城里他都不能容我吗？”

右相夫人听李如碧这么一说，也气了起来：“就是，铮小王爷欺人太甚。”

李如碧哭了片刻，抬起头看着右相夫人，坚决地说道：“娘，荥阳郑氏的嫡子再好我也不远嫁，我就要待在京城。若是秦铮要杀我，就让他杀好了，反正到了这个地步，女儿也不想活了。”

右相夫人闻言吓了一跳，脸色发白地看着李如碧。

李如碧坚定地对她重复道：“娘，女儿不远嫁。”

右相夫人伸手扶住李如碧的肩膀，看着她：“我的儿呀，你知道你在说什么吗？秦铮是什么人，你既然喜欢了他这么多年，难道还不清楚吗？他是一个言出必行的人呀。”

“我知道。”李如碧红着眼睛点头。

“那你还执拗什么？你爹也说了，人这一辈子长得很，和谁有缘分是命中注定的，没有缘分强求不来。你这又是何苦？”右相夫人几乎苦口婆心地劝道，“他不喜欢你，你躲远了就是了，我们惹不起总能躲得起。更何况，未来世事如何谁又说得准？秦铮如今下落不明，太子安然无恙地待在临安城，未来太子登基，依二人自小互相看不顺眼的情形来看，秦铮将来未必有好果子吃。”

“那女儿也不远嫁！”李如碧摇头，“娘，女儿主意已定，您就别再劝说了。”

“你……”右相夫人看着她，说道，“你不远嫁也行，那就在京城里找可好？太子答应你爹，我们李家的子孙三代皆为卿相，我们相府以后在这朝中又惧怕谁？你不招惹秦铮，我倒要看看他敢奈你何！”

李如碧咬唇：“正如您所说，这京城里还有谁敢娶我？”

“怎么就没有人了？”右相夫人道，“大不了，退而求其次。退婚这等事情虽然不光彩，但也是咱们相府先退的婚，你祖父便是相爷，你父亲还是相爷，未来从你哥哥往后数三代都会为相。整个南秦，将来真正的相门不是左相府，而是我们右相府。我们右相府门生遍天下，这京城中与你父亲有交情的大有人在，你父亲若是有意结亲，谁会不慕荣华、不应允？”

“为了荣华而娶我，娘，您觉得女儿将来会幸福吗？”李如碧低声问。

右相夫人叹了口气：“碧儿呀，女人一辈子，幸福不幸福又岂能由他人口中说来？那需要自己争出来。你爹当年倾慕的人不是娘，可是又怎样？多年下来，我们还不是相敬如宾、举案齐眉？这右相府的女主人是我，不是别人。”

“可是我爹也有一堆小妾。”李如碧又道。

右相夫人不以为然：“小妾只不过是男人的玩物而已，他的正妻永远是我，哪个男人没个小妾？这相府内院的事，你爹向来不插手，小妾在娘的手里也跳不起来。”

李如碧看着右相夫人：“娘，您真觉得幸福吗？女人这一辈子就只求个相敬如宾吗？不是自己喜欢的男人，嫁了又有何意思？”

右相夫人板起脸来说道：“你爹说得不错，你就是钻牛角尖。你就认准秦铮了是不是？”

李如碧抿唇。

“和太子有婚约，也不见你面露喜色，如今和太子取消了婚约，你却又不想嫁给别人。你到底想做什么？还真去缠着秦铮，让秦铮把你给杀了不成？”右相夫人恼怒地看着她。

李如碧的眼泪又簌簌地流了下来。

右相夫人见她又哭了，毕竟是自己的女儿，从小捧在手心里，着实心疼，顿时舍不得说了，又软下口气：“你看看卢雪莹，再看看卢雪妍，和秦铮沾了边的女人有哪个落了好了？就算是嫁给了他的谢芳华，如今不也被休了？依娘看，秦铮就是个煞星，离得越远越好。”

李如碧低下头，只顾流泪。

右相夫人实在无奈：“你喜欢秦铮，他不喜欢你，就算千方百计嫁给了他，又有何幸福可言？还不如为娘呢，你爹虽然当年心仪的不是我，但他至少尊重我。可是秦铮呢，他可尊重你？”

李如碧不言语，眼泪一滴一滴地落在地上的青石砖上。

“娘也舍不得你，你若是不想远嫁，娘也不强求你，这京城内除了秦铮，只要你中意，娘就请你爹去为你谋划。谁家公子爷不喜欢贤良貌美的女儿家？你识诗书、知礼仪、行止端方，拿去人前没人能挑出不好来。只要你同意，未来的婆家有你爹和哥哥照看着，谁也不敢欺你、辱你。”右相夫人又道。

李如碧依旧不言声，不点头。

右相夫人不由得急了："条条大路你不走，难道真要往那死路上走？你可对得起我和你爹这么多年对你的培养？"

"娘，女儿不孝。"李如碧抬起头，"道理我都明白，可是……"

右相夫人盯着她，眉心又蹙起："可是什么？"

李如碧咬唇，又低下头，过了半晌低声说道："娘，您别再逼我了，让我想想。"

右相夫人也实在是无奈了，对她无力地摆摆手："你出身相府，金尊玉贵，都说女儿要娇养，这么多年来我也确实对你太娇惯了，才养成了你这样的性子，只知儿女情长不知人世不易。罢了，你自己想吧！左右娘生你养你一场，也尽了为人母该尽的责任，你若是执意不改自寻死路，将来也怨不得谁。"

说罢，右相夫人转身走了。

李如碧站在原地，慢慢抬起头看向右相夫人，发现右相夫人的背影有些老态，她收回视线闭上了眼睛。

右相在书房与幕僚商议完事情，出了书房便问管家："夫人和小姐呢？"

"回相爷，夫人和小姐似乎闹了不快，夫人回了正院，小姐哭着回了自己的院子。"管家小心地回答道。

右相闻言皱起眉头，向正院走去。

右相回到正院，见了右相夫人，问明缘由后右相的眉头深深皱起。

"老爷，碧儿就一心钻牛角尖了，您说这可怎么办呢？咱们总不能真让秦铮杀了她吧？"右相夫人鲜少在右相面前流泪，此刻说着便哭了起来。

右相叹了口气："你今日说的话也着实不轻了，先让她自己想想，她若是能想明白最好，若是想不明白……"

"想不明白便怎样呀老爷？"右相夫人拽住右相的衣袖，"她可是我们疼在心尖儿上的女儿呀，以前我觉得有这样的女儿事事省心，她比卢雪莹、燕岚都要强上许多，可是如今真真是让人操碎了心。"

"想不明白的话，待清儿回来让清儿想想办法劝劝她，她和清儿向来亲近。"右相拍拍夫人的手，"别哭了。"

右相夫人点点头，担忧地道："我不知道这是造了什么孽，儿子喜欢谢芳华，女儿喜欢秦铮，一个追着谢芳华出了京，一个连秦铮要杀她都不怕。不知道清儿如今在哪里，他走了这么多日子了，连个信儿也没传回来。"

"他今日派人传了话回来，说在外一切安好，让我们勿挂念，估计还要些时日才能回京。"右相道，"只不过恰巧与太子的书信一同来到，我便忘了与你说了。"

"只这一句话，没有别的了？"右相夫人连忙问。

右相摇摇头："传信的人话语隐晦，只说平安，没说别的事。加之当时太子也来了信，我便也没来得及细问。"

"平安就好。"右相夫人松了一口气，"比起碧儿来说，清儿还是让人省心的。毕竟是男儿，心胸开阔，常年在外见识世面，比困在府中的碧儿强。他喜欢谢芳华也未强求，这让我心安不少。"

"忠勇侯府的小姐真是不一般呢！"右相感慨。

"这谢芳华缠绵病榻数年，几乎让人忘了她的存在，可是这才多长时间，天下还有谁不知道忠勇侯府的芳华小姐？"右相夫人道，"不知为何她近来这么张扬，女子太张扬了，岂是好事？女子就该安心地相夫教子。"

右相闻言，摇摇头："谢氏根系庞大，内有乾坤，皇上都猜不准、吃不透。谢芳华可不是缠绵病榻多年的病秧子，她的见识和本事可是远在闺阁之外的。只不过忠勇侯府一直以来用病情蒙蔽别人的视线，让人忽视了一个女子而已。她确实张扬了些，只不过，好与坏哪里能分得清？"

"依妾身看，没有好处只有坏处。招惹了秦铮和太子，还招惹了我们清儿，永康侯府的燕亭也是因为她才离府出走的，她就是个祸害，红颜祸水。"右相夫人道。

右相摆摆手："妇人见识。"

右相夫人不满地看着右相："相爷对谢芳华怎么这般维护？她一个女子，抛头露面去找什么黑紫草，还不是为了名声？张扬至此，哪里是好事？"

"此言差矣。"右相叹了口气，"谢氏和皇室多年来一直势如水火，谢氏步步退让，皇室步步紧逼。连我们这些朝臣在一旁看着，都觉得谢氏早晚有一日会被皇室吞掉。可是，自从谢芳华在这京中露面，她和秦铮定了婚事之后，谢氏和皇室的局面却改变了，皇室反而渐渐处于下风了。而如今正是内忧外患之际，皇室需要仰仗谢氏。"

"这些难道都是谢芳华的功劳？妾身可不信，她哪里有那么大的本事？"右相夫人摇头。

右相无奈地看着她，说道："忠勇侯府的这位小姐可不是寻常女子，这些日子，我细细想来，诸多事情都与她有关。"顿了顿，他语重心长地道，"夫人，多年来我敬重你，这内院都由你做主，可是未曾多与你谈外面的事，也渐渐使你变得目光短浅，对碧儿的教养，也有你的责任在。"

右相夫人闻言，一时觉得委屈："老爷，妾身也不知道碧儿怎么是这副爱钻牛角尖的性子，以前你不是也时常夸碧儿知书达理、贤淑端庄吗？"

右相点头："的确不能怪你，也怪我，只一心培养清儿，却忘了女儿家也不能少了见识。”

右相夫人道：“依妾身看，都怪那个谢芳华，没有她出来搅动这京城风月的时候，一切都甚好。没准儿秦铮会喜欢碧儿、娶碧儿呢。”

“怎么能怪人家？”右相瞪了夫人一眼，“秦铮一直不喜欢碧儿，这我知道。”说罢，他摆摆手，“罢了，多说无益，且等着看吧，如今太子退了婚事，皇上也应允了，兴许有些事情更是出人意料。”

右相夫人点点头，住了口。

当日，皇帝未曾应允更改兵制，却下了一道漠北方圆百里听候漠北军调遣的旨意，并命人快马加鞭将此旨意送出了京城。

另外一道右相府退婚，太子和右相府小姐各自嫁娶的旨意传扬开来。

英亲王妃得到消息后大惊，腾一下站起身：“皇上这是要干什么？难道真如我们猜测的那样，太子要娶华丫头？”

英亲王道：“你先别急，据说是右相进宫主动请的旨意，皇上答应的。”

英亲王妃恼道：“我怎么可能不急？如今是什么时候？如今太子未在朝，右相和左相辅佐八皇子监国，北齐又有兴兵的动静，他怎么可能这个时候去拿私事烦皇上？定然是出了什么事，他才急急地进了宫，皇上无奈才应承了。”

“你这样一说也的确有道理，右相向来圆滑，今日在御花园，群臣进谏皇上恼怒了，他向来都会斟酌着与皇上相处，不会轻易地在皇上恼怒时去触霉头，今日的确反常。”英亲王道。

“反常必为妖。”英亲王妃来回走着，“不行，我要进宫。”

英亲王一把拽住她：“都说了不操心了，你怎么还操心？”

“我能不操心吗？万一真被我们猜中了，铮儿可怎么办？”英亲王妃急了。

“他已经是大人了，该怎么办他自己心里清楚。”英亲王劝道。

“那也不行，不问清楚我寝食难安。”英亲王妃摇头，就要往外走。

英亲王拽住她不松手，拦住她说道：“你先别急，这样吧，现在天色还早，我将右相约出来问问他。”

英亲王妃闻言，看着英亲王。

“放心，我定会问个明白。”英亲王保证。

英亲王妃若不是真的急了，也不想进宫，只好点了点头，催促道：“那你快去请右相，快去问，一有准确的因由立马告诉我。”

英亲王颔首，出了正院，派人去请右相到茶楼喝茶。

右相听闻英亲王请他喝茶，立马猜到了英亲王找他所为何事，他对管家说：“去回话，我马上就去。”

管家连忙去了。

右相换了便装，出了右相府。

二人在茶楼相聚，英亲王开门见山，右相也没隐瞒，将事情简略地低声说了。

英亲王听罢，震惊得半晌无语。

他也没想到秦钰为了娶谢芳华，连太子都不想当了，这个时候拿这个威胁皇上，皇上岂有不答应之理？南秦不能没有太子。

更让他震惊的是，秦钰对右相府的诚意，三代卿相的背后也许就是谢芳华已经答应了！

他极其不解，谢芳华为何会答应秦钰，其实他还不解，谢芳华为何以南秦经济命脉威胁皇上下圣旨休书，还昭告天下，丝毫不顾及自己的名声。

右相看着英亲王震惊的模样，心里舒服了些，当初他听到时也是这般震惊。

他心里清楚，比起右相府，英亲王府如今更难过。

英亲王回神后，跟右相确认："当真如此？"

"这么大的事，不敢对王爷虚言。"右相颔首。

英亲王知晓此事是真的了，在茶楼里自然坐不住了，匆匆辞别了右相，出了茶楼，赶忙回了府。

英亲王妃正在府中焦急地等消息，见英亲王回来，连忙迎上前问道："怎么样？到底出了什么事？"

英亲王关上房门，叹了口气，满面忧愁地道："怕是真被你猜中了。"

英亲王妃面色大变："怎么说？"

英亲王将右相与他说的事情简略地说了一遍。

英亲王妃惊得睁大了眼睛，一时间难以置信，但又觉得依照太子对谢芳华的心意来说，事情演变成如此也在意料之中。只是她没想到的是，这背后的意思可能是谢芳华真的答应了。

谢芳华怎么会答应？

女人最了解女人，英亲王妃认为谢芳华是真的喜欢她的儿子秦铮的，女人若是不喜欢一个男人，不会甘心受委屈地嫁给他、不会为他缝衣，也不会为他洗手作羹汤，更不会在看着他的时候眉目里满满都是情意。

可是为何谢芳华如此喜欢却说弃就弃，说走就走？说嫁给秦钰，就真的要嫁给秦钰呢？

英亲王妃百思不得其解。

震惊了片刻，她拽住英亲王问道："如今怎么办？你难道还不让我去临安城吗？我必须去见华丫头，只有见到她我才能明白到底是怎么回事。"

英亲王想了想，说道："再等等。"

"还等什么？再等太子就真娶华丫头了。他敢在这个时候让右相府退婚，答应右相后人三代为卿相，敢写密信威胁皇上应允退婚，还有什么不敢做的？”英亲王妃急了，“不行，这回说什么我也不听你的了，我就要去临安城，你拦也拦不住。”

英亲王妃说着就要去收拾衣物。

英亲王按住她：“同样是母亲，你看皇后，安安稳稳地坐在宫中。孩子大了，总有自己的主张，总会展翅高飞。当父母的管得了一时，管得了一世？你听我的，别管了。太子若是真要娶华丫头就让他娶，咱们铮儿若是不想他娶，自会想办法。皇上都不管了，咱们也别管了吧。总归这以后的南秦江山，都是他们这一代人去折腾。”

英亲王妃闻言，慢慢地褪去了着急的神色，慢慢地坐下来，沉默半晌后叹了口气：“王爷说得对。管得了一时又岂能管一世？不管了，娶就娶嫁就嫁吧。是姻缘分不开，不是姻缘强求也无用。”

“不错，正是这个理儿。”英亲王颔首，拍拍她以示安抚。

右相本以为，听闻了这个消息，就算英亲王不进宫去找皇帝，英亲王妃也会冲进宫去，即便不冲进宫去，英亲王府也会有动静，可是他回府后等了半日，直到入夜英亲王府也没有动静传出。

他甚是奇怪，难道英亲王府也不管了？

他极其不解，细细想了许久方才明白，事情到了这个地步，便不是别人能插手的了。皇上管不了，皇后管不了，英亲王管不了，英亲王妃同样管不了。

无论是太子娶，谢芳华嫁，还是再发生什么事，都不是他们这些人能够掌控的了。

除了秦铮。

秦铮和秦钰自小争斗不休，能管这件事情的人也就是他了，就看他怎么办了。他自己的事情，到头来还是得自己解决。

右相想明白后，觉得自己这大半辈子都白活了一般，他们年少时可没有这些小辈能折腾，多半都是父母之命，媒妁之言。若是当年他看中崔玉婉时，不是一心等着请相府的长辈上门去求亲，而是自己做主的话，兴许崔玉婉就不会嫁给谢英。

他想着想着笑了起来，人都死了多少年了，还有什么放不下的呢？

第七章
就近调兵

两道圣旨不到半日便到了临安城。

秦钰自小在皇帝身边长大，将皇帝的脾性摸得很透彻，早已经料到皇帝不会准许更改兵制，顶多是下一道漠北方圆百里的军队听候漠北军调遣的旨意，可是即便命人快马加鞭送出了京城，日夜兼程地送去漠北，最少也要半个月。

对北齐兴兵攻打漠北边境的形势来说，半个月太晚了。

况且，漠北周边的军队多少年来早已经习惯不听漠北军的指令，正所谓天高皇帝远，不更改兵制的话，一道圣旨已经难以调令他们立即出兵援助漠北军营。

这样的话，漠北军营就是孤军对抗北齐兴兵了。

秦钰脸色紧绷，想着父皇到底是病了、老了，到现在还固守着自己的坚持，不想要谢氏位高权重，却不想万一北齐军长驱直入，南秦国将不国。

如今他只能寄希望于谢墨含早日到达漠北军营，安排一番之后去雪城请兵了。

雪城……

他站在窗前敲着窗棂，面容有些晦暗。

“太子，怜郡主醒了。”有人在门口禀告。

秦钰转过头：“怜妹妹醒了？”

“回太子，是。”那人点头。

“我这就过去看她。”秦钰转过身出了房门，向秦怜所住的地方走去。

他来到秦怜所住的院落，迎面便飘来了一股浓郁的草药味。

秦钰缓步走了进去，只见临安城的一名老大夫正在给秦怜诊脉，秦怜睁着眼睛，眼睛一眨一眨地看着房间各处，似乎刚醒来，还没回过神来。

秦钰露出微笑："醒了？"

秦怜闻声转过头，看到秦钰后又使劲地眨眨眼睛，刚开口，嗓子沙哑："秦钰哥哥？"

"嗯，是我。"秦钰点头，来到床边对那诊脉的老大夫询问道，"怎么样？"

那老大夫放下手，转身对秦钰拱手见礼："回太子，怜郡主福大命大，脱离了危险期，一切安好，虽然如今醒来了，但是还不能乱动，需要卧床将养最少十日，待伤口愈合再慢慢下床走动，走动也只能是少量散步，不能有大的弹跳动作，要想活蹦乱跳的话，最少也要养两个月。"

秦钰点头，问秦怜："听到了没有？你福大命大，需要好好养着。"

秦怜的眼神还有些飘忽，好半晌才落到实处，伸手去摸心口，对秦钰说道："我记得我被剑刺中，从城墙上掉了下去……是谁救的我？"

"谢云继。"秦钰道。

"谢云继？"秦怜忽然睁大眼睛，"是他？"

"是他，幸好他来了临安城，在城墙下接住了你，否则就算剑没刺中你的心脏，你摔下去也会没命。"秦钰道，"万幸，你之后要多谢谢他。"

"他不是失踪了吗？怎么会突然出现在临安城，还接住了我？"秦怜一脸抑郁地说道，"被他接住还不如被摔死呢！"

"说的什么话！"秦钰板起脸来，"若是你在临安城出事，我如何向母后交代？如何向大伯父和大伯母交代？别说孩子话了，好好养着，听大夫的知道吗？"

秦怜嘟起嘴，点点头："谢墨含呢？"

秦钰道："北齐有兴兵的动静，他昨日深夜启程赶往漠北了。"

"什么？他去漠北了？那我呢？"秦怜一急，就要起身，不小心触动了伤口，疼得脸发白，额头顿时冒出冷汗。

秦钰出手按住她，对她瞪眼："我话还没说完你就乱动，看来我真得找人看着你了。"说罢，他转过身对那老大夫说道，"大夫，快过来看看，她触动伤口了。"

老大夫连忙走过来给秦怜检查伤口，只见包扎着的地方已经浸出血丝，他道："郡主的确触动伤口了，郡主的伤口太深，虽然抹了上好的金疮药，但还没愈合，切记再不可乱动了。"

秦怜疼得说不出话来。

秦钰拿出绢帕，给她轻轻地擦了擦额头上的汗："不准再乱动了，听到了没有？幸好你的心脏长偏了一寸，否则性命都丢了。"

秦怜有些委屈地说道："我想去漠北，谢墨含怎么丢下我走了？"

"北齐要兴兵，如今漠北军中无主帅，他赶往漠北军营控制局势，若是北齐军长驱直入，南秦河山就危险了。"秦钰拍拍她，"漠北又没在天边，你好好养伤，伤养好了以后想去还有机会。"

"好吧，现在就算让我去我也去不了了。"秦怜再不敢乱动，"秦钰哥哥，黑紫草找到了没有？"

"找到了。"秦钰点头。

"你找到的？"秦怜看着他，问道。

秦钰摇摇头："不是我找到的，是芳华找到的。"

"我嫂子？"秦怜顿时来了精神，"她来临安城了？"

秦钰的眸色微微变暗，对她说道："休书的告示已经传遍了天下，她不是你的嫂子了，你暂时还是管她叫'芳华姐姐'吧。她受了重伤，如今还昏迷未醒。"

秦怜愣了一下，这才想起临安城被瘟疫笼罩之时，秦铮和谢芳华圣旨休书的告示张贴到了南秦各州县。她悄悄抬眼看秦钰，见他的眼底有一片淡淡的影子，她乖巧地点点头："芳华姐姐怎么会受重伤？"

"为了找黑紫草，此事说来话长，你刚刚醒来不宜多说话，费神劳累。"秦钰摸摸她的头，"喝了药，好生休息。"

"好吧！"秦怜闭上了嘴。

"乖！"秦钰掣回手，对在旁边侍候的婢女吩咐道，"好生侍候郡主，看着郡主不准郡主乱动，若是郡主再触动伤口，出了事唯你们是问。"

"是，太子殿下。"两名婢女齐齐跪在了地上。

秦钰转身出了房间。

秦怜慢慢地睁开眼睛，对着门口吐了吐舌头，对婢女招手，小声问："芳华姐姐住在哪里？离我近吗？"

婢女摇摇头："芳华小姐住隔壁的东跨院，距离这里不近，要走一盏茶的时间。"

秦怜皱眉："若是抬呢？你们找几个人把我抬过去，怎么样？"

两名婢女吓了一跳，齐齐摇头："回郡主，大夫吩咐了您不能乱动，太子刚刚也吩咐了，您必须在床上养十日，才能下床慢慢溜达。奴婢二人可不敢找人抬您，万一触动伤口奴婢们担待不起。"

秦怜撇撇嘴，问道："谢云继呢？他住在哪里？"

"云继公子住在原来谢侯爷所住的隔壁，在前院。"两名婢女立即回答道。

秦怜想了片刻，摆摆手："算了，就算他救了我，我也不想见那个讨厌鬼。"说完，她气闷地闭上了眼睛。

"郡主要放宽心多忍些时日，伤好之后您就能随意走动了。"两名婢女劝慰。

秦怜点点头，不再吭声。

两名婢女见她不再坚持去谢芳华的院子，并且安静了下来，暗暗地松了一口气。

秦钰从秦怜所住的院子出来后，径直去了谢芳华所住的院子。

侍画、侍墨、侍蓝、侍晚、品竹、品青、品萱、品妍八人每四人一组，按照白天、黑夜轮流看顾着谢芳华。

侍画、侍墨、侍蓝、侍晚四人见秦钰来到，齐齐出来见礼："太子殿下。"

秦钰摆摆手，温声问："芳华还没醒来？"

四人摇摇头："小姐还没有醒的迹象。"

"我进去看看她。"秦钰道。

四人连忙挑开帘幕。

秦钰进了房间，屋中同样弥漫着浓郁的药香味，谢芳华躺在床上睡得极沉，脸色不再苍白，有了些许红晕，呼吸声也不是昏迷时的浊重，而是轻轻的。

秦钰在床头坐下，静静地看着她。

侍画、侍墨等人对看一眼，侍墨倒了一杯茶端给秦钰。

秦钰摆摆手，表示不喝。

侍画端着茶退了下去，对秦钰说道："奴婢们刚刚听说怜郡主醒了，太子是从怜郡主处过来的吗？怜郡主可好？"

"嗯，她一切都好，在床上养十日，伤口愈合了才能下床走动。"秦钰道。

"当时奴婢们照看不周，幸好郡主福大命大。"侍画道。

"当时的情形也不怪你们。"秦钰摇摇头。

侍画不再言语。

秦钰在谢芳华的床头坐了大约两盏茶的工夫，才缓缓站起身嘱咐道："芳华醒了告知我。"

"太子放心，小姐一旦醒来，奴婢立即通知太子。"侍画颔首。

秦钰缓步走出了门，他刚走到院子里便听见侍墨惊喜地喊道："小姐，您醒啦？"他立即顿住脚步。

送秦钰出院子的侍画，闻言转身快步跑进了屋。

秦钰也转身疾步跟进屋。

谢芳华果然醒了，她刚刚醒来眼睛还微微眯着，一点点地睁开，眼中似乎蒙了一层雾。

"小姐果然醒了！"侍画冲进屋惊喜地来到床前，"小姐，您可要喝水？"

谢芳华摇摇头，看到了在侍画身后快步走进屋的秦钰，目光动了动，有一瞬间的恍惚。

秦钰来到床前，说道："我刚刚在这里坐了许久，正要离开，你恰巧醒了。感觉怎么样？身体可有不适？"

谢芳华的眼中渐渐恢复清明，慢慢地支着手臂坐起身，对秦钰摇摇头。

秦钰露出微笑："那日你突然昏迷，将我们都吓坏了，幸好有言宸在，他给你诊脉，说你内腹几乎被掏空，气血如丝、心血损耗过度，损伤甚重。"

谢芳华想起那日，点了点头。

"言宸说你是因为连番动用了魅族秘术，以致心血损伤大亏。他给你服用了一丸稳住心脉的药，控制住不再让你的心血流失。半年之内你不能再动用魅术，一个月之内不能再动剑、用内力，必须慢慢调养。"秦钰又道。

谢芳华蹙眉。

秦钰坐在床边，对她温和地说道："魅术以心血为根基，能灵驭天下万物，可是毕竟是逆天之事。所以，每动用一次魅术都会损耗心血。以后不是危及性命之事，最好还是不要用了。"

谢芳华抿唇，点了点头，轻声问："我昏迷多久了？"

"一昼夜了。"秦钰道。

"黑紫草可平安运到了临安城？瘟疫可解了？"谢芳华又问。

秦钰点头："黑紫草平安地运到了临安城，瘟疫解了。"

"哥哥和言宸，还有云继哥哥呢？可都还好？"谢芳华又问。

"昨日得到消息，北齐有兴兵的动静，子归兄等不及你醒来，星夜启程赶往漠北军营了。言宸从九曲山回来后，没有休息就跟着解临安城的瘟疫，如今在院子里休息。你刚刚醒来，还没有让人去告知他，云继兄今日一早便出去玩了，不知去了哪里。"秦钰道。

"北齐兴兵？"谢芳华挑眉。

秦钰点头。

"北齐为何会兴兵？"谢芳华不解，"是北齐皇帝的主意？"

"应该不是，云继兄从北齐回来，说北齐皇帝没有这个意思。"秦钰摇头，"据我们推测，应该是齐言轻的主意。齐言轻有野心，有玉家在背后扶持，多年来北齐只有他这一位皇子，他又会做人，北齐朝野上下、市井百姓，都对他赞誉有加，他对南秦一直都有搅动风云之心。所以，如今在南秦内忧外患之际出兵，也在意料之中。"

谢芳华低眉思索片刻，问："既然是齐言轻和玉家人的意思，那么兵事一起怕是不好抵抗。北齐兵制和南秦兵制有着很大的差别，齐言轻和玉家人早有准备的话，漠北边境目前无主，北齐边境却能联合一线，漠北三十万大军怕不是齐言轻的对手。哥哥此去漠北，拿什么抵抗？"

秦钰赞赏地道："芳华聪慧，刚说北齐兴兵你便想到了南秦和北齐兵制的差别，我昨日已经向父皇陈请更改兵制了。"

"皇上会同意？"谢芳华看着他问道。

秦钰叹了口气，摇头："父皇自然不同意，但他下了一道圣旨，漠北方圆百里内的兵马听候漠北军调遣，命人快马加鞭将此圣旨送去了漠北。"

"送圣旨的人即使日夜兼程，最少也要半个月才到吧！到时黄花菜都凉了！"谢芳华讽笑，"皇上真是老而昏聩了，竟然连除去谢氏重要还是保住南秦江山重要都不知道了。"

秦钰无奈："这是父皇一生的坚持，到此地步若是应允，他的坚持就成了一个笑话，他受不住这个打击。就算到了驾崩那一日，他怕是也不会答应更改兵制。"

谢芳华抬眼看他，问道："那你呢？"

秦钰道："只要我登基，自然首先更改兵制。"

谢芳华笑了笑，不再对此事发表看法，问他："那如今漠北之危如何解？你可有良策？"

秦钰看着她，说道："子归兄去漠北，一为掌控漠北军，二为请雪城借兵。如今距离漠北最近的应援也就是雪城了，齐言轻和玉家既然要兴兵，自然是筹备了许久，即便漠北边境附近的兵力听候调遣及时应援，恐怕也不是北齐军的对手，只能请雪城之兵了。"

"请雪城之兵？"谢芳华眯了眯眼睛，问道。

秦钰点头。

谢芳华收回视线，低下头看着身上的锦绣薄被，不再说话。

秦钰看着她，说道："昔日，雪城受虫灾，谢氏借百万石米粮搭救之恩，使得历代的雪城城主一直感激谢氏。子归兄是谢氏嫡子，他亲自去雪城，再带上我的密信，应该有五成把握借到兵。"

谢芳华扯了扯嘴角，依旧没作声。

"怎么？你认为不可行吗？"秦钰偏头看她，想要看清她脸上的神色。

谢芳华摇头："不试试怎么知道？"顿了顿，她又道，"我对雪城不熟悉，没见过雪城的城主。不过，砝码不能只押在雪城，指望外人怎么行？"

"你言之有理。"秦钰点头，微微凝眉，"我本来打算去漠北，但是子归兄说临安城刚刚脱危，我需要留下来以观后变。若是万不得已，我只能亲自再去漠北调兵了。"

谢芳华想了想道："你亲自去漠北调兵，一人又能抵多少士兵？况且，漠北方圆百里内又有多少兵？依我看，你不如就近调兵。"

"你的意思是让我在临安城调兵支援漠北？"秦钰看着她问道。

谢芳华点头：“哥哥此去漠北，若北齐真兴兵，他请不动雪城之兵的话，以漠北目前的军事来看，他最多能支撑十日。从京城调兵，急行军的话，最快也要半个月，甚至二十余日才能到。但是临安城距离漠北本就比京城近八百里，若是你立即在这里调兵赶去增援漠北的话，那么，在哥哥支撑不住之时定然能到。”

秦钰闻言大喜：“我怎么就没想到？！”说罢，他站起身看着她笑着说道，“你说得有理。父皇虽然不改兵制，但我若是能就近调兵，父皇也不能左右，正所谓将在外，君命有所不受。”

“皇上已经日薄西山了，只要自己能做主的事情，你又何必去请皇上允许？”谢芳华道。

“国之危矣，事急从权，这也是别无办法。”秦钰叹了口气，说道，“你好生养着，我这就去安排就近调临安城各州郡之兵应援漠北。”

谢芳华点头。

秦钰疾步出了房门。

秦钰离开后，侍画走上前小声地将谢芳华昏迷的这两日里发生的事情详细地说了一遍。

谢芳华静静地听着。

北齐兴兵，谢墨含星夜启程赶往漠北；皇帝下旨漠北方圆百里内听候漠北军调遣，命人快马加鞭将圣旨送去漠北；右相进宫主动找皇帝退了李如碧和秦钰的婚事，皇帝应允了。

说到这最后一桩事情的时候，谢芳华挑了挑眉。

侍画看着谢芳华，低声说道：“小姐，您带回黑紫草，受了重伤，太子丝毫没隐瞒您的功劳，临安城的百姓们如今都拿您当活菩萨一般，有的人家甚至供奉了您的画像。”

谢芳华蹙眉：“有这样的事？”

侍画点点头。

侍墨小声说道：“不仅如此，因为您和太子一起解了临安城之危，外面隐约有人颂传，说太子是人中龙凤，您才貌无双，您与太子真是天造地设的一对，你们若是结为夫妇，一准儿能造福南秦的百姓。”

谢芳华忽然笑了一声。

侍墨立即住了嘴，小心地看着谢芳华。

谢芳华只是笑了一下，脸上除了笑意看不出其余的情绪和表情，她对守在床前的几人摆摆手：“去告诉言宸我醒了，再去找找云继哥哥，看他如今在哪里，让他回来。”

“是！”侍蓝、侍晚立即转身去了。

"奴婢二人侍候您梳洗吧！"侍画、侍墨上前扶谢芳华下床。

谢芳华点点头。

脚一沾地，谢芳华便知道身体的确透支了，此刻身体疲软得厉害，脚踩在地上就跟踩在棉花上一般，若没有人扶着，她恐怕就会栽倒在地。

侍画、侍墨也感觉到了，立即紧张地问："小姐，您感觉怎么样？要不然，您还是去床上歇着，奴婢二人将水端过来，在床前给您梳洗吧？"

"没那么严重，扶我过去就行。"谢芳华摇摇头。

侍画、侍墨扶着她走到清水盆旁，一人扶着她，一人给她净面，之后二人又将她扶到菱花镜前坐下梳妆。

谢芳华收拾妥当后，言宸匆匆进了院子，转眼间便来到门口进了屋。

谢芳华回转身微笑着问言宸："来得这么快？"

言宸走过来，拿过她的手给她把脉。

片刻后，言宸叹了口气："我告诉你多少次了，你总是不听，那日机关布置已然完备，你偏偏只动用了少数机关，却数次动用魅术，弄到如此地步。这回亏空太过，心血几乎被掏空，半年内不能再动用魅术了，一个月之内不能再动剑、用内力。这半年内我必须寸步不离地看着你，免得你再胡作非为。"

"我对那些人恨之入骨，只想亲手杀了他们，当时便没顾及这些了。"谢芳华看着言宸，微笑着继续说道，"你放心，不用你看着，半年内没有危及性命之事，我也不动用魅术了。"

"背后之人再可恨，你也要爱惜自己的身体。"言宸不赞同地看着她。

谢芳华摇摇头，收了笑意，轻声说道："言宸，你不懂。"顿了顿，见言宸看着她，她抿了抿唇，低声说道，"我有两世的记忆，曾经不明白的事情，如今总算弄明白了。前世，整个谢氏被诛九族，固然有皇帝想要除去谢氏的因素，但真正推动的人却是背后这些人，他们就是黑暗的推手，将谢氏推向了深渊，使谢氏白骨成山、血流成河。如今我能揪住他们，焉能不杀之？"

言宸闻言，轻叹："原来如此，我总算明白了一直以来你为何执着地守住谢氏了。你出生在南秦谢氏，我出身在北齐玉家，我们都是自小去了无名山，我对玉家没多少感情，而谢氏对你来说却不同。"

谢芳华点头："他们毁了我曾经最珍贵的生活、最珍视的东西，我自然要摧毁他们。只是可惜，夹道之杀跑了一个。"

"我听太子和云继提起过跑掉的那个人，那个人应该受了重伤，短时间内不会再出来了。"言宸道，"因你找到黑紫草解了临安城之危，救了临安城的十几万百姓，此消息传出天下颂扬，而子归去了漠北军中执掌军权，北齐一旦兴兵，他便是主帅。如今看来，南秦皇室再不可能对谢氏做什么了，你身上的包袱也该适当地放一放了。”

谢芳华摇头：“没有那么容易。”

言宸看着她：“怎么讲？”

谢芳华想了想，说道：“野火烧不尽，春风吹又生。在夹道杀了几个人而已，死的人姓甚名谁，为何揪着我不放？这背后的事总要弄清楚，更何况，谢氏如今又不是真正地安稳了。”

“也对！”言宸点头，揣测道，“依我看，背后那些人怕是冲着你身上的魅术而来的。”

谢芳华嗤笑：“我也想知道这些人千方百计想要拿到魅族的秘术，到底是为了什么。”

言宸不再说话，静静沉思。

“北齐皇帝和姑姑对齐言轻出兵南秦应该是默许的吧？”谢芳华思索片刻又道。

言宸微愣。

谢芳华又道：“姑姑虽然嫁到了北齐，这么多年未曾归乡省亲，但是忠勇侯府的女儿即使嫁出去了，应该也是念着家里的至亲的。多年来，天下人皆知南秦皇帝想要除去谢氏，谢氏步步后退，姑姑焉能不知？姑姑对南秦应是心有不满，否则她定然会想办法制止齐言轻。”

“你说得有理。”言宸颔首，“北齐皇帝与南秦皇帝不同，北齐皇帝甚是英明，齐言轻和秦钰又不同。齐言轻虽然受北齐皇帝的栽培，以及玉家人的扶持，但到底还不敢跳出北齐皇帝的手心，私自兴兵是大事，他不敢。”

“你是北齐的小国舅，玉家大部分的势力被你暗中收拢，哥哥和秦钰应该在得知北齐有兴兵动静的第一时间找过你了。可是，你心知是北齐皇帝和姑姑暗中默许的，所以你未曾理会，也没再随哥哥去漠北军营，而是留了下来陪我养伤。”谢芳华道。

言宸失笑：“什么都瞒不过你，是这样的，太子和你哥哥找我时，我以不能左右北齐兵事为由推辞了。”顿了顿，他又道，“其实，太子和你哥哥未必心里不明白，兴兵是大事，这次齐言轻打定主意兴兵，在北齐皇帝和皇后的默许之下，势必要与南秦较个高低了。只不过，他们即便明白也不能够阻止，只能想应对之法。”

谢芳华点头。

“我刚刚听说太子去招募临近州郡之兵了，是你的主意？”言宸问。

谢芳华点头。

言宸看着她，压低声音说道：“雪城之事我隐约得到了消息，不过看来太子不知道，你知道吧？未曾与他说？”

谢芳华摇头："不曾说。"

"你哥哥也不知？"言宸又问。

谢芳华摇头："不知。"

言宸叹了口气："连我与你相识多年，自认默契，如今都不懂你了。"顿了顿，他又道，"不过我不关心其他，只要我能盯着你平安无事就行了。"

"言宸，谢谢你。"谢芳华对他露出笑容。

言宸也笑了笑，看了一眼天色，对她说道："每日的这个时辰你便要喝药。"说罢，他便对在门外守着的侍画、侍墨吩咐道，"将药端来。"

"是！"二人立即去了。

二人将药端来，谢芳华刚端起药来喝，谢云继就晃晃悠悠地进了院子。

随着他的腿迈进门槛，谢芳华闻到了一股幽幽的脂粉香，不由得挑了挑眉。

谢云继挑开帘幕，闻到一股药味，他捂住鼻子嘟囔道："好重的药味，好难闻。"

谢芳华斜睨了他一眼，一口气喝尽了碗里的药，漱口后接话道："我的苦药汤味儿自然没有胭脂楼的美人香好闻，云继哥哥好逍遥。"

谢云继立即闻了闻衣袖，然后随手甩了外衣，扔在了门外，走进来坐在谢芳华对面，嘿嘿一笑："还是南秦的美人养眼，北齐处处看着不顺眼。"

谢芳华好笑地看着他，不置可否。

"你醒来后感觉怎么样？可好些了？"谢云继问。

谢芳华点点头："醒来自然好了。"

谢云继自己倒了一杯茶水，喝了一口，凑近她问道："你既然醒了，也好了，有什么打算没有？"

"什么打算？"谢芳华看着他问道。

谢云继眨眨眼睛："北齐要兴兵呀，你不好奇事态会发展到什么地步吗？在临安城总归是看不到的，你就没想着出去走走、转转？"

"你说让我去漠北？"谢芳华挑眉。

谢云继摇摇头："不是漠北，漠北就是军营，有什么好看的？我说的是雪城。"他看着谢芳华，问道，"你去过雪城没有？"

"没有。"谢芳华摇头。

"没去过正好！"谢云继道。

谢芳华道："没去过也不去。"

谢云继一愣，看着她，问道："你难道对雪城不好奇？"

"不好奇。"谢芳华摇头。

谢云继不解地看着她，问道："你知道你哥哥去雪城请兵了吗？知道他带了秦钰的密信吗？”

“知道，秦钰与我说了。”谢芳华点头。

“不对呀！”谢云继纳闷儿，“我刚刚从外面回来，听说太子调动各州郡县的兵应援漠北军，又知道你醒来了的消息，猜测应该是你的主意，但是你既然给他支了着儿，就不像是不关心雪城的人呀。”

谢芳华笑了笑：“我不关心雪城有什么奇怪？雪城立于北齐和南秦之外，多年不干预两国之事，哥哥去请兵也只有五成把握，靠别人不如靠自己。”

谢云继总感觉她这话里不对味，但是又说不出什么问题来，转头看向言宸，问道：“你不觉得她的态度不对劲吗？”

言宸摇摇头：“她身体亏空太甚，短时间内必须休养，哪里都不能去，如今临安城太平了，是个适合休息的地方。你不要怂恿她奔波去漠北，也不要去雪城，她的身子经受不起折腾。”

谢云继闻言，偃旗息鼓了：“忘记你的身子太弱了，扫兴。”

“你若是有兴趣，可以自己去。”谢芳华道。

谢云继摇头：“一个人来往没什么意思，路上也寂寞得很。”说罢，他忽然想起了什么，蹙眉问道，“你见过燕亭吗？”

“燕亭？”谢芳华看着他，问道，“他不是一直被言宸安置在北齐吗？”

谢云继闻言摇头，将燕亭得知圣旨休书昭告天下，便离开北齐快马加鞭赶回南秦之事说了。又说他紧赶慢赶还是没追上燕亭，至今也没见到燕亭的影儿。

谢芳华听罢，转头看向言宸。

言宸摇摇头：“没听说他来了临安城。”

“那他去了哪里？”谢芳华蹙眉，“不会出什么事情吧？”

“他是为你回来的，若是听说你在临安城，按理说应该会立即来临安城才对，可是你都来临安城两昼夜了，他如今还没有消息。”谢云继挠挠头，“不会是掉在哪个温柔乡了吧？”

“你以为他是你？”谢芳华瞪了谢云继一眼，对言宸说道，“稍后让轻歌去查查，轻歌还在临安城吧？”

“在，他护送来黑紫草后便一直没走。”言宸站起身，“我这就去找他。”

谢芳华点头。

言宸出了房门。

谢云继见言宸走了，他跷着腿坐在椅子上，一边喝着茶一边悄声说：“秦钰说你答应嫁给他了？是不是真的？”

谢芳华垂下眼睫，点了点头。

谢云继立马放下了茶杯，睁大眼睛看着她，问道：“为什么？”

谢芳华抬起头，淡淡地笑了一下："云继哥哥，我刚醒来，你是第一个问我这件事情的人，以后会不会有很多人都如你一般问我为什么？"

谢云继一愣。

"不是所有的事情都要向人说明个为什么的。"谢芳华轻声说道，"我若说没有为什么，不只你不信，好多人都会不信，可是即便有为什么，我又何必向人解释？"

谢云继挠挠头："你说得有道理。"说罢，他放下手，凑近她，"只是哥哥我又不是外人，总归是你的表兄是不是？你告诉我，我不对人说。我只是不明白，你跟秦铮不是好好的吗？怎么突然……若说不是秦钰威胁你，打死我也不信。"

"他没有威胁我。"谢芳华摇头。

谢云继不解地看着她："那是……"

谢芳华摇摇头，不再言语，不打算再说了。

谢云继抓心挠肝，十分想知道，但见谢芳华神色寡淡，一副不想说的样子，只好作罢："好吧，算你厉害，不说就不说好了。说实话，秦钰这家伙也不差。"

谢芳华笑笑，不置可否。

一个时辰后，言宸回来了，对谢芳华说道："轻歌去查了，早先咱们在临安城方圆百里内都布置了暗桩，任何一个人行走过往都能留下痕迹，若是燕亭曾经进入了临安城的地界，应该很快就能查到。"

谢芳华点点头。

侍画、侍墨走进来收拾药碗，同时询问谢芳华是否饿了，谢芳华点点头，二人去端午膳。

言宸、谢云继陪着谢芳华用了午膳，午膳后言宸收到了轻歌的传信。

言宸打开信笺，顿时蹙起了眉头。

"怎样？"谢芳华问。

言宸颔首："两日前燕亭的确到了临安城的地界，但是没进城，而是去了九曲山，走的是最险峻的山道，九曲山的另一头是九曲林，他进了九曲林，之后再查不到他的踪迹了。"

"九曲林？"谢芳华眯了眯眼睛。

谢云继纳闷儿："这里还有个九曲林吗？不是只有九曲山和九曲水吗？"

"有个九曲林。"言宸点头，看了谢芳华一眼，"只不过九曲林非同寻常，衔接奈何崖。一入山林深如海，从此奈何无回返。"

谢云继大惊："九曲林就是传说中的死林？燕亭去那里干什么？"

言宸不语。

谢芳华沉默片刻后说道："他应该是寻人而去。"

“他不就是为了你回南秦的吗？要寻也是寻你，还寻谁？”谢云继纳闷儿。

谢芳华看了他一眼，没答他的话，淡淡地说道：“他若是去了九曲林倒不必担心了，稍后我给云澜哥哥去一封信，让云澜哥哥不要难为他。”

谢云继眨眨眼睛：“云澜在九曲林？”

谢芳华摇摇头，又点点头：“他虽然不在九曲林，但是九曲林是他的地盘。”

谢云继看着她，看着看着，忽然明白了：“秦铮在九曲林对不对？燕亭急急赶回南秦，他没如我所想联络言宸，更没有方法寻你，但他和秦铮从小一起长大，他有办法找到秦铮。”

谢芳华没答谢云继的话，而是提笔写了一封信，命侍画用鹰鸟传给谢云澜。

谢云继追着那只鹰鸟跑出了院外，上了房顶，看着那只鹰鸟向东北方飞去，消失在了云层里，他纳闷儿地下了房顶，问谢芳华：“云澜到底在哪里？”

“在寻水涧！”谢芳华道。

“寻水涧在哪里？”谢云继想破头也没想到这个地方在哪里。

“在奈何崖下，有一道分水岭，称为寻水涧，衔接九曲山、九曲水、九曲林。”谢芳华简略地道。

谢云继挠挠头，揣测半晌后说道：“我懂了，是九曲山、九曲水、九曲林的接口处，那一道山涧进去就是寻水涧。”

谢芳华点了点头。

谢云继的眼睛眨了眨，又眨了眨，小声地问：“秦铮和云澜在一起？”

谢芳华面色平静地说道：“你若是在这里待得无味想去找云澜哥哥，就别那么多话，想去就去，若是你不去的话，再在我面前聒噪我就让人将你送回北齐。”

谢云继顿时瞪眼：“你竟然嫌弃哥哥我？”

“这房里养的鹦鹉都比你乖巧，知道什么时候该说话什么时候不该说话，你却是从见到我就一直聒噪得不行。”谢芳华对他挥了挥手。

谢云继咳嗽了一声，伸手弹谢芳华的额头，佯怒道：“你这个没良心的小丫头，哥哥我回来还不是担心你？你却不领情，嫌我聒噪，好，我去找云澜玩了，你可别想我。”

“顺便给我传一句话。”谢芳华道。

谢云继一愣：“刚刚你给云澜传信，有什么话没在信中说？”

“不是传给云澜哥哥的。”谢芳华道。

谢云继眨眨眼睛，了然，拉长音说道：“噢，你是想让我给秦铮传话。”说完，他十分乐意地说，“什么话，快说吧！我其实蛮看不惯秦铮那小子的，张扬、轻狂、不可一世，如今果然恶人自有恶人磨。”

谢芳华抬眼瞅他。

第八章

回天乏术

谢云继立即举手：“我没说恶人是你，我是说秦钰呢。”

谢芳华收回视线，平静地说道：“你对他说，过往成灰，情爱如烟，让他忘了吧！他以后还是英亲王府的小王爷，我还是忠勇侯府的小姐，只当我们从不相识，从今往后我们各自嫁娶。”

谢云继一呆。

谢芳华转过头去对侍画招手：“扶我去床上。”

侍画连忙走过来，扶着谢芳华上了床，拿出靠枕让谢芳华倚着床头躺下。

谢云继呆了片刻，追到床前看着她：“真这样说？”

谢芳华点点头。

谢云继挠挠头：“我若是这样当着秦铮的面说，他会不会一气之下杀了我？”

“你怕？”谢芳华看着他，挑眉。

谢云继立即挺起胸脯：“我当然不怕！”说罢，他在床前来回踱了两步，有些不忍地道，“你这样说，会不会太狠了？”

谢芳华不语。

谢云继又在床前踱了两步：“秦铮这家伙虽然没什么优点，但是……”

“你到底去不去？不去就算了。”谢芳华打断他的话。

“好，好，我去，我去。”谢云继止了话，转身向外走，走到门口时板起脸来，“我去寻水涧是好奇，是想去遛遛，玩一圈，这……你让我传话，我是有压力的呀。万一……万一秦铮真的一气之下要杀我怎么办？哥哥我可打不过他。”

“你放心，云澜哥哥不会让他杀你的。”谢芳华道。

“云澜很厉害吗？”谢云继的睫毛忽闪了两下，顿时来了精神，“他真能护住我？秦铮不是他的对手？”

“云澜哥哥不是谢氏米粮的继承人，这你该知道。”谢芳华见谢云继点了点头，补充道，“他是魅族王室的后裔。”

谢云继恍然大悟：“我懂了，你是说他也会魅术？”说罢，他挺起胸脯，“怪不得他不怕秦铮，好，那我走了。”说罢，他嗖一下跳出院墙离开了。

“怪不得他不想回去继承皇位，如今一身轻松说走就走，来去自由，无拘无束，着实让人羡慕。”言宸看着谢云继离开时连身上的行头也不换，微微感慨。

“当年谢氏盐仓的叔伯将云继哥哥由北齐带回谢氏，爷爷感慨姑姑这一生本是跳脱的性子，可是偏偏固守在北齐皇宫。宫墙内院，一住就是一生。虽然尊贵荣华，但是埋没了性情，别无乐趣，便不想云继哥哥也如此。即便他是北齐皇帝和姑姑的嫡子，将来也要能够过自己想过的生活。”谢芳华道，“云继哥哥这样洒脱，我也羡慕。”

“有些人羡慕也羡慕不来。”言宸道。

“不错，羡慕也羡慕不来。”谢芳华笑了笑，对言宸说道，“你不必陪着我了，这些天你也累了，快去休息吧。”

言宸点点头，出了房门回自己的房间去了。

侍画见谢云继和言宸相继走了，来到床前对谢芳华小声问道：“小姐，您要躺下休息吗？”

“不用，我坐一会儿。”谢芳华摇头。

“那奴婢陪着您。”侍画搬了个小板凳坐到床边。

谢芳华失笑：“这些日子你们也累了，不必陪着我了。”

侍画摇摇头：“上次您丢下我们独自离开，吓坏我们了。小姐，以后这样独自离开的事您可万万不要再做了。您再做一次，我们八人便该集体自刎，到侯爷面前谢罪了。”

谢芳华好笑：“哥哥知晓我的性情，不会怪你们的，谢罪做什么？我自己要离开，谁也拦不住。”

“那也不行，太危险了，就算奴婢们无用，关键时刻也能为您挡箭呀。”侍画摇头。

谢芳华无奈又好笑地摇头：“用不着你们挡箭。”

“数日前，郡主在城墙上，品竹等四人因为没保护好郡主，侯爷虽然没罚她们，但是她们私下自罚了，如今日夜练武。”侍画小声说。

“你们八人本来就不是以武功见长，而是以各有所长来论短长的。武功是不能荒废，但也不要矫枉过正丢了本来所长。”谢芳华道，“你去吧，我不会再独自走了，你也告诉品竹她们不必苛责自己。”

侍画闻言点点头：“您答应奴婢了，就要说话算数，不能再独自走了。”

“好，我答应你了。”谢芳华笑笑，“如今我这副样子，能走到哪里去？”

侍画点点头，站起身出了房门，将房门给她轻轻地关上了。

屋中只剩下谢芳华自己后，她收回视线，靠着床头静静地倚着，午后的阳光从窗外射进来，知了声声叫着。

她想着，夏天不知不觉就来了。

去年冬季她从漠北回到京城，如今不过是大半年的时间，便发生了这么多的事。

下半年，怕是会更多。

不知不觉便坐了半个时辰，她有些累了，刚要躺下便听到外面有脚步声传来，这脚步声很熟悉，她便停止了动作，看向窗外。

秦钰顶着火辣的日头从外面进来，身上的锦衣被太阳晃得发出刺眼的光。

“太子！”侍画、侍墨等人在外面见礼。

“芳华呢？怎样了？”秦钰问。

“小姐在房中休息。”侍画小声回答道。

“有人陪着吗？”秦钰又问。

侍画摇摇头：“上午时言宸公子和云继公子来了，说了半晌话，两位公子离开后，小姐便将奴婢打发了出来，自己休息呢。”说罢，她回头看了一眼，“不知道这时候是不是午睡了。”

“我进去看看。”秦钰道。

侍画犹豫了一下，点点头，上前打开房门。

秦钰缓步走了进来，穿过画堂来到内室门口，隔着珠帘一眼便看到了谢芳华坐在床头看着窗外不知道在想什么。他轻轻咳了一声：“芳华。”

谢芳华慢慢地转过头来，隔着珠帘看向他。

秦钰伸手挑开珠帘缓步走进来，温声问：“怎么没午睡？是不是房间里太热？”说罢，他听到知了在叫，又道，“是不是知了吵人？要不要我吩咐人将知了都抓走？”

谢芳华忍不住笑了：“我没那么娇气，房间里还好，不热，知了也不吵，我昏迷刚醒，睡多了，白日不想睡了，免得晚上睡不着。”

“也对！”秦钰失笑，走到床边坐下。

“怎么样？能调动多少兵甲？”谢芳华询问。

“二十万。”秦钰道。

谢芳华想了想道："若是有这二十万援军，北齐想长驱直入便没那么容易了。什么时候能够整顿好启程？"

秦钰点头："今日晚上。"

"由谁带兵？"谢芳华又问。

"距离临安城八十里，镇守着九曲关的总兵，叫作王贵，由他带兵。"秦钰道，"目前也只有他合适了。"

"是太后娘家的人？"谢芳华问。

秦钰颔首："正是！"

"也的确再没有比王家的人出兵去漠北边境对付北齐玉家人更为合适的了。王家和玉家是世仇，一个在南秦，一个在北齐，他们两家三百年来仇怨不解，互相打探消息，互相监视，没有人比王家人更了解玉家人，也没有人比玉家人更了解王家人。"谢芳华道。

秦钰叹了口气："其实应该我前往漠北，可是我今日接到了左相传来的消息，说父皇怕是不好，八弟年幼，自小被太妃养成了那个性子，从不涉朝政，如今初涉朝政颇显稚嫩，若是父皇一旦出事，我必须即刻返回京城稳定朝局。"

"在京城时我见过皇上，他少则还有半年之寿命，应该没那么快。"谢芳华道。

"我也希望父皇能多坚持些时日。"秦钰说着便有些伤感，"还记得小时候，我每次见了父皇，都想着长大后一定要做像他那样的帝王。长大后有些事情我明白了，发现父皇不算一个好皇帝，如今回过头去看，似乎我一转眼就长大了，他一转眼就老了。如今竟然……"说到这儿，他突然住了口。

谢芳华笑了笑："什么时候能处理完临安城之事？"

"半个月之后吧！"秦钰道。

谢芳华点点头。

"半个月后，若是漠北无忧，我便启程回京。"秦钰看着她，问道，"你到时可否与我一起回去？"

谢芳华抿唇："到时再说。"

"也好，你目前还是不适宜想太多，身体要紧。"秦钰道。

谢芳华点头。

秦钰又坐了片刻，有人来禀告王贵带着兵甲到了临安城外，秦钰便立即走了出去。

秦钰离开后，谢芳华疲惫地揉揉额头，撤了靠枕躺下身，闭上了眼睛。

侍画、侍墨悄悄打开门看了一眼，见谢芳华无事，又关上了门不打扰她。

当日下午，王贵带着二十万兵马，奉太子的调令前往漠北。

送走王贵后，秦钰未曾休息便开始彻查临安城的一众官员，整治官风。

第二日，二十万兵马前往漠北的消息便传回了南秦京城。

文武百官私下齐齐称赞太子英明，就近调兵，十日定然能到达漠北，而且起用王家人正好对症下药。

英亲王、左右相、永康侯等一众大臣一大早聚在朝堂上等着皇帝上朝，相互点头，觉得太子此举甚是妥当。

等到过了早朝时间，吴权来到，对着众人一拱手："各位大人，皇上有旨，身体不适，今日不早朝了。"

群臣对看一眼，齐齐还礼，退出了朝堂。

出了宫门，英亲王回头看着巍巍宫阙叹了口气，向英亲王府而去。

左相拽住右相，对他耳语："皇上不上早朝是因为昨日的气还没有消，还是真的身体不适？"

"都有吧！"右相模棱两可地回答道。

左相面露愁容："希望太子早些整顿好临安城，启程返京。"

右相点点头。

接下来的两日，皇帝依旧未上早朝。

三日后，漠北传回消息，北齐有一名小兵冲撞了北齐的二皇子齐言轻，还未治罪，这名小兵便逃出了北齐军营，被漠北军营收留。北齐镇守边境的飞虎将军派人向漠北军要人，因漠北军副将的妹妹嫁到了北齐，他恰巧是那名逃兵的大舅子，于是漠北军拒不交人。北齐的飞虎将军大怒，禀告北齐二皇子，齐言轻亦大怒，命令北齐军攻打漠北军。

北齐和南秦修好多年的协议终于因这个导火线瓦解，北齐和南秦的边境之战拉开了序幕。

漠北军中无主将，只有副帅，虽然早已经探听到了北齐有调兵的动静，有所准备，但也不是北齐军的对手，当日南秦军便大败，死伤过万。

北齐打了个大胜仗。

消息一传出来，南秦朝野上下顿时一片惊慌。

英亲王、左右相、永康侯等一众大臣一大早便匆匆地进了宫，冲到皇帝的寝殿外候着。

大约等了半个时辰，吴权从里面出来，叹了口气，愁眉不展地道："这几日，太医来来往往出入宫门，王爷和众位大人想必也知道皇上卧床不起了。"

英亲王惊骇："几日前看皇上气色还好，怎么如今便卧床不起了？"

"王爷您是知道的，皇上的病一直时好时坏，心情好时便能起榻处理些朝事，心情不好时郁结于心病症就加重了。"吴权低声说道，"刚刚皇上醒来了一刻，让奴才转告王爷和各位大人，传令让太子即刻回京。”

英亲王闻言面色大变。

左右相、永康侯等人的面色也齐齐大变。

什么情况下才会急急传令太子回京?

太子在临安城处理事情，不到万不得已不该传令让他回京。可是如今，皇上急召太子回京，说明了什么?

这些人乍一听闻，便齐齐地想到了一种可能。

吴权看了几人一眼，又道：“皇上说，太子回京前，除了太子他谁也不见。”

几人更加肯定了自己心中的想法。

吴权交代完这两句话，便又转身进了内殿。

英亲王、左右相等人对看一眼，皇上如今都急召太子回京了，病重若此自然再无力理会边境之战了，众人不由得愁容满面。

当日，皇帝召太子回京的诏书被快马加鞭送去了临安城。

当日深夜秦钰便收到了皇帝急召他回京的诏书，他对来人询问了一番便披衣起榻，穿戴妥当后疾步去了谢芳华的院子。

谢芳华还未睡，屋中还亮着灯。

秦钰来到院中，侍画、侍墨闻声立即迎了出去，奇怪地看着秦钰：“太子怎么这个时候来了？可是有要紧的事？”

秦钰点点头：“是有要紧的事，芳华还未睡下吧？”

“小姐正要睡。”侍画向屋内看了一眼，小声对秦钰说道，“奴婢去禀告小姐。”

“好！”秦钰点头，停住脚步站在门外等着。

侍画来到内室，走到床前小声说：“小姐，太子急匆匆地来了，说是有要事。”

谢芳华已经听到了外面的动静，向外看了一眼，披好衣服，点点头：“请他进来吧。”

侍画走了出去。

不多时，秦钰走了进来，穿过画堂来到内室，对谢芳华说道：“父皇命人传来急诏，让我立即回京。”

谢芳华蹙眉：“京中出了什么事？”

秦钰的面色有些苍白：“父皇病重，怕是不好了。”

谢芳华一怔：“可是当真？”

“来传急诏的人说父皇连满朝文武都不见了，只待我回京见他。”秦钰面色凝重地说道，“十有八九是不好了。”

谢芳华抿唇：“皇上的病情一直时好时坏，为何会突然加重？这才几日工夫便不好了？难道是因为听说了南秦在边境之战中大败？”

“据说自从接到了我的加急文书和密信，父皇便卧床不起了。”秦钰抿了抿唇，说道。

谢芳华看着他，问道：“更改兵制我知道，还有何密信？你说了什么？”

秦钰叹了口气，看着她的眼睛平静地说道：“我对父皇说，若是不应允我和李如碧退婚，不应允我娶你，我便不做太子了。”

谢芳华了然。

“除去谢氏一直是父皇想做的事，他坐上皇位之后一直想整顿南秦，使南秦国泰民安，他想做超越南秦先祖的皇帝，但认为谢氏树大根深，恐怕有朝一日南秦江山会毁在谢氏身上。长久以来，他想方设法地掌控兵权。如今我陈请更改兵制，将整个漠北边境交给子归兄，戳到了他的痛处。”秦钰缓缓说道，“他已然力不能支，在其位却掌控不住南秦的局势，气火攻心之下病情重了。”

谢芳华点了点头。

秦钰看着她，低声问：“你跟我一起回京吗？”

谢芳华沉默不语。

秦钰也不催她，只是站在原地等着。

过了片刻，谢芳华抬起头对秦钰说道：“我跟你一起回京。”

秦钰大喜：“当真？”

谢芳华点点头。

“那我现在就去安排，我们即刻启程可好？”秦钰问。

“好！”谢芳华颔首。

秦钰转身疾步走了出去，衣袂如风，珠帘因他的离去而哗哗作响。

侍画走过来小声问道：“小姐，您真要和太子一起回京吗？”

“嗯。”谢芳华点头。

侍画担心地看着她，问道：“那您的身体，经受得住奔波吗？”

“无碍！”谢芳华摇摇头，“你去喊言宸过来，通知品竹即刻收拾行李。”

“是！”侍画应声，急急去了。

不多时，言宸来到，只见谢芳华已经收拾妥当，他蹙眉问道：“你要跟随太子一起回京？”

谢芳华点头：“皇上传来急诏，召秦钰回京，皇上怕是不好了。”

“皇上给太子急诏，你大可不必跟着回去。”言宸道。

谢芳华摇摇头：“我是不必跟着他回去，但我想了想还是要回去。我前往无名山，想做的就是护住谢氏，不让皇室诛谢氏九族。说白了，皇帝的刀刃就是悬在我头上的一把剑。那把剑锋利至极，让我日夜不敢放松，生怕它什么时候落下来。经过多年努力，回京后筹划了半年，总算让这把剑卷了刃，磨没了锋芒。我焉能不回去看看？”顿了顿，她道，“至少我要亲眼看着他闭眼。”

言宸点点头：“那你以什么身份回去？”

“我是忠勇侯府的小姐。至于其他……”她笑了笑，“该是什么身份，就是什么身份。”

言宸想了想，说道：“我还是不放心你的身体，我陪你进京吧。”

“我正是这个意思，有你陪着我最好。”谢芳华笑着说道。

言宸也笑了笑，拍拍她的肩膀：“我去收拾一下。”

谢芳华点头。

言宸出了内室，匆匆去了自己的住处。

半个时辰后，秦钰已经收拾妥当，一切准备就绪，临安城未处理的后续事宜秦钰都安排了下去。马车随扈都停在了府门口，一行人整装待发。

谢芳华、言宸收拾妥当后都来到了府门口。

秦钰已经在门口等候，见二人来了，对谢芳华道：“我安排了两辆马车，我和言宸兄一辆，你和婢女们一辆，马都是最快的马，最晚明日入夜前也能到京城了。”

“好。”谢芳华点点头，知道秦钰是为了她的身体着想才安排了马车。

言宸对这样的安排没什么异议。

几人都上车后，秦钰吩咐了一声，一行人马即刻离开临安城，快马加鞭前往京城。

一路上，一行人没有歇店打尖儿，早上、中午、晚上都是吃的早已经备好的干粮。

正如秦钰所料，一行人入夜时分便已到了京城。

京城内的众人早已经得到了秦钰回京的消息，英亲王和右相守在宫门口，左相着急，和永康侯一起迎出了城，在城门处等着。

见到太子的队伍回京，左相连忙迎上前，不等秦钰下车便大呼：“太子，您可回来了！”

“老臣拜见太子！”永康侯隔着车帘见礼。

秦钰挑开车帘，向外看了一眼，对左相和永康侯摆摆手，问：“父皇可安好？”

“臣等一直没见到皇上，皇上只等着太子回京了。”左相道。

秦钰点点头，落下帘幕，吩咐：“进宫。”

马车继续走了起来。

左相和永康侯连忙让开路，待秦钰的马车走过，后面另一辆马车内传出淡淡的药香，左相转头问永康侯：“你闻到了吗？”

永康侯有些吃惊，点点头。

“好像是……”左相不敢确定地看着永康侯。

永康侯向忠勇侯府的方向看了一眼，又向英亲王府的方向看了一眼。

“走，我们跟着进宫。”左相压下惊疑，催促永康侯。

永康侯点头，二人连忙上了自家的马车，跟在队伍后一起向皇宫而去。

走到皇宫和忠勇侯府的交叉路口时，秦钰示意马车靠边停下，待谢芳华所坐的那辆马车走上前来，他挑开车帘轻声问：“你是与我进宫，还是……”

“与你进宫。”谢芳华道。

“好！”秦钰放下帘幕，吩咐马车继续前行。

不多时，两辆马车来到了皇宫门口，马车停了下来，秦钰下了马车。

宫门口早已经有一众官员在等候，见秦钰回来，齐齐上前见礼：“太子殿下。”

秦钰依次看了众人一眼，慢慢地点了点头，之后对一名等候着的小太监招手：“去抬一顶轿子来。”

“是。”那小太监立即去了。

秦钰走到谢芳华的车前，对她说道：“你身体不适，我让人抬一顶轿子来。”顿了顿，他又低声问，“你是随我去寝殿见父皇，还是我先将你安排在我的宫中住下？”

“先随你去见皇上。”谢芳华道。

“好！”秦钰点头。

一众朝臣站在一旁，虽然没见到谢芳华的面容，但都听到了马车内传出的她的声音，齐齐心下一惊，但都知道不该问的不问，无人言声，都退到了一旁。

左相和永康侯对看一眼，果然是谢芳华。

不多时，一顶轿子抬来，秦钰亲自上前挑开车帘，伸手去扶谢芳华下车。

谢芳华顿了一下，将手放在了他的手上，任他扶着下了车。

群臣齐齐垂下了头。

秦钰将谢芳华扶着上了轿，对轿夫吩咐道：“去父皇的寝殿。”

轿夫齐齐应声，抬着轿子跟在秦钰身后进了宫门，向皇帝的寝殿而去。

言宸跟在轿子后。

朝臣们相互对看一眼，跟着一起进了宫门，如今是非常时期，他们自然也不能回府去休息，指不定明口　早起来，南秦就换天了。

英亲王、右相、翰林大学士、监察御史等人守在皇帝的寝殿外，虽然皇上不召见他们，但是几人已经守了一日。

整个皇宫内弥漫着一股压抑的气息。

秦钰来到皇帝的寝殿门口，英亲王等人见了疾步赶上前来见礼。

“大伯父，右相，王大人，郑大人，辛苦你们了。”几人见礼后，秦钰还了一礼。

“你回来就好！”英亲王面色凝重地说道。

“太子，皇上正等着你呢，快进去吧！”右相道。

这时，吴权从里面匆匆地走了出来：“老奴拜见太子，您总算回来了。”

“父皇可好？”秦钰问。

“皇上如今还昏睡着，晌午时醒来过一次，问您回来了没有。”吴权连忙说道，“您快进去吧！”

秦钰点头，回转身去打开轿帘。

谢芳华探出头，下了轿。

英亲王看到谢芳华后一惊：“华丫头？”

右相等人齐齐一怔。

谢芳华给众人见礼：“王爷，相爷，两位大人好。”

侍画、侍墨等人待她见完礼后，连忙上前扶着她直起身。

“你……你这是……”英亲王看着她，想问什么，却在听到她见礼所称呼的“王爷”时问不出口了，只是讷讷地看着她，惊疑不定。

“走吧！”秦钰道。

谢芳华点点头，由侍画、侍墨扶着，跟在秦钰身后进了内殿。

吴权张了张嘴，想说什么，似乎要拦阻，但看到走在前面的秦钰后闭上了嘴。

皇帝的寝殿内弥漫着一股浓浓的药味，皇帝在龙床上躺着，闭着眼睛昏睡。

秦钰三步并作两步地来到床前，伸手握住了皇帝的手，半跪在地上，嗓音沙哑地说道：“父皇，儿臣回来了。”

谢芳华停住脚步，站在距离床榻三步远的地方。

皇帝呼吸声混浊，一动未动。

秦钰的眼眶有些发红，紧紧地握住了皇帝的手：“父皇，您醒醒。”

皇帝依旧一动不动地昏睡着。

秦钰又喊了两声，还是未将人喊醒，转过头来看谢芳华。

谢芳华看着床前的一幕，皇帝瘦得几乎不成人形，躺在床上，呼吸声混浊不清，她走上前拿出绢帕，示意秦钰松手。

秦钰立即松开了手。

谢芳华将绢帕盖在皇帝的手腕上，伸手给他把脉。

秦钰的眼睛一眨不眨地看着她的表情。

谢芳华的表情平静无波，过了片刻她慢慢放下手，对秦钰说道："内腹损气折伤，心血枯竭，回天乏术。"

秦钰面色大变。

"最多坚持到明日午时。"谢芳华又道。

秦钰脸色一灰，顿时跌坐到了地上。

谢芳华看着他，到底是血脉相连的父子，秦钰无论怎样明里暗里和皇帝对着干，但皇帝依旧是他的父亲，他依旧是皇帝的儿子，打断骨头连着筋，看到皇帝病危，他心里岂能好受？

她退了两步，坐在不远处的矮榻上。

秦钰坐在地上，满目忧愁，一动不动。

吴权悄悄地走上前，低声说："太子，地上凉，您仔细身体。"

秦钰伸手捂住额头，哽咽着说道："芳华，父皇什么时候会醒？"

"我也不知。"谢芳华摇头，向外面看了一眼，天色已经暗了下来，室内光线微弱，英亲王、左右相、永康侯等人都守在殿外，她道，"再醒来时，就是回光之时了。"

秦钰闭上了眼睛，身子前倾，趴在床头不再言语。

谢芳华坐在远处看着秦钰和床上躺着的出气多进气少的皇帝。前一世的这个时候，皇上还好模好样，天威赫赫；此刻他却时日无多了。她看着，心里五味杂陈。

文武百官都在外面等着，听着里面的动静，里面却全无声音，他们都按捺住焦急的心情。

不知不觉就到了深夜。

"太子，夜深了，地上更凉了，您还是起来吧！若是您染了风寒，皇上醒来见了肯定心疼。"吴权上前又劝秦钰。

秦钰动了动身子，慢慢地抬起头，第一时间看向谢芳华。

谢芳华一直坐在原地，见秦钰看来，她也看着他，秦钰眼眶红肿，无声地哭过了。

"夜深了，从昨日到此时，你未曾吃好喝好睡好，身体怎么熬得住？我吩咐人安排你去休息。"秦钰道。

谢芳华摇头。

秦钰看着她，又道："看样子父皇一时半会儿也醒不来，他一旦醒来，我立即派人知会你可好？"

谢芳华依然摇摇头。

秦钰抿唇："既然你不愿走，这样吧……"他转头对吴权吩咐，"吴公公，你去端些消夜来，要清淡一些的。”

“是！”吴权转身走了两步，忽然想起了什么，又小心地说道，“王爷、左右相等诸位大人一直都在殿外守着呢。您看……”

“芳华已经说了，父皇能熬到明日午时，应该没那么快……”秦钰嗓音沙哑，摆摆手，“你出去告诉大伯父和众位大人回府歇着吧，明日一早再进宫。”

“是！”吴权应声，转身去了。

吴权出了内殿，英亲王等人立即围上前，他将秦钰的话传达了一番，众人对看一眼，点点头，向宫门走去。

英亲王站着没动，拉住吴权：“吴公公，里面是个什么情形，你与我说说？”

吴权低声说道：“皇上从昨日午时醒来后，便一直昏迷着，太子一直在皇上床前跪坐着，芳华小姐在矮榻上坐着，芳华小姐给皇上诊了脉，说皇上最多能支撑到明日午时。”

英亲王面色一灰：“明日午时……明日午时也太……”他说着，眼眶也红了，“皇弟小我几岁，却……”他想说什么，却说不出来了。

“王爷从昨日一早便在这门外守着，已经一日又半夜了，您回府去歇着吧，若是您现在就累坏了，那可如何是好？明儿之后还有许多的事情呢。”吴权道。

英亲王点了点头，踉跄着向宫门走去。

英亲王似乎苍老了许多，吴权深深地叹了口气。

英亲王出了皇宫，左右相、永康侯等人都未离开，正在宫门口等他。

见他出来，左相立即上前拉住他问道：“王爷，怎样？吴公公可说了什么？里面是个什么情形？皇上如何了？”

英亲王的脸色十分难看，他看了几人一眼，几乎要落泪：“吴公公说，华丫头……”顿了顿，他似乎觉得再叫“华丫头”不太合适，便改口道，“芳华小姐给皇上把脉，说皇上最多只能撑到明日午时。”

左右相、永康侯等人闻言，齐齐面色大变。

“怎么会？皇上数日前看来还好，明明不会这么快……这怎么……”永康侯有些语无伦次。

“是呀，皇上怎么会……怎么会最多只能撑到明日午时？”左相也觉得难以置信。

英亲王摇摇头，眼泪在眼眶里打转：“我也不信，可是吴公公看起来不像是在说假话，太子一直在里面守着呢，不敢离开。”

“我们都好几日没见到皇上了。”左相看向右相，“那日你看皇上如何？”

“不太好，正因为如此，那日我才拦下了你。”右相道。

“这样说，皇上真的熬不住了？”永康侯上前问道。

右相点点头："芳华小姐医术高超，若是她说熬不到明日午时，那就是真的了。"

"我们都知道皇上一直不喜欢她，她也不喜欢皇上，如今……芳华小姐的话可信吗？"左相问。

右相叹了口气："你不相信芳华小姐，总该相信太子吧？"

左相顿时噤了声。

"走吧，先回府吧，太子让我们明日一早进宫，明日我们早些进宫。"英亲王摆摆手。

左右相、永康侯等人齐齐点头。

一行人离开了宫门。

英亲王回到府中，府内灯火通明，英亲王妃还没有睡，正等着英亲王，见他回来，立即迎出来，焦急地问："我听说华丫头跟随太子回京了？她进宫了？"

英亲王沉重地点点头。

"华丫头怎么会跟随太子进宫？"英亲王妃问。

英亲王摇摇头。

"你见到华丫头了？她说了什么？"英亲王妃又问。

英亲王摇摇头："她称呼我为'王爷'，给我见礼，什么也没说。"

英亲王妃面色微变："这么说……她和太子的事是真的了？"

英亲王紧紧地握住她的手，说道："如今不是说这些的时候，吴公公对我说，华丫头给皇上诊过脉，说皇上最多只能支撑到明日午时。"

"什么意思？"英亲王妃一时没反应过来。

英亲王看着她，说道："意思是皇上命不久矣。"

英亲王妃面色大变，身子猛地一震，一时间没了声。

英亲王拍拍她的手，拉着她进了房间，坐在了椅子上，满面沉痛。

英亲王妃过了片刻才回过神，转过头讷讷地问："你是说皇上活不过明日午时了？"

英亲王点点头："是这样说的。"

"这……怎么会这么突然？"英亲王妃有些难以置信。

英亲王想了想，说道："从皇宫回来时我想了一路，总算明白了。皇弟本就得了重症，药石无医，他一生的坚持就是除去谢氏，使得南秦江山国泰民安，长久以来，成了执念，固执地认为谢氏挡了他的路，谋划多年，本以为这一生能达成心愿，却连番受挫，他大病后，将希望寄托在了太子身上，可是太子却心向谢氏，提议更改兵制，将军权重新交到谢氏手里，他的执念成了竹篮打水一场空。他本就绷着一股劲儿，如今劲儿散了，人也就油尽灯枯了。"

英亲王妃叹了口气，眼眶有些红："真是没想到，他比你还年轻几岁呢。"

"是呀。"英亲王握紧她的手，看着她问道，"到如今你是不是心里还念着皇弟，怨着他当年没有娶你？"

"说什么呢？！"英亲王妃打掉他的手，"在先皇下圣旨，将我赐婚给你的那一日我便放下了。只是听到他即将……心里有些难受罢了。"

"这么多年来，皇弟一直念着你，我心里知道。"英亲王道，"他真是苦了一辈子。"

英亲王妃瞪了他一眼："你心里一直念着玉婉，我也知道。"

英亲王一噎，看着英亲王妃，顿了片刻，讷讷道："前些年我是想不开，后来想开了，如今早不念着了。"

英亲王妃轻轻哼了一声。

"都一把年纪了，怎么还吃起醋来了？"英亲王道。

英亲王妃扑哧笑了起来："明明是你吃醋，还怪起我来了？"

英亲王也笑了。

二人笑过之后，愁容又紧接着蔓延到了脸上。

过了半晌，英亲王妃问道："怎么办？你心中可有主意？"

英亲王摇摇头："太子吩咐，让众位大人都回府休息了，明日一早再进宫。皇上今日一直昏睡着，从昨日午时之后再未醒来。"

"如今都有谁在皇上身边守着呢？"英亲王妃问。

"昨日午后，皇后、太妃、后宫有品级的妃嫔都去了，皇上那时明明醒着，却谁也不见，连皇后和太妃也不见。皇后守了半日便回去了，八皇子前两日一直守着也没见到皇上，日头这么大，八皇子中了暑被太妃接回宫去了。"英亲王道，"如今只有太子和华丫头在。"

英亲王妃点点头："既然这样，咱们就早些歇下吧，你昨日守了一日，如今气色这么差，累病了可怎么是好？还是歇歇吧，明日也能有精神应对接下来的事，明日一早我与你一起进宫。"

英亲王点点头："不知道铮儿什么时候回来。"

英亲王妃摇摇头，叹了口气："这个时候他不回来才好，若是回来看到……指不定掀翻了这京城的天。"

英亲王面色沉重地颔首。

二人一起进了内室。

不多时，英亲王府的灯火熄了，京城各大府邸的灯火也都陆续地熄了。

只有皇宫内灯火明亮，犹如白昼。

皇后早已经听闻秦钰回宫的消息，本来要冲出去，但是得知谢芳华随他一起回京、进宫后，便又止住了脚步，回头问：“当真？”

如意点点头，小声禀告：“太子带着芳华小姐去见皇上了，如今就在皇上的寝宫内。”

皇后虽然早有准备，但还是有些惊讶：“皇上可醒了？”

如意摇摇头：“皇上从午时后一直在昏睡，还未醒来。”

皇后又问：“如今都有谁在皇上的寝宫？”

“只有太子和芳华小姐，其余的人还被拦在寝宫外不得见。英亲王和左相已经守了一日了。”如意试探着问道，“娘娘，您现在过去吗？太子回来了，您若是过去，太子一定会让您进去看皇上的。”

皇后在门口站了片刻，看着皇帝寝殿的方向，许久后泄气地说道：“罢了，本宫不去了。”

如意不解地看着她。

皇后气色极差：“多年来，我就在这凤鸾宫望着他的寝殿，虽然两殿距离不远，但我这个皇后从来是不得召见不能进去。天下夫妻，可有做成我们这样的？黎民百姓千家万户和乐，可是有谁知道这最尊贵荣华的皇宫却是夫是夫妻是妻？不是固守三纲五常，而是皇上自始至终心里没我，我去看上一眼又能如何？”

如意心疼地看着皇后，走过来伸手扶住她：“那奴婢扶您上床休息。”

皇后点点头，任由如意将她扶到了床上。

虽然上了床，但是直到深夜皇后也没睡下，凤鸾宫的灯火一直未熄。

吴权端来消夜，秦钰对谢芳华温声说道：“你吃些，我再命御膳房给你煎药，你的汤药也要按时吃。”

谢芳华点点头。

第九章

诏书后事

秦钰看了吴权一眼，吴权意会，连忙出了内殿找侍画、侍墨要谢芳华的药方。

侍画、侍墨不放心别人去准备谢芳华的汤药，对吴权客气地说道：“公公，您找一个人将奴婢二人送到御膳房就好，小姐的药我们来煎。”

“也好。”吴权点点头，挥手招来一人，吩咐他带着二人去了御膳房。

谢芳华也没什么胃口，简单地吃了几口后便放下了筷子，对秦钰说道：“你也吃些吧。”

秦钰摇摇头：“我吃不下。”

谢芳华不再言语。

一个时辰后，侍画、侍墨端着汤药来到，谢芳华喝了汤药后，看天色已经到了三更。

三更鼓打响，鼓声似乎也带着一股压抑的厚重。

四更时分，床榻上的皇帝突然动了动眼皮，睁开了眼睛。

谢芳华一直坐在矮榻上看着床上的动静，所以，在皇帝醒来的第一时间她便知道了。

皇帝在醒来时似乎有所感，慢慢地转过头，正好看到了在不远处坐着的谢芳华。

他那双有些凸起的眼睛对上了谢芳华的眼睛。

谢芳华平静地看着他，没作声。

皇帝也看着她，眼中闪过无数的情绪，也没作声。

二人互相看着，空气似乎变得沉冷。

秦钰一直趴在床头，双手握着皇帝的手，头低着，脸贴着自己双手握住的皇帝的手背，无声地难过着，并没有发现皇帝已经醒来。

皇帝与谢芳华大约对看了半盏茶的工夫，忽然咳嗽了起来。

秦钰猛地惊醒，抬起头，立即看向皇帝，惊喜地说道："父皇，您醒了？"

皇帝咳嗽得撕心裂肺，没答他的话。

秦钰连忙起身，但是他跪坐得久了，腿脚都已经麻了，刚起身便又跌回了地上，慌忙地喊："快拿水来。"

吴权连忙冲进来，端了一杯水递上前，伸手去扶皇帝。

皇帝挥手打开，水杯从吴权的手中脱落，啪的一声摔到了地上。

吴权大惊："皇上……"

"父皇？"秦钰有些心惊地看着皇帝。

皇帝大咳不止，苍白的脸咳得通红，一双眼睛红得吓人。

"芳华！"秦钰回头求救地看向谢芳华。

谢芳华慢慢地站起身，缓步走上前来，吴权连忙让开床边，她站在床头看着皇帝。

她并没有给皇帝把脉，在她来到时，皇帝的咳声忽然停止，皇帝直直地看着她。

谢芳华也看着他。

皇帝看了她片刻，忽然说道："好，好，好！"

谢芳华不语。

"好一个谢芳华！"皇帝又道。

谢芳华依旧不语。

"你是特意回来看我闭眼的是不是？"皇帝说了两句话，见她一言不发，便死死地瞪着她。

谢芳华依旧不作声。

皇帝忽然怒道："你是哑巴吗？"

谢芳华平静地看着他，说道："都说人之将死其言也善。皇上，您如今看见我，还能生这么大的气，实在不应该。"

皇帝一噎，眼中冒起火来，看着她，目光似乎要吃人。

谢芳华静静地瞅着他，说道："三百年前，北齐、南秦分庭抗礼，玉家和王家两败俱伤，两国和好。两国君主谁都不甘心，谁也不知道会和平多少年，都想尽快地富国强兵，意图再攻克对手，统一南北。因北齐京城是前朝旧都，俗话说，瘦死的骆驼比马大，玉家虽然元气大伤，但北齐的综合国力还是比南秦强，南秦生怕北齐在短期内便会实现富国强兵，是以南秦的始祖皇帝三番五次恳请谢氏入世，以世袭王侯之尊，许以谢氏半壁江山，永世无忧。谢氏家主被南秦的始祖皇帝所感，才举家族之力忠心辅佐南秦。”

皇帝的目光一时凝住。

“南秦因为有了谢氏，迅速繁荣起来，不过百年便可以去攻打北齐，夺取天下。可是百年后，南秦的皇帝不再是始祖皇帝，早已经忘了谢氏的功劳，早已经没了争雄天下的野心，只看得见谢氏日渐树大根深，生怕威胁皇权皇位。”谢芳华看着皇帝，继续说道，“南秦皇室从一百年前便开始防范谢氏，不断明里夺权、暗里内斗。”

皇帝的目光中似有什么裂开了。

“这样过了两百年，到了你这一代，皇室对谢氏的打压更甚。”谢芳华看着皇帝，继续说道，“你不记得没有谢氏就不会有如今的南秦江山。三百年来，南秦有多少机会可以收服北齐？可是都因此而废，却最终使得如今北齐率先发兵。”

皇帝的目光中又裂开了一大片。

“南秦的帝王一代不如一代，只知防范忠臣，北齐的帝王却是一代比一代英明、有野心、有抱负。如今，北齐国力蒸蒸日上，玉家即便势大，北齐皇帝依旧善于利用玉家，而南秦呢？隐山崩塌，隐卫宗师暗反谋杀，自家隐卫悉数变成对准自家江山帝业的锋利的剑，内忧外患之际还是需要谢氏。”谢芳华看着他，继续说道，“除去谢氏，用不了几十年，北齐铁骑便能踏破南秦山河，南秦也会消失在历史长河中，那样你就满意了？你觉得可有颜面去九泉之下见南秦的始祖皇帝？”

皇帝的目光忽然全部崩裂，如冰面霎时间碎了，面上的怒气和火气也悉数退去，微仰着的身子跌回到了龙床上。

“父皇！”秦钰声音沙哑，身子前倾，去看皇帝。

皇帝忽然闭上了眼睛，面上一片死寂。

吴权小心地瞅了谢芳华一眼，默默地退后了一步，没作声。

谢芳华见此，声音平静地说道：“多少代帝王被表象所蒙蔽，在这金砖碧瓦的皇宫里只记得自己是帝王，却不记得自己应该是为南秦千万子民谋福的皇帝，却不知道秦氏和谢氏只能共存的道理，少了任何一方，南秦都将大败，这是历史建朝遗留的结，解也解不了。”

皇帝忽然开口，声音难听至极：“是的，解也解不了。”

谢芳华不再言语。

皇帝沉默了片刻，又道：“没想到，多少代的南秦帝王，均不及谢氏的一个小女子有见地。”

谢芳华不再作声。

皇帝忽然又转过头去看秦钰。

秦钰眼眶通红，眼里布满血丝，见他看来，低声喊道："父皇！"

皇帝看了秦钰片刻，对秦钰道："朕和你一样有眼光，当年朕看中了一个女子，她亦德才兼备，堪当国母。可惜，朕没福气。"顿了顿，他又道，"你母后目光短浅，朕亦故步自封，这江山……朕不是一个好父亲，也不是一个好皇帝，这一生……也就只能如此了。"

秦钰的眼泪滚落下来，他紧紧地扣住皇帝的手："父皇……"

皇帝看着秦钰，目光中露出不舍，见秦钰落泪，他的眼角亦滴出了泪。

秦钰紧紧地握住皇帝颤抖的手，几乎不能出声。

"但幸好朕还有一个好儿子。"皇帝的声音异常沙哑，语气中隐约带着一丝骄傲。

秦钰又喊了他一声，哽咽着说道："父皇，您可以的，儿臣遍寻天下好药，一定能治您的病……"

皇帝摇摇头："朕知道，朕不行了。"

秦钰的眼睛顿时红了。

皇帝转头看向谢芳华。

谢芳华就站在床前不远处，一番话说完之后，静静地看着皇帝。

皇帝忽然说道："钰儿，你出去。"

"父皇？"秦钰满脸是泪地看着皇帝。

皇帝说道："你从御书房房顶的第二个暗格里，将朕早已留好的遗诏取来。"

"父皇！"秦钰跪坐在床前不动，"儿臣不走，让吴公公去取吧。"

"听话！"皇帝板起脸来说道，"男儿有泪不轻弹。你是太子，不许落泪。"说罢，他又补充道，"吴权另有用处，朕有事情吩咐他去办。"

秦钰抿了抿唇，还是没动。

皇帝看了谢芳华一眼，忽然笑了："你放心，朕行将就木，奈何不了她，也不会再为难她。"

秦钰看向谢芳华，谢芳华对他点了点头，他无奈地走了出去。

他走出去后，皇帝对吴权吩咐："你亲自去英亲王府一趟，宣英亲王和王妃进宫。另着人去左右相府、永康侯府、翰林大学士府、监察御史府，宣他们即刻进宫。"顿了顿，他又补充道，"至于后宫……只派人去请皇后和太妃来就是了。"

吴权一听心下了然，露出伤心至极的神色："是，奴才这就去，那八皇子和一众皇子呢？"

"太妃来了，八皇子得到信儿自然就来了。至于其他人……"皇帝闭了闭眼睛，"罢了，其他人都不必来了。"

“是，老奴这就去！”吴权转身走了出去。

转眼间，内殿内只剩下了谢芳华和皇帝二人。

皇帝看着谢芳华，目光幽深，似乎要望穿她的眼底。

谢芳华面色平静，眼中平静。

皇帝看了半晌，对她说道：“朕活了这么多年，鲜少看不明白谁，但朕自从见到你后，就一直看不明白你。所以，朕不喜欢你。”

谢芳华淡淡地说道：“皇上怕是不只不喜欢我吧，但凡姓谢的人，你都不喜欢。”

皇帝嗤笑一声：“你说得也对，朕是不喜欢姓谢的人，但是容得下他们出现在朕的面前，就是容不下你。”

谢芳华挑了挑眉。

“但是朕不得不承认，你的确是个有本事的女子，本事之大，胜于天下大多男子。”皇帝看着她，继续说道，“怪不得秦铮那臭小子被你折腾得不成样子，而太子非你不娶。你将这南秦顶顶出色的两个男儿都玩弄于股掌之中。”

谢芳华沉下脸说道：“我一心护谢氏和忠勇侯府，铮小王爷入局，太子入局，全凭其愿。皇上说‘玩弄’这样的话，未免太小看他们了。”

皇帝闻言点点头：“你说得也对。”说罢，他看着她，继续说道，“朕刚说看不透你，如今似乎抓住你的软肋了。”

谢芳华眯起眼睛。

皇帝说道：“你对秦铮或者秦钰是有心的，否则刚刚不会被朕的话所激，听不得那两个字，与朕动怒。”

谢芳华看着他：“都到这般地步了，皇上就算抓住了我的软肋，又有何用？”

“是没有什么用处，但朕也不想含恨而死。”皇帝说着，忽然又咳嗽了起来。

谢芳华看着他，这时候的皇帝只不过是一个余寿不多的老头儿。

“给……给朕倒杯水来。”皇帝咳过之后，对谢芳华道。

谢芳华转过身，走到桌前给他倒了一杯水。

皇帝伸手接过，手颤抖得几乎抓不住杯子，又道：“扶……朕起来。”

谢芳华上前一步，伸手轻轻将他扶起，拿过靠枕给他垫在身后。

皇帝端起水杯，慢慢地一口一口地喝着水。

片刻后，皇帝将空水杯递给谢芳华，对她说道：“你和铮小子大婚时，朕没喝成你的喜茶。今日……”

谢芳华本来拿了空杯子要送回去，闻言顿时停住了脚步。

皇帝忽然住了口，对她说道：“再给我倒一杯来。”

谢芳华回头看着他。

皇帝也看着她。

片刻后，谢芳华转身将水杯放在了桌案上，并没有再给他倒水，而是淡淡地说道："皇上若想活到明日午时，便不能再喝了。"

"多一杯水还能立即要了朕的命不成？"皇帝看着她。

谢芳华点头："能！"

皇帝眯起眼睛："太子给朕传密信，说若是朕不答应他娶你，他便宁愿不要这太子之位了，你可知道？"

"知道。"谢芳华点头。

"那你是个什么想法？你真要嫁给太子？"皇帝盯着她问道。

谢芳华淡淡地说道："我已经答应太子了。"

"你为何答应太子？"皇帝又问。

谢芳华转过身，看向窗外，夜色深深，雾霭沉沉，天似乎被一块巨大的黑石压着，沉得让人喘气都困难，她看了片刻，平静地说道："总有理由。"

"好一个'总有理由'！"皇帝笑了一声，因笑得太急了，又咳嗽了起来。

谢芳华这次看着窗外，没有回头去看他。

皇帝咳出了血，床沿和地面瞬间变得血迹斑斑，他用明黄色的衣袖擦了擦嘴，衣袖上顿时沾满了血迹，他虚弱地靠回软榻上，似乎对谢芳华说，又似乎对自己说："朕这一生，汲汲营营，到头来却庸庸碌碌，一事无成。若是早知今日，当初先皇和太后让朕选的话，朕一准儿不要这江山，随母妃去了兴许更好。"

谢芳华静静地听着，对于当年之事，她知道得不少，不无感慨。

"朕和谢英脾性相投，互相视对方为兄弟。当年，朕只不过是一个小小的贵人所生之子，在先皇的众多儿子中身份自然卑微。他则是忠勇侯府的嫡子，相比朕这个生在皇家的儿子来说，却是真正的天之骄子。朕唯一能跟他比的，就是才华了。"皇帝又道。

谢芳华听到他提起自己的父亲，慢慢地转过身。

"我们都看中了崔氏的女儿，一个是清河崔氏，一个是博陵崔氏。同样两情相悦，可是朕的命到底不如他，朕没能娶到心仪的女子，只能看着她嫁给别人，那个人还是朕的兄长。"皇帝又道，"而他则娶了心仪的女子，朕怎么能甘心？"

谢芳华听到这里，面色发冷，说道："所以，你就设了局，杀了我的父母？"

皇帝点点头，又摇摇头："南秦的所有人，甚至天下的所有人，都以为谢英夫妇是我杀的，我本来也想除去谢氏，这么多年便也没有解释。"

谢芳华挑眉。

皇帝继续说道："当年，我是想除去谢氏，所以，命谢英去戡平叛乱，可是在局势控制不住时，我还是不忍，命人给他传密信，让他速速回京。可是他说一旦离开，南秦江山便危矣，誓死不回。最终，他死了。”

谢芳华听着，眼中聚起雾气，声音异常冷淡：“我要如何信你？”

“你也说了，人之将死，其言也善。”皇帝道，“朕又何必骗你？”说罢，他敲了敲床板，指了指床板下，“这里有暗格，里面有你父亲所写的亲笔书信。”

谢芳华闻言，立即来到床前，按照皇帝所指，打开了暗格，一封泛黄的信笺从里面掉了出来。她看了一眼，打开信笺，里面的话语很简短，字迹潦草，显然是仓促之下所写。

的确是她父亲的笔迹，她小时候总是临摹父母的笔迹。

她的眼泪顿时湿了眼眶。

“朕没骗你吧……”皇帝说着，又咳嗽了起来。

谢芳华抿起嘴角，将信笺折好：“这封信既是我父亲最后的亲笔信……”

“给你吧。”皇帝接过话。

谢芳华小心地将信笺放到自己怀里，看着皇帝，说道：“父亲为南秦而死，临终时恳请你放过谢氏，可是你并没有放过谢氏。”

“若没有这亲笔信，他没有为南秦而死，你以为你和你哥哥能平安长大？”皇帝看着她，继续说道，“前些年，你和你哥哥年幼，谢氏长房明里暗里和忠勇侯府作对，老侯爷疲于应付。朕若是那时候干脆、果断地下手，谢氏早已经不存在了。就是念在你父亲的死和他的这封信上，朕又等了几年，也算对得起谢英兄了。”

谢芳华不再言语。

“罢了，朕都要死了，说这些又有何意义？朕这一生的确失败，兄弟无情，夫妻无情，父子……”皇帝闭了闭眼，“在太子的心里，朕重不过你。”

谢芳华转过身向外走去。

皇帝睁开眼睛，见她离开，并没有阻止。

谢芳华出了内殿，便看到了手里拿着诏书站在门口等候的秦钰，以及已经被吴权亲自请来的英亲王和英亲王妃。

三人静静地站在殿外，殿内的门并没有关，不知道他们是什么时候来的，也不知道刚刚的话他们听了多少。

谢芳华看了三人一眼，对英亲王和英亲王妃见礼：“王爷、王妃！”

英亲王点点头。

英亲王妃张了张嘴，过了好半晌才发出声音：“华丫头，你……”

“我很好，您也保重。”谢芳华说罢，转过头对秦钰说道，“在这皇宫里给我安排住所吧。”

秦钰点点头，挥手招来一人，吩咐：“带芳华小姐去我的寝宫安置，一切从优，不得怠慢。”

“是。”那人连忙垂首，恭敬地道，“芳华小姐，请随奴才来。”

谢芳华颔首，那人走到前面去带路，她慢慢地跟上那人。

侍画、侍墨一左一右地跟在她身后。

英亲王妃上前一步想要拦阻，英亲王伸手拽住了她，对她摇了摇头，她止住了步。

吴权悄悄收回视线，挑开帘幕进了内殿，对里面的人禀告：“皇上，太子、王爷、王妃都已经过来了，在外面等着呢。”

“让他们进来。”皇帝无力地摆摆手。

吴权走出来请三人进入内殿。

秦钰、英亲王、英亲王妃三人进了内殿。

皇帝的目光定在了英亲王妃身上，眼神飘忽悠远，似乎在看她，又似乎透过她看着什么。

英亲王妃停住脚步，远远地看着皇帝，见到他的样子，也忽然回想起了当年，一时间涌上了多少年不曾有过的心酸。

英亲王似乎能体会个中滋味，并没有作声。

秦钰也没有出声。

过了片刻，皇帝的目光渐渐清明，移开视线，对英亲王说道：“皇兄，你比朕幸运，比朕有福气，也比朕命好。”

英亲王点点头：“皇弟说得是。”

“朕这一生，光羡慕别人了。前半生羡慕谢英，后半生羡慕你。”皇帝又道，“如今朕活到头了，总算是解脱了。”

“皇弟万不要泄气，你的病一定能治好的。”英亲王眼眶发红地连忙说道。

皇帝摇摇头：“皇兄仁慈、性善，这么多年哪怕知道朕一直念着紫菁，你也未对我有半句怨言。一心一意为了南秦江山，为了我能做个好皇帝，可谓鞠躬尽瘁。这也是朕这么多年，哪怕日夜想着对付谢氏、除去谢氏，也从来没想过对英亲王府下杀手的最大原因。”

英亲王张了张嘴，没说出话来。

“有你在，即便南秦如今内忧外患，朕哪怕去了九泉之下也放心。”皇帝又道，“朕就将太子和南秦江山都托付给你了。”

“皇弟！”英亲王终于忍不住了，落下泪来。

“太子是你看着长大的，虽然他和铮小子不对付，但在大事上却不曾含糊。”皇帝说罢，叹了口气，“铮小子还没音信吗？”

英亲王摇摇头：“没有。”

“朕一直纵容他，却也是真喜欢他，皇室里嚣张跋扈、张扬、轻狂到极致的主儿少得很。”皇上又道，“看来是见不到他最后一面了，他回来后，让他在朕的坟前给朕烧两张纸、上一炷香，也不枉朕纵容了他这么多年。”

英亲王流着泪点头：“他心里是记着皇叔对他的好的，不是真的不知事，我一定……告诉他。”

皇帝点点头，看向秦钰。

“父皇！”秦钰又跪在了床前，将诏书递给他，“儿臣取来了。”

皇帝看着没开封的诏书，问道：“你没打开看看？”

秦钰摇摇头。

皇帝看着他，说道：“若朕真应允了你的请求，废去你的太子之位，不将南秦的江山给你呢？”

秦钰垂下头：“儿臣无悔。”

“好一个‘无悔’。”皇帝叹息一声，“你将诏书打开。”

秦钰应声，缓缓将诏书打开。

这正是皇帝的遗诏，上面写着“着太子继位，封英亲王为辅政王”。

“父皇……”秦钰捧着诏书看着皇上。

皇帝点点头，对吴权说道：“朕听着外面有声音，是不是左右相他们都来了？让他们都进来。”

“是。”吴权连忙去了。

殿外果然是左右相、永康侯、监察御史、翰林大学士等朝中重臣，以及皇后、林太妃、八皇子，得到消息的几位小皇子和公主也都来了，等在殿外。

吴权出去后，领着众人进了寝殿。

宽敞的寝殿内顿时站满了人。

皇帝的视线在众人身上扫了一圈，对皇后招手：“皇后，过来。”

“皇上！”皇后眼睛红肿，似乎强压着悲伤的情绪，走到了皇帝身边。

皇帝伸手拽住她的手：“这么多年，朕对不起你。”

“皇上……”皇后终于忍不住哭了起来，她毕竟是真心喜欢皇帝的，即便日前皇帝不见她，她心里有怨气，但生离死别之际，心中的悲伤到底还是压制不住。她一夜未睡，待有人去请，说皇帝唤她，她还是来了。

“你是个好女人，只不过嫁给了朕，嫁到了这皇宫，才苦了多年。以后，朕去了，你就不必再操心了，踏实地做太后吧。”皇帝拍拍她的手。

皇后哭得更伤心了。

皇帝想要伸手去摸她的头以示宽慰，却发现抬不起手臂了，索性作罢，看向太妃：“太妃，你在这皇宫困了一生，八皇子虽然未到外出立府的年纪，但就此恩准他提前外出去立府，你便搬出宫去住八皇子府，安养天年吧。”

太妃也哭了："多谢皇上。"

"你要好生孝敬太妃，没有她就没有你。"皇帝对八皇子说道。

"儿臣谨遵父皇旨意。"秦倾的眼泪簌簌地落了下来，跪在地上哽咽着说道。

"左相、右相、永康侯……"皇帝看向朝中重臣，依次念下来，"朕不是一个好皇帝，千载之后，无功有过。众位爱卿跟着朕也遭骂名，朕对不住你们。"

"皇上……"众人跪地，人人悲戚。

"朕死后，太子继位，诏书就在太子的手里。你们好生辅佐太子，延续南秦江山。"皇帝说着，声音忽然变得微弱，"朕……就将南秦江山交给你们了……"

"皇上放心，臣等一定鞠躬尽瘁死而后已，倾力辅佐太子承南秦万载基业。"

左右相、永康侯、翰林大学士、监察御史等众人齐齐沉痛地应声保证。

皇帝点点头，目光从众人身上移开，最后定在了英亲王妃的身上。

英亲王妃动了动嘴角，眼中涌出泪花，无声地对他说道："我从未怪你，只是你我有缘无分罢了，你……走好。"

皇帝露出笑意，手臂垂下，缓缓地闭上了眼睛，再没了声音。

秦钰跪着上前，伸手去摇他，沉痛地大喊："父皇！"

秦倾也跟着大叫了一声："父皇！"

"皇上！"皇后扑到皇帝的身上哭了起来。

众人齐齐抬头，只见皇帝面色安详，如睡着了一般，已然气绝，齐齐伏地恸哭。

秦齐的一生，诸多无奈，但不得不说，他除了对谢氏步步紧逼外，其实不算庸君。他登基之初，推行了很多利民的政策，也懂得广纳良才，听得进忠言，不曾大兴土木，晚年虽然脾气暴躁，但不曾杀害忠良，朝中也无真正的大奸大恶之人，是个心有子民的皇帝。

他明明可以多活些时日，他不是被病魔击垮的，而是被自己的内心击垮的。

许久后，秦钰在一片哭声中慢慢地站起了身。

"臣等拜见新皇！"英亲王、左右相等人齐齐站起身，又伏地下拜。

秦钰眼睛通红，面色哀恸地看着众人，摆摆手，声音沙哑地说道："众位大人起来吧，父皇去了，父皇遗命朕不敢不从，朕一定励精图治，好生治理南秦，今后朕就仰仗各位大人了。"说罢，他上前一步扶起英亲王，"大伯父，您今后就是辅政王，见到朕免跪拜之礼。"

"多谢皇上！"英亲王沉痛地站起身。

"吾皇万岁万岁万万岁！"左右相、永康侯等人齐齐叩首。

秦钰吩咐全城戒严，六宫鸣钟，寄以哀悼，于帝寝殿外搭建灵堂，筹备先皇的后事。

代表着帝王驾崩的钟声响起，一下一下，沉重、哀戚。

谢芳华由侍画、侍墨扶着从帝寝殿出去后到了秦钰的宫殿，并没有立即歇下，而是掌了灯坐在窗前看着窗外。

秦钰的宫殿内只有几株桂树，此时还没到金秋时节，是以宫殿内还没有花香。

桂树肆意、凌乱地长着，枝条生长得无规律，颇显乱意，但看着却使人舒适至极。

这间房间并不是秦钰所住的主殿，而是他寝宫内的偏殿。

谢芳华在殿内坐了片刻，便听到了六宫鸣钟的声音。

侍画、侍墨一惊，看向谢芳华，小声说道："小姐，鸣钟了，难道是皇上……"

"皇上驾崩了。"谢芳华道。

侍画、侍墨不解："不是说明日午时吗？"

谢芳华看着窗外，说道："人在何时死，又岂有定论？他本来能挺到明日午时的，但是心头的气劲一松，心气散了，便随时会撒手人寰。"

侍画、侍墨点点头："那……您还去前面吗？"

谢芳华摇摇头："不去。"

"小姐，您也累了，要不然歇下？"侍画、侍墨小心地问。

谢芳华摇摇头："你们若是累了，便去歇下吧。"

"奴婢二人不累，小姐若是不累，我们便陪着您。"侍画、侍墨摇摇头，又问，"皇上驾崩了，一定会立太子为新皇吧？"

谢芳华点点头。

"若是太子登基，那您以后……"侍画、侍墨咬唇，后半截话在看到谢芳华浅淡的面色时吞了回去。

谢芳华没搭二人的话，亦没有说话，仿佛没听到，看着窗外。

钟声传遍了整个皇宫，传到了宫外，传出了京城。

夜半惊魂，南秦京城的人们齐齐惊醒，一时间千家万户皆亮起了灯。

京中的各大府邸先派人第一时间进宫打探消息，得到了皇上驾崩、立太子为新皇的消息后，朝中官员匆匆入宫，有品级的女眷也要进宫。

左相府内，左相夫人匆匆穿戴妥当，她是诰命夫人，自然要进宫，她刚要跨出门槛，卢雪莹便迎上了她。

左相夫人一愣："莹儿？"

卢雪莹被钟声惊醒后起了身，她被秦浩折腾得小产后，一直在左相府养着，如今经过调理，身子好了个七七八八。听着钟声思索片刻后，她便穿了素装，知道左相夫人要入宫，她便赶来了，对左相夫人说道："娘，我随您进宫。"

"你也要进宫？"左相夫人看着她，犹豫着说道，"你的身子……"

"我的身子好多了，进宫无碍。"卢雪莹道。

"可是……万一碰到秦浩呢？"左相夫人看着她，问道。

卢雪莹道："碰到就碰到了，我总不能一辈子躲在相府里不见他吧？如今我还是英亲王府的长媳，先皇是皇叔，我如今身体好得差不多了，若是不去，以后万一有人拿此诟病父亲，岂不是让父亲难做？"

左相夫人觉得有理，点点头："那好吧，你跟我一起进宫吧。你是英亲王府的儿媳，依着皇室的规矩，你既然进宫，定然是要着重孝吊唁的。不过，万一你受不住，就告诉娘，娘帮你请旨回府休息，什么也不如身子骨重要。"

"女儿知道了。"卢雪莹点点头。

母女二人一起出府入宫。

右相府内，右相夫人自然也第一时间得到了消息，待穿戴妥当，就要跨出门槛时忽然想起了李如碧，又匆匆地向李如碧住的院子走去。

李如碧听到钟声后也已经起来了，并没有进宫的打算。

右相夫人来到后，跨进门槛，见李如碧坐在床上发呆，她立即蹙眉："碧儿，你在想什么？皇上驾崩了，你听到钟声了吧？快随我进宫。"

李如碧抬起头："娘，我听说谢芳华昨晚回京了，如今就在皇宫内。"

右相夫人一愣："你想她做什么？"

"据说她是和太子一起回来的，进了宫后就随太子一起进了皇上的寝殿。"李如碧低声说道，"这么说，她和太子的事情真的定了？"

"都什么时候了？你怎么还想这个？快随我走。"右相夫人瞪眼。

李如碧站起身，慢慢地穿戴："太子一直想娶谢芳华，如今谢芳华回来了，没回忠勇侯府，没回英亲王府，而是直接进了宫，是不是代表以后她就不出宫门了？"

右相夫人无奈："她如何都是她的事，先皇生前十分喜欢你，就冲着这一点你也该进宫去吊唁，别想那么多，别磨蹭了。"

"秦铮是不是还没回来？他没见到皇上最后一面？"李如碧又问。

右相夫人冷下脸来，怒斥："你到底是怎么回事？还念着他是不是？你这几日静心，就只想这个了？你就跳不出他的火坑了是不是？你要气死娘吗？"

李如碧闻言住了口："娘您别气，我随您进宫。"

右相夫人看着李如碧，明明还是行止端庄的人家闺秀，却再不是以前她所喜欢的女儿，她都不知道怎么去救李如碧。右相夫人一时间又气又怒，却又发作不得，只好转身走了出去。

李如碧穿戴妥当后跟在右相夫人身后，母女二人再无交谈，一起出了府门进宫。

大长公主府内，大长公主和金燕得到消息后也立即匆匆进了宫。

永康侯府内，永康侯夫人挺着大肚子，生怕行差踏错伤了肚子里的孩子，虽然知道依着朝中命妇的身份，她应该立即入宫，可是又纠结，生怕养了这么多日的胎，万一不小心动了胎气，她的身子已经再也受不住了，一时犹豫不决。

燕岚自从数日前在从丽云庵回京的途中受了重伤，至今仍旧没养好，只能勉强下床，由婢女扶着走动。她听到钟声后，让婢女扶着她到了永康侯夫人住的正院。

母女二人对看了一会儿，都觉得这样进宫不合适。

还是燕岚头脑清明，对永康侯夫人说道："娘，派个人进宫去找爹吧，问问爹的意思。"

"好吧。"永康侯夫人也没什么主意，点点头。自从怀孕以来，被折磨了大半年的她，已经磨没了多年来的强势，如今事事听从永康侯的。

派进宫的人去了不久便回来了，对母女二人说道："老爷已经向皇上请了旨，夫人和小姐的身体大为不便，就不必进宫了，以免冲撞了先皇灵堂。"

永康侯夫人一时没反应过来："皇上？"

"是新皇，先皇临终遗命，太子继承皇位。"那人道。

永康侯夫人恍然大悟，点点头，命人打赏这人。

第十章
声色犬马

这人退下去后，永康侯夫人叹了口气：“太子要登基了，这时间过得可真快，转眼二十多年就过去了。我犹记得当年先皇登基时，我和你爹大婚后进宫贺喜的情景。”

“不知道铮小王爷回来了没有。”燕岚道。

永康侯夫人一听，立即问：“儿呀，你不会还念着秦铮吧？”

燕岚摇摇头：“娘，我早就不念着他了，只是我听说昨日芳华和太子一同回京，然后又一同进宫了，就想着：如今太子要登基了，那铮小王爷呢？依照他和太子从小到大的争斗，如今再加上有芳华夹在二人中间，我想，他若是如今还没回来，等过了时日再回京，怕是晚了。”

“你说什么晚了？是说谢芳华，还是说皇权？”永康侯夫人压低声音问道。

燕岚的眼皮动了动：“怕是都晚了。”

永康侯夫人叹了口气：“铮小王爷无心皇权，晚倒也就罢了，只是这谢芳华……”

“女儿也不明白了。”燕岚看了自己的伤口一眼，无奈地道，“若不是我如今这样，就可以进宫，顺便看看她了。”

“你呀，既然你爹请了旨，就安分地陪我在府中待着吧。”永康侯夫人点点燕岚的脑袋，“别掺和那些事了。听闻你哥哥从北齐回来了，不知如今到哪儿了，可是回京城来了？”

燕岚一听，乐了：“娘，您口口声声说不想哥哥，心里其实还是想的吧？如今知道哥哥回来了，终于肯提他了。”

永康侯夫人瞋了燕岚一眼：“他总归是我的儿子，我含辛茹苦将他养到这么大，怎么能不想着、念着？以前的很多事情，娘都觉得自己做得对，都是为了他好。他这一走就是这么长时间，我反倒想明白了，孩子虽然是我生的，但我也不能抓得太紧，抓紧了就如抓沙子一般，越抓紧越漏了。”

“您能想明白就好，哥哥回来见您，指不定多高兴呢。”燕岚闻言，提着的心也暗暗地放下了，有些想念地说道，“这大半年，不知道哥哥可变了模样。”

“才大半年而已，能变成什么样？”永康侯夫人也止不住地开始想念，“他虽然才走了大半年，但我仿佛有好多年没见他了。”

“那是因为您怀孕了。”燕岚说道。

永康侯夫人抚摸着肚皮，说道：“也幸好有这个孩子，否则，娘怕是半年前就疯了。”

“弟弟与咱们家有缘。”燕岚也去摸她的肚子。

“还没生出来，你哪里知道是弟弟？”永康侯夫人瞪了燕岚一眼。

燕岚无语地看着她说道：“不是您一直挂在嘴边的吗？您说一定是个儿子。”

永康侯夫人一噎，又好气又好笑：“我那是心里恼恨你哥哥，才想再要个儿子的。”

“如今您不气哥哥了？”燕岚看着她问道。

“不气了。”永康侯夫人摇摇头，“你爹劝我，说若不是我们逼走了你哥哥，你哥哥也许就会变成另一个他，一辈子拴在这侯府里。当年，你爹也是有抱负的，想要去戍边，去军中建功立业，不依靠这祖辈基业庇护，自己去闯一番天地出来，你祖母不允，他的志向渐渐就被磨没了。”

燕岚点点头：“哥哥也是有志向的，也颇有文韬武略，只不过从小就跟铮小王爷在一起，哥哥的光彩被遮住了罢了。”

永康侯夫人点点头：“你哥哥比你爹强，你爹私下与我说，当年他也想一走了之，只不过没勇气。你哥哥走得干脆利落，从这一点来说，他将来会是个有出息的人。大丈夫，要的就是果决、干脆，有男子汉的脾性。”

燕岚忍不住掩嘴笑：“以前您一直说哥哥和铮小王爷在一起，染了铮小王爷的脾气，学得不成样子，如今怎么在您眼里都是优点了？”

永康侯夫人闻言也笑了，伸手打燕岚：“死丫头。”

燕岚笑作一团。

母女二人笑过之后，听着一声声钟声，又齐齐收了笑意。帝王驾崩，一代皇权结束，未来到底如何，犹未可知。

朝中的文武百官，有品级的命妇携带着家眷，都匆匆地进了宫。

宗室里的皇子、公主、王孙，后宫里的妃嫔都着重孝吊唁哭灵，厚重的宫墙内，遍地是哀戚恸哭声。

天亮后，哭了几个时辰的人都有些累了，哭得断断续续。

侍画、侍墨小声说："小姐，您也累了，千万要注意身子，上床去睡一会儿吧。"

谢芳华还没说话，外面便来了一个小太监："奴才奉皇上之命，来见芳华小姐。"

侍画、侍墨连忙迎了出去，二人知道依照目前的情形来看，小姐怕是要住在皇宫了，和气地见礼："公公是哪位？怎么称呼？"

"奴才是小泉子，以前一直在皇上身边当差，两位姑娘不必多礼，皇上派奴才来传话，让奴才转告芳华小姐，天已经亮了，芳华小姐身子不好，用些早膳后便歇下吧。"小泉子道。

"奴婢二人这就转告我家小姐，公公辛苦了。"侍画、侍墨二人点头，给他赏钱。

小泉子办完秦钰交代的差事，摇摇头没要赏钱，匆匆走了。

侍画、侍墨回到房间，见谢芳华依旧坐在窗前，低声问："小姐，您听到了吧？"

谢芳华点点头，她确实乏了，缓缓站起身。

帝王驾崩，行国丧之礼。

祭告天、地、宗庙、社稷。

皇室宗亲着重孝吊唁，因正是暑日，灵柩不宜久放，用冰镇着，七日之后移至陵寝安葬。

这七日内，南秦京城陷入一片哀恸，京城内外不得操办喜事，听不到任何奏乐之声。

文武百官、皇子、王孙、后宫妃嫔、朝臣内眷等，发出一片悲戚之声。

谢芳华一直住在秦钰的寝宫中，这七日之内，宫墙内处处传来恸哭声，有的人是真哭，有的人是假哭，江山换主，这宫墙内多少娇娥前景堪忧，有的人甚至正值二八年华。

无人前来秦钰的寝宫打扰她，秦钰一直在忙，并没有工夫回寝宫。

除了身边的侍画、侍墨等人，谢芳华再未见到其他人。

连言宸也不知道去哪儿了。

后宫中唯一的清静之地，如今也就是秦钰的寝宫了。

每日早中晚，侍画、侍墨熬好汤药端来，谢芳华喝下后，便在屋中对着窗外闲坐，一坐便是一日。

七日后，先皇的灵柩移至陵寝安葬。

一大早秦钰便回了寝宫。

谢芳华自从那日出了帝寝殿之后，再没见到秦钰，如今乍然见他，几乎认不出了。

他穿着一身孝衣，面容憔悴，周身弥漫着浓郁的哀凉之气，整个人清瘦了许多。

侍画、侍墨迎出去，看到秦钰时吓了一跳，连忙见礼："皇上万福金安！"

"免礼。"秦钰摆摆手，"芳华呢？在做什么？"

"小姐这七日未曾出房门，在养伤。"二人齐齐答道。

秦钰点点头，向门口走去。

侍画、侍墨先一步挑开帘幕，秦钰跨进门槛，一眼便看到谢芳华坐在窗前，正向外面看来，他露出一丝笑意，缓步走进去："听说你这七日里一直闷在房中？"

谢芳华点点头："很累吗？怎么成了这副样子？"

秦钰见她罕有地关心他，笑意多了些，温声说道："所有人都没有想到父皇会去得这么突然，很多东西都不曾准备，要处理的事情太多。再加上边境开战，所以……"他揉揉额头，继续说道，"就变成这副样子了，是不是很难看？"

"倒也没有太难看，就是有些吓人罢了。"谢芳华笑了一下，见他坐过来，问道，"还没用早膳吧？"

秦钰点点头："一个时辰后是吉时，我准备在那个时候送父皇的灵柩去陵寝。我过来问问你，可愿与我一起去送行。"

"去端早膳来，再将我调配的汤药也给皇上端一碗来喝。"谢芳华吩咐侍画、侍墨。

侍画、侍墨应声，立即去了。

谢芳华又亲手倒了一杯茶递到秦钰面前。

秦钰温温润润地看着她，疲惫似乎一下子就消失了，端起茶来喝了一口，等着她回话。

谢芳华道："我与你一起去陵寝给先皇送行。"

秦钰放下茶盏，笑意染上眉梢，点了点头。

侍画、侍墨端来早膳，秦钰和谢芳华一起吃过后，秦钰喝了汤药，谢芳华起身去换衣。

给先皇送葬自然要穿着素雅。

谢芳华换了一身素白裙装出来，秦钰并没有异议，二人一起出了寝宫。

帝寝殿外，一切早已经准备妥当，只等吉时到后送先帝的灵柩去陵寝。

文武百官、皇室宗亲、朝臣内眷、后宫妃嫔，分列两侧，默默垂首，等着吉时。

皇帝的玉辇已经备好，太后的凤驾也已经备好。

秦钰来到后，众人齐齐抬头，当看到他身边的谢芳华时，都默默地垂下了头：“吾皇万岁万岁万万岁！”

除了太后、英亲王夫妇外，大家都跪在地上叩首。

“免礼。”秦钰摆摆手，将手伸向谢芳华，示意她跟他上玉辇。

谢芳华并未犹豫便将手放在了他的手里，与他一起上了玉辇。

英亲王妃见此，上前一步想要拦阻，英亲王扣住她的手，示意她不要妄动。英亲王妃止住脚步，看着落下帘幕的玉辇，暗暗叹了口气。

“吉时到！起驾！”有人高喊了一声。

皇帝的玉辇打头，带着灵柩，文武百官一众人等跟在灵柩后出了宫门。

沿街的百姓们都自发地跪在道路两侧，送葬的队伍浩浩荡荡地出了城门，向皇陵而去。

玉辇内的帷幔被风吹起，隐隐约约露出谢芳华的面容。

自从太子带芳华小姐回京之后，文武百官都在私下里揣测，是否太子和右相府小姐退婚是为芳华小姐？先皇驾崩后，芳华小姐虽然一直再未在人前露面，但大家都知道她是住在了新皇的寝宫中，如今给先皇送葬，新皇亲自将她请上玉辇，虽然未昭告天下，但这里面的寓意昭然若揭。

芳华小姐原是英亲王府的小王妃，被休弃后又和新皇共乘玉辇。

这样的事在南秦历史上没有先例。

古来只有帝后才能共乘一辇。

但是偏偏满朝百官对于此事无一人提出异议。

因秦钰向来得民心，再加上解了临安城之危，所以他非常受百姓的爱戴。沿街百姓自发地高喊：“先皇走好，新皇万岁万岁万万岁！”

呼声一直未停。

队伍出了城，向西山的皇陵而去。

皇陵距离京城不是太远，但也不近，队伍走了大半日才到。

队伍停下后，秦钰和谢芳华下了玉辇，守卫皇陵的人打开陵寝宫门，正值吉时。

秦钰吩咐行奉安礼。

奉安礼后，秦钰携秦倾等一众皇子，将灵柩放在陵寝地宫的宝床上，随后关闭石门，砌封琉璃壁，堵绝地宫外口。

之后大家休息了片刻，又举行了虞祭礼。

虞祭礼结束之后，天已经彻底地黑了下来。

左相上前询问：“皇上，一切礼仪毕，是即刻启程回京，还是今夜在陵寝外的行宫休息一晚，明日再启程？”

“所有人都累了吧，今夜就在这里休息一晚，明日再回京吧。”秦钰道。

左相颔首，退了下去。

南秦皇陵可谓依山傍水的风水宝地，方圆十里无人打扰，极其清静。

行宫极大，一众人等都安置得下。

谢芳华依旧被安置在秦钰寝殿不远处的偏殿，有独立的院落。

一切打点妥当后，天色已经彻底黑了。

先皇驾崩后，无论是朝臣还是皇子、王孙，抑或是宫闱家眷，都不曾好好休息。所以，刚一安顿下来，整个陵寝内外经过短暂的喧闹后便陷入了安静。显然，很多人都受不住了，事毕之后立即歇下了。

谢芳华前七日都在寝宫休养，今日尽管也跟着行了一日，但并没有累的感觉。

侍画、侍墨等人一直跟在她身边，也不累。

夜色深时，谢芳华站起身，对侍画、侍墨吩咐道：“给我拿一套夜行衣来。”

侍画、侍墨一愣：“小姐，您要出去？”

“就在陵寝内外走走。”谢芳华道。

“奴婢二人陪您一起。”侍画、侍墨立即说道。

谢芳华刚要摇头，外面便传来了脚步声，侍画、侍墨连忙向外看了一眼，小声说道：“是皇上来了。”

谢芳华点点头，重新坐下。二人迎了出去。

不多时，秦钰进了内殿，见谢芳华坐在桌前喝茶：“夜晚不宜多喝茶，会影响入睡。”

谢芳华看着他，今日他一直坐在玉辇内，较前些日子的繁忙来说还是轻松了许多，气色也养过来了几分，她说道：“这么晚怎么还过来？你也累了多日了，应该歇下才是。”

秦钰坐在她面前，笑了笑：“我想着你是第一次来皇陵，应该是想四处转转的，便过来陪你了。毕竟明日一早就要启程回京了。”

谢芳华挑眉：“你怎么知道我对皇陵有兴趣，想要去转转？”

秦钰失笑：“依着你的脾性，既然来了皇陵，怎么会不去转转？我想，历代帝王的陵墓，你是没兴趣的，你感兴趣的应该是陵墓里放着的东西。”

谢芳华点点头。

“南秦的皇陵是有一支暗卫的，有的地方有很重的机关，你的身体还没大好，一个月内不能动用内力，半年内不能动用魅术，所以，万一有危险怎么办？我不放心，便想着陪你走走。”秦钰又道。

谢芳华想了想：“好。”

秦钰站起身：“不用换衣服了，走吧！”

谢芳华点点头，跟着秦钰自然没有必要再换衣服了。

二人出了房门，径直向皇陵内而去。

一路上，有巡逻的人看到二人，刚要跪拜，秦钰摆摆手，巡逻的人意会，立即噤声，恭敬地等着二人过去。

二人一路来到皇陵。

“你想看先祖父的陵墓？”秦钰低声问。

谢芳华点点头。

秦钰不再说话，带着她来到一处陵寝地宫前。

二人刚站在门口，便有一个黑衣人无声无息地现身，恭敬地见礼：“地宫第十五代掌宫人拜见皇上。”

秦钰点点头，打量了那人一眼。那人穿着一身黑衣，没有蒙面，但面容是长年不见天日的苍白，长相平凡无奇。那人的武功出神入化，看起来也就二十四五岁。

面对秦钰的打量，那人静静地站着。

片刻后，秦钰温声说道：“打开地宫。”

那人拱手：“敢问皇上可有地宫令？”

“地宫令？”秦钰挑眉。

“就是出入地宫，调遣地宫隐卫的地宫令。”那人道。

“朕没有。”秦钰道。

那人闻言，说道：“地宫有地宫的规矩，若没有地宫令，即便是皇上来，地宫的门也不能开。”

秦钰皱眉，问道：“地宫令由谁掌控？”

“地宫令一直由历代皇帝掌控。”那人回答道。

“先皇临终时除了给朕遗诏外，并没有给朕地宫令。”秦钰道，“难道朕进去也需要地宫令吗？”

那人摇摇头：“地宫隐卫只认地宫令。”

秦钰沉下声，说道：“那你告诉朕，先皇仙去了，地宫令如今在何处？”

那人平静地说道：“数日前，铮小王爷持地宫令来了一趟地宫。”

秦钰一愣，偏头看向谢芳华。

谢芳华对他摇摇头。

秦钰问那人：“‘数日前’是几日前，你与朕说清楚。”

“大约二十日前。”那人回答道。

秦钰抿唇，二十日前他还在临安城，临安城当时正陷入危难，也正是谢芳华从京城去临安城之时。他沉默片刻后问道：“他来地宫做什么？”

那人摇摇头：“地宫暗卫只听命于地宫令主，即便是新皇，也无可奉告。”

秦钰闻言倒没有怒气，对谢芳华说道：“看来我们进不成了。”

“那就算了，反正也只是好奇，进不成也没什么。”谢芳华无所谓地道。

秦钰点点头，对那人挥挥手，和谢芳华离开地宫，返回行宫寝殿了。

二人一路无话，顶着月色走着，行到半路时远处传来了极其细微的嬉闹之声。

秦钰停住脚步，看向谢芳华，问道：“你听到什么声音了吗？”

谢芳华点头，伸手向东一指：“好像是由那边传来的。”

“走，我们过去看看。”秦钰道。

谢芳华颔首，跟上他。

二人走了大约一盏茶的工夫，来到了一个十分僻静的宫殿处，有男子的调笑，以及女子的娇吟从里面传出来。

秦钰的脸顿时沉了下来。

谢芳华也蹙起了眉头，先皇新丧，刚刚入葬，竟然就有人在皇陵饮酒作乐！

即便她对先皇向来没好感，但她也不喜这般行径。

秦钰来到宫门口，看守宫门的人见了，顿时脸都吓白了，有一个人就要跑到里面禀告，秦钰抬眼一扫，那人扑通跪在了地上。

其余的人也吓得跪在了地上，刚要开口，秦钰又抬眼一扫，那些人齐齐哆嗦着住了口，不敢再吭声。

秦钰大踏步向里面走去。

有宫人见了，腿脚立即就软了，连忙跪在地上。

秦钰来到内殿门口，里面的声音更是不堪入耳，他脸色发寒地一脚踹开了宫殿的门。

门咣当一声应声而开，里面的笑闹声戛然而止。

秦钰迈进门槛，一眼便看到里面一片狼藉，他抬手制止谢芳华：“不要跟进来。”

谢芳华刚刚听到了三皇子、五皇子和女子的笑闹声，猜出了个大概，本来也没打算进去，秦钰抬手时她已经停住了脚步。

内殿里的人是三皇子、五皇子、几个侍卫模样的人，以及一群女子。有的人只穿了一层薄衫，满殿都是酒味和脂粉味，三皇子、五皇子各搂了两个女子，几个侍卫也搂着女子，有的人竟然已经当众在行污秽之事。

秦钰打开门后，面色冷寒地看着里面的人。

三皇子、五皇子已经喝高了，乍然听到门响的声音，扭头看来，正看到了秦钰。

三皇子顿时笑了，伸手招呼："四弟，你来了？正好，快过来喝一杯。"

五皇子也跟着笑了："哟，什么风把四哥给吹来了？"

秦钰一言不发，冷冷地看着二人。

几个侍卫中，有人没喝高，立即推开怀中的女子，跪在了地上："皇上饶命，皇上饶命……"

此时众人也惊醒了，骇然地跟着喊："皇上饶命……"

一众女子并没有醉，齐齐喊道："皇上饶命，奴家们是被逼的……"

顿时，满屋的人都开始求饶了。

三皇子、五皇子顿时打了个冷战，酒醒了大半，一时间，握着酒杯给美人嘴对嘴灌酒的人无意识地将酒杯扔在了地上，摸着美人胸部的大手也立即松开了，被酒意熏红的脸霎时间变得惨白。

秦钰看了片刻，猛地转身出了殿门，挥手将门给关上了，喊道："来人！"

"皇上！"立即有人出现在了他的面前。

"将这里封死，一只苍蝇也不准给我放出去。断绝此处的水食，待里面的人都死后，给先皇陪葬。"秦钰道。

"是！"来人齐齐应声。

秦钰伸手扣住谢芳华的手，似乎一刻也不想在此处待了，大步走出了这座宫殿。

里面传出震天动地的哭声和求饶声。

在秦钰离开后，这里的动静惊动了英亲王、左右相等人。

本已经歇下的众人齐齐起身，匆匆循声而来。

秦钰一脸怒气，面色看起来沉冷得吓人。

"叩见皇上！"众人疾步走来，对秦钰见礼。

秦钰扫了众人一眼，摆摆手，没说话。

"皇上，可是发生了什么事情？"英亲王上前一步，看了谢芳华一眼，见她的面色一样难看，小心地问。

"大伯父自己去看吧！"秦钰绕过英亲王，拉着谢芳华向前走去。

英亲王转头，便见秦钰怒气冲冲地去了，又转回头来看向英亲王妃。

"从未见过皇上生这么大的气，发生了什么事？"英亲王妃不解。

"走，我们过去看看。"英亲王道。

英亲王妃点点头。

左右相对看一眼，与永康侯等人一起匆匆向那处僻静的宫殿走去。

离得近了，众人便听到了里面传来的一阵呼天抢地的求饶声。

众人来到门口，只见宫殿已经被重兵围住，水泄不通。

英亲王来到近前，对一人询问道："发生了什么事？"

那人给英亲王等人见礼，将事情的经过简略地阐述了一遍。

英亲王听罢，大怒："岂有此理！"

英亲王妃也怒了："先皇刚刚入土还未安息，他们便在这皇陵之地、陵寝之处纵情声色，实在是……实在是荒唐！"

"怪不得皇上会大怒！"左相和右相面面相觑。

永康侯向里面看了一眼，对那人问："你刚刚说皇上下旨，封锁这里，一只苍蝇也不准飞出去，断绝水食，待里面的人都死后给先皇陪葬？"

"皇上是这样吩咐的。"那人点头。

"那三皇子和五皇子……"永康侯看向英亲王。

英亲王怒不可遏，没说话。

英亲王妃气怒："都死了正好，免得活着给皇室丢脸。"

永康侯住了口。

众人齐齐无言。

"大伯父，大伯母，救我们呀。"三皇子、五皇子大约是听到了外面的声音，从内殿跑出来，向英亲王、英亲王妃求救。

御林军持长枪而立，将二人挡在了宫门内。

英亲王看二人衣衫不整，脸上、脖子上都有胭脂的红印子，里面还传来了女子的啼哭声，冷冷地哼了一声，不理会二人，怒气冲冲地转身走了。

英亲王妃也转身跟着英亲王走了。

左相是秦钰的人，以前便看不惯三皇子和五皇子仗着是先皇宠妃所生，便和嫡子秦钰作对，自然不理会，也转身走了。

右相摇摇头，也走了。

永康侯刚要抬腿，三皇子、五皇子大喊："侯爷，救救我们。"

永康侯停住脚步，看着二人，叹了口气："两位皇子，先皇大丧，孝期未满，你们二人竟然饮酒作乐，纵情酒色，尤其还是在这皇陵之地，不敬先皇，有污先祖，皇上震怒，连一向仁慈的王爷都大怒了，我也救不了你们。"

"求求侯爷，我们再也不敢了，你跟四弟求求情。"三皇子、五皇子几乎痛哭流涕，他们是真的怕了，酒早就被吓醒了。

永康侯摇摇头。

二人一看永康侯要走，顿时哭着大喊："侯爷，侯爷，你别走，这么多年，我们的母妃可没少提携你，求……"

永康侯的脸色顿时变了，曾经沈妃和柳妃受宠，二妃在朝中和皇后分庭抗礼，他不敢得罪二人，只得迂回应对。如今，两位皇子做出如此污秽之事，情急之下口无遮拦，就算不会将他拖下水，他也会被扒下一层皮，他吓了一跳，立即说道：“两位皇子休得胡言，臣一直恪守本职，两位太妃若是知道你二人对先皇不敬，怕是更心痛。”

“对，母妃，母妃能救我们。”三皇子一听，立即对五皇子道，“快……让人知会母妃。”

五皇子闻言，立即看着永康侯，说道：“侯爷，求求你，念在昔日的交情上，你不能见死不救呀。”

永康侯白着脸看着二人，片刻后咬着牙说道：“我去求求皇上，看看皇上能不能网开一面，若是皇上不能网开一面，我也没办法，最多再帮两位给宫里的两位太妃报个信。”

“多谢侯爷，多谢侯爷，你的大恩我们一定报答。”二人立即抓住了这根救命稻草。

永康侯说道：“不用两位报答，我还想保住脑袋好好地安享晚年，两位别再口无遮拦害我就好了。”说完他便转头快步走了。

待永康侯离开后，三皇子、五皇子颓然地跌坐在了地上。

永康侯向秦钰所住的寝宫走去，一边走一边想着怎么给三皇子、五皇子求情。

他刚走不远，便从一个拐角处走出来一人，吓了他一跳，他大喝：“什么人？”

“是我。”左相道。

永康侯大松一口气：“哎哟，是左相呀，吓死我了，还以为是什么人呢。”

左相看着他，低声问：“三皇子、五皇子抓住你向你求救了？”

永康侯闻言头疼起来：“可不是吗？我悔不该……”

左相哼了一声，打断他的话：“悔不该不站在正统上，而是左右和稀泥，两边不讨好。”

永康侯一噎，看着左相，无奈地道：“相爷，你就别看我的笑话了，我永康侯府的处境你是最清楚的，我一直背靠祖荫，不和稀泥的话，在朝中能站住脚吗？我年少的时候，也想建功立业，这点儿理想后来还不是破灭了？我的苦谁知道？”

左相一听，本来想讽刺永康侯两句的，改口道：“老夫人当年不让你去军营立军功，也是有考量的，怕永康侯府变成第二个让皇室忌惮的府邸。”

永康侯点头：“少年时我不明白，后来我便想明白了。皇室给了我们世袭的爵位，我们这等世袭的勋贵就必须得安分，子孙不能有出息，一旦有出息，就会被皇室忌惮。早几年，众皇子争储君之位，我若是不和稀泥，先皇早就不容永康侯府了。”

“嗯，算你看得明白，这么多年来先皇才一直扶持永康侯府。”左相点点头。

“可是如今倒好，当年的因，演变成了今日的果。这不，两位皇子拿住我的把柄了。”永康侯向左相求助，“相爷，求你给支个高着儿，救我一救。”

“你真想让我支高着儿？”左相瞅着他。

永康侯点点头：“我可不敢这时候去触新皇的霉头，新皇不是先皇，本来永康侯府就一直不得他喜欢。”

左相靠近他，说道：“念在你我同朝为官多年，我们之间也还有些交情，我就给你指条明路。”

“多谢多谢。”永康侯大喜，连连道谢。

“你先别谢得太早。”左相凑近他，低声耳语，“你家的小郡主和芳华小姐的情分非同寻常，你家夫人也是芳华小姐出手给保住的，芳华小姐和新皇一起回京，一直住在宫中，先皇入葬时芳华小姐和新皇共乘玉辇。她在新皇心中的地位，不用我说你也明白吧？”

永康侯一愣：“你的意思是，让我去求……”

左相点点头：“若是你真心想救两位皇子，只有这一条路，芳华小姐应了，皇上就一准儿会应。”

“我并非真心想救那二人，这不是迫于无奈，不想他们胡言乱语吗？”永康侯无奈地道，“若是当年的事这时候被提起来，对我有什么好处？我还想安享晚年呢。”

“无论你想不想救他们，若想保住自己，找她就对了。”左相道。

永康侯点头：“你说得有道理，我这就去找芳华小姐。”说罢，他转身就走，走了两步后觉得不对劲，回头一把拽过左相，低声问道，“相爷，你是什么打算？是让我去试探芳华小姐在皇上心中的位置，还是……”

左相打掉他的手：“我这不是在给侯爷指路吗？”

永康侯瞪眼：“虽然你我有些交情，但你我心中都清楚，那交情并不牢靠。你跟我如实说来，可别帮不成我的忙反而害了我。”

左相看着永康侯，永康侯也瞪着他。

二人大眼瞪小眼了片刻后，左相无奈地拉着他走到僻静处，小声说道：“你老兄实在圆滑，怪不得永康侯府这么多年来一直受先皇照应。”

“说这些都没用。”永康侯摆摆手，“说眼下的事。”

“眼下的事就是，芳华小姐以前十分不喜欢皇上，这一点我们都看得出来。如今从临安城回来后却一反常态，和皇上之间十分和睦，二人共乘玉辇，堪比帝后。”左相悄声说道，“连我也糊涂了，难道皇上真要娶芳华小姐？”

“十有八九是真的了。”永康侯道，“反正芳华小姐如今是自由之身，又有功于南秦，且在民间声望极高，百姓们都说她和皇上很般配。”

“话虽然这样说，但皇上要给先皇服孝，孝期最少也要一年吧。这其中万一再有什么变化呢？”左相又道。

永康侯看着他，恍然大悟：“我明白了，芳华小姐一直不太喜欢你，你怕她真被皇上册封为后，那时她的一句话就会让你失宠。”

左相脸一红，有些不好意思，但没否认：“侯爷，你知道的，在朝为官不易呀。”说罢，他拍拍永康侯的肩膀，“你我互惠互利，你能在芳华小姐身边说上话，探探她的口风，至于三皇子、五皇子这边，我想办法帮你盖住以往那些和稀泥的事。”

“也罢，你说得也有道理！”永康侯点点头，“我这便去寻芳华小姐。”

左相点点头。

二人达成一致，永康侯匆匆向谢芳华所住之处走去。

他离开后，左相看了一眼被御林军围困住的偏僻宫殿，摇了摇头。

秦钰和谢芳华离开后便回了宫殿。

秦钰并没有回自己的住处，而是去了谢芳华所住的地方，走了一路脸色依然如冰似霜。

对于三皇子、五皇子饮酒作乐之事，侍画、侍墨也听到了些风声，见二人回来，连忙给二人倒茶。

秦钰一口气将茶水喝尽，放下茶杯，怒道：“他们身为皇子，竟然行这等事情，民间百姓都挂白条穿素衣吊唁父皇，不近酒色，延迟办喜事，以示避讳，他们可是父皇的儿子，竟然在此时行这等事，真是可恶！”

谢芳华也觉得三皇子、五皇子实在荒唐。

“枉费父皇多年来宠他们，”秦钰沉怒，“这等东西，死在这里也是污了皇室的陵寝。”

谢芳华拿过茶壶，给他又倒了一杯茶，没说话。

秦钰看了她一眼，见她面色平静，渐渐压下了怒气：“幸好今日陪你去地宫走这一遭，否则还不知道他们竟如此荒唐。”

“别气了。”谢芳华示意他喝茶，“拿别人的错误惩罚自己最是不值。”

“怎么能不气？”秦钰余怒未消，但面色已经好些了，端起茶来慢慢地喝了一口，“我本不欲在父皇故去后铲除兄弟，可是他们这般，让我如何饶过他们？”

“柳氏、沈氏移出了京城，沈妃和柳妃在先皇故去后也成了太妃，再无威胁和作为。三皇子、五皇子在朝中的势力早已经被拔除，如今也就只剩个皇子的身份了，说白了也就是两个废物。”谢芳华道，“杀了他们也不过是解一时之气，若是此事传扬出去就是皇室丑闻，若是封锁起来，天下百姓就会说先皇尸骨未寒新皇便大杀手足，你以前为太子时的辛苦作为和贤德名声便白费了。”

秦钰抬眼看向谢芳华：“依你的意思，他们还不能杀了？”

“杀了两个废物，致使你进退两难，南秦江山本就内忧外患，你的名声岂不比两个废物的性命重要？”谢芳华看着他。

秦钰恼怒：“可是想起他们刚刚的行为我便恨不得杀了他们，难道这等东西还要留着？”

“所谓，水能载舟，亦能覆舟。南秦的千万百姓都在观望先皇驾崩后新皇的作为。你若是刚葬先皇便杀手足，天下悠悠众口堵也堵不住。”谢芳华道。

秦钰闻言伸手揉眉心，泄气地靠着椅背闭上了眼睛。

谢芳华不再说话。

不多时，外面传来脚步声。

侍画、侍墨守在门口，向外看了一眼，当看清来人时，对里面的人小声说道：“皇上、小姐，永康侯来了。”

“他来做什么？”秦钰揉着眉心的手一顿。

谢芳华向外看了一眼，揣测片刻，说道：“应该是为了给三皇子、五皇子求情而来。”

“求情？”秦钰一听怒了，“还真有人敢给他们求情！”

“永康侯应该也是迫于无奈。”谢芳华看着一边走一边抹汗、小心翼翼而来的永康侯，笑了笑说，“以前我对永康侯这个人不甚了解，后来接触下来，发现他比右相还要圆滑。先皇当政期间扶持永康侯府，与他这个人不是没有关系的。”

秦钰睁开眼睛，赞同地点点头：“圆滑得过了头，让人不喜。”

谢芳华看了他一眼：“你是不喜欢永康侯，你喜欢左相那种听话的人，让他露锋芒的时候，他就露锋芒，让他夹着尾巴的时候，他就夹着尾巴。”

秦钰又好气又好笑：“被你说中了。”

谢芳华见他笑了，趁机说道：“如今朝中正是用人之际，你即便不喜也不能不用。永康侯这样的人，若是用好了，其实最是好用。依我看，此时正是你收拢人心之际，不如趁此机会给永康侯一个面子，让他从今以后誓死效忠于你。”

秦钰向外看了一眼，又慢慢地转头看着她，理智渐渐回笼：“他可是来找你求情的。”

谢芳华端起茶杯喝了一口茶，又慢慢放下：“找我管什么用，还不是你说了算？”

第十一章

新帝威仪

秦钰看着谢芳华，忽然笑了。

谢芳华抬眼看他。

他怒意退去，温和地道：“找你自然管用，我会按照你的意思做事。”

谢芳华挑眉：“我要是让你做危害南秦江山的事情呢？”

“你会吗？”秦钰瞅着她，不等她答话便笑着说道，“即便危害南秦江山，我也不在乎。”

谢芳华不再接话。

永康侯已经来到门口，见侍画、侍墨守在门口，对二人拱了拱手，低声问道：“两位姑娘，芳华小姐还不曾歇下吧？”

侍画、侍墨摇摇头：“不曾。”

“那……”永康侯犹豫了一下，小声说道，“劳烦两位姑娘通禀，就说本侯有要事相求。”

侍画、侍墨对看一眼，见永康侯说话时小心翼翼的，低声提点：“皇上也在。”

永康侯一惊：“皇……皇上……也在？”

二人点点头。

永康侯额头上的汗珠子顿时落了下来，向里面看了一眼，见窗前果然有两道人影，又立即垂下头，一时间有些不知所措。

侍画、侍墨看着永康侯，问道：“侯爷，还用通禀吗？”

“这……”永康侯不知里面是个什么情形，也不知秦钰的怒火是否消了，他本来是来找谢芳华的，却没想到秦钰在谢芳华这里，他一时之间没了主意。通禀吧，他势必要见秦钰，他还怎么求情？不通禀吧，如今里面的人肯定知道他来过了，他一时间浑身冒冷汗。

侍画、侍墨见他可怜，有些不忍地小声说道：“刚刚侯爷来时，我们二人已经通禀了。”

言外之意是，你现在走也来不及了。

永康侯闻言倒吸了一口凉气，猛地咬了咬牙，大声说：“皇上，臣有要事求见。”

秦钰的听力极好，已经听到了外面轻微的说话声，他看了谢芳华一眼，笑了一下，对她温和地问：“我有那么可怕吗？把永康侯吓得来了不敢见？”

谢芳华见秦钰的气大体是消了：“皇上有威仪，也不是什么坏事。”

秦钰点点头，没让永康侯进来，而是对外面的人问道：“侯爷有何要事？”

“臣……臣来是为了……”永康侯硬着头皮咬着牙床好半晌，才将来意说了，“臣是觉得，如今先皇刚入土，即便三皇子、五皇子犯下了大罪，念在……皇上您还未登基，南秦现在内忧外患之际，此事……此事要慎重处置。”

秦钰闻言站起身，缓步走到门口挑开帘幕，站在门槛处看着永康侯。

永康侯见秦钰出来，顿时跪在地上，咬着牙继续说道：“先皇仙去，柳家和沈家早已经退出京城，两位太妃在宫内再无依靠，三皇子、五皇子不成气候，如今在这时日竟然行这样的事，说明他二人已成废物，皇上为表对先皇的孝道和对皇室列祖列宗的敬重，杀了二人也是应当，但……”

他说到这儿，抬头看了秦钰一眼。

秦钰面无表情，见他抬头，平静地问：“但什么？继续说！”

永康侯立即垂下头，说道：“杀二人不足惜，但恐怕危及皇上您在民间的贤德英明的名声。所谓，民心动，朝纲动，朝纲动则天下动。”

秦钰点点头：“照你这样说，三哥和五弟杀不得了？”

“杀不得。”永康侯说罢，又连忙补充，“至少现在杀不得。”

秦钰看着他：“他们对先皇以及列祖列宗大不敬，难道你让朕就这么轻易地放过他们？”

永康侯垂下头：“皇上可以看在先皇刚入土的分儿上免其死罪，以示皇上您宽厚仁慈，顾念手足兄弟。”

秦钰不语。

永康侯说完后，提着心等着秦钰说话。

过了片刻，秦钰慢悠悠地道：“侯爷，据朕所知，燕小侯爷回南秦了，你可得到信儿了？”

永康侯一愣，连忙点头：“臣也听说了，只不过如今他还没回京，臣派出去的人也没查到他的踪迹，不知他如今在何处。”

秦钰又道：“燕小侯爷这次回南秦后便不走了吧？”

“这……”永康侯不明白秦钰是何意，不太确定地道，“他若是回来，臣和夫人自然不想他再走了，但若是他自行主张，臣怕是也看不住他，毕竟长大了。”

秦钰笑了笑：“燕小侯爷走了已经大半年了，外面的风景也见识得差不多了。既然此番回来了，便应是不会走了。”

“借皇上吉言，他若是再走，老臣打断他的腿。”永康侯又硬气起来，拿不准秦钰的意思，只能顺着他的话说。

秦钰摇摇头：“如今朝中正是用人之际，侯爷若是打断了他的腿，朕岂不是少了一个人才？”

永康侯闻言一惊，立即抬起头看着秦钰：“皇上的意思是……”

“燕小侯爷回来后，朕会视其才而重用。”秦钰看着永康侯，“侯爷届时可不要将人给赶走了，让朕无人可用哟！”

永康侯心下一喜，连忙说道：“臣万万不敢。”

“国有可用之兵，敌才不敢进犯。侯爷明晓大义，适时谏言，替朕分忧，甚得朕心。三哥和五弟就交由侯爷处置吧。”秦钰道。

永康侯一惊，看向秦钰：“皇上？”

“侯爷不明白朕的意思？”秦钰看着他，问道。

永康侯对上秦钰的目光，又连忙垂下头，很快就领会了秦钰话中的意思，连忙说道：“臣领旨。”

秦钰摆摆手，永康侯立即退出了院落。

秦钰倚着门框转回身来，对谢芳华微笑：“这样算不算你说的收拢了？”

谢芳华无语地看着他，说道：“恩威并施，永康侯以后更是怕你怕得要死了。”

秦钰忽然哈哈大笑。

谢芳华站起身：“天色晚了，既然你心情好了，就快去休息吧。”

秦钰收了笑意，想起三皇子、五皇子，到底还是不快，点了点头，出了房门回自己的寝殿去了。

侍画、侍墨走进来小声问：“小姐，歇息吗？”

谢芳华点点头。

二人连忙过去铺床，铺好床褥后，待谢芳华褪了外衣躺在了床上，挥手熄了灯，二人才退了出去。

秦钰回到自己的房间后，见谢芳华房间的灯熄了，他便也熄灯歇下了。

永康侯出院子后，冷风一吹通体冰凉，他伸手一摸，前身、后背处的衣服全湿透了，他用袖子抹抹汗，找了个僻静的角落，大口大口地喘气。

左相从侧角探出身，伸手拍拍永康侯："侯爷，怎么样？"

永康侯扭头，对左相等在这里不觉得意外，看了他一眼，点点头。

"芳华小姐答应了？"左相问。

永康侯摇摇头："我去的时候，皇上在芳华小姐处。"

左相一愣："后来呢？"

永康侯也不隐瞒，简略地将事情的经过说了一遍。

左相听罢，一时间没言语。

永康侯看着左相："你说，皇上是什么意思？竟然将三皇子和五皇子交给我处置。"

左相揣测半晌，忽然笑了，拍拍永康侯："你老弟好福气，说明只要办好了皇上交代的差事，以后你永康侯府就可以高枕无忧了。"

永康侯不解。

"你老弟聪明一世糊涂一时。"左相低声说道，"依我对皇上的了解，皇上这是已经决定不杀三皇子和五皇子了，只不过也不能轻饶了他们。这件事情交给你，你若是能办好，等燕小侯爷回京，你永康侯府的人就会得到皇上的重用。"

永康侯长舒了一口气，看着左相："你帮我支支着儿，怎样处置三皇子和五皇子？"

左相捋着胡子道："先皇刚入土，此事不能张扬，但也不能不让人知道，免得不明真相的人以为是皇上心胸狭窄，先皇刚入土便容不下两位兄弟。"

"说得有理。"永康侯点头。

左相想了想，说道："依我说，你先等两日再处理，宫里的两位太妃定然着急，届时自会拿些东西来换。她们毕竟是先皇的宠妃，这么多年，手里多多少少还攥着些东西，万一有朝一日拿出来对付皇上，也是闹心。不如趁此机会，你帮皇上一并处理了，何愁得不到重用？"

永康侯看着左相，一时无语："相爷，你这是趁火打劫呀。"

"真正的好臣子，是为皇上分忧解难的臣子，我这是以绝后患。"左相理所当然地道，"你想想，皇上如今将这件事情交给你处置，无论你处置得轻还是重，宫中的两位太妃心疼骨肉，都不会满意，没准儿还会恨上你。既然如此，你又何苦做好人？不如替皇上免除以后的麻烦。"

永康侯一噎，伸手去拍左相的肩膀："相爷，你揣度帝王心的本事可真是高呀。”

“听我的就对了。”左相也拍拍他的肩膀。

永康侯无奈地点点头。

二人又低声交谈了片刻便各自回去休息了。

英亲王和英亲王妃回到住处后，都是一肚子的气，好半晌气才压下。

英亲王对英亲王妃说：“难道真让皇上杀了那两个不争气的？”

英亲王妃想了想，摇摇头：“皇上气归气，待冷静下来想想，不见得会杀。”

“怎么讲？”英亲王看着她，问道。

“如今先皇刚入土，边境开战，咱们南秦可谓内忧外患。皇上还未登基，这时候即便三皇子、五皇子惹出了天大的事，皇上也不能杀他们。毕竟，此时杀手足，有污皇上仁慈宽厚的名声。”英亲王妃道。

“说得有理。”英亲王叹了口气，“先皇丢下了这么一个烂摊子，皇上也不易。”

“睡吧，别想了，明日再说。”英亲王妃道。

英亲王点点头。

第二日清早，秦钰收到了漠北边境传来的加急军报。

谢芳华见他的脸色一变再变，不由得问：“是哥哥传来的信儿？”

秦钰点点头。

谢芳华看着他，问道：“出了什么事？北齐二次进攻了？”

秦钰颔首。

谢芳华蹙眉：“哥哥是否已经到漠北军营了？北齐二次出战结果如何？南秦难道又败了？”

秦钰点点头，又摇摇头：“子归兄三日前已经到漠北军营了，北齐是又出了兵，有子归兄坐镇，北齐这次没讨到好处。”

“那你……”谢芳华看着他。

秦钰抿唇：“子归兄到漠北军营的第二日便暗中去了雪城，没见到城主。”

“城主哪里去了？”谢芳华问。

秦钰摇摇头。

谢芳华猜测：“难道他知道哥哥是去请兵的，所以避而不见？”

“也有可能。”秦钰道，“据说城主外出了，不知去了哪里。雪城如今由三堂长老坐镇，三堂长老不敢擅自做主。”

“外出便不知道什么时候会回城了。”谢芳华道，“而漠北军营和边境等不得。”

“是呀，子归兄在信中说，漠北的形势比他想象的要严峻许多，尤其数日前军中一直无主，使得军纪松散，北齐突然兴兵，漠北军营准备不足，漠北军死伤过万，士气极其低落，竟然有士兵出逃。”秦钰道，“若是北齐再增强兵力，用计强攻的话，没有援兵，漠北军恐怕守不住。”

“王贵的兵再有七日能到吧？”谢芳华问。

秦钰点头：“差不多，但是王贵的兵是急行军，就算七日能到，也要休息，不能立即作战。”

“以哥哥之能，守七日无碍。”谢芳华想了想，“这七日之内，一定要想到办法。”

秦钰颔首。

二人说罢，吴权前来请示：“皇上，时辰差不多了，该启程回京了。”

秦钰点点头：“传话下去，即刻启程。”

吴权应是，又恭敬地道：“皇上，奴才伺候先皇一辈子，如今先皇去了，奴才也老了，本该随先皇一起去，但是奴才想替先皇看看未来的南秦江山，以后好去禀告给先皇。奴才求皇上恩准，让奴才在这里给先皇守陵。”

秦钰闻言起身，来到门口看着吴权，温和地道：“公公侍候了父皇一辈子，朕是由你看着长大的，也多得你提点。如今父皇虽然去了，但你不必追随而去，更不必守在这里，心里有敬就是了，你也该安享晚年了，与朕回宫吧。”

吴权摇摇头，跪在地上：“奴才老了，侍候不了您，回宫去也是闲人一个，不如就在这里陪着先皇。奴才愿老死在这里，时常给先皇上上香，也为皇上和南秦江山祈福，求皇上恩准。”

秦钰看着吴权，说道：“母后应该也不想你留在这儿，待回宫后你就去母后身边吧。”

吴权依旧摇头：“太后身边有如意，不需要老奴，皇上您身边有小泉子，也不需要老奴，您就给老奴这个恩典吧。”

秦钰无奈：“好吧，反正三哥和五弟是不能再在这里守皇陵了，皇陵暂时就由公公看顾着吧。若是你闷时，可以随意走动。若是想念宫里，也可随时回宫。”

“多谢皇上！”吴权叩头谢恩。

秦钰抬手虚扶了他一把，将他扶起。

吴权前脚去吩咐启程，永康侯后脚便匆匆来了，对秦钰见礼：“皇上，臣昨日想了一夜，觉得……三皇子和五皇子之事应暂且冷两日，待过两日臣想出个万全之策来再处置。”

“既然交给你了，就随你处置。”秦钰点头。

“多谢皇上信任臣。”永康侯又请旨，“臣想这两日暂时留在皇陵，待处理完这件事情再回京。”

秦钰颔首：“准。”

永康侯又道：“臣还有一事……”

“说。”秦钰看着他。

永康侯向里面看了一眼，请求道：“臣想请芳华小姐回京后去臣的府上一趟，给臣的夫人诊一诊脉……”

“嗯？”秦钰挑眉。

永康侯立即道：“臣也不想劳烦芳华小姐，但是京中实在没好的大夫，臣的夫人不敢让人乱看。皇上若是……”顿了顿，他偷眼看秦钰，小声说道，“让臣的夫人进宫找芳华小姐也行……”

秦钰瞥了他一眼，没说话。

永康侯额头上的汗又冒了出来，有些紧张。

半晌后，秦钰摆摆手，说道：“朕回宫后便会宣你夫人进宫，如今不比以前，让芳华亲自去侯府给你夫人诊脉，恐怕会折了你夫人的寿。”

永康侯闻言，顿时心惊肉跳，连忙谢恩：“多谢皇上。”

玉辇起驾，队伍从皇陵启程回京。

秦钰依旧拉着谢芳华同坐玉辇，除了永康侯留在皇陵处理三皇子、五皇子之事外，文武百官都跟随秦钰回京了。

队伍刚到城门口便被两顶宫轿拦住了。

柳太妃和沈太妃从轿子中出来，当街跪在地上悲惨地啼哭：“皇上，先皇刚刚仙去，您不能不顾手足之情处死三皇子和五皇子呀，这样先皇也不得安寝呀。”

二人的哭声极大，极其悲惨，且二人正好拦截在玉辇正前方。

街上的百姓们本来得知新皇今程回京，都沿街围看，此时见此情形，都窃窃私语起来。

秦钰的脸色顿时变沉了。

谢芳华暗骂了一声柳太妃和沈太妃真是愚蠢，这样当街拦阻秦钰，用先皇刚刚安葬入土，秦钰不顾手足之情要杀三皇子、五皇子之事败坏他贤德、仁慈、宽厚的名声，虽然抢夺了先机，看起来是绝佳的招数，但是只要秦钰公开三皇子、五皇子的作为，却也让她们自己和三皇子、五皇子没有了转圜的余地。

“皇上，三皇子、五皇子一直看守皇陵，虽然你们兄弟一直以来不和睦，但是您也不该不顾念手足之情说杀就杀呀，若叫天下百姓得知，同根兄弟相残，您何以为政？”柳太妃和沈太妃又哭着说道。

秦钰闻言恼怒了，唰的一下挑起了玉辇的帘幕。

柳太妃和沈太妃见秦钰露面了，哭得更声嘶力竭了。

秦钰随意地扫了一眼，见城内的百姓们都看着他，他收回视线，目光落在了哭得肝肠寸断、上气不接下气的柳太妃和沈太妃的身上，面色发沉："到底是哪个奴才在两位太妃的面前嚼了舌头根子，让两位太妃不问情由便来当街拦截朕，并公然质问？"

柳太妃和沈太妃齐齐抬起头，商量好了一般哭着说道："皇上，难道您还打算瞒着我们二人而杀了三皇子、五皇子不成？若没有人告诉我们，三皇子和五皇子岂不是在先皇刚入土时便被您杀了？"

"关于三皇子和五皇子，是有一桩事情让朕恼怒，甚至恼怒的不只是朕，还有先皇和皇陵里的秦氏列祖列宗。"秦钰的神色冷了下来，喊道，"大伯父、左相、右相以及众位爱卿，你们谁上前来给两位太妃解释解释，到底朕为何要惩处三哥和五弟？"

英亲王、左右相等人跟随在玉辇后，柳太妃和沈太妃掐着秦钰回城的时间来城门闹这一出，也让众人齐齐摇头。

英亲王率先下了轿子，来到前面看着两位太妃，有意给她们台阶下，提点道："两位太妃，有些事情是三皇子、五皇子不对，皇上已经宽厚处理……"

"我们听到的可是皇上下令封锁皇陵内的偏殿，绝水绝食，要将三皇子和五皇子逼死。难道这就是皇上的宽大处理吗？"柳太妃和沈太妃截住英亲王的话质问。

英亲王看着二人，摇摇头："皇上已经命永康侯留在皇陵处理此事……"

柳太妃和沈太妃大哭着说道："怎么处理？皇上见先皇死了，生怕兄弟夺位，就要铲除三皇子、五皇子，以后再无人对皇权有威胁，什么三皇子、五皇子做了不对的事情，都是子虚乌有……"

英亲王闻言脸也顿时沉了，怒道："本王和各位大人亲眼所见，三皇子、五皇子在先皇刚入土时便行不孝之事，正因为皇上念及手足之情，才没在当时重罚他们。"

两位太妃闻言，又哭着指责英亲王："王爷，皇上虽然是您的侄子，但三皇子、五皇子也是您的侄子呀，您不能因为皇上继位，三皇子、五皇子对您无用，就帮着皇上置他们于死地……"

"放肆！"秦钰猛地一拍玉辇，玉辇发出砰的一声响后被砍掉了一角，他拿起那一角，摔在了柳太妃和沈太妃的面前。

柳太妃和沈太妃顿时惊得哭声都停了。

秦钰沉冷地怒道："先皇大丧刚入土，当日夜晚三哥和五弟便在皇陵僻静的偏殿聚众饮酒作乐，纵情酒色。你们说，这样不孝先皇、不敬皇室列祖列宗的子孙，就算朕饶恕了他们，先皇和列祖列宗在天之灵可能饶恕他们？"

柳太妃和沈太妃立即大哭着说道：“一定是有人故意陷害，不是三皇子、五皇子的本意……”

“不是本意？”秦钰怒道，“朕也想不是他们的本意，便命永康侯留在皇陵彻查此事。可是你们如今当街拦截朕的玉辇质问，意欲何为？难道是逼朕对此事不予追究？那么朕对得起先皇厚爱，对得起列祖列宗吗？”

柳太妃和沈太妃齐齐一噎。

“来人，将柳太妃和沈太妃即刻送往皇陵，让她们去亲眼看看三皇子、五皇子到底是不是被冤枉的。”秦钰怒喝。

“是。”立即有人上前架起在地上跪着的柳太妃和沈太妃。

“起驾回宫！”秦钰啪的一下放下了帘幕。

拦截在玉辇队伍前的两顶宫轿被人挪开，仪仗队打头向皇宫的方向而去。

百姓们这时才恍然大悟，原来三皇子、五皇子在先皇入土之日竟然行酒色之事，这真是大逆不道、大不孝之罪，难怪向来温和、仁厚的新皇如此震怒了。

百姓们交头接耳，连连叹息，有的人甚至说像三皇子、五皇子这样的人，真是杀了也不可惜。

又有人说，昨日发生的事至今没传出风声，可见皇上顾及皇室颜面，顾念手足之情。可是柳太妃和沈太妃实在不应该当街拦阻、逼迫新皇。

队伍走远后，议论声依旧不绝于耳。

秦钰放下帘幕后揉揉眉心：“有些丑遮不住，不遮就是了，她们还是太小看朕了。”

谢芳华看了他一眼，本来已经够焦头烂额了，竟然又出了三皇子、五皇子、柳太妃和沈太妃之事，他这个新皇也是古来罕见的倒霉人。她点点头：“这样处理最为妥当，将柳太妃和沈太妃打发去皇陵，她们以后就不必回宫了。”

“母后恨了她们大半辈子，她们不回宫也是好事。”秦钰道。

谢芳华想着，柳太妃和沈太妃风光鼎盛时，太后都要避其锋芒，如今她们的子嗣不成器，太后胜了她们不止一筹。

队伍来到宫门处，秦钰让玉辇停下，他对谢芳华说：“我让玉辇先送你回宫休息，我去处理朝事。”

谢芳华点点头。

秦钰下了玉辇，吩咐了一声，玉辇径直向秦钰的寝宫而去。

朝臣们对看一眼，都齐齐垂下头，跟随秦钰去了议事殿。

谢芳华回到住处后，对侍画、侍墨吩咐道：“我大婚时柳太妃和沈太妃送了礼，她们也算是有些情意，你们安排人给她们暗中传个口信，让她们到皇陵后不要同永康侯大吵大闹，一切听从永康侯的处置，方能保住三皇子、五皇子的性命，以后她们便留在皇陵别回来了，她们曾经和太后针锋相对，今日又当众为难新皇，新仇旧恨，即便皇上有心放过她们，太后也未必会放过她们。”

侍画、侍墨点点头，应声去安排了。

谢芳华进了内室，见言宸正坐在桌前喝茶，她纳闷儿：“这些日子你去了哪里？怎么一直不见你？”

言宸上下打量了她一番：“我还以为这些日子你未曾好好将养，气色会极差，没想到气色比我预料的好。”

“先皇死了，我又不是伤心人，气色怎么会差？”谢芳华坐下，看着他，问道，“从进宫后便没见到你，可是有什么事情去处理了？”

言宸点点头：“趁着这个机会，我暗中去了一趟距离京城最近的隐山。”

谢芳华挑眉。

言宸压低声音说道：“隐山已经变成了一片废墟，空无一人。”

谢芳华眯起眼睛，问道：“怎么回事？为何会变成废墟，空无一人？”

“我猜，应是被人下过手，而且下手的时间应该是二十多日前，但是应该有人挪了地方。”言宸道。

谢芳华蹙眉：“什么人下的手？”

言宸摇摇头：“没有痕迹，查不出来。”

谢芳华揣测：“二十日前秦钰一直在临安城，正在解瘟疫这一燃眉之急，不可能分心挑隐山。”

言宸点点头。

“有能力，还要有魄力、有手段挑隐山的人……”谢芳华说着，便住口不语了。

言宸看着她，说道：“南秦上下仅一人。”

谢芳华不再说话，眉目间微微露出昏暗之色。

“我刚刚得到消息，秦铮出了寻水涧，正同李沐清、崔意芝、燕亭一起赶回京。”言宸低声说道，“谢云澜并没一同回京，你要有所准备。”

谢芳华抿起嘴角沉默片刻，抬眼看言宸，问道：“有什么办法可以阻止他回京？”

言宸摇头：“没什么好的办法，除非派人拼死拦截。”

谢芳华又沉默了片刻，说道：“那就拼死拦截。”

言宸不赞同地看着她。

谢芳华动手倒了一杯茶，然后一扬手，里面的茶水顺着茶杯的杯壁流到了地上，热腾腾的茶水落到地上之后，便冷却且被地面吸收了，她慢慢地放下茶杯，对言宸说道：“我和秦铮就犹如这杯茶，总有人是执杯之手，前些年是他，如今该是我了。”

言宸看着她，不解。

谢芳华道：“我如今不想见到他。”

言宸见她态度坚决，眉心似有浓浓的雾霭，他沉默片刻，点头：“好，既然你不想见他，我便帮你拦截，不让他回京。”

谢芳华点头。

“不过，就怕是拼死拦截也拦不住。”言宸道，“毕竟他手里有好几股势力，若是能轻易拦住，他便不是秦铮了。”

“不用拦太久，只要拦到秦钰登基就行。”谢芳华道。

言宸看着她：“如今内忧外患，大臣们一定会谏言秦钰尽快登基。”

谢芳华点头：“不出所料的话，从先皇驾崩算起，一个月后秦钰定然会登基。”

“秦钰在登基之日便会立后吧？”言宸问道。

谢芳华不语。

言宸叹了口气：“我定会倾天机阁之力全力拦截。”

谢芳华想了想道：“仅一个天机阁不见得拦得住，稍后你去找秦钰，这个时候秦钰定然不想让秦铮回京，应该也会派人拦阻，你二人合力之下，秦铮想踏入京城应该不会那么容易。”

言宸点点头：“好。”

谢芳华低下头，看着桌面：“言宸，你一定不解，但……”

“小姐，永康侯夫人和燕小郡主进宫了，说奉了皇上之命，请求见您。”侍画在外面低声说道。

谢芳华打住话。

言宸向外看了一眼，见永康侯夫人和燕岚已经到了门口，他平和地道：“不管你做什么，都一定有自己的理由，无论有多少人非议你，我都始终会站在你身边，你要做什么事情，交给我就好。”

谢芳华慢慢地点了点头，低声说道：“言宸，此生得你为知己，是我的福气。”

言宸露出笑意，站起身从后门走了。

谢芳华出了内室，来到画堂坐下，对侍画吩咐道：“请侯夫人和燕小郡主进来吧。”

侍画应声，前去请了。

不多时，永康侯夫人和燕岚由四名婢女扶着慢慢地来到门外，二人极其规矩地隔着帘幕见礼：“芳华小姐，臣妇打扰了。”

谢芳华道了一声“请进”，示意侍画、侍墨将人请进来。

永康侯夫人和燕岚由人扶着进了画堂。

谢芳华请二人坐下，对永康侯夫人道：“夫人可是为了诊脉而来？”

“正是。”永康侯夫人颔首，“是我家侯爷向皇上给臣妇请了旨意，臣妇这身体，放眼南秦京城无人能救，没办法，只能劳烦您了。”

“我昔日曾答应保夫人母子平安，便自然不会不管。”谢芳华说罢，看向燕岚，笑了一下，“我们曾经以姐妹相称，才几日不见，怎么这般拘束了？”

燕岚一听，立即噘起嘴，说道：“还不是因为你，你回京后住进了这里，和秦……皇上共乘玉辇，我哪里还敢没大没小？”

“不得胡说！”永康侯夫人立即训斥。

燕岚立即说道：“你看你看，我刚开口我娘便训我。”

谢芳华好笑：“无论在哪里，我都是谢芳华。”

燕岚顿时笑了：“这话我爱听。”

“不许蹬鼻子上脸，小心皇上怪罪。”永康侯夫人又训斥燕岚。

燕岚无奈地对谢芳华努努嘴，不说话了。

谢芳华也知道永康侯夫人的想法，如今她回京后的确不比从前了，永康侯虽然是向秦钰请旨让她给他夫人看诊，实则也是打探秦钰的意思，秦钰又怎么会不知?故意让他夫人进宫，说免得折寿，这样一来，永康侯自然不敢再和以前一样待她，定然也派人回府交代了一番。

她想到此，笑了笑，站起身，上前给永康侯夫人把脉。

永康侯夫人见她起身上前，也连忙站起身。

谢芳华见了，也没异议，稳稳地按在永康侯夫人的脉搏上，永康侯夫人的心提着，看着她，生怕她说出什么不好的话来。

过了片刻，谢芳华放下手：“夫人的身体调养得极好，还按照以前我给你开的药膳仔细安胎就是了。正所谓心宽才安神，安神才安胎。”

“多谢芳华小姐，我一定谨记。”永康侯夫人大喜。

谢芳华又对燕岚伸出手：“我也给你把把脉吧。”

燕岚立即伸出手递给她：“那我就不客气了。”

谢芳华笑笑，给燕岚把脉，片刻后放下，蹙眉说道：“你现在用的药方，里面的大补之药太多，有些补过了头，阴虚火旺，不是好事。我给你开一个药方，你按照我给你的药方调理将养吧。”

燕岚点点头：“怪不得我最近总是觉得胸口火气腾腾，压得难受，你快给我换药方。京中的大夫果然都不得用，自从孙太医死了，太医院的太医便没一个好的了。”

谢芳华走到桌前，提笔写药方。

“不得胡说，若不是太医院里的太医，你的一条命还救不回来呢，虽然他们医术不精，但好歹也用心了。”永康侯夫人道。

“娘，您啥时候这么菩萨心肠，见不得说人家坏话了？”燕岚不满。

永康侯夫人摸摸肚子：“娘觉得，除了你哥哥和你，我能再怀上一个孩子，就是上天赐下来的福气，应该与人为善，多做善事。”

燕岚闻言立即上前，凑近谢芳华，问道：“我娘肚子里的孩子如今七个月了，还有三个月就要生了，凭你的医术能看出是男是女吧？”

谢芳华手中的笔一顿，抬头看向燕岚。

燕岚好奇地看着她，说道：“快告诉我，是男是女？”

谢芳华看向永康侯夫人。

永康侯夫人顿时笑着骂了燕岚一句“你这个死丫头”，说罢，对谢芳华说：“芳华小姐，是男还是女，你尽管说。是女儿也没事，这些日子我早就想开了。”

谢芳华闻言笑了笑：“是个男婴，夫人大可安心。”

“真的？”燕岚睁大眼睛。

谢芳华点点头。

永康侯夫人也愣了：“真的是个男婴？芳华小姐，您没骗我吧？”

“没有。”谢芳华摇头，“我摸夫人的脉象，十有八九是个男婴。”

“阿弥陀佛。”燕岚双掌合十。

“你念什么佛？”永康侯夫人拍掉她的手，“都说了，无论是男婴还是女婴，娘都喜欢。”

“我哪里是为您念佛？我是为了哥哥，您肚子里的若是男婴的话，哥哥便不必困在永康侯府了。以后，永康侯府就让这个小东西扛着吧。”燕岚道。

永康侯夫人闻言又好气又好笑。

谢芳华也有些好笑。

她给燕岚开完药方，又嘱咐了她们母女一些需要注意的事情，毕竟永康侯夫人怀着七个月的身孕，不宜多叙话劳累，燕岚虽然有些不舍谢芳华，但还是随着永康侯夫人告辞了。

母女二人刚进永康侯府的府门，秦钰身边刚升任皇宫大总管的小泉子便带了他赐的一堆药物进了永康侯府。

永康侯夫人受宠若惊，赐药材虽然是小事，但是代表了新皇的态度，新皇刚从皇陵回来，忙于朝政的空当，还吩咐人送来药材，背后的寓意是，新皇登基后会接纳并重用永康侯府的人。

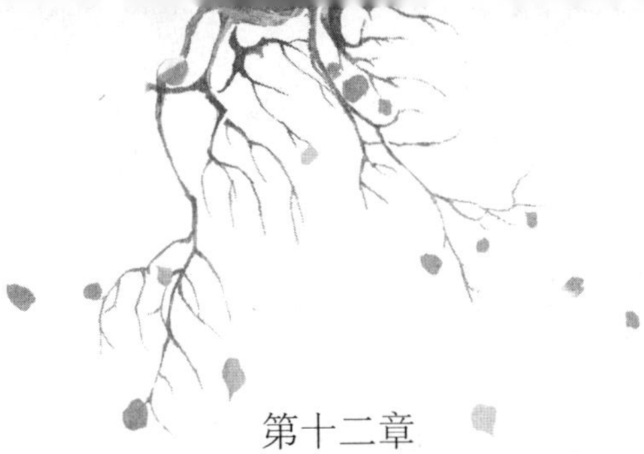

第十二章

请谏立后

送走了小泉子，永康侯夫人感慨道：“人与人真是不能比，芳华小姐与你年岁相当，却在这南秦京城翻手为云覆手为雨，能力都让朝中老臣心生敬佩了。”

“芳华本来就厉害，有时候我觉得她不像是和我年岁相当的人。跟她在一起的时候，觉得凡事都在她的掌控之中，她就没有慌张错乱的时候。”燕岚道，“我像是一个小孩子，什么都不懂。”

“不懂有不懂的好处和福气。上天给了你许多东西的同时，也会让你缺失很多东西。”永康侯夫人拍拍燕岚的手，“娘累了，你也累了，回去休息吧。”

燕岚点点头，扶着永康侯夫人一起回了院子。

秦钰回京的当日，以英亲王、左右相等人为首的文武百官，以内忧外患、国不可一日无君为由，请谏皇上立即择良辰吉日举行登基大典。

虽然秦钰尚在孝期，但如今南秦形势紧张，便可事急从权。

秦钰采纳了众人的建议，与众人商议一番之后，择了一个月后的吉日登基。

此事商定后，秦钰看了左相一眼。

左相被秦钰那一眼看得心惊，顿时揣摩起了他的意思。秦钰在看了他一眼之后，又向后宫的方向看了一眼，左相顿时意会，一咬牙，出列说道：“皇上，所谓国不可一日无君，也不可无后。虽然先皇大丧，不宜兴喜事，但是如今是非常时期，极其需要稳定民心，臣建议登基之日同时立后。”

左相此言一出，群臣齐齐一怔。

英亲王大惊，立即上前一步，摇着头说道：“左相所言差矣，登基和立后怎可相提并论？”

“王爷，本相已经说了，事急从权。皇上如今已经到了大婚的年龄，理当在登基之日一并立后，至于行大婚之礼，可以百日孝期满后再举行，这样利于稳定朝局和民心。”左相道。

英亲王依旧摇头：“皇上继位是先皇的旨意，至于皇后人选，怎可如此草率？本王以为，当务之急是平定漠北军情之乱，漠北安定后南秦才能安定，不立后也能稳定住朝局。”

“王爷此言差矣。”左相摇摇头，“漠北军情紧急，独谢侯爷一人在漠北支撑，援军还未到，此时更应该是给漠北军营鼓舞士气之时。至于王爷所说的草率，臣觉得并不草率。芳华小姐随皇上一起回京，先皇也是过目了的，芳华小姐救临安城十几万百姓于水深火热之中，百姓对其甚是敬仰。皇上心仪芳华小姐，芳华小姐德行兼优，堪为国母，自然可立为后。”

英亲王一噎。

左相趁热打铁，看向右相和众位朝臣，说道：“右相，列位大人，你们说，本相是否言之有理？”

“这……”

众人都互相对看，若是换作旁的女子，皇上心喜、左相力荐，群臣没有不点头的道理，可是如今这女子是谢芳华，谢芳华可是英亲王府的儿媳妇儿，是铮小王爷昔日明媒正娶的妻子，虽然被先皇下告示休弃，但是英亲王府和铮小王爷未必真应允了。其中内情谁也不清楚，不好做决定。

“芳华小姐随皇上回京，住在东宫，后又随皇上一同乘坐玉辇前往皇陵，如此种种，可见她与皇上脾性甚是相投，而芳华小姐论行论止，论身份，都足够母仪天下，其智慧更是非寻常女子能及。南秦若是得她为国母，朝局稳定、繁荣昌盛指日可待。”左相又道。

群臣对看一眼，觉得有理，纷纷点了点头。

左相一见有戏，又对右相说：“右相，你快些表个态，皇上登基之日立后，是否利于朝局、利于边境、利于子民？”

右相看了秦钰一眼，见秦钰正面色平静地看着他，他又偷偷看向英亲王，只见英亲王一副无可奈何的表情，他顿时颔首：“虽然王爷所言不无道理，但是左相之言也有理。此事……还需要好好斟酌。”

左相顿时气得翻了个白眼，再度恳请道：“皇上，臣以为，应该尽早下决定才是，也好着手准备，不至于届时忙乱不堪。”

秦钰一时没说话。

众位大人分次而立，等了片刻，有人出列附和左相。

有一就有二，百官都会看风使舵，知道秦钰的确心仪谢芳华，否则不会与她随行、共乘玉辇，不多时便有一半朝臣附议。

另一半朝臣暂且持观望态度，毕竟英亲王府的势力不可小视，铮小王爷如今不在京城，若是他回来，得知此事岂不是会掀翻京城?

过了片刻，秦钰摆摆手：“今日众位爱卿都累了，朕也累了，先筹备登基大典，封后之事明日再议。”说罢他便站起身，“退朝吧。”

“恭送皇上！”群臣跪地恭送。

秦钰出了议事殿，向自己的寝宫走去。

他刚走不远，如意匆匆前来迎上秦钰，跪地见礼：“皇上，太后得知您议完事了，请您去凤鸾宫一趟。”

秦钰点点头，转身向凤鸾宫而去。

凤鸾宫内，太后穿着一身素衣，气色不太好，看起来像是体虚气弱，倚靠在软榻上，发出低低的咳嗽声。

秦钰进了内殿，给太后见礼。

太后摆摆手。

秦钰上前一步，坐到太后身边，关心地看着她，问道：“母后身体不适？气色怎么如此之差？”

“染了风寒，无大碍。”太后摇摇头。

如意在一旁开口道：“自从先皇仙去，太后连日来守灵，不曾好好休息，染了风寒，已经请太医院的太医来看过了。”

“太医可开了药方？”秦钰问。

“开了。”如意道。

“拿来我看看。”秦钰说。

如意转身走到桌前，从匣子里拿出药方递给秦钰。

秦钰看了一眼，说道：“这张药方我先拿走，去给芳华看看，她医术高超，她看过后我再给母后送过来。”

“风寒是小事，不必劳烦她了。我听说她因为临安城之事受了重伤，身体一直不好。”太后说道。

秦钰点点头：“她的确受伤极重，需要好生将养。不过看个药方倒无大碍，也操劳不到。”

太后闻言也不再争执，话锋一转：“我听说今日朝臣议事，让你月内登基？”

秦钰颔首：“国不可一日无君。”

“左相建议登基之日一并立后？”太后又问。

秦钰闻言看了太后一眼，点点头：“母后以为如何？”

太后笑了笑："左相建议立芳华小姐为后，我也听说了，我本来欲去议事殿协助你，但你们很快就散了朝议。你既对芳华小姐有心，她若是也有意的话，母后自然不反对。凭她所能，定能治理好后宫，母仪天下。"

秦钰露出笑意："多谢母后。"

太后叹了口气："以前，我一门心思用在你身上，就盼着你父皇有朝一日去了你能顺利登基。如今你顺利登基了，可是南秦却是个烂摊子，苦了你了。"

"母后不必操心，如今诸事虽然乱了些，但儿臣还能应对，不过是需要些时日罢了。"秦钰道。

"我儿的能力我知道，自然放心。"太后说着，话锋一转，担忧地道，"只是，英亲王府和秦铮那里……"

秦钰挑了挑眉。

"如今秦铮不在京城，若是他回京，见芳华小姐住在宫中，我怕是不好相与。"太后道。

秦钰沉默。

太后见他不语，一时也不知道再说什么，这京城核心圈里的人，没有几人不知秦铮、谢芳华、秦钰之间的纠葛，尤其秦铮是个抓住了就绝不罢手的人。

过了片刻，秦钰忽然笑了："母后放心吧，有人比我更不想他回京，短期内他是回不了京城的。"

太后一愣："什么人？"

"芳华。"秦钰道。

太后更奇怪了："为何她……"她大为不解。

秦钰却站起身："母后既然染了风寒，就要好生将养，不要多思多想。如今父皇去了，宫里的柳太妃和沈太妃已经被我送往皇陵，应该不会回来了，您以后就享享福吧。"

"三皇子、五皇子真是不成大器，两个废物，柳太妃和沈太妃就是依傍先皇攀爬的两株藤，先皇一死，我也懒得理她们了。女人为难女人无非为了男人，男人都死了，还为难个什么？"太后摆摆手，"你去忙吧，也要注意身体，我喊你过来，也就是想问问关于登基、立后的事，若是你立芳华小姐为后，需要母后的话，母后也能帮你做个主。"

"儿臣多谢母后，若是需要母后，届时便来请母后。"秦钰道。

太后点头。

秦钰出了凤鸾宫。

秦钰离开后，太后招手，如意来到她身边，太后低声说："我怎么觉得皇上有些不对劲？"

“哪里不对劲？”如意不解。

“当初，谢芳华为了谢云澜，放弃陪受伤的秦铮，出宫去给谢云澜治病，秦铮第二日出宫后醋意大发，勃然大怒，要跟谢芳华断绝情义。谢芳华找去了落梅居，秦铮射了她三箭，以示绝情断义。后来种种，谢芳华仍不能放弃秦铮，哪怕伤势未好，也依然誓死嫁给他。”太后道，“这种种，我们都知道。可是如今，你说，刻骨的情爱难道转眼便成云烟了？她当真对秦铮再无一丝感情，愿意弃他而嫁皇上？”

“大约是铮小王爷做了什么，彻底地伤了芳华小姐的心吧。女人的心可以如水，柔软多情，也可以如石头，坚硬如铁。”如意道，“更何况，咱们皇上对芳华小姐一片痴情，先皇一心想除去谢氏，可是咱们皇上却重用谢氏，早先有意放过谢氏长房，又留住谢林溪送给芳华小姐，后又将漠北的军权给了谢侯爷，芳华小姐的心就算是冰块，也该被焐热了。”

“也有道理。”太后点了点头。

“您就别想了，皇上让您好生休息，您便好生休息吧。先皇大病后您越发消瘦了，先皇仙去的这些日子，您更是瘦了一大圈。您一定要保重身体，您盼了多年，好不容易咱们皇上登基了，总算可以松一口气了。”如意劝道。

“是呀，以后我便不管了。我算是看明白了，管得太多也是无用。这些年，我一心为钰儿争皇位，渐渐将皇位看得比孩子本身还重要。”太后叹了口气，“往后，我要好好地弥补，他想做什么我都支持他。”

如意笑着点头说道：“皇上也知道您这些年不易，对您孝顺，以后更不用说了，会更孝顺。”

太后也露出了笑意。

秦钰出了凤鸾宫后，径直到了自己所住的寝宫，来到了谢芳华住处隔壁的偏殿。

谢芳华在送走永康侯夫人和燕岚后，半躺在贵妃椅上闭目养神。

侍画、侍墨见秦钰来了，要到里面去通禀，秦钰摆摆手，低声问：“你家小姐呢？”

“在软榻上休息。”二人也同样低声回答道。

秦钰点点头，自己挑开帘幕走了进去。

谢芳华听到了秦钰的脚步声，知道他进了屋，也没睁开眼睛，依旧躺着。

秦钰自己坐在了桌案上。

侍画、侍墨悄悄进来为他斟茶。

他喝了一杯茶后，谢芳华才睁开眼睛看着他。

“既然累，怎么不去床上休息？”秦钰问。

谢芳华摇摇头：“躺到床上便想睡觉，如今还早得很，白天睡多了晚上便睡不着了。”说罢，她看着他，问道，“事情处理完了？”

秦钰摇摇头：“登基要择吉日。”顿了顿，他又道，“左相建议，登基之日立后。”

谢芳华挑了挑眉。

“你可有什么想法？”秦钰问。

谢芳华摇摇头：“挺好。”

秦钰闻言，温和地笑了笑，从袖中抽出药方：“母后染了风寒，太医院给开了药，我不太放心，拿过来让你帮着看看。”

谢芳华微微起身，探身上前，伸手接过药方，看了两眼，问：“太后气色如何？”

“母后气色极差，脸色有些苍白，我观她气息，有些虚浮气弱。”秦钰道。

谢芳华道：“她应该是因先皇突然去了而上了心火，再加之外感风热，寒湿入体。太医开的药方极其慎重，没有什么不妥，毕竟是太后贵体，大约是不敢用重药。所以，药量颇为温和，药效自然也就慢了。”

秦钰笑着点头：“正是。”

“你将笔递给我，我给她加两味药，三日就能痊愈。”谢芳华道。

秦钰点头，从桌案上拿过笔递给她。

谢芳华提笔在药方上加了两味药，将药方和笔一起递回给秦钰。

秦钰将药方收入袖中，又问：“言宸兄回来了？他这些时日去了哪里？”

谢芳华点点头，也不隐瞒：“他去了最近的隐山。”

秦钰抬眼看着她，问道：“可有什么收获？”

“隐山在二十余日前便被人挑了，已经成了一片废墟，剩余的人不知多少，已经移了地方，无踪迹可循。”谢芳华道。

秦钰皱眉思索，片刻后道：“二十余日前……”他顿了顿，意味不明地道，“南秦上下，仅一人。”

谢芳华不再说话。

秦钰又转了话题：“明日大体就能商量妥当了，朝议后，我会吩咐御衣局的人来给你测量身体，制作后服。”

谢芳华点点头。

“你喜欢什么样的后服？”秦钰又问。

谢芳华忽然笑了：“后服不是有规制吗？难道我想要什么样的就能做什么样的？”

“能。”秦钰点头。

谢芳华笑着摇摇头：“算了，我可不想成为众矢之的，如今那一帮子恪守礼教道化的人还没出来口诛笔伐，是因为我身上尚有可圈可点之处，若是太过出格，你也麻烦。”

秦钰也忍不住笑了，揉揉眉心：“你说得也有道理。”

谢芳华摆摆手：“你去忙吧，不忙的话就去歇着吧。登基大典可不是闹着玩的，估计会很累人，漠北的事情我如今还没想出个万全之策，我再好好地想想。”

秦钰颔首，站起身：“你也不要太累，更该少思少想。”

谢芳华点点头。

秦钰出了房间，并没有回自己的寝殿，而是径直向御书房而去，途中，他命小泉子将更改过的药方送去凤鸾宫。

太后收到药方后，和气地打赏小泉子，并对他说：“你再辛苦跑一趟，去替我谢谢芳华小姐。就说哀家风寒好些了之后，就邀她去御花园赏花。”

“是。”小泉子应声去了。

小泉子走后，太后看着药方上的字迹打量许久，对如意道：“你看看这字迹，丝毫不逊色于皇上的笔迹，甚至还更胜一筹。”

如意凑近，敬佩地道：“这样的笔迹，该是自小就练习，不知道费了多少笔功。”

太后点点头：“她若是男儿，这南秦皇帝怕是真容不下谢氏了。”

“太后又多思多虑了。”如意提醒道。

太后顿时笑了，将药方递给如意，如意拿着下去了。

夜晚，秦钰在御书房批阅奏折，言宸悄无声息地出现在了御书房，站在了秦钰身后。

秦钰第一时间放下奏折，回过头看向言宸。

言宸也看着他。

过了片刻，秦钰笑着说道：“言宸兄的武功当真厉害，不惊动外面的护卫和隐卫便能进这御书房，你已经站在了我身后我才发觉，你若是有心杀我的话，我怕是不死也会受重伤。”

“皇上不如做太子时警惕性高了。”言宸道。

秦钰笑笑：“如今这京城以及这皇宫，除了言宸兄怕是无人能踏入御书房。我知道言宸兄回来了，你又不会伤我，也就没必要防着。”

言宸看着他，忽然意味不明地道：“有些人自诩算无疏漏，但还是算漏了芳华，所以注定是一败再败。”

秦钰挑眉。

“皇上虽然不如我知芳华深，但贵在心诚。”言宸又道，“怪不得她选你。”

秦钰面带微笑地看着他：“言宸兄今晚来这里，是专门与我说这个的？”

言宸摇摇头，正了正神色：“芳华不想见秦铮，倾天机阁之力怕是也拦不住他，皇上若也有此意的话，不如联手，皇上意下如何？”

“自然！”秦钰毫不犹豫地道，“我也确实不想他回京。”

“既然如此，我们商量一番，我今夜便动身。”言宸道。

秦钰点点头。

二人商量了大约两个时辰，夜色已深，言宸出了御书房，径直出了皇宫。

他走后，秦钰在窗前久久站立。

“皇上，夜深了，您累了一天了，该歇了。”小泉子走上前，站在秦钰身后小声建议。

“小泉子，法佛寺的普云大师这些日子在做什么？”秦钰忽然问。

小泉子一愣，连忙说：“回皇上，先皇驾崩，法佛寺要做七七四十九天的佛场为先皇超度，普云大师也在寺内，法佛寺失火后，大师一直闭关，先皇驾崩后他才出来主持佛场。”

秦钰点点头。

小泉子试探着问道：“您怎么突然想起普云大师了？是要见他？”

秦钰笑了一声：“朕在想，当年年幼之时，普云大师为我和秦铮卜卦，算出我们的情劫。曾几何时，朕觉得普云大师真是沽名钓誉，卦象不足为信。却不想风云突变，倒是真应验了。”

小泉子小声说：“您是说芳华小姐？”

秦钰点点头，失笑：“我从漠北回京，一路被人拦截，芳华见了我痛下杀手，如今也让他尝尝滋味。”

小泉子暗暗唏嘘，不再言语。

“回宫吧！”秦钰转身，出了御书房向寝宫而去。

言宸从御书房出来后就出了皇宫，谢芳华很快就收到了消息，她挥手熄了灯，上了床。

第二日早朝时，群臣再次商议关于登基、立后之事。

文武百官依旧争执不下之际，太后驾到。

群臣齐齐一惊，太后上过一次朝堂，是为了四皇子秦钰纵火烧宫闱之事。如今她二度上朝堂，众人都不知她所为何事。

秦钰知道太后来了，目光温和了几分，摆摆手："有请太后。"

不多时，太后踏上了朝堂。

群臣分立两侧，虽然太后上朝不合规矩，但群臣依旧见礼："拜见太后。"

"众卿免礼。"太后摆摆手，扫视了一圈众人，"哀家昨日便听说了朝堂上在议论皇上登基和同时立后之事，众卿家为此争执不休。关于皇上登基，有先皇遗诏、遗言，无可厚非，哀家身为女人，不该参与朝政之事，也就不予多说了。但是关于立后一事，关系着朝堂也关系着后宫，哀家觉得不能置身事外。"

群臣一听，知道太后是为立后之事而来，齐齐揣测，不知太后是赞成还是反对。毕竟早先有传，太后不喜欢谢芳华，甚为喜欢李如碧。可是如今李如碧和皇上的婚约被取消了，那么，太后如今是何态度？

"先皇大病时，一直挂念皇上的婚事，临终前见了皇上和芳华小姐一起回京，才彻底地宽了心，安然地走了。"太后缓缓说道，"哀家觉得，立后之事不该有大的争议，后位非谢芳华莫属。她不惜身受重伤找到了黑紫草，解了临安城的燃眉之急，救了十几万百姓，才华、品貌兼备，贤良淑德，实为母仪典范。"

众人闻言对看一眼，又看了一眼上面端正沉稳而坐的皇上，觉得太后此举在意料之外，但也在情理之中。太后昔日曾为了皇上大闯朝堂，今日为了他立后二度上朝。如此，太后表态，也算是堵住了群臣的嘴。

太后说罢，无人言语，左相立即上前附议："皇上，太后说得有理。芳华小姐德才兼备，堪为国母。"

他一开口，便有一半的朝臣顿时出列附议。

其余的人都看向英亲王。

英亲王无奈，一时之间也不好再开口反驳，他隐隐觉得，此事即便他反对怕是也无效了。太后如今出来，说是代表先皇，他又如何阻止？先皇驾崩前，谢芳华确实随皇上一起回京，守在了帝寝殿内。

右相见此，也只能上前："皇上，既然……"

他刚开口，外面便有一人冲了进来，跪地禀告："皇上，英亲王妃请求上殿。"

众人齐齐一惊。

英亲王顿觉不妙，立即说道："胡闹，朝堂之上，怎么能容许妇人一而再、再而三地上殿？你去告诉她，就说不准她上殿，她若是要找本王，待散朝之后再说。"

那人立即说道："王爷，王妃手里拿着剑，说皇上若是不准许她进殿，她就誓死闯进殿……"

"她真是……"英亲王一时无言，转过身请求道，"皇上，请准许微臣出去拦住她。”

秦钰一时没搭英亲王的话，对跪地禀告的那个人问道：“王妃还说了什么？”

“王妃说，她有天大的冤屈，要状告先皇。”那人说着，颤抖起来，“说若是……皇上不准她进殿，她就要杀进来，杀不进来，就要去击鼓鸣冤……”

群臣又是一惊，先皇已经死了，英亲王妃要状告先皇？这……

这可真是见所未见、闻所未闻。

秦钰闻言点点头：“王妃还说了什么？”

那人哆嗦着摇摇头。

“去，将王妃请上殿来。”秦钰摆手吩咐。

那人起身，倒退着出了大殿。

英亲王的心一时间提到了嗓子眼儿，他盯着大殿，生怕英亲王妃使起性子来便什么也不顾了，到时候事情闹得不可收拾，天下百姓岂不是要看皇室的笑话？

不多时，英亲王妃进了殿，她的手里果然拿着宝剑，她一脸怒气，寻常温婉的她，如今看来有几分英挺之气。

朝堂中的老臣都知道英亲王妃和忠勇侯府世子夫人当年的风采，博陵崔氏和清河崔氏的两个女儿，能文能武，文不输当世文士大家，武不输当朝大将军，当年不知道牵动了多少人的情丝，如今英亲王妃风韵犹存。

英亲王妃上了大殿后，看了太后一眼，将手中的宝剑扔了。

秦钰温和地看着英亲王妃，问道：“大伯母，何事让您发了这么大的火？”

英亲王妃闻言看向秦钰，帝王的宝座金椅让他周身闪闪发光，少年天子的威仪却丝毫不输久坐江山宝座的帝王。她收敛起身上的怒意，平静地说道：“臣妇要状告先皇，我儿子秦铮和儿媳妇儿谢芳华明明两情相悦、恩爱有加，可是先皇一道休书的圣旨，便使有情人劳燕分飞。我家王爷心软仁厚，不论先皇之过，但我一个妇人，以儿子为先，哪怕先皇仙去了，但还有当今皇上您在，求皇上给臣妇做主，替先皇收回休书圣旨，还我儿子和儿媳妇儿美满。”

群臣齐齐倒吸了一口凉气。

英亲王睁大眼睛看着英亲王妃，暗暗想着她怎么想出了这么一个招数，状告先皇，竟然还有理有据，这……还真是前所未有。

左相一时大急，向秦钰看了一眼，见秦钰虽然面色如常，但眼底已经黑了。他连忙上前，大声说：“王妃，先皇下休书圣旨已经是一个月之前的事了，先皇仙逝不过八九日，休书圣旨下达时您为何不登堂状告先皇？如今反而要当今皇上为您做主？您岂不知子不言父之过？您这样，是要将皇上置于何地？”

英亲王妃转身，直直地看着左相，说道：“这期间，王爷一直管着我，不准我上朝，以免加重先皇的病情。我本想缓缓再说此事，寻求个公道，但不承想先皇去得如此之急。如今皇上要立华丫头为后，我便不能忍了。”

左相立即说道：“当初，芳华小姐自己离府出京，先皇随后下的休书圣旨，若非她和铮二公子感情破裂，芳华小姐又怎会自己离府出京？王妃，这儿是朝堂，皇上国事缠身，如今内忧外患之际，您向来明事理，今日可不要因为自己家事不和，便来朝堂作乱。”

英亲王妃顿时怒了，冷眼看着左相：“左相这张嘴可真是厉害，你说国事，皇上登基是国事。我一个妇人，自然不会参与。可是你一力主张皇上立后，举荐华丫头，她是我的儿媳妇儿，不明不白地被先皇下圣旨休弃，这就是我的家事，如今皇上立后和我的家事掺和在一起，我自然要理论上一番。”

“王妃，你休要胡搅蛮缠，过去的事情已经过去了，还有什么不明不白的？芳华小姐如今是自由之身，甘愿随皇上一起回京，一起乘坐玉辇，如今她就住在这皇宫之中。这些日子，你也见了芳华小姐几面，她可有要回英亲王府，与铮小王爷重修旧好的意思？没有吧？所以，皇上的国事、家事和你的家事，自然不相干。”左相道。

英亲王妃恼怒地看着左相：“你口口声声说不相干，为何这么急着请求皇上立后？我的儿子在圣旨休书下达之前，根本不知道有这种事。如今他离家在外，至今还未回京，多日来未曾抽空处理此事。难道还不算不清不楚、不明不白地没了媳妇儿？”

左相一噎。

英亲王妃不等他开口，又道：“我的儿子是被你等因临安城之危三催四请出京城的。可是，如今临安城之危解了，我儿子在哪里？左相，我是不是该找你要人呢？！”

左相脸上又青又白：“老臣也想知道，铮小王爷和崔侍郎明明是去解临安城之危，找黑紫草的，可是为何至今音信全无？据老臣得到的消息，他们根本就没有去临安城。如今边境开战，内忧外患，皇上自然宜早登基、立后。这样才能稳住朝纲，以鼓舞边境的士气，以安百姓民心。我等朝臣为江山分忧，自然着急。”

“你口口声声为江山分忧，为皇上分忧，怎么不去边境打仗？！朝中一旦有事情就找我儿子，待事情解决了，就将我儿子给甩一边了。”英亲王妃怒道，“月前，京城内外接连发生刺杀案、军营杀人案等，都是我儿子忙前跑后。临安城有难了，也请我儿子。待事情解决了，却忘了他了。如今又要夺他的媳妇儿，当我英亲王府无人了吗？这么欺负我们。”

左相又是一噎。

英亲王妃又道：“如今连我一个妇人都知道当务之急是平息边境纷争，解边境的燃眉之急，你身为两朝老臣，却只知道让皇上立后，天下百姓不安，皇上何以为家？民心所向才是大势所趋。”顿了顿，她又道，“左相，我看你也是老了，无用、昏聩了。净出些馊主意，有你辅佐皇上，风气会越来越坏。指不定这南秦江山会如何呢。”

“你……”左相又气又急，“谢侯爷在边境浴血奋战，铮小王爷和芳华小姐早已经再无干系，皇上立芳华小姐为后，此乃激励谢侯爷，若是谢侯爷成功地阻挡了北齐军队踏入边防线，那么，谢氏一门何愁荣华不再胜一筹？”

“谢氏还需要什么荣华富贵？出生在谢氏的人，自小就见惯了荣华。”英亲王妃似乎说得累了，也懒得再争辩，撂出狠话道，“反正皇上就是不能立谢芳华为后，她是我英亲王府早就定下的儿媳妇儿。先皇下的圣旨休书，我们英亲王府不服。我告诉你们，若要立她为后，除非将我杀了。”

“你……”左相彻底没了话。

群臣面面相觑，又都觉得心惊肉跳。

英亲王妃这是冒天下之大不韪，可是她偏偏有资本这样做，她出身清河崔氏，清河崔氏是世代以诗书传世的世家大族，她的丈夫是英亲王——先皇所封的辅政王，她的儿子是英亲王府的铮小王爷——从出生后就在南秦京城横着走的主儿，她本人更是言语铿锵，巾帼不让须眉，而她口口声声说的“儿媳妇儿”，昔日与她极其亲密，二人好比母女。

这样的她，左相都辩论不过，更何况别人？

她让皇上杀她，皇上真能杀她？

杀了她就是滔天大浪，南秦本就内忧外患，国内已经不能再经受大风大浪了。

心里明白点儿的朝臣都暗暗地觉得，英亲王妃这个女人实在是太聪明了，抓住了这样的时机，以状告先皇为名阻拦皇上立谢芳华为后。

太后虽然穿着一身华服，但看着站在她对面的、穿着一身素衣、腰板挺得笔直的英亲王妃，忽然觉得，她这一生无论什么时候，怕是都比不上英亲王妃了。

英亲王妃比她能豁得出去！

她在皇宫多年，虽然说柳太妃和沈太妃是依傍先皇的藤蔓，她又何尝不是？如今先皇去了，她只不过比那两个宠妃幸运，她的儿子是皇上，她也不过是依靠儿子的藤蔓而已。

她抬眼看着秦钰，这个时候，他怕是心里也无可奈何了，众人心中都清楚，左相的意思就是他的意思，虽然如今是左相和英亲王妃对峙，但实际上，与英亲王妃对峙的人是他。

他到底立不立后，便是两难了。

今日他若是退一步的话，那么，此事怕是以后想再提起便更难处置了。

太后深吸一口气，上前一步对英亲王妃说道：“皇嫂，你所言有理，左相所言也不无道理。我们在此争论，也难以定论，更不能将芳华小姐和铮小王爷排除在外，毕竟，无论是昔日之事，还是今日之事，都与他们有关。你我都是长辈，不如就让孩子们自己做主。”

“怎么做主？如今我家铮儿不在京城。”英亲王妃恼怒地道。

“那就先将芳华小姐请上殿来。”太后说完，看向秦钰，见他面无表情，知子莫若母，太后知道，他应该是不想让谢芳华来面对这件事情，于是又改了口，“若是她不想上殿，便派个人去问问她的意思。”

“若是她有什么迫不得已的苦衷呢？”英亲王妃立即说道，“我不相信嘴里说出来的话，我只相信人心，华丫头对我家铮儿情深意重，怎么可能弃他而另嫁？”

“皇嫂，你这样就不对了，芳华嘴里说出的话你都不信，那你信什么？难道真要阻止皇上的姻缘？你是英亲王妃，谁也不能拿你如何，但你也该考虑孩子们的感受。”太后道。

“若是我家秦铮回来后，对皇上立华丫头为后没有意见，甚至同意此事，那么我就相信是他们情分耗尽，我就别无二话。”英亲王妃一咬牙，开口道，“届时我第一个送上贺礼。”

太后鲜有的和气，英亲王妃自然也不好太过咄咄逼人，她今日听说太后都上殿了，她猜测就是为了立后之事，太后定会一力赞成，而英亲王定然不是太后的对手，所以，她实在按捺不住，只能来了。

她上殿要的也无非是皇上能答应等秦铮回来。

群臣闻言，看向皇上。

左相也悄悄抬眼看向皇上，英亲王妃的厉害他不是第一次领教了，他实在想不明白，平时温温婉婉的一个人，护起儿子来怎么就这么豁得出去，寻常女人真是做不到。

一番激烈的争执后，大殿上陷入了诡异的沉静。

众人都等着一直没开口的皇上表态。

过了片刻，秦钰缓缓开口，对英亲王妃说道：“大伯母所言甚有道理，朕当初也不明白先皇为何会下休书圣旨，不过朕也可以不避讳地说，朕确实一直以来都心仪芳华，大伯母是知晓此事的。她如今是自由之身，朕自然想立她为后。”

英亲王妃闻言心一沉，秦钰当着满朝文武说出他心仪谢芳华之事，也是坦坦荡荡豁得出去了。正因为如此坦荡，反而才让人不好诟病，而芳华已经是自由之身，他更不会被人说成是夺兄弟之妻了。

秦钰顿了顿，又道：“朕可以应允大伯母，此事暂且搁置，就以朕登基之日为期限，若是登基之日秦铮还不回来对此事发表看法，朕就立芳华为后。大伯母以为如何？”

英亲王妃闻言，看向英亲王。

英亲王对她叹了口气，觉得她如今大闹朝堂，秦钰不但不怪罪，反而定下期限，也算是给他们留情面了。

英亲王妃算了一下日子，期限虽然不长，但若是秦铮听到风声回京，以他的本事，也应该绰绰有余了，若是他回不来，她这个当娘的也尽力了，也没什么可说的了。她一咬牙：“好，多谢皇上，臣妇应承你，若是到登基之日，他还未回京，臣妇自当备上厚礼，恭贺皇上立后。”

早朝时关于立后的争议，最终因秦钰和英亲王妃之间的约定而落下帷幕。

第十三章

五万私兵

散了朝后，秦钰径直回了自己的宫殿。

谢芳华已经得到了早朝时英亲王妃大闹金殿的消息。

秦钰来到，侍画、侍墨立即迎了出去。

秦钰摆摆手，径直迈进门槛进了屋，见谢芳华气色不好，温声问：“早朝上的事情你听说了？”

谢芳华点点头。

秦钰坐在她对面，苦笑了一下：“大伯母状告先皇，也算是闻所未闻了，我自小便羡慕秦铮能出生在英亲王府。”

谢芳华不置可否。

“昨夜，言宸和我做了一番安排，但到底能不能拦住秦铮还是个未知数。”秦钰看着她，“无论如何，还是让御衣局的人过来给你量体裁衣吧。”

谢芳华颔首：“你安排就是了。”

秦钰点点头，坐了片刻便起身去了御书房。

英亲王下了早朝，便拉着英亲王妃回了府，到府中后他将房门关上，无奈地道：“你怎么想出了这么个主意？”

英亲王妃立即说道：“除了这个，我已经想不出别的办法了。”

英亲王看着她道：“你何苦执着？我看华丫头是打定主意要嫁皇上了，一个愿娶，一个有意嫁，你拦得了一时，还能拦到最后？”

英亲王妃恼怒地道：“我虽然和华丫头不是母女，但是和她相处了那么些日子，她的性情我还是了解了个七七八八的，遇到事情，她从来是打掉牙齿和血吞，本身自有一股子刚韧劲儿，我相信她一定是有万不得已的苦衷。”

“能有什么苦衷？你说是为了谢氏？”英亲王看着她。

“老侯爷至今下落不明，我曾派人暗中打探，说他根本就没去东海，在出了京城十日后便失去了踪迹。”英亲王妃道，“应该是华丫头做的安排，她让忠勇侯府的人彻底避世了。如此，京城里只剩下了个谢氏六房，漠北边境只剩下了个谢墨含，若说她是为了谢氏，应该也做得差不多了。毕竟先皇去了，皇上没有铲除谢氏的心，谢氏无论在朝还是在野，都安稳了。”

“是呀，谢氏虽然早些年损失了不少，但如今也算是安然退世，她先是分宗分族，随后又将忠勇侯府的老侯爷等人彻底移出了京城，忠勇侯府虽然看着成了一副空架子，但是我们都知道，势力是从明处隐到了暗中。”英亲王道，“如今说来，忠勇侯府安稳了，她还有什么苦衷和顾虑？”

英亲王妃想了想：“也许还有我们没有想到的地方。”

“什么地方？”英亲王想不出来。

“你想想，她和铮儿大婚后，京城内外发生了多少事情？如今呢，从她离开京城前往临安城，临安城危机解了之后，除了漠北边境兴兵，这些日子以来京城是不是很安稳？”英亲王妃问。

英亲王点点头：“近来是没再发生什么事。不过，我听说是因为在九曲山，皇上和华丫头合力铲除了一些人。京城的安稳，跟那些人有着脱不开的关系。”

“这就是了。”英亲王妃说道，“华丫头离开京城，京城便立即安稳了下来，是否说明那些人是冲她而来的？她不想牵连咱们王府，才迫使先皇下了休书的圣旨？如今大约是背后势力没有铲除尽，她才和皇上回了京城……”

“你的猜测有些道理，但是光猜测站不住脚。”英亲王揉揉额头，“如今该担心的是皇上登基之日，铮儿能否赶回京城。”

英亲王妃闻言也露出愁容：“咱们看着当今皇上长大，他的性情你我都清楚。若非有了安排，他不会轻易地答应我登基之前等铮儿回来的约定。”

英亲王点头：“皇上登基之前，怕是不想让铮儿回京。”

英亲王妃颔首：“若是他想娶这南秦京城的其他任何一个女子，我都不管，铮儿赶不赶得回京城都行，可是偏偏他立后的人选是华丫头，这事情不弄个清楚，我就不准他娶。”

英亲王叹了口气。

“皇上一定有安排阻止铮儿回京，我们必须派人出去接应。”英亲王妃道。

英亲王瞪眼：“你是让咱们王府的人去对抗皇上的人？”说罢，他摇摇头，“不行，如今边境正在兴兵，正是艰难之时，王府和皇上不能起内讧。”

英亲王妃瞪英亲王："你就知道守着、护着南秦江山，可是皇上要夺的是你儿媳妇儿，他可顾及边境在兴兵？可顾及不能内讧？"

"你……"英亲王一噎，"皇上也不见得会拦铮儿。"

"怎么不会拦？他一定会拦。"英亲王妃肯定地道。

英亲王看着她："皇上手中的势力若和铮儿手中的势力对上，于我们南秦如今的形势来说，可真是损失呀，皇上不会这么不明智的。"

"他眼里、心里只有华丫头，为了她险些连皇位都不要了，他的明智放在华丫头身上都是空谈。"英亲王妃说道，"你不同意也不行，我不动用王府的力量总行了吧？我动用我娘家的力量。"

英亲王无奈："那好吧。"

英亲王妃哼了一声，转身去吩咐了。

英亲王坐在桌前，长叹不已。

当日，礼部便开始筹备登基大典。秦钰又吩咐了礼部，将立后的礼制与登基一起安排起来，礼部的官员按旨办事。秦钰又吩咐御衣局裁制皇后的礼服。

四日后，边境传来消息，王贵带着二十万兵马已经到了漠北，与谢墨含会合。

二十万兵马虽然舟车劳顿，但是精神不见萎靡，士气极好。

当夜，北齐军又一次攻打漠北军，王贵的二十万兵马派上了用场，北齐军并未讨得好处。

消息传来，人人称赞。

这期间，秦钰和群臣商议调动兵马前往漠北边境二度应援之事，但是谁做领头的将军，必须好好地斟酌一番。

朝中目前没有合适的人选。

秦钰询问朝臣中有无人选可举荐。

左相出列，说道："皇上，臣觉得右相府的李沐清可担当重任，他能文能武，文能兴邦，武能定国，是不可多得的良才。而其人又十分沉稳，和忠勇侯府的谢侯爷相交甚笃，若是派他带兵前往，可抵北齐军。"

右相看着左相，没想到左相会举荐他的儿子，他本来想让自己的儿子入文职，将来以承接他的职位，更何况皇上在退婚时也答应了。不过若是领兵，他儿子文武双全，与谢墨含相当，倒也担得重任。见众人都看着他，他出列说道："皇上，犬子外出已经月余，至今还没有回京。"

左相道："我听说李沐清已经在赶回来的途中了，想来不日即可进京。"

右相闻言稍一思索，说道："若是他能即日进京，能担此重任，臣别无二话。"

左相看向秦钰："皇上以为如何？"

秦钰颔首："李沐清文武双全，若是他能即日进京，由他领兵前去漠北自然极好。"顿了顿，他又说道，"朕听说，燕小侯爷也随李沐清在回京的途中了。"

左相一愣，随即了然，立即附和："回皇上，正是，永康侯府的燕小侯爷一起回来了。"

"若是朕准备让李沐清和燕亭一起前往漠北增援漠北军，不知永康侯和夫人可舍得？"秦钰道。

左相、右相对看一眼，又看向永康侯平时所站的位置，如今他还在皇陵处理三皇子、五皇子之事。

兵部尚书出列，躬身说道："臣听说燕小侯爷离开南秦后去了北齐，一直住在北齐小国舅府中。他刚回来漠北便兴兵，燕小侯爷怕是不妥……"

秦钰忽然笑了："爱卿不必有此顾虑，燕小侯爷即便曾在北齐待过，但也是与北齐小国舅的个人交情，无关国事。朕信得过永康侯府，信得过燕小侯爷。"

兵部尚书闻言，立即说道："是臣多虑了。"

"这样吧，先安排下去，西山大营先点好兵马，待李沐清和燕亭进京再做决定。"秦钰又道。

群臣齐齐颔首。

退了早朝，秦钰径直去了谢芳华所住的殿内。

谢芳华正对着药碗蹙眉。

秦钰跨进门槛，便看到了她支着下巴坐在桌前对着面前的药碗皱眉，她这副样子让他觉得有些新奇，不由得笑了："这碗药怎么了，让你成了这副样子？"

谢芳华见他来了，放下手，无奈地道："言宸走时，计算着日子，今日给我换了药方，这药是我最讨厌的药。"

秦钰失笑："我每次见你喝药都如喝水，没想到你还有不喜的药。"

"当然有了。"谢芳华白了他一眼。

秦钰伸手端起那碗药，放在鼻子前闻了闻，又放下推到她面前："我若是能替你喝就好了。"

谢芳华嫌恶地看了一眼，又将药推开了些。

秦钰看着她，好笑："再不喝就凉了。"

侍画在门口小声说道："皇上，您有没有办法让我家小姐将这碗药喝了？这药都热了三次了，再不喝就得重新熬了。言宸公子早就吩咐了，说必须喝，小姐若是将药倒了，就让我们重新熬，直到她喝为止。"

谢芳华狠狠地瞪了侍画一眼："你若是不说，帮我换一味药，他哪里知道？"

"言宸公子说了，这味药必不可少，您换什么，都不如这味药的药效。"侍画委屈地看着谢芳华，她一直都觉得小姐十分好侍候，凡事都不挑，可是没想到这一味药小姐怎么也不喝。

“既然这味药必不可少，那还是喝了吧。”秦钰又将药给她往前端了端。

谢芳华别过头。

秦钰看着她，越发想笑了，想了想说道：“你快将药喝了，我有事情跟你谈。”

“你现在就说。”谢芳华看着他。

秦钰摇摇头：“言宸走时让我不要多拿事情让你操劳，你若是不肯喝药，我就不说了。”

谢芳华瞪了他一眼，端起碗来，捏起鼻子将一碗药十分费力地给喝了。一碗药刚下肚她便离开了座位，跑到痰盂前干哕起来。

秦钰愣了一下。

谢芳华呕了半晌，眼泪都流出来了，之后回转身恨恨地道：“不知为何，我一接触这味药就会作呕，言宸明明知道，偏偏还要让我喝。”

秦钰站起身，走近她：“会一直呕？”

谢芳华摇头：“倒也不是。”

秦钰松了一口气：“不是一直呕就好，否则这药真不能吃。”说罢，他拿出绢帕递给她，“擦擦眼睛。”

谢芳华不接，从怀中拿出自己的绢帕，擦了擦，对他道：“说吧，什么事？”

秦钰掣回手，将绢帕收起，重新走回座位坐下，对她道：“今日早朝，左相建议朝中应立即派军前往漠北，若是北齐再加强调兵的话，王贵的二十万兵马也只能顶一时。他说李沐清不日即将回京，他建议派李沐清带兵前去漠北。”

谢芳华闻言，蹙眉：“左相建议的？”

秦钰颔首。

谢芳华抿唇，沉默片刻后问：“动用西山军营的兵马？”

“除了西山军营，京中附近无可动用之兵。”秦钰道。

谢芳华摇头：“不行，不能动用西山军营的兵马。”

秦钰看着她，见她如此坚决，不由得问：“为何？你可是觉得哪里有什么不妥？”

“是不妥。”谢芳华道，“北齐兴兵兴得是时候，漠北有三十万大军，就近又从临安城调了二十万兵马。五十万兵马虽然不多，但也不少。有哥哥和王贵在，足够抵挡北齐一些时候。若是此时再调动京畿重地的兵马，万一有人趁机在京城作乱，该如何应对？”

秦钰一怔，思忖片刻，看着她道：“你觉得有人会趁机对京城不利？”

“难说。”谢芳华道。

秦钰的面色顿时变得凝重起来：“你、我、言宸、谢云继，在九曲山的夹道已经杀了一批人，难道还有厉害之人没出来？”

谢芳华看着他，说道：“总之，要有万全的计策，以备不时之需。不能调动西山军营的兵马，这些兵马就是给京畿重地留的，一直以来的练兵信念也是为了守卫皇城，不适合长途跋涉去漠北作战。”

“也有道理。”秦钰颔首，“可是哪里再有兵可以调用？”

谢芳华眯起眼睛：“为何一定要调兵应对？不能用别的办法？”

秦钰看着她：“你想到了什么好的对策？”

谢芳华道：“边境之祸，起于北齐。若是北齐京城内乱，你说，齐言轻可还有心思兴兵？”

“你的意思是要动北齐京城……”秦钰看着她。

谢芳华点头。

秦钰想了想道：“恐怕不太好动，毕竟相隔甚远。”顿了顿，他又道，“若是真要动的话，也不见得不能动。”

“你被贬去漠北时，不是暗中去过北齐吗？另外，多年来南秦皇室在北齐也埋了不少暗桩吧？都什么时候了，该用一用了。”谢芳华道。

秦钰点点头：“是可以一用，但是怕是解决不了什么，暗桩只不过是传递消息的。”

“传递消息便也够了。”谢芳华道，“这个时候，齐言轻若是听到些什么风声，比如北齐皇帝又改了主意，兴许会将皇位传给云继哥哥呢？他会不会着急？可还有心思在边境兴兵？”

秦钰忽然笑了：“他怕是会火速赶回北齐京城。”

谢芳华颔首：“对，要的就是他离开北齐军营，这样能为南秦再腾出些时间做筹备工作，不调用京畿重地之兵，这期间从别处征兵。毕竟北齐兴兵，打得南秦太过突然了。内忧外患之下，多好的将军和士兵都会吃亏。同等数量的守军下，南秦军也不是北齐军的对手，南秦需要充足的缓和时间。”

秦钰笑着点头：“芳华，你可真是……”他话音未落，又顿住，说道，“幸好有你。”

谢芳华笑了笑，不置可否，对他说道：“裕谦王为英亲王祝寿回京后，先皇未曾重用他，你如今即将登基，这一段时间裕谦王一直闲着。你总不会将他忘了吧？你打算如何重用他？”

秦钰眯起眼睛：“裕谦王到底能不能用，还要再看。毕竟，裕谦王府的人从进京后，做的事情与我所料相去甚远。裕谦王这个人不比英亲王，英亲王府对南秦的忠心毫无疑问。”

谢芳华看着他，建议道：“不如就调岭南的兵马，以此来试试裕谦王。我听说岭南府是养了私兵的，虽然不多，但能以一敌百。”顿了顿，她又道，“更何况，凡事不能看表面。”

秦钰颔首，站起身说道：“我这便去御书房，召裕谦王进宫。”

谢芳华点头。

小泉子即刻去了裕谦王府。

裕谦王得知皇上召见，匆匆沐浴、更衣后便入了宫。

秦钰见到裕谦王后，温和地询问了裕谦王多日来在京中的一些情况，裕谦王都一一作答。

一番闲话后，秦钰又对其询问：“皇叔的孙子可有下落了？”

裕谦王身子一僵。

秦钰看着他又道：“孩子丢时，父皇正值病中，京中又接连出事，让人无暇顾及。如今父皇去了，朕才想起来。若是孩子还没有下落，朕这便安排人，将整个天下都翻遍了，也要将孩子找出来。”

裕谦王抬眼看秦钰，见秦钰正面色如常地看着他，他当即跪在了地上：“臣有罪。”

秦钰挑了一下眉梢，奇怪地问：“皇叔这是何意？何罪之有？”

裕谦王立即回答道：“臣的孙子并没有丢。”

“嗯？”秦钰皱眉，沉下脸来，“当初皇婶进京，哭哭啼啼，说孩子丢了，找了这个找那个，京中几乎一半的人都被你们府上找孩子的动静给惊到了。如今你又跟朕说孩子没丢？皇叔，你这是要做什么？”

裕谦王垂着头，又气又怒：“皇上，是有人威胁我夫人，说若是不如此做，就杀了我们全家，让我一辈子都别想待在京城。您知道，多年来我和夫人都念着京城，于是，就受了那人的威胁，无奈之下……”

“无奈之下就谎称孩子丢了？”秦钰大怒，腾一下站起身。

裕谦王立即摇头：“是丢了一个孩子，不过是奶娘的孩子，和我的孙子一般大……”

“裕谦皇叔，你好大的胆子！”秦钰盯着他，“朕身为太子时，你与我私下往来，朕允诺登基后让你不必再回岭南，将你留在京城，可是你呢？出了这么大的事，你竟然瞒着朕？若是朕不问，你是不是打算一辈子瞒着？”

裕谦王身子一颤，立即辩解道：“皇上，当时我夫人进京后，也未曾对我言明，我也是急得不行，各处求人，又和犬子去四处查找，夫人见状，过了数日才将实情告诉我，那时皇上您都出京去治水了。”

秦钰冷笑："裕谦皇叔这是在告诉朕你治家无方吗？要不要朕下旨，让你休了皇婶？"

裕谦王一惊："皇上……"

"你到底是早就知晓还是真一直不知，或是你暗中有什么谋划，要不要朕先将你和皇婶拿下，交给刑部和大理寺审上一番？"秦钰又道。

裕谦王额头上的汗霎时间流了出来，忽然跪着上前，拽住秦钰的衣角，痛哭着说道："皇上，臣对您的忠心日月可鉴，臣真是不知，臣的夫人为了能留在京城，犯了糊涂，连我都瞒着，待我知道时，京城已经接连出事了。您又去了临安，待您回来后，先皇已经病危，您一直为先皇的后事操劳着，还要劳神北齐漠北边境兴兵。更何况，时日已久，如今京中太平，臣就将此事压下了……"

秦钰看着裕谦王，虽然他比先皇年纪要小，但也已经上了年纪，跪在地上一把鼻涕一把泪地哭，真是有损他裕谦王的身份，秦钰沉默不语。

裕谦王继续哭着说道："皇上，岭南虽好，但也不如京城好，臣自小在京城长大，不想老了、死了将根也落在岭南，臣的根可是在京城的。臣已经教训过夫人了，念在臣从实招来，您就饶了臣吧。"

秦钰冷哼一声："那你说，是什么人威胁了皇婶？"

裕谦王哭着说道："我逼问了她数次，她都说是个黑衣人，但不知道是什么人……"

"不知道是什么人，就受他逼迫？"秦钰冷冷地看着他，问道。

裕谦王哭着说道："他虽然没抢臣的孙子，臣的孙子也没丢，但是臣的孙子中了咒，那人说只要臣不听话，孙子的性命就休矣。"

"嗯？"秦钰扬眉，"什么咒？"

"就是虫蛊。"裕谦王摇头，"臣也不知，至今臣还没见到孩子。"

"孩子如今在哪里？"秦钰又问。

"就在郾城。"裕谦王道。

秦钰蹙眉。

"皇上，天地良心，臣真的不敢骗您。"裕谦王又哭了起来，"谁知道背后这人怎么如此险恶，连番在京城内外弄出这许多的事来？臣到现在也不明白，他拿住臣的孙子到底要做什么。"

"从你进京后，京城一直不安稳。"秦钰看着他道，"你确定你将事实都告诉朕了？没有一点儿隐瞒？"

裕谦王摇头："臣不敢，若是臣有所隐瞒，就叫臣遭天打五雷轰。"

秦钰闻言，问道："那朕问你，岭南府养了多少私兵？"

裕谦王立即回答道："五万。"

“只有五万？”秦钰半信半疑地问道。

裕谦王连连点头：“皇上，只有五万，先皇一直不松懈地监视着岭南，若是没有谢家，他说不准早就动岭南了。臣养私兵，也是为了防着有朝一日先皇对臣发难呀，臣不敢隐瞒皇上。”

“朕得到的消息可不是这个数。”秦钰道。

裕谦王立即说道：“皇上，您一定要相信臣，臣手里只有五万私兵。至于别人在岭南养的兵，不能算在臣的头上呀。”

“哦？”秦钰看着他，“什么人在岭南养了兵甲？”

裕谦王几乎要哭岔气了：“不知道是什么人，兵马藏在岭南的深山老林里，臣曾经派人暗中去探了一次，派去的人都一去不回……”

“多少年了？”秦钰沉下脸。

“有八九年了吧。”裕谦王摇摇头，不确定地道。

“八九年了？”秦钰拔高声音。

裕谦王连忙说道：“早先臣并不知，两年前才偶然得知，但是臣派出去的人一去不返后，臣还想再派人去时，便有人将一封密信放到了臣的书房里，密信言，若是臣再多管闲事，便让臣没有好果子吃，于是臣就……”

“于是你就不敢了？”秦钰皱起眉头。

“皇上，不瞒您说，据臣猜测，岭南深山茂林处隐藏着不下十万兵马。但是，臣也养了私兵，不敢将这件事情捅出来，一旦捅出来，先皇势必要查岭南，那臣的私兵定然也逃不过呀。”裕谦王哭着说道，“养私兵是大罪……”

秦钰看着他，怒意又袭上眉头：“岭南是你的封地，照你这样说，岭南在你的治理下成了藏污纳垢之所了？”

裕谦王请罪：“是臣无能……”

“你不是无能，你是睁一只眼闭一只眼。”秦钰恼怒地看着他，“你也是秦家的子孙，你就忍心看着他人在南秦为非作歹？”

裕谦王哭着说道：“臣以为臣这一辈子也回不了京城了，所以……”

秦钰摆摆手，打断他的话：“起来吧。”

裕谦王哭声一噎，抬眼看向秦钰。

秦钰虽然面色沉怒，但是没有杀意，他才试探地问：“皇上，您不对臣降罪了？”

秦钰怒极而笑：“皇叔，你也一把年纪了，朕说服先皇，借着给大伯父祝寿的名义把你弄回京，可不是让你跑到朕面前来哭的。”

裕谦王闻言立即擦擦眼泪，站起身表忠心：“皇上，您说，您有什么吩咐，臣一定万死不辞。”

"万死不辞？"秦钰看着他，"皇叔这时候不怕死了？"

"臣回京之后，日日提心吊胆不得安稳。"裕谦王道。

"看来这些年在岭南，皇叔过得太安逸了，以至于经不住事了。"秦钰瞅着他，"如今岭南深山茂林内的兵马可还在？"

"臣离开岭南时还在，如今便不得而知了。"裕谦王摇摇头。

秦钰没好脸色地瞅着他："皇叔戴罪立功吧。"

裕谦王立即看着秦钰，小心谨慎地问："皇上是让臣除去岭南深山茂林的兵马？"

秦钰摇摇头："岭南深山茂林的兵马朕自有安排，如今边境兴兵，正是用人之际，皇叔将自己的五万私兵拿出来吧，若是他们能在边境立功，朕对你的诸多事情都既往不咎。"

裕谦王睁大眼睛："皇上要让臣的私兵去漠北边境？"

"皇叔不同意？"秦钰看着他。

裕谦王摇摇头："臣不是不同意，只是……由何人带兵？皇上该不会是想要派臣亲自去漠北吧？"

"堂兄秦毅也是熟读兵法之人，由他前去你以为如何？"秦钰看着他，"若他在漠北立了军功，朕以后对他自然重用。"

裕谦王闻言当即跪在了地上："臣听皇上的。"

秦钰转回身不再看他："你回去吧，即刻让秦毅进宫。"

裕谦王站起身，没立即走，而是看着秦钰小声地问："皇上，臣孙子的虫蛊……"

"朕会派人去鄺城，将他秘密带回京城，让芳华看看他到底是中了什么虫蛊。"秦钰道。

"多谢皇上。"裕谦王闻言大喜。

秦钰摆摆手。

裕谦王出了御书房，刚跨出门槛，风一吹，他后背冰凉，抬手一摸，一身的汗。他暗暗唏嘘，怪不得前几日听说永康侯在皇陵被皇上吓得够呛，如今他能走出御书房，也就仰仗着手里的五万私兵了。

如今他将五万私兵交了出来，多年辛苦算是白费了。

不过也值得，领兵的人是秦毅，他的长子，毕竟他已经老了，若是秦毅能在新一辈的人中立足，那么裕谦王府将来还是能传承下去的。

他抖着一身的汗出了皇宫。

裕谦王回到王府后，立即喊秦毅去了书房，父子二人议谈片刻，秦毅匆匆出府，去了皇宫。

英亲王妃这几日一直等着派出去迎接秦铮回京的人的消息，可是等回的消息是铮小王爷没有和右相府的李公子、永康侯府的小侯爷以及崔侍郎崔意芝在一起。那三人明日即可进京，而秦铮不知下落。

英亲王妃不由得急得团团转，恨不得出府。

英亲王被她晃得头疼，拽住她宽慰道："你担心也没用，待明日李家小子和永康侯府的小子以及意芝进京后，向他们问问，为何铮儿没回来。"

"我也知道担心没用，但还是忍不住会担心。"英亲王妃叹了口气。

英亲王也跟着叹了口气，这几日来，二人做得最多的事情就是对着叹气。

喜顺在英亲王府做了多年的大管家，早就拥有了眼观六路、耳听八方的本事，裕谦王前脚被皇上召进宫，他后脚就来向英亲王禀告了。

英亲王闻言，说道："从裕谦王为我祝寿时进京，到如今也闲着好几个月了。皇上这是要用裕谦王了。"

英亲王妃皱眉："丢孩子的事连我都看出是个幌子了，皇上能看不出来？"

"如今边境兴兵，南秦正是用人之际，裕谦王府有私兵，皇上这时候不用什么时候用？"英亲王揣测片刻道，"至于丢孩子的事，皇上若是知道，总会问个清楚。"

英亲王妃点点头。

"裕谦王总归是秦氏的子孙，先皇对他虽然不厚，但也让他安稳地在岭南待了这么多年，太出格的事情他应该不会做。"英亲王又道。

英亲王妃疑惑地道："皇上怎么想到要用裕谦王府的私兵了呢？怎么不用西山军营的三十万大军呢？"

英亲王面色凝重地道："西山军营的三十万大军，不到边境真正危急时不可动，毕竟是守卫京畿重地的兵马。早朝上左相建议时，我就觉得有些不妥，只不过觉得无兵可用了，倒是忘了裕谦王府多年来养了不少私兵了。"

"裕谦王府的私兵据说能以一敌百。"英亲王妃道。

"是这么说。"英亲王点头，"早几年时先皇便得到了消息，说裕谦王府养私兵，派隐卫去查了一次，隐卫回来说不足万人。先皇去密信警告了裕谦王一次，便把重心放在了谢氏，没理会了。"

"如今裕谦王府有多少私兵了？"英亲王妃问。

英亲王摇摇头："不知，裕谦王虽然有些聪明，但是胆子实在是小，估计养得不多。"

二人正说着话，喜顺又探得消息，说裕谦王已经出了宫，边走边抹汗，回府后不久秦毅便匆匆进宫去了。

英亲王道："如此看来，十有八九秦毅要带着岭南之兵去漠北了。"

"皇上还是比先皇强，恩威并施，用人不避宗亲，因人因时适用。"英亲王妃道。

英亲王颔首："所以，他有些行为，先皇明明气得不行，但还是将皇位传给了他，从这件事情上来说，先皇不糊涂。"

英亲王妃点点头。

秦钰在御书房召见了秦毅，一个时辰后秦毅出了宫，又匆匆地回了裕谦王府。

又过了一个时辰，秦毅便收拾好了行囊，带着两名仆从以及几名护卫出了京城。

裕谦王进京前，自然没有带岭南裕谦王府的私兵，领了皇命后，裕谦王飞鹰传书至岭南，他的心腹之人收到书信后会即刻启程前往漠北，五万兵马与秦毅在途中会合，这样的话丝毫不耽搁时间。

秦钰回到寝宫后，将他与裕谦王的对话以及对秦毅领五万私兵前往漠北的吩咐说与了谢芳华。

谢芳华听罢，问道："裕谦王说有人对他的孙子下了虫蛊？"

秦钰点头。

谢芳华眯了眯眼睛，没再说话。

"我看裕谦皇叔不像是在说谎，裕谦皇叔其实胆子最小，不禁吓唬。"秦钰道，"不过也不排除他的孙子真是被人下了虫蛊，手法和对范阳卢氏的威胁相似，是背后之人所为。"

谢芳华道："你准备什么时候派人去将那个孩子秘密从郾城带进京城？"

"今夜。"秦钰道。

谢芳华想了想，说道："若是裕谦王所言非虚，那么，他的孙子现在的落脚之处应该有人监视。这样，你不必派人了，我来安排吧，让在郾城的人暗中找到那个孩子的落脚之处，然后调换出那个孩子，不惊动任何人。"

秦钰抿唇，面色凝重地点了点头。

二人商定后，秦钰便将此事交给了谢芳华。

当日，谢芳华便安排人连夜将裕谦王的孙子秘密带进了京城，不曾惊动任何人。

裕谦王的孙子秦环仅有三岁。

秦环继承了南秦皇室子嗣的上乘容貌，但是十分瘦弱、小脸苍白，像是长期营养不良。他被人带进皇宫后，小小的身子蜷缩着，看着陌生的地方以及陌生的人，一双眼睛和一张小脸充满着恐惧。

秦钰知道秦环今夜会被带来，便在谢芳华处等着，当见到秦环时他蹙了蹙眉，慢慢地起身走到秦环面前，温声问：“你可知道我是谁？”

秦环猛地摇摇头。

“会说话吗？”秦钰看着他，问道。

秦环警惕地看着他，见他不像穷凶极恶的坏人，点了点头，奶声奶气地说道：“会。”

秦钰露出笑意：“能听懂话，看来是已经启蒙了的。”说罢，他又温声说道，“你别怕，我是你堂叔。”

小男孩的恐惧感消失，好奇地看着他：“堂叔？”

秦钰点点头，回转身问谢芳华：“你看他如何？”

谢芳华对秦环招招手：“到我面前来。”

秦环看着谢芳华，犹豫了一下，慢慢地挪着小步子到了谢芳华面前。

谢芳华对他伸出手。

他立即瑟缩着后退了一步。

谢芳华温和地说道：“你别怕，我看你似乎病了，给你把脉看病。”

秦环闻言又犹豫了片刻，走上前将小胳膊递给谢芳华。

谢芳华握住他的手腕给他把脉。

秦钰站在一旁看着。

过了片刻，谢芳华放下手，问秦环：“你是不是每当正午和子夜的时候，总是心口难受、揪疼？”

秦环点了点头。

谢芳华摸摸他的头：“我能治好你的病，不过药十分苦，你怕吗？”

秦环有些怕，但还是摇摇头，小声说：“不怕。”

“真是个乖孩子。”谢芳华对他说道，“你要在我这里住些天，病好了再送你回去找你娘好不好？”

秦环似乎要哭了：“我想我娘亲。”

“若是你这样病着，你娘亲看到你会很难过的，若是你病好了，你娘亲见了你就会很高兴。”谢芳华又道。

秦环强忍住哭意，点点头。

谢芳华看向秦钰。

秦钰摸摸秦环的脑袋，对外面吩咐道：“小泉子，将他带下去，安置在离这里最近的地方，好生侍候着。”

“是。”小泉子进来，将秦环拉了下去。

第十四章

游湖叙话

待秦环走了，秦钰问谢芳华：“可是虫蛊？”

谢芳华沉默着点了点头。

“是什么虫蛊？”秦钰问。

谢芳华沉默了片刻后沉声说道：“是血蛊。”

秦钰看着她，不解：“是魅术的一种吗？致命？”

谢芳华点点头，又摇摇头：“是魅术的一种，但是不致命。这种虫蛊之术，是专为人饲养，以血养虫，需要放在阴年阴月阴日阴时出生的女童身体里养一年，再拿出来放在阳年阳月阳日阳时出生的男童身体里养七七四十九日。”

秦钰蹙眉：“养好了之后呢？这种虫有何作用？”

“补心。”谢芳华吐出两个字。

秦钰怔了怔。

谢芳华不再说话。

过了片刻，秦钰问：“如今秦环体内的虫蛊有多久了？”

“一个月有余。”谢芳华道。

“若是到了七七四十九日，它会自己出来吗？”秦钰问。

谢芳华摇摇头：“必须有人亲手用魅术取出来，若是过时不取，它就会化在这个寄主身体里。寄主所伤的元气，一下子就能补回来了。总之，寄主没有性命危险，只不过每日的正午和子夜会难受罢了。”

秦钰抿唇：“能从血蛊上猜测出是什么人动的手吗？”

谢芳华淡淡地说道："等到七七四十九日后就知道了，这么费心力养的虫蛊，总会有人来拿。"

秦钰点点头，见谢芳华的脸色在昏黄的灯光下忽明忽暗，他温声说道："天色不早了，歇了吧。"

谢芳华颔首。

秦钰转身出了房门。

他离开后，谢芳华并没有立即去休息，而是依旧在桌前坐着。

侍画走进来，低声说："小姐，夜已经深了，您歇着吧。"

"李沐清、燕亭、崔意芝三人是不是明日进京？"谢芳华问。

侍画颔首："是，明日他们应该能进京。"

"言宸可有消息传来？"谢芳华问。

"言宸公子从离京后，便没有消息传来。"侍画摇摇头。

"云继哥哥可有消息？"谢芳华又问。

侍画摇摇头："云继公子自从去了寻水涧，便没了消息。几日前，铮小王爷、李公子、燕小侯爷、崔侍郎向京城赶来，云继公子并没有和他们在一起。"

谢芳华抿了抿唇，站起身向床前走去，同时对侍画说道："你也去歇着吧。"

侍画点点头，服侍谢芳华睡下，熄灯后便出了房门。

第二日一早，谢芳华醒来后开了一张药方，递给侍画："按照这个药方煎药，药煎好后，每日的午时和子时给秦环喝下，连着喝七日，一定要谨记时辰，不要忘记。"

侍画点点头："小姐放心，这个药方给品竹，她记性最好，一定记得时辰。"

谢芳华颔首。

侍画拿着药方下去了。

秦钰下了早朝后回到寝宫，先去看了秦环，又来见谢芳华。

谢芳华见小泉子跟在秦钰身后，小泉子怀里抱了一摞奏折，她挑了挑眉，探寻地看着秦钰。

秦钰笑了一下："我见你整日待在殿内，怕你闷得慌，我在御书房批阅奏折也闷得慌，不如就搬到这里来批阅，与你做个伴。"

谢芳华闻言失笑："我是养病，你是皇帝，怎么能跟我比？才几日就嫌闷，以后怎么办？"

秦钰眨眨眼睛："你不是说，过一日是一日吗？以后如何，谁又说得准呢？"

谢芳华无语。

秦钰坐在桌前，对小泉子招手指挥道："都放在这里吧。"

小泉子连忙走过来，利落地将奏折放在桌子上，又悄悄退到了门外。

秦钰掀开奏折，过目一遍，提笔批阅，批阅一本后，忽然对在对面喝茶的谢芳华道：“你也来帮我批阅奏折吧？”

谢芳华抬头看了他一眼：“这是皇帝做的事情。”

“也有别人代批的先例。”秦钰道。

“那都是昏君做的事。”谢芳华道。

秦钰一噎，揉揉眉心，苦笑：“在你面前想偷懒都不成。”

谢芳华放下茶盏：“你以为我对政事感兴趣？”

秦钰失笑：“我确实以为你对政事感兴趣，看来是我错了。”

谢芳华不接话。

秦钰又道：“天下大多数人都觉得皇帝是天下至尊无上的人，享受荣华富贵，舒舒服服，却不知朝政枯燥无味，金椅子并不是那么舒服的，坐久了椎骨疼，不知道历代的先祖和父皇怎么熬了一生。”

“你还没登基，就用‘熬’字了，一生还长得很呢。”谢芳华瞥了他一眼。

秦钰笑笑，忽然扔下笔：“我不见得能活很久，不是吗？”说罢，他站起身继续说道，“不批了，这些日子被琐事缠身，心烦不已，走，我们去逛御花园吧，御花园里的荷花早已经开了，咱们去乘船游湖，再不赏荷花，过些日子它就该败了。”

谢芳华指指一堆奏折：“这些怎么办？”

“先扔着，午饭后我再批阅。”秦钰道。

“午后李沐清等人进京，兴许会先进宫，到时候你哪里还有时间？”谢芳华看着他，问道。

“那就晚上。”秦钰催促她，“你好啰唆，快走了。”

谢芳华见他实在有兴致，站起身跟着他一起跨出了殿门。

侍画、侍墨等人听说小姐和皇上要去御花园赏荷花，心里都松了松，从回京以来，小姐一直闷在殿里，她们也生怕这不仅不利于小姐养病，反而让小姐再闷出病来。

二人出了寝殿，向御花园走去。

如今正值酷暑，天气十分炎热，太阳照在身上火辣辣的。

秦钰走了两步，回头看了谢芳华一眼，对跟在后面的侍画吩咐道：“去找一把伞来给她撑着。”

“不用！”谢芳华摇头，“没那么娇气。”

“你多日不曾出来，太阳又这般大，万一中暑了呢？”秦钰不赞同，示意侍画去拿。

侍画也觉得天太热了，小姐的身体还很虚弱，便赶紧跑了回去。

秦钰停住脚步，站在原地等着。

谢芳华也只好停住了脚步。

过了片刻，侍画拿来伞，给谢芳华打在头上，秦钰继续向前走。

走了一段路，秦钰温声说道：“小时候，通往御花园的这条路我不知道走了多少次，那时候父皇的后宫里争奇斗艳。我每走几步，就能看到宫里的美人。”

“小小年纪就会看你父皇的美人了？”谢芳华故意糗他。

秦钰失笑，回头看了她一眼：“是呀，会看了。”顿了顿，他又笑着说道，“那时候我甚是不解，觉得母后那么爱父皇，整颗心几乎都扑到了父皇的身上，父皇的心里怎么还装得下那么多的女人？”

谢芳华看了他一眼。

秦钰继续说道：“后来，我渐渐明白了，父皇心里不是装了那么多女人，而是只装了一个，只是那个女人不是我的母后而已。每当大伯母进宫看皇祖母，父皇便会推掉所有朝务和奏折赶去皇祖母处，即便他明明早已跟皇祖母请过安了。”

谢芳华不再言语。

秦钰又道：“父皇因为喜欢大伯母，对她爱如至宝的儿子也爱屋及乌，甚至对他的宠爱多于我。皇祖母、大伯母更是将他当成了心尖子，朝臣、宫眷看风使舵，一个个见了他都卑躬屈膝、点头哈腰、眉开眼笑。从宫里到宫外，似乎天下间只有他一个人是上天的宠儿。”

谢芳华的脚步顿了一下，继续往前走。

秦钰语气平和地继续说道：“我是父皇的嫡子，可是在秦铮的面前，似乎还要矮上一头。不知不觉，我便对他看不顺眼了，却不知为何，他对我更是看不顺眼。”

“这么多年，你就不曾问他为何不喜欢你？”谢芳华沉默片刻后缓缓开口。

秦钰摇摇头：“他那不可一世的样子，我哪里喜欢去问？更何况，让他喜欢的能有几人？不喜欢便不喜欢，我反正更不喜欢他。”

谢芳华笑了一下，平静地说道：“他喜欢的人的确没有几个，但他最不喜欢的却是你。”

秦钰也失笑：“是的。”顿了顿，他又道，“等有机会了，问问。”

谢芳华不再说话。

秦钰也不再言语。

二人走的这条路不是小路，而是宫眷们惯常走的路，可是直到走到御花园，二人也没见着一个人影，不但没见到宫女，也没见到太监，妃嫔等更是没见到。

谢芳华感觉到了后宫内不同寻常的平静，她问：“宫眷呢？怎么一个也没见着？即便天太热，也不该如此吧？”

秦钰哦了一声，说道："忘了与你说了，前日，我将父皇的宫眷们都安置了。"

谢芳华抬眼看他："怎么安置的？"

"有品级的太妃，膝下有皇子或公主的，都随皇子或公主出宫立府了。没有依傍的妃嫔，自愿留在皇宫的，都挪去了西宫苑。想要出宫的都放出宫了，宫外无家的去了尼姑庵。"秦钰道。

"那宫女和太监呢？"谢芳华问。

"也一样处置了。"秦钰道。

"也就是说，这个东宫苑如今无人了？"谢芳华看向西宫苑的方向问道。

秦钰点点头，看着她，笑着说道："你喜欢清静，我便这般安置了。"

谢芳华收回视线，看着他道："你是帝王，帝王自古三宫六院七十二嫔妃。如今清空了先皇的人也好，待你登基后，重新进一批人。"

秦钰摇头："不进了，就这样挺好，我也不喜太过热闹。"

谢芳华不再说话。

"走吧，船在那里。"秦钰伸手一指。

谢芳华已经看到了湖中央大片大片的荷花正盛开，点点头，来到湖边，二人一起上了船。

船刚划走不久，便有一阵脚步声传来，紧接着，一道人影凌空飞起，此人足尖点着几片荷叶踏水而来。

船上顿时有护卫拥上前，齐齐护住秦钰和谢芳华。

"你们躲开，无碍，是燕小侯爷。"秦钰摆摆手。

内卫闻言警惕地撤退到了一旁。

转眼间，燕亭落在了船头上，他穿着一身青色的长衫，身形比离开京城时长高了许多，风尘仆仆，显然是刚进京，连家都没回便进宫了。他身上的公子哥儿习气消失得无影无踪，离京大半年，经过了一番历练，整个人变得十分耐看且俊逸。

谢芳华看到燕亭时，几乎认不出了，她犹记得他离京前在忠勇侯府海棠苑说的那一番话以及他的表情，那时候的燕亭，被失意、失望、压力、困顿等诸多东西压着，整个人没有鲜活之气，她那时候就觉得，他若是不走，他这一辈子就毁了。

如今的他看起来极好！

秦钰乍然见到燕亭，也愣了一下，随即笑了："大半年不见，变化如此之大，难道北齐的水土比咱们南秦的水土养人吗？"

燕亭拍拍身上的灰尘，闻言对秦钰挑了挑眉："大半年没在京城，南秦的京城天都换了。四皇子变成了太子，太子又变成了皇上，一时让我真有些不习惯。"说罢，他上前两步，对秦钰拱拱手，"燕亭拜见皇上，皇上万岁万岁万万岁！"

“燕小侯爷果然长进了不少，朕本来以为你见到朕不会见礼呢。”秦钰摆摆手，“免礼吧。”

“不敬君父可是大罪，担当不起。”燕亭直起身子，看着秦钰道，“北齐的水土再好，但也不是我的根。”

“你这般冲上船，已经不敬了。”秦钰看着他，微笑着说道，“幸好你还记得南秦是你的根，朕曾经还真担心你一气之下不回来了。”

“顾不得不敬了。皇上的船若是开远了，我还得现找船去追，在这皇宫里，如今有没有人给我船用还是个未知数。”燕亭抹抹额头上的汗，转头看向谢芳华，认真地打量她。

谢芳华对他轻轻挑了挑眉。

燕亭看了谢芳华半晌，缓缓开口：“芳华小姐越发美丽了！”说罢，他又转向秦钰，似笑非笑地问，“难道是这皇宫里的水土比宫外养人？”

燕亭的这句话是对应着早先秦钰说他的话，但同时又含着一层极其隐晦的意思。

秦钰并没有作答。

谢芳华看着燕亭，代替秦钰回答他的话：“这宫里的水土的确比宫外养人，毕竟是天子之家，多少人想进都进不来。”

燕亭一愣，似乎没想到谢芳华会接他的话，他转头看向她，眼底多了一抹探究的意味。

谢芳华却不再看他，而是转向湖边，只见李沐清和崔意芝已经到来，二人不像燕亭一般利用功夫跳上船追来，而是停住了脚步，正向这边看来，她道：“改日再游吧！”

“喊他们上来就是了！”秦钰摇摇头，向身后看了一眼。

小泉子立即上前一步，对着岸边扯着嗓子喊：“李公子、崔侍郎，皇上请您二人上船。”

李沐清和崔意芝闻言，对看一眼，齐齐足尖轻点，踏着湖里的水草、荷叶，转眼间便落在了船头上，二人果然武功卓绝。当然，李沐清的武功更高一些，他踏水无痕。

二人站稳脚跟后，齐齐对秦钰见礼：“拜见皇上！”

秦钰温和地摆摆手：“免礼。”

二人直起身。

秦钰含笑看着二人：“据说秦铮与你们一同返京了，怎么不见他人？”

李沐清看了秦钰一眼，又看向谢芳华，谢芳华面色平静，看不出什么情绪，他一时没接话。

崔意芝也看了二人一眼，谨慎地回话：“回皇上，三日前表哥说另有一桩要事要做，便与我们分开了。”

“嗯？是何要事？”秦钰问。

崔意芝摇摇头：“表哥没说。”

秦钰点点头，对三人道：“走吧，进舱里聊，如今快晌午了，太阳太烈。”

三人齐齐点了点头。

一行人进了船舱，船向湖中心有着大片荷花的地方划去。

船舱内布置得雅致舒适，设了几处矮榻，躺或坐都可以。

小泉子指挥着船上的两名内侍，端了冰镇的汤品上来，秦钰见了，对他道：“不要给芳华喝这个，太凉了，对她将养身体不利，给她拿温的。”

“是，皇上。”小泉子逐一放下后，匆匆去了。

李沐清闻言看向谢芳华，关心地问：“听说你受了极重的伤？怎样了？可好些了？”

“无碍了。”谢芳华摇头。

秦钰道：“哪里是无碍？还需要多将养些时日，不可大意。”

谢芳华无奈地看了他一眼：“我是医者，难道还没你清楚自己的身体？”

秦钰摇头：“你这个医者能治好别人，却不能治好自己，不盯着你怎么行？”

谢芳华无奈：“你好烦。”

秦钰失笑：“为了你好，还遭你嫌弃。”

谢芳华别过头，似乎懒得再理他。

李沐清的目光在二人中间探寻了片刻，收回视线端起汤品来喝。

燕亭看着谢芳华，说道：“我离开京城时，你大病未愈，看着苍白、虚弱，像是一阵风就能吹倒，如今看来倒是比那时候大好了。”

谢芳华闻言，说道：“那时候的病是装的。”

燕亭一愣，睁大眼睛看着她：“装的？”

谢芳华点点头。

燕亭难以置信：“你竟然是装的？”顿了顿，他又问，“装了多年？一直没病？还是……病其实悄悄被治好了，只不过是为了蒙蔽他人？”

“没病！”谢芳华摇头，“我一直在无名山，爷爷和哥哥为了遮掩我不在府中的事实，便谎称我得了大病，再加之，哥哥那时是真的有病，而我一个闺阁女子，本来就没多少人关心我的死活，也就蒙混住了。”

燕亭震惊地说道：“那些年你在无名山？那忠勇侯府里的那个女子是谁？我可是见过她好几面呢。”

谢芳华瞥了他一眼：“是我的婢女品竹，她善于易容。”

燕亭一呆，须臾恍然大悟：“怪不得她一直不露脸……”

谢芳华笑了笑。

燕亭忽然问：“这么隐秘的事，怎么就被你轻易给说了出来？”

谢芳华淡淡地说道：“先皇已经去了，这里除了你，还有谁不知道？说不说也没什么打紧。”

燕亭闻言看向左右，果然见李沐清和崔意芝没有露出意外、惊讶等神色，他撇撇嘴：“果然离开京城久了，回来后一件事情都够我消化个十天八天的，实在是……”

“你若是待个十年不回来，该不认得南秦了。”李沐清取笑他。

燕亭喊了一声：“你倒是在京中呢，也没见你有什么作为。”

李沐清笑着摇摇头：“还以为你的脾性改了，原来还是一样话语不饶人。”

燕亭轻轻哼了一声。

“侯夫人想你想得紧，你还没回府吧？”秦钰问。

燕亭点点头：“不着急。”

秦钰道：“如今边境兴兵，子归和王贵带领着五十万兵马，三仗下来有些折损，朕本来打算请沐清和你带兵去边境，不过，昨日秦毅带着五万私兵去了，派兵增援倒没那么紧迫了。”

燕亭闻言眨了眨眼睛，摇头道：“我此番回京，可没打算再离京了，再说，我没在军营待过，若是去打仗，岂不是纸上谈兵？”

“没在军营待过才要历练，永康侯和夫人在你离京的这些日子似乎想通了，不再拴着你做个世袭的侯爷。你确定你不想自己闯一番？免得将来后世评说你毫无作为，只靠祖荫。”秦钰挑眉。

燕亭撇撇嘴：“以后再说，反正我刚回京，不想离京了。”

秦钰笑着说道：“也好，反正西山军营的三十万兵马暂且不会动。另有策略对付齐言轻，待策略生效，边境的兵战会暂时息止。这期间，筹备军饷以备应援，还有许多的事情也需要你们。”

“只要不让我再出京，安排什么事情我都能做。”燕亭喝了一口汤品道，“还是南秦的水好喝，哪里也不如京中待得舒服，连空气都更好闻。”

“你是在外太久，乍然回京才觉得京中处处好。”李沐清说罢，对秦钰道，“皇上尽管吩咐，若是去边境，我明日即可动身。”

“前两日，左相建议让你去边境援助子归，不过如今倒是不急了。”秦钰道，“老一辈的朝臣大多不得用了，朕以后还需要仰仗你们。如今就是筹备军饷，再有就是科举选才，朝中的血该换换了。”

李沐清点头。

秦钰又看向一直不怎么言语的崔意芝，笑着问道："意芝，这些日子你和秦铮一直没音信，发生了什么事？"

崔意芝说道："听说临安城危急，王爷、左右相相请，我和表哥便一起出了京城。"顿了顿，他看了谢芳华一眼，见她没什么情绪，似乎不反对他说出些什么隐秘之事，便继续说道，"我手里有清河崔氏族长给的灵鸟，灵鸟以追踪术追踪到了芳华小姐的下落。一路追到奈何崖处，我们便顺着机关寻去了寻水涧。那时候芳华小姐已经走了，我们见到了云澜公子。"

"之后呢？"秦钰问。

"表哥得知芳华小姐带着黑紫草走了，便拉着我在寻水涧住了下来，直到云继公子找去。我们得知先皇驾崩时，才离开了寻水涧，彼时李公子也已经找去了寻水涧，我们便一起回京了。途中，表哥说另有要事，便与我们分开了。"

秦钰皱眉："一直待在寻水涧，他自己的意愿？"

崔意芝点点头。

秦钰不甚理解，偏头去看谢芳华。

谢芳华懒洋洋地半靠着软榻躺着，头偏着看向舱外，似乎没有听他们说的话。

秦钰回过头来，问崔意芝："你们住在寻水涧的那些日子做了什么？"

崔意芝道："表哥和谢云澜每日下一局棋，他身上也受了内伤，其余的时间，他便在屋内打坐，以便复原伤口。"顿了顿，他又道，"寻水涧无法对外传递消息。"

秦钰点点头。

几人又闲话了片刻，船来到湖中心，有几只鸳鸯在那里嬉戏，船来了，惊得它们四下里奔走。

燕亭扭头看向外面，见此情景说道："都说鸳鸯成双成对、比翼齐飞，可是如今只有这么小的动静，它们便四散跑开了，可见鸳鸯不是代表双宿双飞的吉祥物。"

李沐清失笑："你去了一趟北齐，收获还真是多呢，以前最不屑研究这等事情，如今也细致入微地观察起来了。"

燕亭叹了口气："这荷花可真没什么看头。"说罢，他又对秦钰说道，"皇上，你们赏一眼就算了，我这肚子还饿着呢。你要是想让我未来为朝廷出力的话，就不该饿坏我。"

秦钰微笑，不搭他的话，看向谢芳华，温声问："你若是想再看片刻，我便吩咐人另置一艘船送他们回去用午膳。"

"不必了，回去吧。"谢芳华摇摇头，"这荷花开得的确极好，不过也快要败了。"

“再过两个月就可以看桂花了。”秦钰道，“各花应各季，各季赏各景，败了明年再看就是了。”

“也对！”谢芳华笑着点点头。

秦钰吩咐船往回行驶。

来到湖边，下了船，秦钰吩咐在御花园的观景台摆午膳，邀李沐清、燕亭、崔意芝一同用膳，三人也不推辞。

午膳期间，几人围绕着筹备军饷和征兵，以及登基后兴政利民之事闲聊。

午膳后，李沐清、燕亭、崔意芝告辞，出了皇宫。

秦钰送谢芳华回宫休息，自己开始批阅奏折。

燕亭刚走出宫门便见到了永康侯夫人和燕岚，她们正在宫门口等着，他看到他娘大着肚子时愣了一下，快步走上前喊了一声：“娘。”

永康侯夫人流着泪点点头，不错眼珠地看着燕亭，似乎多年没见着了。

“怎么不在府中等我？这么热的天小心中暑。”燕亭上前扶住她，责备地看了燕岚一眼，“你也不劝着些。”

“哥，你回来了，我在娘的眼里就不是宝贝了，知道你进城了，她在府里哪儿还等得了？我劝也劝不住，只能陪着她来这里等了。”燕岚瞋了燕亭一眼。

“走，我们先回府。”燕亭道。

永康侯夫人见到儿子，觉得自己以前真是错了，儿子出去这一趟，再回来明显跟换了一个人似的，与右相府的李沐清和清河崔氏的二公子站在一起丝毫不逊色。她高兴地点点头：“别埋怨你妹妹。”

燕亭本来也不是真埋怨燕岚，回头对李沐清和崔意芝告辞。

二人笑着上前对永康侯夫人见了礼，目送燕亭和燕岚、永康侯夫人三人上了马车。

三人离开后，李沐清问崔意芝：“崔侍郎是回府，还是去英亲王府？”

“我先去英亲王府，姑姑想必想知道表哥这些日子的事情。”崔意芝道。

“正好，我也准备去英亲王府之后再回府，一起去吧。”李沐清道。

崔意芝点点头。

二人前往英亲王府。

英亲王府内，英亲王和英亲王妃知道李沐清、燕亭、崔意芝三人回京了，派人去宫中探了几次消息，知道三人吃完饭出宫了，正要派人去请，李沐清和崔意芝就来了。

英亲王妃见到二人，立即问道：“李家小子、意芝，铮儿哪里去了？怎么没与你们一起回京？”

李沐清和崔意芝给英亲王妃见礼。

崔意芝将秦铮出了寻水涧后独自离开的事情说了一遍。

英亲王妃听罢蹙眉："他孤身一人能去哪里？他真没告诉你们他要去哪里？"

崔意芝摇摇头，李沐清也摇摇头。

英亲王妃叹了口气："这个孩子，真让人担心！"说罢，她又问，"那这些日子，你们在寻水涧没听闻先皇驾崩之事？"

"听闻了，外面每日的消息，都会有人传到寻水涧，谢云澜并没有隐瞒我们。"崔意芝道，"表哥知道先皇去了，说南秦江山如今这副样子，他一走倒是自己省心了，赶回来也迟了，便没赶回来。"

英亲王妃点点头。

"为何你们一直在寻水涧待着？"英亲王不解。

崔意芝摇头："我也不晓得，表哥住在寻水涧，后来便不走了。直到谢云继、沐清兄先后找去，我们才离开寻水涧。"

"临安城危难，北齐兴兵，他却待在寻水涧不走，实在让人费解，看来只有见到他才能知道了。"英亲王又问，"他说什么时候办完事情回京了吗？"

崔意芝摇摇头。

英亲王又问："那他可知道皇上要登基、立后之事？"

崔意芝点了点头："出了寻水涧便听说了，如今天下都传扬开了，都在说新皇和芳华小姐之事。"

英亲王妃恼怒："这些百姓真是爱嚼舌头根子，有个风吹草就动了，还没确定的事情传得沸沸扬扬。"

"新皇登基是大事，立后也是大事，百姓们传言也正常。"英亲王道。

英亲王妃又询问："铮儿听说皇上登基、立后之事时，是什么反应？"

崔意芝想了想，看向李沐清。

李沐清叹了口气："好像笑了。"

"什么？"英亲王妃一愣。

李沐清又看向崔意芝。

崔意芝点点头："他当时似乎真是笑了。"

"这孩子，不知道到底是怎么个想法。"英亲王妃也不解了。

英亲王更不解。

二人如此盘问了半天，只是了解到秦铮平安，一直待在寻水涧，对于他为何没立即回京，而是另外去办什么事情，全然不知，对于秦钰登基并立谢芳华为后之事，也更是费解，并没有从中得到有用的消息。

不过，让二人感到安慰的是，秦铮已经知道秦钰要登基、立后之事了，既然知道了，接下来就看他自己的了，这种事情谁也帮不上什么忙。

四人叙话片刻之后，英亲王妃问李沐清："李小子，你和芳华比较熟悉，你此回进宫看到她了吧？"

李沐清点点头："看到了。"

"你觉得她是否哪里有变化？"英亲王妃询问。

李沐清想了想，点头："确实有变化，主要是在对皇上的态度上。以前，她不喜欢皇上，甚至厌恶，与皇上见面时说话的语气都十分冷淡。如今言语温和，脾性温软，二人聊天时还时而有些逗趣，若是搁在以前，这是不可能的。"

英亲王妃闻言愁容满面："难道她是真的发现自己和铮儿脾性不和，喜欢上皇上了？"顿了顿，她又道，"还别说，华丫头脾性温和清淡，皇上性情也极温和，他们还真是有相通的地方。而铮儿……唉。"

"兴许是先皇去了，皇上又表明不对谢氏出手，所以二人言和了吧。"李沐清道，"毕竟芳华的软肋就是谢氏。"

"但愿吧！"英亲王妃叹了口气。

李沐清和崔意芝在被英亲王妃盘问了一个时辰后，才各自回了府。

二人离开后，英亲王妃道："咱们铮儿可不是一个在一个地方闲得住的主儿，他这些日子没离开那个寻水涧必有原因。"

英亲王点了点头。

当日燕亭回府时，永康侯也办完了秦钰交代的事，从皇陵回了京城。

永康侯进城后，虽然急着想见燕亭，但还是按捺住了，先进宫对秦钰复旨。

处理的结果：三皇子、五皇子被贬为庶民，柳太妃和沈太妃留在皇陵为先祖和先皇守灵。

秦钰对这个处理结果很满意，点点头，温和地对永康侯说道："侯爷辛苦了，赶紧回府吧，燕亭已经回来了。"

"多谢皇上！"永康侯见皇上满意，松了一口气，匆匆出了宫。

回府后，永康侯见到燕亭，虽然没像永康侯夫人那样喜极而泣，但见到了他的一番改变，也甚是欣慰。

第二日早朝时，秦钰与群臣议事，言及暂且延缓援兵漠北边境之事，还说了对回京的李沐清、燕亭另有重用。

群臣自然无异议。

当日下了早朝后，小泉子便持着秦钰的圣旨先后去了右相府和永康侯府。

李沐清进翰林院，燕亭进吏部。

虽然秦钰并没有对二人授予具体官职，但言明了今后事关筹备军饷、选才任能的，由二人全权做主。

这样的圣旨下达后，朝中的一众官员暗暗提了一口气。

李沐清和燕亭回京后被这样安置，预示着皇上以后要重用二人。皇上没言明他们的官职，也就是他二人代天子行事，告诉翰林院和吏部的一众官员，对二人全力配合。

自此后，朝中便又多了两位举足轻重的官员，一位是李大人，一位是燕大人。

朝中有大半的官员都是出乎意料的，皇上身为太子时，李沐清与其关系并没有多亲近，相反，李沐清与秦铮的关系更近一些。而燕亭更是秦铮阵营的人，而且与秦铮一道处处看秦钰不顺眼。他们二人如今却都被委以重任，而且二人也乐于担当此任。

秦铮不知去了哪里，没与几人一同回京。

而曾经的英亲王府小王妃，如今住在皇宫里，新皇的登基之日若是没意外，新皇便会在那一日立后。

朝中的一众官员暗暗揣测，纷纷觉得自己真是老了，看不懂年轻一辈执掌下的朝局了。

七日后，谢芳华给秦环开的药方已经到了期限。

谢芳华吩咐侍画将秦环带到她面前，于正午时看着他服下最后一剂药。

秦环将最后一剂药服下去之后，谢芳华给他把脉，片刻后她对侍画道："去将殿门关上，将我从宗师身上搜到的装虫蛊的钵拿来。"

侍画点点头，将殿门关上，将钵取出来递给了谢芳华。

谢芳华招手，让秦环站在她面前，对他说："将手伸出来，食指递给我，闭上眼睛，一会儿无论感应到了什么都不要怕。"

秦环在皇宫待了七日，早已经不惧怕谢芳华了，还觉得她很好，于是乖巧地点点头，按照她所说，将手伸出来，将食指递给她，闭上了眼睛。

谢芳华轻轻捏住他的手，手心溢出淡淡的青色气体，将他的食指缠绕住。

侍画见了立即说道："小姐，言宸公子说了，半年之内您不可以再妄动魅……"

谢芳华摆手制止她说下去，低声说道："不动用本源，只是引出他体内的虫蛊，折损不过丝毫，无碍。"

侍画闻言只能住口。

片刻后，只见一根血线爬上了秦环的食指，渐渐在指腹处破开一个小洞，须臾，慢慢地试探地挪动出了他的食指，迅速地吸食缠绕在他食指上的青色气体。

这是一只极小极小的血虫，肚子有些圆，胖胖的，看起来有些可爱。

侍画睁大了眼睛，大气也不敢出。

谢芳华打开钵，指尖轻轻一卷，青丝缠住了那只血红色的小虫子，将它放入了钵里。

谢芳华将钵扣住，撤回了青色气体，隐约听到里面发出了极其细微的、代表着抗议的动静。

谢芳华将钵收好，拍拍秦环的脑袋："好了，可以睁开眼睛了。"

秦环慢慢地睁开眼睛，好奇地看着谢芳华手里的钵。

谢芳华对他笑笑："如今你好了，可以回去找你娘了，我这便命人送你回去找你娘好不好？"

秦环点点头，又露出不舍的神情，小声说道："可是我舍不得你。"

谢芳华失笑："你娘就住在这京中，不是太远，你回府后，要是想我了还可以来看我。"

秦环顿时高兴了起来，连连点头，小脸恢复了光泽。

谢芳华对侍画说道："将他先送去让秦钰过目，之后秦钰会派人将他送回裕谦王府。"

侍画点点头，牵着秦环下去了。

第十五章
秦铮归来

秦钰正在御书房与李沐清、燕亭、崔意芝议事，这几日以来三人对于如何筹备军事有了个大体的方案，拿过来与秦钰一起商议。

侍画来禀告之后，秦钰露出讶异的神色：“秦环好了？他身体里的虫蛊解了？”

侍画点点头：“小姐将东西取出来了。”

秦钰见秦环面色红润，看起来十分健康，他问：“是服药后自己出来的，还是她取的？”

“是小姐引出来的。”侍画道。

秦钰顿时皱起眉头：“用了魅术？”

侍画点点头。

秦钰腾一下站了起来：“言宸不是早已经说了，她半年内不能动用魅术吗，她怎么又动用了，你为何不拦阻？”

侍画小声说道：“小姐说，只是引一只小虫子，动用不了分毫，所以……”

“那也不行！”秦钰说着，便快步向外走去，“我去看看她。”

他刚走了几步，又回头吩咐：“小泉子，你即刻将秦环送回裕谦王府。”说罢，见李沐清、燕亭、崔意芝三人都看着他，他摆摆手，“今日就先商量到这儿。”话音刚落，他便出了御书房。

小泉子立即将秦环送出了宫。

侍画连忙跟上秦钰。

李沐清、燕亭、崔意芝三人对看一眼，虽然都不太明白发生了什么事，但也知道事关谢芳华动用魅术之事。不过她住的地方是后宫，三人都是外臣，秦钰不带领的情况下，他们不方便进入。

三人出了御书房，看向后宫的方向。

重重楼阁宫阙，庭廊深深，一眼望不到尽头。

三人只好暂且搁下要与秦钰商议的事情，出了皇宫。

出了宫门，燕亭回头看了一眼，嘀咕：“真不知道这皇宫内苑有什么好的，深不见底，哪里有宫外自在？！”

李沐清叹了口气：“兴许有迫不得已的理由。”

燕亭不置可否，提议：“回京后一直没去来福楼，走，今日既然无事了，就去喝一杯吧。”

“也好！”李沐清点头。

崔意芝没异议。

三人一起去了来福楼。

秦钰到了后宫后，见到谢芳华，责备道：“言宸走时再三嘱咐我，让我盯着你，你却不听，又动用魅术，难道真想自己的身体废了不成？”

谢芳华无奈地看了他一眼：“你来得倒挺快。”

秦钰微沉着脸看着她：“信不信我现在就给言宸传信？是不是只有他管得住你？”

谢芳华翻了个白眼：“你吓唬小孩子吗？我是有些怕言宸，但也没不听话。”说罢，她软了口气，“就是一点点，我真是没别的办法了才动用魅术的，这个血蛊只能用魅术引出来，我保证以后不再动用就是了。”

“你的保证有用吗？”秦钰依旧不满，板着脸问道。

“有用！”谢芳华伸出手，“要不然击掌立约。”

“算了，总之是你自己的身体，就算我与你击掌，你若是想反悔，我又拿你有什么办法？”秦钰摆摆手，“下不为例！”

谢芳华失笑：“下不为例。”

秦钰见她难得地服软，脸色好了些，问她：“血虫呢？给我看看。”

谢芳华摊手：“没办法给你看，一旦打开盖子，它就会立即跑出来，我必须用魅术再引它入内。”

“那算了。”秦钰作罢，问道，“这个虫子你打算用它做什么？”

“不是说了吗？等着人来取。这么重要的东西，总会有人来拿的。”谢芳华道。

秦钰点点头，还是不放心她的身体：“你的身体真的无碍？”

“无碍，我是医者。”谢芳华头疼地道，“你这个皇帝，每日要处理的事情那么多，不要只盯着我好不好？”

“你若是肯听话，我哪里还用得着费心盯着你？”秦钰也无奈。

谢芳华看着他，好笑，挥挥手：“你快去处理事情吧，我这里没事。”说罢，她想起了什么，又道，“对了，放出风声去，就说裕谦王府的孩子找到了，生病被我治好了。”

秦钰意会，点点头，见她真没事，才放心地走了。

小泉子将秦环送回了裕谦王府，顿时惊动了裕谦王、王妃、秦毅的夫人等人。

众人齐齐迎了出来。

秦毅的夫人见到秦环，顿时哭着上前一把将他抱在了怀里，秦环高兴地喊“娘”。

秦环的小脸红扑扑的，气色极好，哪里还是那个中了虫蛊被人控制的病弱孩子？

裕谦王和王妃对看一眼，连忙齐齐上前对小泉子道谢。

小泉子摆摆手，说道：“奴才可当不起王爷和王妃的谢，小公子是皇上和芳华小姐找回来的，小公子的病是芳华小姐治好的，王爷和王妃若是要谢，就进宫去谢吧。”

裕谦王连连点头：“本王稍后就去宫里谢恩。”说罢，他示意管家赏小泉子。

小泉子也不推辞，领了赏回宫去了。

裕谦王妃见小泉子走了，拉过裕谦王悄悄地担心地问：“王爷，如今孩子就这么光明正大地被找回来了，那背后的人万一对咱们再……”

“糊涂！”裕谦王扯开袖子，对她瞪眼，“皇上既然如此做，就是自有主张，你不要再妇人之见，免得害了我们全家。”

裕谦王妃委屈地点了点头。

裕谦王连忙沐浴、更衣，收整一番后匆匆进宫去谢恩了。

秦钰这次并没有为难裕谦王，只是嘱咐他，若是再有人来威胁他，骨气硬些。既然在京中，他便不会让裕谦王府出事。

裕谦王连连点头，欢喜地出了宫。

当日，裕谦王府找到了孩子、谢芳华将孩子的病治好了的消息迅速地传出了京城。

十日之后，京城极其安静，除了礼部忙碌地筹备着新皇的登基大典，以及李沐清、燕亭、崔意芝筹备军事外，京城内外再无其他动静。

言宸从离京后便没有消息传来。

秦钰派出去的隐卫也全无消息传回来。

京城内太太平平的。

十日后，谢墨含的加急文书传到了京城，言北齐二皇子齐言轻突然返回了北齐京城，边境兵战暂时息止。

文书传来后，南秦朝臣齐齐猜测北齐京城到底出了什么事情，为何齐言轻离开了北齐边境？不过就南秦目前的形势来说，他离开边境是好事，可以给南秦充足的时间做准备。

三日后便是秦钰登基的吉日了。

这期间，秦铮一直杳无音信。

眼看着新皇登基的日子一天天临近，英亲王妃在府中急不可耐，但又全无办法，她派出去的人至今也没传来消息。秦铮如今到底在哪里，谁都不知道。

英亲王生于皇家，长于皇家，又在朝中多年，对政局有着一定的敏锐度。他不比英亲王妃只在意秦铮和谢芳华的婚姻，他对朝局有了一丝忧虑，如今的南秦在他看来太过平静了。

平静得让人恍惚觉得真是一个太平盛世。

数月前京城内外接连出事、边境兴兵等等，似乎都成了云烟。

可是清醒的他知道，先皇留下的诸多问题和烂摊子没有彻底地解决，怎么可能有太平盛世？

所以，如今的太平不过是随时会粉碎的镜面，一旦粉碎便会掀起滔天巨浪。

与英亲王一般的重臣，如左右相、永康侯、翰林大学士、监察御史等人，也敏锐地觉察到了这一点。

这些日子，李沐清、燕亭、崔意芝在军饷筹备、军事征兵方面有了一定的进展。

三日一晃而过。

这一日便是秦钰的登基之日了。

前夜，下了一夜的细雨，宫墙和京城各处都被雨水洗刷得极其干净，早晨起来，空气中有一丝丝泥土的清香味传来。

这一日，京城九门皆调动重兵把守，皇宫内更是被重重的御林军把守着，严防有人作乱。

一早，秦钰便着内侍官给谢芳华送来了皇后的礼服。

礼服极其漂亮，流光异彩，在旧制的基础上，秦钰还是用心地让人做了细微的改动，凤凰振翅欲飞，浴火翱翔于九天，栩栩如生。

秦钰穿戴好崭新的龙袍，前来见谢芳华，对她温声说道：“先行即位礼、大赦天下、颁布诏书登基，接玉玺、百官朝贺等一应事毕，才行封后大典。前面一应事情十分烦琐，估计要大半日，你先在这里休息，待封后大典快要开始时，我派人来喊你入朝。”

谢芳华慢慢地点了点头。

秦钰看着她，片刻后上前一步握住了她的手，低声说：“芳华，若是登基、立后顺利，你就做我真正的皇后，可好？”

谢芳华抬眼看他。

秦钰与她目光相接，温声说道：“这一生，我们携手到老，不求百年，只求你我一生，我为帝你为后，为南秦江山开创出真真正正的太平盛世。”

谢芳华从他的目光中看出了真挚、坦诚，她的神色现出片刻的恍惚，不过瞬间她便掣回手，对他道：“若是今日真能顺利，我便应承你。”

秦钰露出笑意：“当真？”

“不是君子，也能一言九鼎！”谢芳华道。

秦钰颔首，上前一步抱住她：“在平阳城的月老庙，我曾经将你我的名字写在了红布条上，吩咐月落用彩带挂到了槐树上。那棵槐树长了千年，成就了不少姻缘，我只祈求到我这里灵上一次就好。”

谢芳华一怔。

秦钰将她抱紧，似乎要将她揉进怀里，片刻后又慢慢松手放开她，低声说道：“月落对我此举不解，说你明明对我无意甚至厌恶，我为何偏偏对你执着。当时我对他说，我不比秦铮晚识你，只不过造化弄人罢了。”

谢芳华抿唇。

秦钰轻轻抬手，为她理了理鬓角的发丝，温柔地道：“我只愿今日真能太平，若是让我用生命来换也甘愿。”

谢芳华顿时皱眉：“乱说什么？！”说罢，她便催促他，“快去吧！”

秦钰笑了笑，点点头，转身出了内殿。

谢芳华看着他被仪仗队簇拥着离开，忽然想起她曾经在平阳城的月老庙见到了秦钰。秦钰穿着一身雪青软袍，身上披了一件轻而薄的暗红色披风，身姿优雅地站在那里，有彩带从房檐上飘落下来，风吹起，拂过他如玉的面容……

帝王登基的音乐响彻整个皇宫。

侍画、侍墨、侍蓝、侍晚、品青、品竹、品萱、品妍八人面对皇后的大红凤袍虽然赞叹不已，但是人人小心谨慎地应对，在这样的日子里，她们丝毫没有喜庆的感觉。

秦钰离开后，太后来到了谢芳华的寝宫。

这是谢芳华进宫以来太后第一次来这里见她。

太后笑容和蔼，身上穿着礼服，跨进内殿后见桌案上摆着皇后吉服，谢芳华站在窗前看着窗外，太后笑了笑：“皇上已经在行登基大典了，芳华小姐怎么还不换后服？”

谢芳华回过头来看向太后，淡淡一笑：“皇上对我说不急的。”

太后走过来握住她的手，十分和气，眉目里都透着欢喜：“今日是皇上登基和立后的大日子，他虽然说不急，但是也不能拖延，还是要早早准备好，登基礼毕便是封后大典了。当年我紧张得不行，可是早早就将后服给换上了呢。”

谢芳华笑着说道：“耽搁不了，太后放心吧。”

太后看着她，笑着说道：“虽然登基大典不让我们女人去参观，但我们也不必只闷在宫里。将衣服换了，我带你去禁苑内的凤凰台，那里能一览整个皇宫的情形，可以看到皇上的登基大典。”

“凤凰台？”谢芳华看向太后，问道。

“是的，在皇宫禁苑内。”太后抿着嘴笑，“皇陵距离京城较远，所以，皇宫禁苑内也设了灵位佛堂，以做太庙。寻常时候它是封闭着的，不准许人私自进入，当年我是偷偷去的，如今倒大可不必了。这后宫里除了皇上，无人敢拦阻我们。”

谢芳华想了想，说道：“既然是宫里的祠堂，就不要去打扰祖宗清净了。”

太后笑着说道：“祠堂在禁苑的内院，凤凰台是外围的观景台，我们并不会打扰祖宗清净。”

谢芳华见太后兴致浓郁，点头：“也好。”

太后见她答应了，心下高兴，连忙让侍画等人为谢芳华换皇后吉服。

侍画等人小心谨慎地帮助谢芳华沐浴、梳洗、换装。

谢芳华收拾妥当后，还没出门小泉子便匆匆来了，见到太后，顿时乐了：“还真让皇上给猜准了，说太后一准儿会来带芳华小姐前往禁苑的凤凰台观礼，让奴才过来问问，如今看来不用问了。”

太后闻言失笑：“他登基大典忙得四脚朝天，还顾得上想起我会带着芳华小姐去凤凰台？不错，我们正要去。皇上可有什么吩咐？”

小泉子笑着说道：“皇上吩咐奴才，说您二人若是去凤凰台观礼的话，就让奴才派人先去将凤凰台收拾一番，大典时间长，免得您二人观得不舒适。”

“真是想得周到。”太后笑着摆摆手，“行了，快去准备吧！我们稍后就过去。”

小泉子应了一声，立即跑了出去。

“禁苑内虽然一直有人打扫，但长年累月被风雨侵蚀，观景就罢了，可真没舒适感可言。还是皇上对你上心，提前安排，如今我们真可以舒舒服服地观看登基大典了。”太后笑着对谢芳华说道。

谢芳华笑了笑，不接话。

太后携着谢芳华出了房门，一众宫女、太监以及随从人员跟着二人向皇宫禁苑走去。

二人来到皇宫禁苑，小泉子已经先一步奉了秦钰的旨意，打开了禁苑的门，命人将里面清扫一新，收拾了一番。

尤其凤凰台上，凤尾香罗帐、美人靠、桌椅、茶点、果盘一应俱全。

小泉子见二人来了，恭敬地见礼："一切准备妥当了，皇上让奴才在这里侍候好太后和芳华小姐就好。"

"这里用不到你，你还是到前面去吧，免得皇上身边没个近身侍候的人，传个话别人兴许都办不好，用着也不顺手。"太后摆摆手。

小泉子点点头，领命去前殿了。

太后和谢芳华一起上了凤凰台。

凤凰台有一百级台阶，比灵雀台还要高上一截。

太后走到一半时向下看了一眼，身子晃了晃，谢芳华立即伸手扶住她，见她浑身是汗、脸色有些白，关心地问："您怎么了？"

太后摇摇头："到底是老了，当年我一口气就爬了上去，怕被人发现，看了一会儿又赶紧爬了下来，端端正正地等着皇上立后。如今到底是不行了，才走到一半竟然就犯了眩晕。"

"要不然还是别上去了，的确有些高。"谢芳华道。

太后摇头："不行，钰儿登基是大事，我总要亲眼看看，这么多年来，我们母子在皇宫里活得并不容易，虽然我明知道其余的皇子都没有他有才华、有谋略，帝位一定是他的，但还是提心吊胆生怕出事。如今总算盼到了这一天，怎么能不亲眼看看？"

"那我扶着您，您小心些。"谢芳华道。

太后点点头，任由谢芳华扶着，一步步上了凤凰台。

凤凰台不仅台高数十丈，而且地理位置十分有利，站在上面的确能一览整个皇宫。

登基大典正在进行，乐师奏乐，百官依次进殿朝贺。

金銮殿外一派盛景。

帝王登基是大事，礼部准备的排场自然是极其壮观的。

太后擦擦汗水，望着金銮殿的方向，面上露出欣慰的笑容。

半个时辰后，百官随新皇一道入了金銮殿。

太后收回视线，笑着说道："殿内的情形是看不到了，不过顶多一个时辰就礼毕了，然后就该封后了。"

谢芳华点点头。

太后道："我们下去吧，回头你休息片刻之后好去前殿。"

谢芳华从前方收回视线，对太后道：“我看您是乏了，先让人扶着您回宫去歇着吧。这里风景极好，我再坐片刻，反正时间还早，稍后我自会去前殿。”

太后想了想：“也好，我是人老不中用了，你在这里多待一会儿也可，不过不要误了吉时。”

谢芳华点点头。

太后让如意扶着，一步步下了凤凰台。

太后的凤驾离开后，谢芳华对侍画招招手：“去拿棋来。”

“小姐，这里风大，仔细您的身子。”侍画小声建议。

“如今这个天气，高处风大些也不会冷着。”谢芳华摆摆手，“去吧。”

侍画点点头，转身去了。

侍画离开后，谢芳华问侍墨：“这个禁苑布置了多少御林军？”

侍墨低声说道：“回小姐，本来在我们寝宫外布置的一万人，刚刚调到了禁苑外围，这内外布置的御林军不下一万五。”

“整个皇宫呢？多少御林军？”谢芳华又问。

侍墨低声说道：“不下五万。”

谢芳华点点头。

侍墨看着谢芳华，有些紧张地说道：“小姐，铮小王爷今日若是真的回京了，闯皇宫的话，这重重御林军，他……”

谢芳华不语。

侍墨话语顿住，不敢再胡乱说话，退到了一旁。

不多时，侍画取来了棋盘、棋子，递给谢芳华。

谢芳华铺开棋盘，自己与自己对弈起来。

侍画、侍墨等人站在一旁。

过了大约半个时辰，小泉子匆匆走来，在凤凰台下恭敬地喊：“芳华小姐，登基大典即将礼毕，请您前去前殿。”

他话音刚落，宫门外便传来了一阵马蹄声，马蹄钉了掌，踩踏在地面上发出的声音十分响亮，几乎掩盖了宫里的奏乐声。

侍画、侍墨等人顺着高台向宫外看去，只见一人一骑飞驰而来，转眼便到了宫门口。

谢芳华抬头看了二人一眼。

侍画立即小声说道：“小姐，是铮小王爷！是他回京了！”

侍墨点头：“不错，真的是铮小王爷！”

谢芳华低下头，平静地看着棋盘，慢慢地落下棋子，一言未发。

小泉子见谢芳华坐在高台上没动静，以为她没听到，又高声说道：“芳华小姐，登基大典即将礼毕，请您去前殿。”

“知道了！”谢芳华没起身。

小泉子便恭敬地在下面等着。

侍画、侍墨紧张地看向宫门口，只见秦铮勒住马缰绳，对宫门口的守卫说了一句什么，守卫们立即给他打开了宫门。

过了片刻，一阵马蹄声由远及近，竟然向皇宫禁苑冲来了。

小泉子大惊，对同来的小太监吩咐：“快去看看，怎么回事？怎么有人在皇宫内纵马？”

他话音刚落，一人一骑便到了皇宫禁苑。

小泉子看清马上的人后，顿时睁大了眼睛，失声道：“铮小王爷？”

他刚看清楚人，秦铮便已经来到了近前，嗖的一声从他的身上跃了过去。

小泉子吓得腿一软，一屁股跌坐到了地上，待他回神时，只见秦铮已经勒住了马缰绳，仰头看向凤凰台上。

守卫皇宫禁苑的禁卫军刚要拉弓搭箭，见是秦铮，箭羽便僵住了。

小泉子揉揉眼睛，看清楚这个人的确是秦铮，顿时暗叫了一声不好，撒腿就往外跑，去前殿报信了。

秦铮仰头对着凤凰台上看了片刻，翻身下马，缓步走上凤凰台。

凤凰台上的侍画、侍墨见到秦铮要上来，顿时更紧张了，小声对谢芳华道：“小姐，铮小王爷要上来了。”

谢芳华不语，面容依旧平静。

侍画、侍墨一左一右地守在谢芳华旁边。

秦铮的脚步不紧不慢，半盏茶的工夫他便上了凤凰台。他步履轻缓，整个人英俊贵气。

他上了凤凰台后，看了一眼上面的情形，径直坐在了谢芳华摆的棋局的对面。

对面是太后早先坐的软榻，他懒洋洋地躺在了上面。

侍画、侍墨对看一眼，屈膝见礼：“奴婢给小王爷请安！”

秦铮瞟了二人一眼，摆摆手，抬眼上上下下打量谢芳华，片刻后他的目光落在了她身上的后服上，眯起眼睛。

谢芳华自顾自地下着棋，连眼皮也没抬。

片刻后，秦铮闲闲散散地说：“谢芳华，你知道这里是什么地方吗？”

谢芳华不答话，仿佛没听见。

秦铮看着她：“南秦建皇宫时，起初就决定在这里设金銮殿。先祖请法佛寺的高僧来看，高僧摇摇头，谏言说，这里虽然地势极好，在整个皇宫里风景最佳，但占了鬼门，不吉。于是先祖改了金銮殿的地址，将这里改为皇宫禁苑，做了佛堂太庙，它还有一个名字，叫‘鬼门关’。”

谢芳华抬头看他。

秦铮瞧着她，眉眼间乍然闪过一些情绪，这些情绪翻涌片刻后归于平静，继续说道：“今日你等在这里，是想给我摆一盘死局，还是给你自己摆一盘死局？”

“无论是给谁摆死局，都是死局。”谢芳华看着秦铮，指间轻轻捻动着黑色的棋子，淡淡地说道，“两利相权取其重，两害相权取其轻。连三岁小孩子都知道的道理，你难道不知？”

秦铮懒洋洋地点头：“知！”

“既然知，今日为何还来？”谢芳华向外扫了一眼，御林军刚刚拉开的弓箭并没有收回去，都紧张地注视着高台上，他们已经将整个凤凰台围住了，似乎只待一声令下，便会开弓放箭。她面容凌厉地问道：“不怕死无葬身之地？”

秦铮斜睨了她一眼，无所畏惧：“媳妇儿跑了，自然要追回来！”顿了顿，他补充道，“哪怕是死局，也该死得其所。”

谢芳华嘲讽地看着他，轻轻舒展因为不小心压得起了褶皱的华贵吉服，冷淡地说道：“你媳妇儿跑了，来找本宫作甚？本宫已经跟你没有关系了！”

秦铮闻言腾一下站起身，倾身上前一把夺过她手中的棋子，远远地抛进了香炉，一改闲散慵懒的样子，恶狠狠地看着她说道：“穿着皇后的衣服就是皇后了？爷答应了吗？”

棋子被投入香炉，发出啪的一声脆响，香炉里的袅袅烟雾炸开。

谢芳华平静地看着他：“铮小王爷，请认清楚你的身份，你答应不答应都改变不了事实。”说罢，她伸手一推棋盘，棋子四散打乱，她慢慢地说道，“毕竟这南秦江山，做主的人不是你。”

秦铮冷笑：“南秦的江山如今是他说了算，但是女人却是我说了算！”顿了顿，他冷嗤，“你要做皇后，今日就得问问我答不答应。”

谢芳华挑眉：“你不答应又如何？”

秦铮上前一步，一把拽住她的手腕，两步便拉着她走到了凤凰台的边缘，恼怒地道：“看来我曾经说过的话早已经被你忘了。”

谢芳华用力挣脱，挣了两下没挣开。

秦铮看向凤凰台下，冷冷地重复道：“我曾经告诉你，你是我一直要等的、要换的、要夺的、要守的唯一。若是你这一生不能与我相好，那么，我只能拉着你去九泉了。”

谢芳华眯了眯眼睛：“铮小王爷，你死了南秦江山怎么办？你的命值钱得很，怎能轻易谈死？为了一个女人而死，岂不是会被千秋万世之人笑话？”

“我管他笑话不笑话！”秦铮恼怒地道，“若是你敢嫁给秦钰，我今日便拉着你从这里跳下去。”

谢芳华忽然恼怒，回身对侍画说道：“去请英亲王和王妃来，让他们看看，他们的好儿子是不是只有这么一点儿本事，抢不到女人便寻死觅活！”

侍画一呆，看向谢芳华。

“还不快去？！”谢芳华轻喝。

侍画点头，连忙快步下了凤凰台，向皇宫禁苑外跑去。

秦铮闻言气极而笑：“谢芳华，你还是你吗？什么时候学得这般无赖了？你就非要做秦钰的皇后不可？你何时发现了他的好，转而弃我于不顾了？”

谢芳华不语。

秦铮伸手搂住她，恶狠狠地道：“你以为我娘来了，我就不敢拉着你去死吗？我秦铮这一世就是为了你而活，你成了别人的，我活着还有什么意思？”说罢，他踏出一步，一脚悬空。

“混账东西！你敢！”英亲王妃从远处疾步走来，当看到这一幕时，心顿时提到了嗓子眼儿，恼怒又心惊地大喝。

秦铮扭头看了她一眼，毫不犹豫地带着谢芳华跳了下去。

凤凰台距离地面三十余丈。

凤凰台下，御林军持箭将此处里三层外三层地围得水泄不通。

人从凤凰台上跳下，不被摔死也会被御林军的长矛、箭羽扎死。

英亲王妃眼见秦铮带着谢芳华从凤凰台上跳下，顿时身子一软晕了过去。

英亲王跟在英亲王妃身旁，见此面色大变，怒喝：“铮儿，不准胡闹！”

他话音刚落，秦铮和谢芳华便已从凤凰台上跳下。

“来人，快救他们！”秦钰随后而来，看到这一幕面色顿时一变，喝道，“若是他们死了，禁苑内的所有人都陪葬！”

围在凤凰台下的一众御林军齐齐惊慌，立即扔了手中的长矛、箭羽，瞬间卧倒在地一排排叠下，铺成了一张人肉地毯。

御林军刚刚叠好，秦铮和谢芳华便已跳下，脚踩在了人肉地毯上，秦铮搂着谢芳华的身子晃了晃，冲力之大使得他们脚下的御林军发出了惊天的惨叫声。

时间似乎在这一刻停止了。

秦钰身后闻风而来的文武百官，人人吓得丢了三魂七魄。

秦钰见二人平安，轻轻地舒了一口气，转眼间脸色便阴沉了下来，恼怒地说道：“秦铮，你想死就去死，为什么拉着芳华？”

“她只能是我的妻子，只能跟我去死。”秦铮闻声向秦钰看来，扬了扬眉。

秦钰大怒：“你有什么资格这么霸道？”

秦铮看着他，一字一顿地道：“就凭我和她若是死了，这南秦江山很快就会被北齐夷为平地！这个傻女人为了救南秦江山而弃我于不顾，我就不依！”

谢芳华闻言恼怒地挣脱他。

秦铮死死地搂住她的腰，不让她挣脱，转头问她：“难道我说得不对？”

谢芳华瞪着他。

秦铮拉着她从被他们压着的御林军身上跳下，站到地面上，声音冷寂地说道：“若是只有牺牲你我的婚姻才能保住南秦江山，我宁愿让北齐毁了它。这一世你我做不成夫妻，还管南秦江山干什么？它化成灰也与我不再相干。”

谢芳华别过头。

秦钰眯起眼睛：“你说没有你们，南秦江山很快就会被北齐夷为平地？”

秦铮冷笑：“不信？”

“如何让人相信？”秦钰看着他，反问。

“三百年前，南秦和北齐分庭抗礼，王家和玉家两败俱伤，大势之下谁也再无兴兵之力，只能握手言和。南秦先祖驾崩后，南秦皇室的历代子孙不延续先祖遗志，励精图治，以谋天下，反而盯住快速使南秦江山繁荣起来的谢氏，以防谢氏有一日不忠，皇室和谢氏自此拉锯了二百多年。而这二百多年间，北齐却真正变得强大了，一直以来北齐的目标就是统一天下。”秦铮道。

秦钰不语。

秦铮继续说道：“上一代，老侯爷镇守边境，戎马大半生，又将女儿嫁入了北齐，才保得了南秦几十年的太平。即便这样，南秦朝野上下还意识不到，北齐的国力已经较南秦强上许多了。否则，为何是南秦的女儿嫁入北齐议和，而不是北齐的女儿嫁来南秦议和？”

左相闻言立即上前说道：“铮小王爷此言差矣，当年是谢凤喜欢上了北齐皇帝，才嫁入了北齐。”

秦铮嗤笑：“北齐求娶的是大长公主，大长公主不愿前往北齐，谢英陪先皇于边境谈判议和时，谢凤追去了漠北，为了挽救南秦，故意接近北齐皇帝，为北齐皇帝所喜，才代替大长公主嫁去了北齐。”

左相一噎：“可是多年以来，传言北齐皇帝和皇后情深似海，难道是作假？”

秦铮冷笑：“情深似海也是谢凤的本事，与我们南秦朝野上下的作为何干？”

左相彻底没了声音。

秦铮的目光扫了一圈，继续说道：“这么多年，谢凤一个女子屡次阻挠北齐进犯，堪堪挡了二十年。这二十年间，我们南秦朝野上下在做什么？先皇在做什么？他不遗余力地要除去谢氏，不知限制、掌控隐山隐卫，反而在背后纵容隐山隐卫日益坐大，以用来做南秦皇室的天网之剑，意图有朝一日用这些剑砍断谢氏，可是到头来，隐山隐卫脱离掌控，反而在南秦作乱，皇叔驾崩之时可曾后悔？如今的南秦江山就是烂摊子一堆，北齐若是踏过边境防线，谁敢说不会在短时间内踏破南秦河山？南秦除了西山军营的三十万大军，可有军力与之抗衡？”

群臣闻言，都暗暗心惊，大气也不敢出。

秦铮将目光定在了秦钰的身上：“早些年，你被皇叔教导除去谢氏，你所做的每一件事都是为了除去谢氏。可你在去年去漠北走了一遭，又去北齐转了一圈，才发现错了是不是？可是已经晚了，你想弥补，如何弥补得了？你用十年筹谋算计，心血全部用在了对付谢氏上，想再回头对付已经筹谋了十年不止的齐言轻和玉家人，能做得到吗？不能！”

秦钰抿唇。

“如今你可还要立她为后？”秦铮搂着谢芳华，质问秦钰。

秦钰的眸色由深变浅：“只要她答应，我就会立她为后。”顿了顿，他看着秦铮，“即便你说的这些都有道理，但你又拿什么对她好？拿什么守着她、困着她、将她绑在你身边？你又凭什么？”

“我凭什么，不需要对你交代！”秦铮道。

秦钰嗤笑：“那我守不守得住南秦江山凭什么需要向你交代？”

“什么时候我需要你向我交代了？”秦铮冷笑，“你对秦氏先祖交代就够了。”说罢，他扣住谢芳华的手腕，“我不想与你再废话了，你好好地做你的皇帝，南秦江山是你的，我只要带走这个女人。”

“芳华还没同意！”秦钰道。

“不需要她同意！”秦铮冷声说道，“这个女人在无名山上待了多年，脑子早已经僵了，我将她带回去给她好好地醒醒脑。”

谢芳华用力地挣脱，却挣脱不开，便想使魅术：“谁愿意与你走……”

秦铮见她又要动用魅术，面色一沉，抬手在她后颈一劈，她不及他手快，身子一软向地上倒去。

秦铮伸手扣住她，见她已经昏迷，将她拦腰抱在怀里，对秦钰道：“她不同意也不行，是我的人就永远都是我的人，这一辈子只能与我在一起。”

秦钰恼怒：“她明明不愿！”

“她与你有什么协定？”秦铮看着他，问道。

秦钰抿唇。

第十六章
前世今生

秦铮冷冷地说道：“不管你们之间有什么协定，在我这里一律不奏效。我告诉你，我从前世就认定了她，为了她逆天改命在所不惜，她任何时候都只能姓我的‘秦’。”

秦钰的脸色越发阴沉了：“秦铮，你不能如此任性！芳华有自己的主见，你不能替她决定她该走的道路，更不能将她困在你身边。她从无名山回京后，你便一直缠着她、困着她、拴着她，你就没发现她一直忍你、让你、迁就你吗？你还处处逼迫她，让她不得自由。”

“我就是任性了又如何？她的主见就是拿自己的命做赌注？就是挽救南秦江山让我的姻缘成灰？她倒是大义，可是我就是不准。南秦江山是你的，与她何干？与我何干？偏偏让她弃我于不顾。”秦铮冷哼，“她忍我、让我、迁就我，那又如何？我这辈子要的就是一个她，不管用什么方法，她必须是我的。”顿了顿，他恶狠狠地补充道，“就算她化成灰，也是我的。”

“谢氏的根基在南秦，忠勇侯府的府邸在南秦，你说南秦的江山与她无关？你英亲王府的根基在南秦，府邸在南秦，皇祖父和皇祖母苦心培养你，将最重要的东西都交到了你手上，父皇将地宫令也给了你，临终都没有收回，南秦一壁江山你就占了半壁。如今你说与你不相干？”秦钰看着他，“她已经不愿与你在一起，你又何必强求？”

秦铮冷笑：“你既然都知道，那就最好别惹我，今日让我带走她，否则，爷不介意寒了皇祖父和皇祖母的心，不介意在北齐的铁骑踏平南秦的山河之前先一步夷平它。”顿了顿，他不屑地道，“你怎知她心里不愿与我在一起？她口是心非的事情做得多了。就算她不愿，我也不准。她生是我的人，死是我的鬼。就算她死了，我也能让她复活，更遑论其他。”

秦钰顿时怒了：“你不在意南秦江山，当我在意？南秦江山与你不相干，就一定与我相干？我们都是秦氏子孙，大不了死了拿南秦江山陪葬！”说罢，他猛地一挥手，“来人，将秦铮给朕拿下。”

御林军早已经从地上爬起来，闻言齐刷刷地将秦铮围在里面。

秦铮面不改色：“好，有魄力！爷不喜欢被活捉问罪，有本事就让御林军放箭！”

“放箭！”秦钰大喝。

御林军大惊，犹豫了一下，齐齐拉弓搭箭，对准秦铮。

“皇上，万万不可呀！”英亲王上前一步，一把拽住秦钰。

秦钰甩开英亲王。

右相又连忙上前：“皇上息怒，万不可放箭呀！”

秦钰打开右相。

永康侯又上前：“皇上，千万不可放箭，芳华小姐还在铮小王爷手里呀。”

秦钰打开永康侯。

右相站稳后推了左相一把，低喝：“你不是自诩忠臣吗？还不上前劝说？皇上和铮小王爷有同心咒，若是今日铮小王爷真死了，皇上也活不成，这南秦江山可就真的完了！”

左相打了一个寒战，立即上前，一把抱住了秦钰的大腿：“皇上，您息怒，这箭放不得。您想想南秦的千万子民，您想想好不容易盼着您继承了皇位的太后，您想想先皇临终前的托付，您想想……”

“滚！”秦钰一脚踹开了左相。

群臣齐齐大骇，他们从来没有见过温润如玉的皇上发这么大的火，一时间齐齐跪在地上：“皇上息怒！”

秦钰听而不闻，视而不见，依旧怒道：“放箭，听到了没有？！”

御林军见这个架势，齐齐咬着牙关拉弓搭箭，一时间，弓饱箭满。

“皇上息怒！”压抑的气氛中，一道尖着嗓子的声音从远处传来，说话者似乎一边跑一边喘着气大声喊，“千万别放箭，老奴这里有先皇临终时留的圣旨。”

群臣一听，齐齐转过头去。

只见来人正是在先皇身边侍候的大总管吴权。

吴权跑得一身是汗，到了近前顾不得喘息，先给秦钰见礼：“老奴拜见皇上，皇上万岁万岁万万岁！”

秦钰慢慢地转过头，看向吴权，冷声问："先皇临终时留下的圣旨？"

吴权点点头："回皇上，是先皇临终时留的圣旨！"

"一派胡言！"秦钰大怒，"先皇临终时，朕一直守在床前，何时下了圣旨？"

"皇上，奴才不敢虚言。在您回京的当日，先皇听闻您带着芳华小姐回京了，特意留下了圣旨，嘱咐奴才，不到万不得已不能拿出来。如今已经到了这般关头，奴才无奈，才将它拿了出来。"吴权连忙回答道。

秦钰冷眼看着他："什么圣旨？"

吴权跪在地上，从袖中拿出一幅明黄色的卷轴："容奴才宣读。"

"给朕！"秦钰伸手。

吴权展开圣旨，见秦钰伸手，犹豫了一下，还是将圣旨递给了秦钰。

秦钰接过圣旨，当看到内容时他的脸色忽明忽暗，忽青忽白，来回变换，过了许久，他冷冷地将圣旨扔回到了吴权的身上，抬头生气地对秦铮说道："父皇果然还是向着你的。"说罢，他便转身有些恼怒地走了。

群臣见秦钰离开了，都面面相觑，不知道先皇的圣旨上写了什么。

吴权胆战心惊地接过圣旨，看了已经走了的秦钰一眼，大声地宣读："奉天承运皇帝诏曰：朕今日一觉醒来，方觉以前种种作为，诸事都不甚妥当，尤其对于谢氏，确有不公，奈何已回天乏术。尤其这数日以来，神思更是大多昏聩。以前种种，论功论过，自有后人评说。唯有一事，朕思之念之，放心不下，便是朕两度下旨赐婚，一度下旨废婚之事。唯秦铮和谢芳华，将婚姻做儿戏，实属贻笑大方。今朕收回休书圣旨，以罪己诏之绝笔，告知天下，秦铮与谢芳华仍是夫妻。自此，若是二人再有不和，自愿做和离，不为朕之过也！后世任何人于此诏之后，不得干涉他二人之事，包括新皇，此一事了，朕方可安心闭目，魂兮佑我南秦繁盛永昌。钦此！"

吴权读罢圣旨，群臣唏嘘。

英亲王、左右相、永康侯等一众朝臣，谁也没料到先皇竟然留下了这样的圣旨。

实在是出人意料!

吴权将圣旨掉转过来，让众人看清。

众人过目后，看清的确是先皇所下的圣旨，上面还盖着先皇的印信和国之玉玺。

他们齐齐想着，先皇留下了这样的圣旨，明显是帮了铮小王爷，将芳华小姐还给了铮小王爷，她还是英亲王府的儿媳妇儿，还是铮小王爷的妻子，怪不得新皇会大怒而去。

群臣又暗暗地觉得，无论铮小王爷如何张扬、轻狂、嚣张跋扈，先皇确实从来不曾真的怪罪他，一直以来对他多有纵容。如今为了他，竟然留了这样的圣旨，还以罪己诏的形式昭告天下，连自己最在意的千载名声也不要了。

群臣齐齐叹息，不过也庆幸，幸好有先皇这样的圣旨，才免除了皇上和铮小王爷这一场腥风血雨。

如今的南秦，新皇刚刚登基，实在经不住这样大的波折了。

秦铮忽然笑了一声，嘲讽道："皇叔总算做了一件对的事情。"说罢，他看向秦钰的背影，冷冷地说道，"不过他可不是向着我，而是为了南秦的江山。"

秦钰的脚步顿了顿，头也不回地消失了。

秦铮抱着谢芳华不再多待，向外走去。

御林军立即收起了弓箭，给他让出了一条道。

秦铮走了几步，吹了个口哨，他早先骑来的那匹马顿时跑上前来，他抱着谢芳华翻身上马，纵马离开，不多时，马蹄声便出了皇宫，向宫外而去。

英亲王还没来得及喊住他，他就已经走远，英亲王回过神，见英亲王妃已经醒了过来，正由春兰陪着坐在地上，连忙走过去："你怎么样？可还好？"

"死不了。"英亲王妃没好气地道，"这个臭小子，吓死我了，他要是真死了，我也不活了。"

"他就是混账！"英亲王恼怒，"他若是死了，也是活该！你为什么不活？"

"他再混账也是我的儿子！比你有本事多了！这么多年，你为了南秦江山一个屁都不敢放。我儿子若不如此，如何夺回媳妇儿？"英亲王妃拍拍屁股站起身，对春兰招手，"小王爷是不是回府了？快走，我们赶紧回去。"

春兰点点头，连忙上前扶住英亲王妃。

二人也不管英亲王，匆匆向宫外走去。

"都是被你给惯的！"英亲王在她背后说道。

英亲王妃头也不回，仿佛没听见。

英亲王摇摇头，叹了口气，回头看向左右相等人。

左右相等人相顾无言，今日新皇登基，闹出这一场事端也算是闻所未闻了。

秦铮纵马带着谢芳华出了皇宫，并没有回英亲王府，而是带着她出了皇城。

今日新皇登基，大赦天下，普天同庆，京城内外一片喜气洋洋。

英亲王妃和春兰追出皇宫后匆匆回了英亲王府，刚进门便问喜顺："铮儿和华丫头呢？是不是回落梅居了？"

喜顺立即回答道："老奴听说了宫里发生的事，知道咱们小王爷回来了，便在这里等着，直到现在也没看到小王爷回府！"

英亲王妃纳闷儿："他已经早一步出皇宫了，去了哪里？"

喜顺挠挠头："要不然老奴出去打探打探？"

英亲王妃摆手："快去，快去！"

喜顺连忙招手，派人出府打探。

英亲王妃等在门口。

不多时，喜顺派出去的人回来了，禀告说："有人看到小王爷纵马从皇宫出去后便出了城。"

英亲王妃一愣："他出城去哪里了？"

那人摇摇头。

"从哪个门出的城？"英亲王妃又问。

"北门，因为是骑马，太快，如今不知所终。"那人道。

"这个孩子！不回家出城去做什么？"英亲王妃皱眉，摆摆手，对那人道，"再去找，看看小王爷到底去了哪里。"

"是！"那人又带着人出了府。

春兰宽慰英亲王妃："小王爷如今都回来了，您总不至于每天都提心吊胆了吧，小王爷带着小王妃出城必有主张，不会出事的。"

"也罢！"英亲王妃点点头，向内院走去。

侍画、侍墨等八人追出皇宫后到了英亲王府，听说秦铮并没有带谢芳华回府，而是出了城，八人立即向城外追去。

英亲王、左右相、永康侯等人并没有立即出宫，而是在秦铮离开后追着秦钰去了御书房。

众人请见，秦钰关闭御书房的门，吩咐今日谁也不见。

英亲王等人对看一眼，只能离开皇宫。

出了宫门后，左相拍拍英亲王的肩膀："王爷，转了一圈，芳华小姐还是你家的儿媳妇儿。"

英亲王叹了口气。

"真是江山代有才人出，一代新人换旧人呀。我们不服老都不行，今日这等阵仗若是再来一次，我这老骨头可就受不了了。我在想，是不是该解甲归田了？"左相道。

"你还年轻，解什么甲？归什么田？"右相看了左相一眼。

左相愁眉不展："一直以来，我对小儿疏于管教，如今方才觉得后继无人。不像你们，都有人继承门楣。"

"你不是疏于管教，你是以往管教得太过了。"右相道，"令公子虽然不出彩，但是行事规矩，你也不必忧心。你最起码还能顶几年，皇上器重，你左相府的门楣倒不了。"

"从没见皇上发这么大的火。"左相叹了口气。

"今日虽然惊险，但总算是没出大事。"右相道，"只求经此一事之后，铮小王爷和皇上能够和平相处，否则这南秦江山真危矣。"

"多少年了，他们自有相处之道。"英亲王摆摆手，"我回府去看看那个小子，最不省心的就是他了。"

左右相点点头，各自回了府。

右相府内，右相夫人和李如碧正在绣花，当听到秦铮闯皇宫，皇上与他险些大动兵戈，而又请出了先皇的圣旨时，李如碧的手不小心被扎了一下。

右相夫人哎哟了一声，连忙拽过她的手，恼怒地道："你还没想明白吗？无论如何，这一辈子你都嫁不了秦铮，死心吧！"

李如碧点点头，喃喃地道："死心了。"

右相夫人看她的样子，心下也跟着难受，再不忍责备。

永康侯府内，燕岚听说皇宫之事后，大喜："这才是秦铮！"

永康侯夫人白了她一眼，感慨："你哥哥说铮小王爷一定会赶在皇上登基之日回来，他还真没说错。"

"当初您还处处看不上芳华，如今知道了吧？她可是哥哥想抢都抢不回来的人，更何况当初还有您拖他后腿。"燕岚道。

永康侯夫人抬手给了燕岚一巴掌："哪壶不开提哪壶！"说罢，她又道，"是娘目光短浅，只看表面。不过也多亏了娘当时死活不应，否则你哥哥陷进去，再拔出来可就痛彻心扉了。"

"他那会儿也痛彻心扉，只是您不管不顾罢了。"燕岚道。

永康侯夫人叹了口气："幸好他出走了，要不然娘真就毁了他一辈子了。"

"这也要感谢芳华，是她暗中帮助哥哥躲开了皇室隐卫和咱们府的追踪去的北齐。"燕岚道。

"是该感谢，说起来，咱们府需要感谢她的地方多了。"永康侯夫人点头，"那日你我进宫去找她把脉，我真以为自此后她会成为皇后。没想到，铮小王爷真是死活不放手，硬将她夺回来了。"

"最出人意料的是先皇竟然下了那样的圣旨。"燕岚道。

"是呀，估计谁都没料到！"永康侯夫人道，"皇上也没料到。"

"这样一想，秦钰真是可怜。若没有这圣旨，秦铮定然没那么容易从宫里带出芳华。"燕岚支着下巴，欢喜地道，"不过她再回英亲王府后，我若是想找她，可比去皇宫方便多了。"

"你就知道玩！"永康侯夫人点了点她的额头，训斥道，"不准说皇上的名讳，他是皇上，江山在手，美人以后多的是，哪里可怜？"

燕岚嘟嘴，不服气地道："多少美人也不及那一个心上之人。先皇倒是后宫佳丽三千呢，还不是一辈子心心念念着英亲王妃？"

永康侯夫人一噎，没了反驳之语。

左相、翰林大学士、监察御史等朝中一众大臣的府内，内眷们都在谈论这件事。

皇上登基之日，铮小王爷大闹皇宫，带出了芳华小姐，一时间，京城内外便传扬开了。

各种版本，经久不衰。

英亲王府派出去的人找了一日也没有找到秦铮的下落，秦铮出了城后便不知所终了。

侍画、侍墨等八人也没有找到秦铮，只好返回了英亲王府。

英亲王妃又是担忧又是生气："这个死孩子，他将华丫头带去了哪里？就他那个驴脾气，可别将华丫头怎样才好。"

英亲王看着英亲王妃，无奈地说道："这世上，当娘的人数你最累，没回京时盼着他回京，他回京后不回府又四处找，如今又担心华丫头，你整日里最是操心。"

"真是操心的命！"英亲王妃揉揉额头，"我就是怕他们两个再互相伤害。"

"即便互相伤了，你也帮不上忙。"英亲王道。

英亲王妃摆摆手："算了算了，不管了不管了。"

"今日不回来，也许明日就回来了，睡吧。"英亲王拍拍英亲王妃。

英亲王妃点点头。

可是转日，秦铮依旧没有带谢芳华回府，依旧不知所终。

新皇登基的第二日，新皇并没有上早朝。

群臣都等在金殿内，小泉子来公布今日免朝的消息时，左相一把拉住他小心地问询皇上如何了。

小泉子叹了口气，小声说："皇上昨日一直将自己关在御书房，今日还在御书房没出来。"

左相大惊："那怎么行？皇上可别出事！"

小泉子摇摇头："相爷放心吧，奴才自小就陪在皇上身边，皇上需要自己安静两日。"

左相闻言松了一口气，嘱咐道："一定要仔细、小心地照看皇上。"

小泉子点了点头。

既然无早朝，群臣便只能散了，各自前往各自的职位应卯。

一连三日，秦铮与谢芳华都是音信全无。

英亲王妃坐不住了，正要调动全府的人出去找，青岩便出现在了英亲王府，送回了秦铮的口信，让英亲王妃放心，他们一切都好，该回府时自己会回府。

英亲王妃总算放下了心，刚要询问青岩，青岩就已经离开了英亲王府。

英亲王妃无奈，生气地说道："真是主仆一个德行！连句多余的话也不说。"

春兰宽慰道："王妃这回大可放心了，小王爷说安好，就一定是安好。"

英亲王妃点点头："也是，他这回从皇宫带出华丫头时未得她同意，两个人是该找个地方，避开喧嚣好好地谈谈。"

春兰点点头："一准儿是这个理儿，咱们小王爷聪明着呢。"

英亲王妃顿时笑了，瞋了春兰一眼："你不愧是看着他长大的，最会夸他。"

春兰也忍不住笑了。

英亲王府内总算有了些生机，英亲王妃召回了在外寻找的人。

三日后，秦钰上了早朝。

群臣分两队站列，无一人缺席。待秦钰上朝后，都偷偷抬眼小心地看皇上的脸色。发现三日不见，皇上比登基那日憔悴了许多，但好在面色如常，齐齐松了一口气。

散朝后，李沐清和燕亭相邀去了茶楼。

这家茶楼很隐秘，二人可以不避讳地说话。

燕亭问李沐清："你说，秦铮将芳华带去了哪里？怎么半点儿踪迹都寻不着？连我们都找不到的地方会是哪里呢？"

李沐清摇摇头："他根本就不想让人找到，他不想让人找到的地方，多少人也找不到。"

"真是奇了怪了。从小到大，这么些年，我们都与他白兄弟一场了。"燕亭道，"不知道他还有多少窟穴藏得隐秘。"

李沐清失笑："是兄弟未必事事都告知，你当年若是不藏着对芳华的心思，早些告知他，他早一棒子给你打死在胎中了，你也不至于后来远走。"

"哪壶不开提哪壶！"燕亭抬脚踹了李沐清一脚。

李沐清反应敏捷地躲开了，笑着问道："难道我说错了？"

燕亭想了想，觉得好笑："也对！"说罢，他更是觉得好笑了，"不过我隐约知道他对芳华的心思，毕竟他比我那时候跑忠勇侯府跑得勤快，只要子归兄稍微有点儿不适，他一准儿把孙太医给揪去，就是那时候我才敏锐地察觉到，不敢告诉他。"

"可惜了孙太医！"李沐清道。

"是呀，没想到被人杀了。"燕亭叹了口气，"如今京中没什么好太医了。"

"还有刑部的韩大人，也是可惜了。"李沐清又道。

“离京这么长时间，真是错过了好多事情。”燕亭忽然又道，“你说，秦铮不会真的恼了芳华，要将她如何吧？”

“你倒是操心！”李沐清失笑，“你放心，他舍不得。”

燕亭眨眨眼睛，一拍大腿：“也对！他就是纸老虎，对宠在心尖上的人，自然舍不得。”

李沐清点点头。

京城内外的人对新皇登基那日所发生的事情一直在谈论，围绕着秦铮、秦钰、谢芳华，足够写一部史诗一般的书。人们虽然不敢大肆谈论新皇的名讳，但是每日必开暗场，肚子里有些墨水的人总要一吐为快，说上三分、评上七分，暗场里每日都是人满为患。

被无数人谈论的对象——秦铮和谢芳华，此时却在深山里的一处院落里。

这里没有别人，除了暗卫青岩，一个仆从、侍婢也没有。

这一处院落不是华美的庄园，只是简简单单的几间房舍，外围是篱笆编织的篱笆墙，里面的布置也不华美，如寻常稍显富足的人家。

谢芳华昏睡了一日，醒来后发现自己躺在大床上，屋中的一切陈设皆是极其陌生。

她慢慢地坐起身，感觉后脖颈传来一阵疼痛感，她伸手去摸，那里确实很疼，脑中顿时想起是秦铮在皇宫里对她出手，将她劈晕了，后面的事情她便没了记忆。

她的眉头不由得紧紧地皱起，打量着屋中的摆设。

屋中除了有些旧摆设外，空无一人。

她将屋中看了一圈，目光看向窗外，窗户是白纱的格子窗，隐约能看到以篱笆围成的院墙，此处根本就不是她熟悉的任何一个地方。

她起身下了床，快步走到门口，伸手打开了房门。

此时已经是晌午，外面阳光充足，阳光猛地照射过来，她伸手挡住了眼睛。

“醒了？”秦铮的声音从前方传来。

谢芳华慢慢地移开手臂，抬眼便看到秦铮从门扉处走了进来，他一手拿着弓箭，一手拿着一只山鸡，在阳光的照耀下，即便手里拿着山鸡，他仍旧俊美得不像话。

任何人看到他，都不会将他当作山野村夫。

她眯了眯眼睛，静静地看着他。

秦铮放下弓箭，没有立即走来，而是转身向厨房走去，边走边对她说道：“既然醒了，就活动活动筋骨，过来帮我做饭吧。”

他说这些话的时候语气寻常，好像他们之间从来就没有丝毫的风波。

谢芳华看着他不语。

秦铮进了厨房，不多时，里面传来锅碗瓢盆相撞的声音。

谢芳华盯着厨房的门口看了半晌，移开视线看向篱笆墙外，只见四处都是山林，这一处院落坐落于半山腰处，虽然被山林包围，但没有被山林遮挡住阳光，有充足的阳光照进来。

四周极静，只能听到偶尔有飞鸟叽叽喳喳叫两声。

谢芳华完全辨识不出这里是哪里，她唯一知道的是，这里一定不在京城的范围内，因为京城百里内除了法佛寺，没有这样的山林，而且法佛寺即使有山林，也没有这样的地貌。

尤其这外围布置了极其精妙的阵法。

这样的阵法，她只看一眼便知道是有进无出的绝阵。

秦铮从厨房探出头，看了她一眼，见她眯着眼睛站在门口，一动不动，挑眉询问："在想这里是哪里？"

谢芳华转头看向他。

"或者在想怎么破阵出去？"秦铮又问。

谢芳华平静地看着他："别告诉我，你要用阵法困我在这里一辈子。"

秦铮忽然笑了："困你一辈子又如何？反正你是我的妻子，别说这一辈子，下辈子你也休想躲开我。"

谢芳华看着他的笑，一时间觉得晃眼，恼怒地道："谁是你的妻子？我与你没关系！"

秦铮扬眉，忽然扔了手中的干柴，伸手入怀取出一幅明黄色的卷轴，扔给她："你自己看。"

谢芳华伸手接住，打开一看，竟然是先皇在临终时下的圣旨。

"如何？你不是我的妻子，谁是我的妻子？"秦铮瞅着她，"你还有话反驳？"

谢芳华一时无言，沉默片刻后忽然抬眼看着他，认真地说道："这里不是写着'再有不和，自愿做和离'吗？"

秦铮闻言顿时变了脸色，扔了手中刚要拿起的干柴，恶狠狠地说："你做梦！"

铮小王爷果然翻脸比翻书还快。

当然，他也是不轻易动怒的。

而谢芳华能轻而易举地让他怒不可遏。

谢芳华看着他转眼间变了脸，他此刻整个人如黑云罩顶，恶狠狠的，恨不得吃了她的模样，她的心中稍微好受了些，对他冷笑着说道："秦铮，你一直以来便霸道无比，从来未曾顾及我的意愿，难道你想让我们这样彼此怨怼，做一辈子怨偶？”

秦铮的脸又沉了沉。

谢芳华将圣旨扔还给他：“我不觉得一道圣旨就能让你拿捏住我和我们的关系，先皇已经死了，临死前还做这等可笑的事，我看他真是贻笑大方。”

秦铮接过圣旨，额头的青筋跳了跳。

谢芳华抬腿向外走去。

秦铮从厨房出来，一把拽住她：“你要去哪里？”

“出去！”谢芳华道。

秦铮死死地扣住她：“你以为你破得了这个阵？能出去？”

“出不去大不了死在阵里。”谢芳华道。

秦铮的怒意在眼中翻涌，死死地盯着她，半晌后咬着牙说道：“你好，好得很，最知道怎么惹怒我。”顿了顿，他恼恨地道，“你就算是死了，也只能是我的妻子，与我合葬在一起。”

谢芳华转过头，同样恼怒：“秦铮，你还是不是人？！”

秦铮眼中的风暴慢慢地退去，归于眼底，看着她一字一顿地道：“我不是人，若我是人，当年就不该眼睁睁地看着你去无名山学艺而不拦阻，一等就是八年，好不容易盼到你回来，用尽手段将你拴在身边，却还是让你长了一身本事，用学到的本事来戳我的心。我早就该把你拴在笼子里，养成与前世一般的金丝雀……”

谢芳华身子一震，脸顿时寒了：“你果然有前世的记忆，一直瞒着我。”

秦铮抿唇，住了口。

谢芳华整个身子都颤了起来：“是我太笨，若非你有前世的记忆，如何会在那么小就等着我从无名山回来，对我说念了我八年，若非……”

“何止是八年，两世加起来，都能做一个轮回了。”秦铮打断她的话。

谢芳华看着他，身子颤抖得更厉害了：“你喜欢前世的我，想一步步地将我变成前世的样子，养在深闺不谙世事，依附你、喜欢你、不违背你、不多思多想，只痴心爱你……”

秦铮皱眉。

谢芳华猛地打开他的手，即便秦铮扣得紧，还是抵抗不住她一怒之下巨大的气劲，她恼怒地嚷道：“秦铮，你睁大眼睛看看，我早已经不是前世的那个谢芳华了，你就算将我搓扁捏圆，我也变不回去了。你死了这条心吧！”

秦铮气极而笑：“谁想要将你变回去了？是你记忆苏醒之后，自己根本解不开心结。我若是真想让你变成前世的模样，又如何会放任你去无名山？”

“你敢说你没有想要将我变回前世的样子？”谢芳华看着他，“我从无名山回来后，你想尽办法将我困在英亲王府，让我自愿入你的局，你找人教我琴棋书画、针织女红，让我变成前世的大家闺秀模样，可是，后来你发现我早已不是前世的样子，你便无法忍受了。你破先皇的龙门阵时受了重伤，可是我知道云澜哥哥焚心咒发作后，离开了皇宫，当知道我与他共宿一夜时，你便怒火爆发，射了我三箭，想要放弃我……”

秦铮再次被气笑了，重新拽过她的手，让她看着他，恼怒地道：“你可真是有气死我的本事，那三箭看来不是我落下了心结，而是你落下了心结，致使你从此后半点儿也不信任我了。”

谢芳华恼怒：“你让我如何信任你？你处处耍心机，步步筹谋，每一步都是一个局，不只是将我，还将我身边的所有人都引入了你的局……”

秦铮抿唇：“我是筹谋多年，但我对你的心可曾变过？”

谢芳华眼眶发红地看着他：“你对我的心是没变过，你要的根本就不是我，是那个养在深闺、只知风月不知乾坤的谢芳华……”

秦铮又被气笑，伸手使劲地揉揉她的脑袋，恨恨地道：“我真想将你的脑袋撬开，看看里面都装了些什么。你的心是不是黑的，你是不是一心钻到了黑牛角的尖里被卡住了，出不来了，将我误解至此？”

谢芳华猛地打开他的手：“我的脑子清楚得很。”

“你清楚什么？你只清楚你在寻水涧陪着谢云澜一起死吗？你只清楚前一世谢氏满门被灭时，是秦钰将你救出去的吗？所以，这一世，当你记忆苏醒时，只对他们报恩是不是？那我呢？我对你所做的那些，你都忘了吗？”秦铮恼怒。

“你对我所做的事就是娶了李如碧！”谢芳华也恼怒，“这个你要我记得多清楚？”

秦铮气急败坏，片刻后无力地道：“你怎么就这么相信谢云澜，半点儿也不相信我……”

“因为这是事实！”谢芳华道。

秦铮大怒：“事实是什么？耳听为虚，眼见都不一定是真的。”说罢，他伸手用力地戳了戳她的心口，“要用这里感受，你说，用你的心来想，我是会娶李如碧的人吗？”

谢芳华一时被他戳得后退了两步，心口扎心地疼了起来，她打开他的手，一时没说话。

“你说话呀！”秦铮看着她，“用心感受到了吗？若是还感受不到，要不要我将我的心挖出来给你看看？”

谢芳华别过头。

“你只相信你的云澜哥哥。”秦铮看着她，“为何在平阳城时他焚心咒发作，偏偏让你撞到他那副样子？那副样子是能让人轻易见到的吗？你就不想一想、思一思吗？为何我一怒之下射你三箭，你真当我是想与你恩断情绝，全然不顾你的性命了吗？那日你就没想过谢云澜吗？”

谢芳华不语。

秦铮上前一步，扳正她的身子，双手按住她的肩膀，无力地道：“谢芳华，别人欺你、瞒你、骗你、哄你，你为何都不气？为何到我这里，你就钻牛角尖？处处记在心里，受不住时便要心狠地放弃我？”

谢芳华咬住唇瓣。

“我是可以安慰自己，你这样做说明你心里只在乎我吗？”秦铮看着她，语气软了下来，一字一顿地道，“我前世没有娶李如碧，除了你我谁也没娶，至于为何你一口咬定我娶了李如碧，我如今也不能去查证原因，毕竟师父已为此事而死，我不可能再请他逆天改命了。”

谢芳华猛地抬起头：“前世是你让紫云道长逆天改命的？”

秦铮看着她：“你陪谢云澜血尽而亡，你让我如何？除了逆天改命来救你，我别无办法了。”

谢芳华盯着他：“那你告诉我，前世那几年，我陪云澜哥哥待在寻水涧，你在做什么？”

秦铮抿唇。

谢芳华看着他：“你不好说是不是？那么我说，你在挽回南秦的败势，根本无暇顾及我。如果你没娶李如碧，那么百姓们盛传的故事是从哪里来的？你为了南秦江山，和右相府达成了什么交易？在你的心里，南秦江山比我重要。”

秦铮不语。

谢芳华伸手，学着他刚刚戳她的模样，戳他的心口：“你说呀，如今你只要说个‘不’字，我就信你。”

秦铮伸手握住她的手指，忽然又好气又好笑：“学我学得可真快。”

谢芳华板着脸看着他。

第十七章
生死相许

秦铮叹了口气，上前一步，伸手顺势将她拉进怀里，抱住她纤细的身子，软了声音，说道：“上一世一步错步步错，我以为我们有一辈子的时间，而南秦江山只需要几年，却不承想最后我不但没有挽回南秦的败势，还弄丢了你。所以我悔了，请求师父逆天改命，我对他说，只要能换回你，要我做什么都在所不惜，哪怕南秦江山倾覆。师父最终用抹平你对我的记忆和牺牲他的性命为代价逆天改命，重写了你的命盘。”

谢芳华任他抱住，这熟悉的怀抱让她心神恍惚。

秦铮又道：“因为是逆天改命，一切有诸多不可抗力，师父再不能预算出南秦的命运，更不能预算出你我的最终命运。所以我知道你前去无名山，才想你出了侯府不做千金小姐也好，免得步前世后尘。但是你刚去无名山，我就后悔了。万一你回不来怎么办？等你的那八年里，你可以想象我有多辛苦！八年，无数个日夜，我一大半的时间都在后悔，悔不该当初不拦你，我想去铲平无名山找回你，奈何小小年纪哪里有能力铲平无名山？需要慢慢筹谋。”

谢芳华不语。

秦铮又道：“你回来后眼里、心里都是忠勇侯府，就连半点儿关于我的记忆都没有。于是我只能先困着你、绑着你、亲近你，让你重新爱上我，不是想你变回前世的样子，而是想你找回对我的心，我没有把握，才一贯强势，怕你拒绝，便不给你拒绝的机会……”

谢芳华依旧不语。

秦铮又道："让我意想不到的是，谢云澜竟然也有前世的记忆，大约是魅族王室血脉与你牵扯的原因。当我在皇宫里养伤时，得知他暗中筹谋，迫使焚心咒提前发作，想要趁机带你离开时，我便坐不住了，情急之下我想了对策，假意狠心与你绝情断义，料你会去落梅居，狠心出手伤你，使得谢云澜看清楚你对我的心，同时也是为了拖延住他带你走的计划，毕竟我那时身受重伤，他若是带你走，我拦不住……"

谢芳华闭上了眼睛。

秦铮抱着她的身子的手紧了紧："让我出手伤你，比让我伤我自己要难受千万倍，可是又有什么办法？我做了这么多事，无非想娶你回府与你相好一辈子。"

谢芳华静静地听着。

"可是我没想到的是，因那三箭，你关于我的记忆竟然慢慢苏醒了。"秦铮低声说道，"好的、坏的，悉数涌来，让我一时无所适从。"

谢芳华终于开口了："玉灼使用了驭狼术，让我隐约想起了些东西。后来你给玉灼的驭狼术绢布被我看到了，我才猜测你应该是有前世的记忆。"

秦铮点点头："前世你曾亲眼见过我用驭狼术，这一世由玉灼用来，你想起些画面也很正常。至于我给玉灼的驭狼术绢布，本来前世是给你的，你血尽而死时手里就攥着它。我收起来，请师父用魅术保留了它，它是唯一见证前世的事物，以提醒我这一世一定不能重蹈覆辙。但是，后来每当我看到它，便痛彻心扉。去平阳城时，玉灼对驭狼术有兴趣，我挣扎之下便当随手之物给了他。看不到它，便当你死的那一幕不曾发生，我们只是这一世重新认识，重新来过。"

谢芳华闭着的眼睛流下了两行泪。

秦铮抱住她，继续说道："前一世，英亲王府的秦铮只不过是被宠坏的小王爷，被皇祖父和皇祖母悉心教导，以守护南秦江山为己任，父王当初因为体残而无力继承南秦江山，皇祖母一直引以为憾。她怎么会甘心将江山给皇叔？甚至给皇叔的儿子？她真正要培养的是我，拨庶正嫡，她要我有朝一日承袭江山帝业。"

谢芳华低声说道："大婚之前，林太妃拿出德慈太后给我的贺礼，其实不是留给我的，是留给你的，你不要，林太妃聪颖，转手给了我，是兵符、先太皇让你即位的遗诏。"

秦铮点头："林太妃聪明，那些东西留在手中始终是烫手山芋，但是她却不敢拿出去给皇叔和秦钰，只能趁我们大婚将东西给你。"

"兵符和先太皇遗诏，相当于我手中攥了一壁江山。"谢芳华嘲讽地笑了笑，伸手推他，"你虽然不想要南秦的江山，但是始终对你的皇祖父和皇祖母抱有尊敬、爱护之心，永远也不会忍心让他们守护下的南秦江山变得片瓦无存，是以，你一直筹谋，为的就是护住南秦江山。"

秦铮抱紧她，不让她推开，点头："是，我是不忍心看着南秦江山有朝一日瓦解，也不想看到北齐的铁骑有朝一日踏破南秦的河山。但是我更不想你成为别人的媳妇儿，最不想你为了我的计划而去与秦钰进行交易，做他的皇后。"

谢芳华沉默。

秦铮恨不得将她揉进怀里："我秦铮对自己的心清楚得很，若是没有谢芳华，便什么都没意义了。"

谢芳华抿起嘴角。

秦铮道："师父临终前对我说，所求不要太多，大千世界，人心无止境，需求便无止境。我这一世能抓住一样便不错了。"

谢芳华不语。

秦铮慢慢地放开她，看着她的眼睛，说道："这一世，我要抓住的就是你。南秦江山我能守住就守，守不住就随它去，让它追随应该有的命运，哪怕是大厦倾塌、山河破碎。但是唯独你，我不能放手，你的生命中必须有我。生有我，死亦有我，你只能是我的。"

谢芳华看着他，看着看着，忽然心口扎得疼了起来，忍不住伸手捂住心口咳嗽起来。

秦铮看着她，见她似乎想压制，可是总也压制不住，半晌后，她终于推开他，背过身去拿出绢帕捂住嘴。

秦铮上前一步，伸手将她的身子扳正过来，见她脸色苍白，他伸手去扯她捂着嘴的绢帕。

谢芳华死死地攥住，不让他扯。

秦铮猛地用力，一把将她的绢帕扯掉，只见上面有着点点殷红血迹，如盛开的梅花，很像她上一世血尽而亡时攥在手中的那块写有驭狼术的绢布。他的眼底涌上青黑色，他却并不意外，将绢帕扔了，将她拦腰抱起，向房间走去。

谢芳华伸手打他。

秦铮不放手，走到屋内，将她放到床上，板着脸道："今日我说了这么多，你可明白我的心了？"顿了顿，他看着她道，"也许你不是不明白我的心，而是怕你自己时日无多，不想牵累我，让我心痛。可是谢芳华，你如今懂了？你已经牵累我两世了，我不在乎被你牵累得再多一些。就算死，我也会陪你一起死，总之，你不能再弃我而去。"

谢芳华闭上眼睛，任眼泪簌簌流下，她上一世没有爱错人，这一世依旧没有爱错人。

两世里，她爱的人都是秦铮。

只是，他们与天斗、与命运斗、与缘分斗，斗得过吗？她的爹娘不是没有抗争过，最后还是死了。只不过，最后求一个无悔罢了。

秦铮看着她，见她的眼泪簌簌滚下，他慢慢地伸出手去接，眼泪流到他的手心，他的手心顿时如放了烧开的水，一直烫到了他的心里，他的手颤了颤，见她的眼泪流得更凶了，转眼便将他的手心流湿了一片，他面色染上心疼之色，心口揪起，但还是克制着情绪，说道："眼泪这么多，再流下去，都够拿去炖山鸡了。"

谢芳华伸手打他。

秦铮向前凑了凑身子，笑着说："只求你别哭了，也别不理我了，更别再口口声声说与我没关系了，更不准去做秦钰的皇后，只要能做到这些，我就随便让你打。"

谢芳华本来想发狠打人，在听到他的话后却怎么也打不下去了。

秦铮看着她，仰着笑脸问："舍不得打了？"

谢芳华扭开头。

秦铮伸手将她抱在怀里，感慨道："这些日子我被你折磨得寝食难安。如今我们都说开了，自此后你不准和我再分开了。"

谢芳华止住眼泪，抬眼看他。

"好不好？"秦铮低头看着她，声音低哑地说道，"再来一次，我真的受不住了。这一世你在无名山就待了八年，我盼你回来盼得心肝都疼了，后来为了阻止谢云澜带你走，射你那三箭，我险些怀疑自己强求与你在一起是错的，毕竟若是依照魅族的规矩和天意，你和谢云澜在一起才能平安顺遂，而和我在一起只能伤你。再后来，发现你渐渐有了上一世的记忆，脸上却没了笑容，心思渐渐深沉，我的心一直提着，生怕你弃我而去，可是怕什么来什么，你还是坚定地让皇叔下了休书，这期间又与秦钰回京，住在他的寝宫，要做他的皇后。天下人纷纷盛传你们是天作之合，我听到的时候，恨不得杀了秦钰……"

谢芳华抿唇不语。

秦铮说着，又有些恼恨："为了阻止我回京，你竟然联合秦钰，派了无数人在半途死命拦截我……"

谢芳华终于开口了，嗓音沙哑："你是怎么在无数人的拦截下赶回京城的？"

"是谢云澜和谢云继出手帮我拦下了秦钰的人。"秦铮忽然伸手点她的额头，又气又恼又无奈地道，"你可真是心狠，言宸不愧是你的知己，他用尽方法拦我，天机阁全员出动。若非我提前料准，请来了齐云雪对付他，到如今我都回不了京城。"

谢芳华无言片刻，说道："你竟然请了齐云雪对付言宸，她是北齐公主。"

秦铮嗤笑一声："她那个北齐公主就如言宸这个北齐小国舅一般，自小没在北齐京城长大，公主、小国舅的身份对他们而言，并不重要。"顿了顿，他失笑，

“不过，我倒是觉得他们挺般配，应该趁此机会撮合一番。”

谢芳华闻言不再言语。

秦铮放开她，扳正她的脸，认真地道：“答应我，哪怕效仿岳父岳母，这一世，我们依旧情深不寿，你也不要与我再分开了好不好？这世间只有一个紫云道长，他已经为了给我们逆天改命而去了。若是这一世你我再有遗憾不能相守，我再找不到第二个师父来逆天改命了。”

谢芳华咬紧唇瓣。

秦铮又认真地说道：“普天之下，我唯要谢芳华一人，南秦江山就算化成灰，我也不要和谢芳华分开。”

谢芳华闭上眼睛。

秦铮看着她，手臂扣紧，声音微微沙哑，语气里隐约带着祈求：“好不好？”

谢芳华伸手捂住脸。

秦铮将她的手拿开，盯着她，执着地让她表态。

过了许久，谢芳华慢慢地睁开眼睛，点了点头，声音有些颤抖地答应：“好。”

秦铮的脸上顿时露出了笑容，他那清俊的容颜霎时间光彩夺目，他将她紧紧地抱在怀里，她就是他失而复得的珍宝。

两世里，他所求的不过是怀里这个人而已。

一时间，喜乐、兴奋就要溢满他的胸腔。

谢芳华放松了僵硬的身子，软软地任他抱在怀里，心里发出无尽的感慨与叹息，她用了多大的勇气和力气下定了决心，可是见他一面便土崩瓦解了。

这就是秦铮。

前世她刻在心底的人！

她到死也放不下的人！

哪怕在寻水涧听闻外面传得沸沸扬扬的英亲王府小王爷秦铮为了南秦江山如何如何，他与右相府的小姐李如碧如何如何，她也对他恨不起来。那时候，她只是觉得命运弄人、天意弄人。

那一世，她恨她是忠勇侯府的小姐谢芳华，而不是右相府的小姐李如碧。

她只恨自己不能与他琴瑟和鸣、白头到老。

她再睁开眼睛时，不想却忘了前尘旧事，忘了恩怨情爱。

似乎前世忠勇侯府被灭门，她与谢云澜在寻水涧的那几年凄苦相依，如今想起来时也没那么难受了。

忘记的人总好过一直记着的人。

她很难去想象，上一世，当秦铮找到寻水涧，看到她与谢云澜死在血泊里时，他是何种模样。他是如何求他的师父逆天改命的？逆天改命岂能容易？他又是用了什么办法，让自己有记忆却当作没记忆的？他就这样等了她八九年，却还要隐瞒他的记忆，让她无知无觉……

更难想象，他在知道一切的情况下，又怎样去暗中筹谋，费尽千辛万苦，不动声色地平衡南秦朝局，用英亲王府来平衡南秦皇室和忠勇侯府之间的关系……

秦铮，他背负了多少……

她曾经以为的对他好，到如今他将事实揭开，同时也揭开了他背负的重担，让她深深地明白了，一意孤行地放弃，未必是真的对他好。

她以为南秦江山在他的心里重若性命、重过她，也是错了。

她从来没有真正地了解秦铮。

她以为秦铮想要的是前世的她，可是她错了，是她的记忆还停留在前世的他身上。

前世，他身份高贵，凌驾于皇室、宗室的一众皇子、公子之上，一众公子争相羡慕、追随他，闺中小姐争相倾慕、爱慕他。

那样的秦铮，集合了南秦三百年来荣华富贵、锦绣华章下独一无二的丰采。

那一世，他与秦钰虽然也是脾性不合，但没闹到尽人皆知的地步，他知道收敛。

那一世，他虽然轻狂，却并非如现在人们所言论的不羁世俗、张狂霸道、玩世不恭。

那一世，他出入时仆从、随扈动辄千人，顶顶风流，处处彰显着身份。

……

这一世，他八岁便把仆从、侍婢赶出了落梅居，清空了一切侍候的人，独留听言。他与秦钰不和，弄得天下人皆知，他踩着左相的马车而过，嚣张轻狂到了无法无天的地步。

这一世，他掩盖着自己沉沉的担子和包袱。

这担子便是南秦的江山帝业。

这包袱便是她谢芳华。

他都背在了自己身上。

她能体会若是南秦江山崩塌，他会十分难过，但是不曾体会，若是没有她，他会痛不欲生。

这一世，秦铮给她的，都是让她看见的他的样子。

谢芳华心里难受，不知不觉间眼泪无声滚下。

秦铮感受到了她几近崩溃的情绪，无奈地伸手捂住她的眼睛："怎么又哭了？用不用我去厨房拿个盆来，先接着，一会儿炖野鸡时用，省水？"

谢芳华不言声。

秦铮叹了口气，扳过她的脸，低头去吻她的眼睛。

谢芳华感觉眼睛似乎被烫着了，身体霎时间一僵。

秦铮吻了又吻，才放开她，看着她哭红的眼睛，好笑又轻叹："你这么善良，还与前世一样，哪里变了？总是为别人着想，却从不想自己，在无名山待了八年，那些活僵尸也没能使你变得真正心狠。先是为了忠勇侯府，为了谢氏，如今又为了南秦江山，为了我，那你自己呢？你将自己摆在了哪个位置？"

谢芳华不语。

秦铮又改口道："不过，你不将自己放在心里，倒也没关系，有我将你摆在心里就够了。"顿了顿，他看着她又道，"从赶回京城到如今，我一直没吃东西，快要饿死了。"

谢芳华用袖子擦擦眼睛，恼怒地看着他："你饭也不做了，一直拉着我说说说，我以为你是饿不死的。"

秦铮顿时又好气又好笑："将你带来这里，我一肚子的气，看你睡着，又不能将你如何，等着气消了，估摸着你快醒了，本来想做好了饭，吃了饭我们再好好地谈，可是你偏偏一醒来就开始气我。如今倒打一耙，还怪我说说说？你可真是……"

谢芳华红着眼睛，也觉得有些好笑。

秦铮扯过她的袖子，将手心的眼泪在她袖子上擦了擦，站起身："你且好好地等着，我去给你做饭，伺候你这个祖宗，不准趁我做饭的工夫自己再扔下我跑了。"

"怎么不拿你自己的袖子擦？"谢芳华不满。

"我如今只有这一套衣服。"秦铮说着，迈出了门槛，又去厨房了。

谢芳华没了话。

不多时，厨房内又传来了锅碗瓢盆相撞时发出的轻响，紧接着，又传来叮叮当当的剁肉声，然后又传来劈柴声，不多时，有香味从厨房飘出来。

谢芳华在床头坐了许久，直到闻到香味，才又慢慢地下了床，走出房门。

院子正中的地上躺着一块染了血的绢帕，上面的血迹早已经干了，如梅花盛开。

正是早先秦铮从她手里夺走的绢帕，被扔在了地上。

她伸手捂住心口，盯着那块绢帕看了许久。

大约是她连番动用魅术的原因，也可能是因为她给谢云澜喂了几次血，有所耗损，又也许是因为她和秦铮大婚洞房，违背了魅族祖制祖训，她的心头血提前外溢了。

这已经是第二次了，第一次是她于九曲山见到秦钰的时候。

也是在那个时候，她才做了决定，应允秦钰。

但她到底还是抵抗不过秦铮。

不过，若是这一世也同前世一样，她因血枯而死，有秦铮相陪她也无憾了。

她慢慢地顺着门框蹲下，坐在了门槛上。

外面阳光明媚，暖融融的，即便在这样的酷暑里，在这深山院落里，也不觉得阳光太烈，反而温度适宜。而且，此处远离喧嚣，十分清静。

她很久没有享受过这样的清静了。

她将头歪着靠在门框上，大半边身子倚在门框上，静静地靠着。

秦铮将野山鸡放到锅里，架上干柴，又蒸上饭食，做好一切后从厨房出来，便看到了这样的谢芳华。她卸去了周身的清冷、淡漠、凉寒、沉郁等等情绪，安静地靠着门框坐着，在阳光的照耀下，美得如画一般，清风徐徐吹来，卷起她的一缕青丝，这一切美好得让人不忍破坏和打扰。

秦铮站在厨房门口，一时看痴了。

谢芳华感受到了秦铮的视线，慢慢地转过头，看向厨房门口的他。

她静静地看着他，如今更深刻地觉得，老天待她真是极好了。

世上有太多的姻缘不成，情深缘浅，走到黄泉路，踏着彼岸花，任悔恨的泪流干，再到奈何桥喝一碗孟婆汤，下一世的轮回，便各不相干了。

她和秦铮，幸好还有这一世。

她觉得眼底又要涌出泪，立即眨了眨眼睛，收回了视线，低头看着眼前的石阶。

秦铮忽然离开门口走了过来，三两步便来到了她的面前，蹲下身，看着她低声说道：“谢芳华，我怕是真要饿死了。”

谢芳华抬眼看他。

秦铮伸手拿起她的手，放在他的心口：“这里，饿得心疼。”

谢芳华的睫毛动了动：“饭菜还有多久的工夫会好？需要我帮你吗？”

秦铮点点头：“用！”

谢芳华看着他。

秦铮凑近她，在她耳边低声说：“饭菜还要半个时辰才能好，我已经在灶膛里放了足够的干柴，不必再管了，只需等着吃饭就好了。可是现在我等不及了，现在就想吃饭。”

谢芳华感觉他的气息喷到了她的耳边，呼呼的热气使得她心神微晃，耳边听着他的话，顿时有些敏感地紧张起来。

秦铮看着她，又低声说道：“我想先吃你。”

谢芳华的脸顿时红了，她伸手推了他一把，摇头："不行。"

秦铮看着她，微微挑眉。

谢芳华低下头，脸如火烧，尽量克制情绪，小声说："我也饿了。"

秦铮失笑："那你吃我。"

谢芳华的脸更是像烧着了，她抬眼狠狠地瞪了他一眼。

秦铮再也受不住了，伸手将她抱起，不理会她的抗议，一脚踢上房门，重新将她抱进了房间，放到床上，挥手落下窗帘、帷幔，利落地俯身压下，灼热的呼吸喷洒在她的耳边，轻轻地咬她的耳垂，声音沙哑地说道："从你离开那日，我就想着，若是再见到你，定叫你下不来床……"

谢芳华闻言伸手捶他。

秦铮低头狠狠地将她吻住："君子不食言……"

谢芳华很想问秦铮，你是君子吗？

可惜，他没给她问的机会。

床板震荡，帷幔摇晃，一室的火热浓情消也消不散。

月余的分离使得秦铮恨不得将怀中的人吃入腹中，但碍于她的身体状况，还算有良心地在将自己喂了个半饱之后跑去了厨房，将饭菜端进屋，从床上拽起已经浑身乏力、昏昏欲睡的人，喂她吃东西。

后来，秦铮果然没有食言，温柔乡，三日春宵，不知餍足，谢芳华真的三天没下床，直到她再也承受不住时，秦铮终于吃饱了。

吃饱后的他神清气爽，抱着浑身无力的谢芳华顶着月色到屋顶上看星星。

夜晚的风很轻，夜很静，山上无人打扰，星光很美。但是谢芳华实在太累，无心欣赏，刚呼吸了两口屋外的新鲜空气便睡着了。

秦铮低头看她，见她的脸上尽是疲惫的神色，他心疼地伸手沿着她脸部的轮廓描画了一下，笑着摇摇头，抱着她下了屋顶回了房。

将谢芳华放到床上后，他静静地倚在她身旁看着她。

看了许久，他起身走到窗前，轻喊："青岩。"

"公子！"青岩应声落在窗外。

"你在这里守着她，我去皇陵一趟。"秦铮吩咐。

青岩抬眼看他："若是小王妃醒来寻你……"

"她最少要睡到明日午时，那时候我就回来了。若是她提前醒来，你就如实告诉她，我明日午时之前回来。"秦铮说道。

青岩点点头："是！"

秦铮出了房门。

这一面深山距离皇陵百里有余，秦铮到皇陵的时候，已经过了子夜。

地宫门前，有人见秦铮来了，恭敬地见礼：“铮小王爷。”

秦铮点点头：“我来给皇叔上一炷香。”

守宫人颔首，打开了地宫的门。

先皇的牌位依次排列在南秦列位先祖之后，静静地摆在那里。

地宫里幽暗无风，灯火静静地燃着。

秦铮缓缓走到先皇的牌位前，静静地看着。

先皇的牌位后面还有很多空置之位，是为下一代、下下代，甚至更多代的南秦皇帝而留。

下一个放在先皇之后的人就是秦钰了。

但是南秦江山在这一代，是承前启后的延续，还是到此终止，谁也说不准。

秦铮站了许久，对身边的人伸手：“拿香来，一炷。”

有人将一炷香递给他。

秦铮伸手接过，将香插入香炉，半晌后，俯身磕了一个头。

又在地上跪了片刻，他站起身，伸手入怀，将地宫令拿出来，放在了先皇的牌位上。

那人见此，一惊，立即说道：“铮小王爷，先皇既然将地宫令给您，临终时也未曾收回，就是将地宫令留给您传承了。”

秦铮看了那人一眼，淡淡地说道：“将它交给秦钰。”

那人一怔。

秦铮转身出了地宫。

地宫外，月色下，站着一个人，此人穿着一身黑色锦袍，身形秀雅挺拔，负手立在地宫外，若不仔细看，似乎与月色融为了一体。

此人正是新皇秦钰。

秦铮踏出地宫后，一眼便看到了他，秦铮停住脚步，眯了眯眼睛。

“你还知道来皇陵，还知道到父皇牌位前上一炷香，还记得自己是秦氏的子孙？”秦钰听到秦铮出来的动静，转回身冷冷地看着他，嘲讽道，“你说南秦江山与你无关，我以为你如今已经不记得自己是谁了。”

秦铮面色平静地看着他，不语。

秦钰紧紧地盯着秦铮，见秦铮不搭话，他也不再说话。

二人中间有一股黑暗的气流来回盘绕，夜晚的地宫门前，明明是晴空朗月，却如黑暗的海，黑不见底。

守护地宫的人犹豫片刻，上前打断二人的对峙，对秦钰双手递上地宫令，恭敬地单膝跪地：“皇上，这是铮小王爷交还的地宫令，言明给您。”

秦钰转过头，看向守宫人。

守宫人举着地宫令，月色下，地宫令泛着清清冷冷的光。

秦钰看了一眼，转过头冷笑着问秦铮："父皇将地宫令交给了你，就是你的，你想就此扔给我？"

"地宫令本来就由历代皇帝执掌，皇叔那时老了、糊涂了，临终时才忘了收回。"秦铮道。

秦钰伸手猛地一甩，地宫令从守宫人手中飞出，向着秦铮打去。

地宫令飞来，灌注了秦钰的功力，凌厉、霸道至极。

秦铮的身后是玄铁打造的地宫门，他若是躲开，地宫令打在上面，定然会粉碎，他只能出手钳住地宫令，皱眉看着秦钰。

"父皇临终时可不糊涂！别以为我不知道皇祖父留下的遗诏，你以为你不要这南秦江山，我就会感谢你？"秦钰冷冷地看着他，说道，"只有父皇稀罕这南秦江山！"

秦铮抿唇："你已经继承了皇位，这南秦江山不管你稀罕不稀罕，都是你的。"

"我为何继承皇位？"秦钰盯着他，"有芳华当我的皇后，我才继承皇位。没有她，皇位对我来说片瓦不值，我还要它干什么？"

秦铮看着他，平静地说道："她这辈子也不可能做你的皇后了，你就死了这条心吧。"

"死心？"秦钰看着他，"你来教教我，怎么死心？"

"自小，皇叔教导你，让你谋忠勇侯府，谋谢氏，你因此而注意到忠勇侯府有一个小姑娘，她叫谢芳华。你谋谢氏，渐渐连她一起谋了。"秦铮看着他，"秦钰，你还记得自己的初衷吗？"

秦钰抿唇："那又如何？入了心就难以根除，你让我放手？"

秦铮淡淡地说道："你所谋与我所谋一直就不同，我要的就是一个谢芳华而已，自始至终。哪怕南秦大厦倾塌，哪怕英亲王府零落，哪怕南秦皇陵埋入历史尘埃，哪怕我秦铮不姓秦，哪怕剜骨去心，我都不能对谢芳华放手，你能吗？"

秦钰冷笑："说得好听，皇祖父和皇祖母加在你身上的责任呢？你能真正地扔掉？"

"能！"秦铮毫不犹豫地点头。

秦钰眯起眼睛："你交回地宫令，将她带去一个谁也找不到的地方，你这就打算一走了之，永不回京城了？"

秦铮看着他："也许！"

"收起你的'也许'！"秦钰勃然大怒，上前一步，一把揪住秦铮的衣领，"你从来只以自己的意志而活，你可曾顾虑过别人是否愿意？芳华是否愿意？谢氏在南秦有几百上千年的根基，有南秦，才有谢氏。芳华真愿意让谢氏随着南秦埋入历史的尘埃？你与她就算隐世，能亲眼看着南秦大厦倾塌而不顾、南秦的百姓流离失所而不理？你们这一生可能圆满？看着祖宗的坟墓被踩在脚底下，你们能过得安心？”

秦铮抬手，慢慢地拂开秦钰的手：“兴许那时候我们就没命了，眼不见为净。”

“好一个眼不见为净！”秦钰忽然抽出腰间的剑，对准秦铮的脖颈，“你不如现在就死了算了。”

秦铮看着秦钰手中那冷冰冰的宝剑，此宝剑极其锋利，秦钰的眼神里充满杀意，他忽然笑了：“秦钰，没有谢芳华，你还是南秦的帝王。而且，你会是一个合格的帝王。”

秦钰将宝剑向前推了一寸。

秦铮并没有躲开，也没伸手拂开，而是看着他，说道：“皇祖母临终前问我，让我再想想，南秦江山，帝王之尊，千载功名，万世垂仰，难道我不想要吗？我告诉皇祖母，我若是求了，就没有谢芳华了，没有她，活着再无意义，既然如此，求之何用？”

秦钰手中的宝剑又向前推进了一点儿，锋利的剑尖将秦铮的脖子瞬间割破，出了血。

秦铮眼睛都不眨地继续说道：“皇祖母听到我的回答，连连叹息，最后说，这是天意。我却知道，这根本就不是什么天意，而是我的选择。芳华将你身上的同心咒用魅术引到了自己的身上是不是？”

秦钰的手一顿。

秦铮看着他，缓缓地笑了：“那时候，你就应该知道她的决定了，即便她死，也是我的人，从来都是。皇祖父生前留的遗诏被她毁了，兵符她交给了你。”

秦钰紧紧地盯着他，脸色变得灰白：“我一直不明白，她为何非你不嫁，明明她嫁给你，只有死路一条。你可知道，在九曲山，我见到她的时候，她正在吐血，可是还是给我解了瘟疫之毒，趁机动用魅术，从我身上移走了同心咒。”

秦铮的脸色昏暗却平静：“生而知之，死而置之。”

“你的爱就是让她陪你一起死吗？”秦钰看着他，鲜血顺着宝剑流下，染红了衣领以及胸前的衣襟，夜色下，竟然看起来红得夺目。

“能活谁不想活着？但若是真的回天乏术，也只能听从运数。”秦铮目光冷寂。

“运数？你不是不信天意吗？”秦钰看着他，问道。

“我是不信，所以我宁愿用一切换她活。”秦铮低头看了一眼自己的脖子，

“秦钰，你不是真想杀我，又何必再举着剑？不累吗？我受了伤，她一眼就会看到，你让我如何与她交代？”

“到了这个时候，你还怕不好与她交代？”秦钰嗤笑。

秦铮叹了口气：“她的心比较软。”

秦钰猛地收了宝剑，盯着他，一字一顿地说道：“你休想对南秦江山罢手不管，江山是我的，但你也有责任。对于芳华，我不是输给了你，而是输给了她的心。她答应我的事情，你说不算就不算？我给你十日时间，十日后，你必须带她回京城。”

“她若是不想回京城呢？”秦铮问。

“她不会不想，她比你心软，比你有良心。”秦钰转过身，冷冷地说道，“这江山本来是你的，你不要，甩给我，但也休想做甩手掌柜。我登基，接下这南秦江山，为我的身份，为父皇，为南秦的千万百姓，为芳华，却永远不是为你，你最好记住了。”

秦铮扯了扯嘴角：“自古以来，兄弟相争，皇权染血，这一代，你我没有相争，你还不愿了？难道人人争抢的香饽饽，真的那么香？”顿了顿，他又道，“你不是为我最好，帝王就该有帝王的样子。”

秦钰又回转身，恼怒地看着他：“如今你得意什么？你有本事让芳华活着才有资格得意。”

秦铮收了笑：“不到最后一刻，我决不放弃。”

“记住你的话！”秦钰瞪了他一眼，不再逗留，转身走了。

第十八章

多年筹谋

秦铮看着秦钰的背影消失在夜色中，他抬头看向天空，又回首看向皇陵。

若是子孙后代守不住南秦，皇陵便会变成荒凉之地。

作为南秦宗室的子孙，秦铮不合格。

幸好，还有秦钰，秦钰不愧是皇叔亲自带在身边教导的儿子，他很有才干，将来会是一个合格的帝王。

南秦不会如上一世一样，谢氏倒塌后，江山也跟着大厦倾塌，回天无力。

他又逗留了许久，才低下头，看向手里抓着的地宫令，然后转头看向守宫人。

守宫人单膝跪地：“地宫隐卫誓死效忠地宫令主！”

秦铮看着他，笑了笑：“不愧是皇祖父选的人，起吧！”

守宫人站起身。

秦铮伸手摸摸脖子，问守宫人：“有上好的金疮药吗？”

守宫人点点头，看着他的脖子：“不过，最好的金疮药也需要三日才能结疤。”

“秦钰多年来碰不到我一根头发，如今他算是解气了。”秦铮摆摆手，“三日爷可等不了，去拿金疮药来，我抹了就走。”

守宫人立即去了。

午时之前，谢芳华醒了，睁开眼睛，见身边已经无人，伸手去摸被褥，一片冰凉，而且被褥平整，没有被躺过的痕迹。她揉揉额头，慢慢地坐起身，穿好衣服，走出房门。

院中十分安静，空无一人，厨房里也没有人声。

她将身子倚在门框上，看向远处被重重山峦围住的山林。

青岩无声无息地从暗中出现，站在院中，恭敬地拱手："小王妃，小王爷昨夜去了皇陵，说今日午时之前回来。"

谢芳华看了青岩一眼，点点头。

青岩抬眼瞅她，见她并不意外，脸色极其平静，看不出情绪，他有些担心，犹豫了一下，解释道："小王爷应该是去皇陵为先皇上香，顺便还回地宫令。"

谢芳华见青岩小心翼翼，颇为紧张的样子，她笑了笑，温声说道："我等他回来。"

青岩松了一口气："属下去给您做饭。"

谢芳华愣了一下，好奇地问："你会做饭？"

青岩的脸一红："应该会。"

谢芳华看着他，问道："应该会？"

青岩点头："总看小王爷做，学了个七八成。"

谢芳华对他摆摆手："不用你做，我做就好，你去吧。"

青岩看着她，似乎担心她的身体："还是……"

谢芳华忽然觉得青岩有些好笑，自小跟在秦铮身边，这个近身暗卫很辛苦吧？青岩除了保护他，竟然连做饭也跟着他学会了。她摇摇头，笑着说："你放心，我没事，若是饭都做不了，真就什么也不用做了。"

青岩见她确实无大碍，点了点头。

谢芳华向厨房走了两步，回头问："就你自己？"

青岩点点头："小王爷让我留下来照看您。"

谢芳华想了想，对他说道："那你来帮我烧火吧，顺便帮我辨认辨认哪个是盐哪个是糖。"

青岩点点头。

谢芳华来到厨房，只见厨房里锅碗瓢盆、米面油盐、青菜果蔬、肉食药材应有尽有，就算在这里待上几个月，也够吃够用，看来秦铮短时间内真没打算带她出去。

谢芳华洗完手，准备好材料，青岩负责烧火，同时帮她分辨盐和糖。

菜下锅，谢芳华拿起一个罐子，问青岩："这个是盐？"

青岩看了一眼，点头："是盐。"

"确定？"谢芳华问。

青岩看了又看，点点头："确定。"

谢芳华放进了锅里。

二人如此配合着炒了四个菜后，秦铮回来了。

他回来后，便循声进了厨房，谢芳华一眼便看到了他脖颈间的一道血痕，虽然他穿了高领子的衣服，但依旧没遮掩住，她皱眉，问道：“怎么伤着了？”

“没事！”秦铮摆摆手，找到筷子，先尝了一口菜，刚吃到嘴里便苦下脸，看着谢芳华，无奈地扶额，“你怎么到现在还盐糖不分？”

谢芳华立即看向青岩。

青岩看着秦铮，也呆了。

秦铮顿时了然，又好气又好笑，伸手指着青岩问谢芳华：“你让他帮你辨认？他也是个盐糖不分的主儿，他只会拿剑。”

谢芳华看着青岩，一时又是无语又是好笑。

原来盐糖不分的人不止她一个，她如今算是找到同盟了。

谢芳华看着那四个菜，一时间作难，好不容易做的，总不能扔了吧？

秦铮扔了筷子，让谢芳华躲开，自己动手做了两个菜，做好后他指指谢芳华做好的那四个菜，对青岩说：“这些你负责吃掉。”

青岩顿时苦下脸来。

秦铮端了菜，示意谢芳华跟他走。

谢芳华好笑地看了青岩一眼，跟着秦铮出了厨房。

回到房间，秦铮将菜放下，转身将谢芳华拽进怀里，低头将她吻住。

谢芳华伸手捶了他两下，忽然想起了他脖子上的伤口，捶的动作改为推。

秦铮意犹未尽地被她推开，不满地看着她。

谢芳华伸手指指他脖子：“怎么回事？怎么伤的？”

秦铮撇撇嘴：“在皇陵碰到秦钰了。”

谢芳华蹙眉：“你们打起来了？”

秦铮一屁股坐到椅子上，摇头：“没有，谁爱跟他打？”

谢芳华看着他：“那你这是……”

“他拿着剑指我，要杀我，我真让他杀，他又下不去手了。”秦铮不在意地说道，“破了一层皮而已，用不了三天就结疤脱落了。”

谢芳华也看出是小伤，上了上好的金疮药，三天内能够结疤脱落，她慢慢地坐下，问他：“昨日你在我睡着后去的吧？那时候赶到皇陵已经深夜了，秦钰怎么会在皇陵？”

“皇陵有他的人，应该是得到了我去的信儿后赶去的。”秦铮拿起筷子，“好饿。”

谢芳华知道他折腾一趟累了，便不再说话扰他，让他安心吃饭。

饭后，秦铮懒洋洋地靠在椅子上，阳光洒下，他昏昏欲睡。

谢芳华伸手拽他："去床上睡。"

秦铮顺势抱住她："你陪着我睡。"

谢芳华使劲地伸手照着他的脑袋敲了一下，红着脸怒道："你自己睡，我再睡下去，就要长到床上了。"

秦铮轻笑："长到床上最好。"

谢芳华伸手推他。

秦铮眯着眼睛瞅她，低声说："我又想你了，怎么办？"

谢芳华的脸变得更红了，伸手在他的胳膊上狠狠地拧了一下，也学着他低声问："还想吗？"

"狠心的女人！"秦铮倒抽了一口凉气。

谢芳华放开手："还不快去睡？"

秦铮抱着她不松手，问道："我去睡，那你呢？"

谢芳华想了想："我可不想再在屋子里关着了。"

秦铮看着她："你不会是想趁我睡着了就跑吧？"

谢芳华又好气又好笑："我如今还能跑到哪里去？这外面可是布了我解不开的阵法。"

秦铮撇嘴："这阵法真能难住你吗？我倒是不信的。"

谢芳华向外看了一眼，外面有着郁郁葱葱的重重山林，她道："难得住的，言宸嘱咐我，一个月内不能动用武功内功，半年内不准动用魅术。这个阵法我若是想要破解，除非动用魅术。"

秦铮点头亲了她一口，温柔地笑着说道："听话就对了，我才舍不得真的圈着你呢。"说罢，他从袖子里拿出一块绢布递给她，"这个是这片山的地形图，其中有绝阵的阵眼。你若是想出去走走，就只管去吧。"

谢芳华伸手接过，挑眉看着他："如今不怕我跑了？"

"我在这里，你能跑到哪里去？"秦铮打了个哈欠，向床前走去，摆摆手，"我就睡半日，你要是出去玩的话，天黑前一定要回来，知道吗？"

谢芳华回身看着他，见他已经一头栽到床上，闭上了眼睛。她笑了笑，坐到桌前，将绢布摊开放在桌子上。

有了地形图，这片山林果然一目了然了。

此地距离京城北城一百里，山势连绵，不得不说，秦铮真的很会选地方，这样的山势地貌，布置了这样的阵法，难怪谁也找不到。

尤其是这片山竟然与碧天崖衔接，有碧天崖将它遮挡住，山林茂密，便是胜地了。

谢芳华收了绢布，出了房门，喊："青岩。"

青岩苦着脸现身：“小王妃！”

“这山里有蘑菇、野菜之类的东西可采吗？”谢芳华笑着问青岩。

青岩想了想：“有吧。”

“到底是有还是没有？”谢芳华问。

青岩挠挠头，为难地说：“要不然属下去查看一番？”

“你认识蘑菇、野菜吗？”谢芳华不太信任地看着他。

青岩点头：“认识。”

“那你跟我一起去吧。”谢芳华道。

青岩向屋内看了一眼，只见秦铮已经呼呼睡去，他点了点头。

谢芳华去厨房找了两只篮子，一只递给青岩，一只她拿着，然后出了门。

二人向山里走去。

走出院子不远后，二人便来到了后山的山林，谢芳华在一棵树下蹲下身，摘了一只蘑菇回头问青岩：“这个是吗？”

青岩看了又看：“是吧！”

谢芳华好笑：“到底是还是不是？”

青岩点头，肯定地说：“是。”

谢芳华将它放到了篮子里，对他说：“若不是的话，等做好了就给你吃。”

青岩打了个寒战，有些后怕地、小心翼翼地说：“要不然，您还是将那个扔了吧，万一不是呢！”

谢芳华无语：“你刚刚不是肯定地说‘是’吗？”

青岩无言以对。

谢芳华看着他，忽然笑了起来，将篮子里的蘑菇扔进他的篮子：“学医的人，要辨认千百种草药，这山上的任何一种东西我都认识。”说罢，见青岩一呆，她笑着说，“糖和盐对我来说比较特殊罢了，就照着这个采，你采蘑菇，我采野菜。如果采错了，就给你吃。”

青岩无语地看了她好半晌，点了点头。

谢芳华回转身，叹了口气：“看来我和秦铮若是有了孩子，一定不能交给你照看，你这么呆，把我的孩子带呆了怎么办？”

青岩闻言立即站起身，对谢芳华保证：“小王妃放心，我一定将盐和糖分清楚，将不会的事情都学会。以后好好照看小公子，不会让他变呆的。”

谢芳华失笑，看着他，心情愉悦地说道：“好，那你好好学。”

青岩用力地点了点头，拿着蘑菇仔仔细细地研究了起来。

谢芳华不再理他，笑着转身去挑野菜。她想着，她和秦铮若是真的过一辈子这样闲云野鹤的日子也还不错，身边跟随的人不用多，只要青岩一个就足够了。不对，青岩还要娶个媳妇儿……

二人沿着后山林一步一步地向上走，遇到野菜便采，遇到蘑菇便摘。

待二人到后山林的高处时，两个人都已经采了半篮子。

山顶处有两块大石头，谢芳华坐下身，对青岩招手，指着一块石头说道：“坐这里歇一歇。”

青岩点点头，拿着篮子坐在了上面。

此处是整个山林的最高处，从这里可以看到南秦京城。

重重殿宇，层层宫阙，远远看去，帝景城繁花似锦。

谢芳华看了片刻，轻声问：“青岩，你几岁到秦铮身边的？”

青岩摇摇头：“记事起就在小王爷身边了。”

“也就是说，你无父无母无兄弟姐妹？”谢芳华问。

青岩漠然地点了点头。

谢芳华偏头看他：“你知道秦铮最喜欢什么吗？”

青岩点头：“小王爷最喜欢小王妃。”

谢芳华失笑：“我让你说的不是这个，是喜好。”

青岩想了想，摇摇头。

谢芳华叹了口气：“你看，你记事起就跟在秦铮身边，却连他最喜欢什么都不知道，可见他活得有多累。别说问你，就是问熟悉他的人，哪怕与他感情向来很好的燕亭、哥哥、李沐清，他们估计都不知他最喜欢什么。”

青岩抿了抿唇。

“骑马、射箭、投壶、蹴鞠、打猎、游玩，各种事情……”谢芳华说道，“他都会，并且都玩得很好，这些却不见得是他真正的爱好。”

青岩点点头。

谢芳华又轻声说道：“他真正的信念，除了我，就是南秦江山了。这一片土地，生他、养他、给予他尊贵的身份和荣华富贵，祖母、慈母、父亲、兄弟，给予了他一切。若是真正舍弃，他这一生一定不快乐。”

青岩听着，顿时紧张起来，看着她。

谢芳华敏感地察觉到了青岩的气息，笑着对他说道：“你别紧张，我就是与你说说话。有些东西秦铮一定不会告诉我，但是你自小跟在他身边，你一定知道。”

青岩轻轻舒了一口气，小心翼翼地说道：“小王妃只要不再丢下小王爷，属下一定知无不言、言无不尽。”

“早先转了个弯子，自以为对他好，是我错了。”谢芳华道，“你放心，我不会再丢下他了。”顿了顿，她又道，“现在就算让我放下，我也放不下了。秦钰身上的同心咒，如今被我引到了我自己身上。我与秦铮同心同命，同生共死。”

青岩轻轻地抽了一口气，看向谢芳华的目光中又多了几分敬重。

“你只告诉我，这么多年秦铮都做了什么。”谢芳华看着他，“只要说说我在无名山的这些年，他做了什么就行了。”

青岩想了想，低声说道：“小王爷表面上和当今皇上处处作对，实则平衡着皇室和谢氏的关系，又暗中在岭南养了十万兵马。”

“原来岭南的那些兵马是他的。”谢芳华道。

青岩点点头，又摇摇头：“岭南的兵马也不全是小王爷的，除了小王爷在岭南养了兵马，另外还有人也在岭南养了兵马。小王爷曾经要属下去查了，但是在途中又将属下给召回来了。”

谢芳华点点头：“岭南有裕谦王养的五万私兵，我也在那里养了五万兵马。”

青岩恍然大悟：“原来是您养的。”

谢芳华颔首：“我让言宸从无名山下山后，去岭南养五万兵马，以备不时之需。”

青岩道：“为了谢氏？”

“嗯，为了谢氏。”谢芳华怅然，“谢氏在南秦这片土地上待了多少年，就连谢氏的族谱怕是都数不清了。当年我恨皇室，却没想到原来皇室也是身不由己。”

青岩抿唇。

谢芳华轻声说道：“我为了谢氏，秦铮为了秦氏，我们筹备多年，焉能半途而废？这片江山，总要护住吧！若是护不住，就算死了也是遗憾。”

青岩立即说道：“在小王爷的心里，小王妃最重要。”

谢芳华顿时笑了：“是，我知道。”说罢，她站起身，对青岩笑着说道，“走吧，我们下山，他估计快醒了。”

青岩点点头。

二人下了山。

他们回到院子时，秦铮果然已经醒来，正倚在墙头上，嘴里衔着一根草，百无聊赖地晒夕阳，见二人回来，他吐了嘴里的草，挑着眉看向二人手里的篮子。

青岩举着篮子里的蘑菇说：“小王妃说了，让我学好每一件事情，以便以后照顾小公子。”

“小公子是谁？”秦铮看着青岩，问道。

青岩看了谢芳华一眼：“就是您和小王妃的孩子。”

秦铮拔了一根草对着青岩扔了过去：“那也不一定是男孩，也有可能是女孩。”

青岩一呆。

秦铮对他摆摆手：“看你那呆样，让你照看爷可不放心。”

青岩委屈地看着他："您自己照看不过来的时候，我也能帮忙嘛。"

秦铮点点头："也是。"他挥挥手，对青岩说道，"那你快去做饭，不准再分不清糖和盐了。"

青岩立即放下篮子去了厨房。

谢芳华无语地看着秦铮："有你这么欺负人的吗？青岩采了一篮子蘑菇已经很累了，你睡了半天，还要他去做饭？"

"小王妃，属下不累。"青岩的声音从厨房里传出来。

谢芳华一噎。

秦铮摊摊手，跳下墙走到谢芳华身边，小声说："没有你在身边，睡不踏实，没睡好。"

谢芳华笑着瞪了他一眼："过来帮我择野菜。"

秦铮点点头。

院中摆了桌椅，谢芳华将野菜倒在桌子上择了起来。

秦铮拈起一棵，问："这是什么菜？"

"苦菜！"

"苦不苦？"秦铮问。

"你说呢？"

秦铮立即放下："爷不想吃苦的。"

谢芳华将菜又塞到他的手里："必须吃，败火！"

秦铮看着手里的菜，无语片刻，嘀咕："不想败火。"

谢芳华失笑，不再理他，动手择菜。

秦铮撇撇嘴，只好跟着她一起择。

厨房内传来叮叮当当的声音，青岩做饭做菜架势拉得十足。

谢芳华一会儿向厨房看一眼，有些担心地问秦铮："能吃吗？"

"能！"

谢芳华还是不放心："他跟我一样。"

秦铮摇头："不会，我给他改正过来了。"

谢芳华看着他。

"你若是不想以后我们的孩子吃该甜不甜反而咸死人、该咸不咸反而甜死人的饭菜，你也能改过来。"秦铮慢悠悠地说道。

谢芳华眨眨眼睛，凑近他说道："大婚的时候，你喝避子汤，想尽办法不让我怀孕，如今想通了？"

秦铮顺势拽住她吻了一记，低声说："万一咱们都死了，总要留点儿血脉传承下去呀。"

谢芳华伸手捶他："你还真想死？"

"不想。"秦铮摇头，认真地看着她，"所以，你一定要想办法克制，让我们活下去。"

谢芳华看着他认真的神情，想到自己的身体以及他，抿了抿嘴角，点了点头。

二人将野菜择完，谢芳华拿去清洗干净，秦铮带着蘑菇去了厨房。

厨房内不断飘出香味。

青岩今日大约很高兴，做了一桌子色香味俱全的菜。

青岩将菜摆到院中的桌子上，摆了满满一桌，秦铮对青岩说："一起吃吧。"

青岩看了谢芳华一眼，坐下。

谢芳华拿起筷子，将每道菜都吃了一口，露出笑意，对秦铮说道："你说得没错，他没有将糖和盐弄混。"

"下次你做也不会放错了。"秦铮勾起嘴角，"看来真得要一个孩子了。"

谢芳华笑着点了点头，小声说道："我仔细调养，总能怀上。青岩有中意的姑娘没有？若是有的话，娶进来。"

青岩刚拿起筷子夹了口菜，闻言，筷子啪嗒一下掉在了桌子上，睁大眼睛看着谢芳华。

秦铮笑着看了青岩一眼，想了想："从你身边的人里挑一个，我看侍画不错。"

青岩脸一红，连忙摇头："属下不娶妻。"

"你说了不算，闭嘴吃饭。"秦铮摆手。

青岩一噎。

"闭嘴怎么吃饭？"谢芳华好笑，"侍画是不错，哥哥给我的八个人里，我最喜欢的就是她了。她行事沉稳，知晓分寸，进退有度。"说罢，她问，"那日你带着我离开皇宫，她们呢？她们如今还在皇宫里？"

秦铮想起她曾住在皇宫便不高兴，轻哼一声："你放心吧，她们回了英亲王府。"

提到英亲王府，谢芳华便想到了英亲王妃，于是揉了揉眉心。

秦铮偏头看她，摸摸她的脑袋，好笑地说："放心吧，娘不会怪你的。"

谢芳华抬眼看他，叹了口气："总归是我不对。"

秦铮勾起唇角："你能深刻地认识到自己不对就好，下不为例。"

谢芳华也忍不住笑了，点了点头，问他："秦钰昨日在皇陵见到你，应该不会轻易放过你，他说了什么？"

秦铮撇撇嘴："理他作甚？"

谢芳华微笑着看着他，说道："南秦如今正是用人之际，先皇给他留下的是一堆烂摊子，我们不能真的袖手旁观。”

秦铮伸手弹她的脑门儿，板起脸来训斥她：“你累不累？说了别理他就别理他。”

谢芳华看着他脖子上的伤口，笑了笑，知道他心里也有些憋屈，点点头：“好，不理就不理。”

“吃饭！”秦铮给她夹了一大筷子苦菜放到碗里。

谢芳华看了一眼，夹起来放到了他的嘴里。

秦铮苦下脸来，但还是乖乖地吃了。

饭后，太阳落山，天已经黑下来，秦铮抱着谢芳华上了房顶，坐在房檐的横梁上：“昨天要你和我一起看星星，你睡了，今天不会又睡着吧？”

“星星有什么好看的？”谢芳华窝在他怀里。

秦铮敲敲她的额头：“一点儿也不懂情调。”

谢芳华好笑：“我不觉得在这里吹风、喂蚊子是情调。”

秦铮叹了口气：“那换个说法，夜观天象呢？”

谢芳华眨眨眼睛，仰头看他。

秦铮低头吻了吻她：“这几日，天有星变，应该是百年难遇，咱们这个位置观星最好。”

谢芳华看向天空，时间还早，天空中没有几颗星，她点了点头：“那好吧，我就陪你观星。”说罢，她认真地打量起了天空，蹙了蹙眉，“一般要等到子夜，你确定现在就在这里等着？”

“反正也没事。”秦铮道。

“也是！”谢芳华笑了笑，将头枕在他的臂弯处，与他聊天，“秦铮，你最喜欢什么？”

“你！”秦铮道。

“不是说我。”谢芳华好笑，“你的喜好。”

“喜好嘛，”秦铮想了片刻，低声说，“与你睡觉。”

谢芳华的脸腾一下就红了，伸手打他，又羞又愤：“你羞不羞？”

秦铮抓住她的手，眉眼间俱是浓浓的笑意，低声说道：“不羞。”

谢芳华伸手推他，又好气又好笑：“你的脸呢？”

秦铮指了指自己的脸，一本正经地说：“在这里。”

“我看在地上，早摔没了。”谢芳华看着他。

“爷的脸好多层，摔了一层还有。”秦铮抓着她的手往他脸上摸，“你摸摸，是不是在？”

谢芳华伸手摸了摸，故意说：“没摸到。”

秦铮张嘴咬她的手指。

谢芳华的手被他抓紧，一时间抽不出来，指尖传来了酥酥麻麻的感觉，她的心都跟着酥了，红着脸看着他，问道："你属狗的？"

"不是，属龙的。"秦铮摇头。

"草龙一条。"谢芳华好笑。

"那也不是狗。"秦铮继续咬她的手指。

"龙咬人吗？"谢芳华看着他，问道。

"只咬你。"秦铮放开她的手指，低头吻她。

谢芳华躲不过，又怕碰到他脖子上的伤口，只能依了他。

夜渐渐来临，星辰一点点地从天际露出来，月亮笼上了一层轻纱，含羞带怯地看着二人。

闹够了，秦铮放开谢芳华，将他的脸与她的脸贴在一处，小声说："你的脸好烫。"

"是你的脸烫。"谢芳华想说不只是脸，你的身上都是烫的，隔着衣料都感觉得出来。

秦铮搂紧她，低声说："我又想带你进房了，怎么办？"

"不夜观星象了？"谢芳华问。

秦铮哼了一声："昨夜星象就没显现，今夜不见得会显现。"

谢芳华看着天空，摇摇头："如今看着是平凡，但若是百年一遇的星象，就会昙花一现，错过了就可惜了。"

秦铮闻言也看了一眼天空，挣扎着说道："好吧，那爷忍到子时再回去。"

谢芳华好笑地看了他一眼，安静地窝在他怀里。

夜风徐徐吹来，夜晚有些许凉意，秦铮摸到谢芳华的手有些凉，放开她："我去给你拿一床被子。"

谢芳华点点头。

秦铮刚要下去，星象就变了，谢芳华看到了，一把拽住他："快看天空。"

秦铮抬头看去。

只见，天空霎时间现出了无数的星星，这些星星迅速地聚拢，将一轮明月围在中间，快速地缠绕、转动，不过只是一瞬间，那轮明月似乎被一股巨大的吸力一下子吞了去，霎时间消失了。星星在这一瞬间停止了转动，其中有两颗星在群星里极其醒目，放出极其璀璨的光，不过只是一瞬间，它们便变得暗淡了，紧接着，周围的星星也随之暗淡了。

不过眨眼之间，天空便恢复如初了，只不过，少了那刚升起的、笼着轻纱的月亮。

从星象骤起，到星象隐匿，不过眨眼之间。

秦铮和谢芳华都没立即移开视线，而是静静地看着天空。

谢芳华出神地望着，秦铮的薄唇紧紧地抿着。

过了许久，秦铮收回视线，慢慢地转过头看向谢芳华。

谢芳华也收回了视线，看向他。

秦铮站着，谢芳华坐着，二人一站一坐，中间气流无声。

过了片刻，秦铮蹲下身，将谢芳华抱住，低声说道："天上能没有月亮吗？不能。所以，它总会再出来的，是不是？"

谢芳华感觉他抱着她的手，指尖发出了极其细微的颤动，她笑了笑，肯定地点头："嗯。"

秦铮顿时笑了："果然是百年难遇的星象，竟然不按常理出牌，这么早就显现，若是今日没早早守着，还真是会错过。如今好了，不必忍到子时了，走，我们回房。"

谢芳华点点头。

秦铮抱着她跳下房顶，进了屋。

这一夜，二人自然又是婉转缠绵。

在秦铮和谢芳华夜观星象时，南秦京城刚入夜，正是人来人往、车水马龙之时，整个京城灯火辉煌。

李沐清、燕亭、崔意芝、王芜、郑译、秦倾等人约在来福楼吃饭。

秦倾叹了口气："不知道铮哥哥什么时候会回来。"

"还回来吗？"燕亭喝了一口酒，"若是我，便会带着芳华小姐一走了之，省心。"

秦倾吓了一跳，看向燕亭："真不回来了？"

李沐清立即说道："别听他胡说，会回来的。"

秦倾看向李沐清。

李沐清笑着说道："他们若是不回来，皇上都不允许。"

秦倾撇撇嘴，疲惫地说："我还是个孩子，四哥便抓住我没命地使唤。"

燕亭喷笑："你还是个孩子？我听说太妃最近在给你选姑娘相看。"

秦倾脸一红："是太妃瞎操心，我还没到年纪，相什么亲？"说罢，他羡慕地看着燕亭，"你如今可好了，侯爷和侯夫人对你言听计从，再不逼迫你了。"

"林太妃也没逼迫你呀。"燕亭说。

秦倾摇摇头："太妃絮叨，我如今给她请安都提心吊胆，生怕她身边站个女子给我看。"

燕亭哈哈大笑："太妃体格硬朗，你以后有的受了。"

秦倾头疼："我能不能也离家出走？"

燕亭白了他一眼："你也想离家出走？你走得了吗？有人罩着你吗？北齐的人若是见了你，立马便会将你当作送上门的人质。"

秦倾不忿地看着燕亭："别以为当初芳华姐姐帮了你，你就得意得没边了。"

燕亭仰了仰脖子："反正你没有人帮，忍着吧，若是不忍着，就赶紧相看，顺太妃的意定下来，她以后就不盯着你了，只盯着你媳妇儿了。"

秦倾泄气。

"其实有中意的女子，早些定下来也未必不好。"王芜拍拍秦倾的肩膀，"别泄气，太妃不会轻易让寻常女子进门的，太妃眼睛毒辣，给你选的女子定然是万里挑一的，错不了。"

秦倾嘟囔："南秦京城里除了芳华姐姐，还有哪个女子能当得上万里挑一？"

王芜一噎。

李沐清挑了挑眉，对秦倾道："你若是比照她来选妻的话，那么，恐怕一辈子也选不到。"

燕亭点头："就是！"

秦倾撇撇嘴："反正我比你们小，能拖多久是多久。"说罢，他扫视了一圈，"你们都比我年岁长，再不娶妻，家里人都该跳脚了。"

"家国不稳，何以安家？"李沐清淡淡地说道。

燕亭点点头："正是。"

"北齐也着实可恨，竟然趁火打劫。"秦倾恨恨地道，"齐言轻回北齐京城了，北齐国内如今不知道是个什么情形。"

"不管是个什么情形，早晚还是会起兵戈的。"李沐清道。

"若是谢云继回北齐继承皇位就好了，他一定不主张兴兵，两国定然会交好。"燕亭道。

"谢云继？"秦倾看向燕亭。

李沐清摇摇头："谢云继不会回北齐继承皇位，北齐皇帝见他无心，也不会强迫，更何况齐言轻比他适合继承北齐的皇位，北齐皇帝可一点儿也不糊涂。"

"是不糊涂，只不过被美人拢住了野心而已。"燕亭感叹，"这么多年，南秦、北齐能够维持和平，多亏了谢凤。"

"谢氏的女儿个个巾帼不让须眉。"李沐清道。

燕亭转头看向秦倾："当初林太妃和谢氏六房的老太太似乎想撮合你和谢氏六房的长女，据说她也是琴棋书画样样都会，文静可人，你怎么不同意？"

秦倾垮下脸："这事你也知道？"

燕亭白了他一眼："虽然没传到明面上，但是你问问这里谁不知道？在这南秦京城，谁家后院激起一片水花，都能传遍了。"

秦倾摇摇头："我不喜欢文静可人的，日日吃斋念佛，有个太妃就够了，我可不想家里以后还有个整日吃斋念佛的妻子。"

"妻子就是那么回事，到时候你娶他几房美妾不就行了？"燕亭道。

秦倾看着他："你怎么不娶？"

燕亭懒洋洋地道："还没看到中意的，等看到中意的，以后都娶回后院。"

秦倾看向李沐清："你信他的话吗？"

李沐清点头："信。"

秦倾撇撇嘴："我也想学铮哥哥，只看中一个女子，结发为夫妻，恩爱两不疑。一生一世一双人，白头到老。"

"你最好别学他。"燕亭拆台，"有什么好学的？你掀翻了天，也找不到第二个谢芳华。找不到那样的女子，身边是谁，多一个少一个，有什么不一样？"

秦倾咋舌，看着燕亭："你……没事吧？"

"我能有什么事？"燕亭举起酒杯，"来，喝，今天不醉不归。"

秦倾伸手捅捅李沐清："他怎么了？"

李沐清道："在北齐小国舅府躲清闲躲久了，回南秦后咱们皇上用他用得狠，一大堆的事情压给他，憋的。"

秦倾恍然大悟："他是想铮哥哥了，怕铮哥哥不回来。以前他与铮哥哥可谓形影不离，若是铮哥哥在这里，我们都会轻松得很。"

燕亭耳朵好使，闻言哼了一声。

李沐清端起酒杯，笑着说："忍忍吧，子归兄还在边境，英亲王府还有王爷和王妃，我们兄弟都还在京城。他们就算想避世，也避不开，只能回来。"

秦倾顿时精神了些，也跟着端起酒杯："这南秦京城，少了谁都寂寞。"

燕亭嗤了一声，不以为然。

李沐清笑了笑："少了谁，都不能少了秦铮。"

"表哥的确非常人能及。"崔意芝道。

众人举杯，一起干了。

御书房内，秦钰正在批阅奏折，小泉子在外面喊："皇上，皇上，快来看。"

秦钰的笔顿了一下："什么事？"

"您快来看，天……天上！"小泉子都结巴了，模样甚是惊恐。

秦钰立即放下笔，快步出了御书房，抬头看向天空。

正看到月亮霎时间被吞下去，他皱了皱眉，等了片刻，再无异常，他收回视线，看向小泉子。

小泉子都呆了。

“你都看到了什么？”秦钰问他。

小泉子立即跪在地上，连忙回答道：“奴才看到了……一下子，所有的星星都冒了出来，围着月亮转，然后，就喊您，您出来了，月亮就没了，有两颗星……后来，都没了……”

秦钰抿唇。

小泉子骇然地道：“奴才只是无意中抬眼就看到了，以前从来没看过，所以，惊异之下大喊大叫，惊扰了皇上，皇上恕罪。”

“你没罪，起来吧。”秦钰抬手。

小泉子谢恩，从地上爬了起来。

秦钰又仰头看向天空，一切平静，刚刚的一幕好像从来没发生过。他看了片刻，吩咐小泉子：“去请钦天监的天官来一趟。”

“是！”小泉子连忙去了。

秦钰转身回了御书房。

不多时，小泉子将钦天监的天官引来了御书房。

天官对秦钰行叩拜之礼。

秦钰摆摆手：“文大人，你今天可曾看到了奇异的星象？”

天官一愣，摇摇头：“臣不曾看到，皇上指的是什么样的奇异星象？”

秦钰示意小泉子开口。

小泉子立即将早先看到的星象重复了一遍。

天官大惊：“竟然有这样的星象？”

小泉子点点头：“咱家亲眼所见，皇上也看到了一点儿。”

秦钰问天官：“你虽然不曾亲眼看到，但可知道这是什么星象？预示着什么？”

天官沉思片刻，摇摇头，请罪：“恕微臣对天文星象研究不精，揣测不透这其中的天意，还请皇上恕罪。”

秦钰摆手：“罢了，你去吧，查些古籍资料，看看能否探知。”

“是，臣这就去查。”文大人点头，连忙告退，出了御书房。

秦钰再无心批阅奏折，问小泉子：“听说今日李沐清、燕亭、秦倾等人去了来福楼？”

小泉子连忙颔首：“正是，除了这三位，还有崔侍郎、王公子、郑公子。”

“走，我们也去来福楼。”秦钰脱了龙袍，换上便服。

小泉子一愣：“皇上，要提前知会几位大人吗？”

“不必！”秦钰道。

小泉子点点头，连忙伺候秦钰收拾打点，很快就跟随秦钰出了皇宫。

来福楼内，众人喝酒正喝到兴起时，秦钰来了。

众人齐齐一愣，都没想到秦钰竟然会来这里，一时间都放下酒杯见礼。

秦钰摆摆手，随意地说：“还与以前一样，今日不必计较什么身份。”

李沐清、燕亭等人对看一眼，看出秦钰的心情似乎不是很好，点了点头。

第十九章

太子治国

十日一晃而过，秦铮丝毫没有回京的打算。

这样远离喧嚣的地方，很容易让人忘记一切烦恼，似乎这个世上本就如此平静、安然。

秦铮和谢芳华过着寻常的日子，或打猎，或捕鱼，或采蘑菇、野菜，或下厨做饭。

如寻常人家的夫妇，寻常得不能再寻常。

这日一早，谢芳华醒来后发现来了癸水，坐在床上闷闷不乐。

秦铮从厨房回来，一进屋便见谢芳华板着一张脸，走到床前捏捏她，温柔地问：“怎么了？醒来没看见我，生气了？”

谢芳华抬头看了一眼秦铮，泄气地说：“来癸水了。”

秦铮失笑：“我当是什么事呢。”说罢，他问道，“有布包吗？”

谢芳华摇摇头，脸红地小声说：“我以为你每日缠着我……我又在仔细调理，定能怀上，便没准备……”

秦铮笑着看着她，说道：“新生命的到来是讲究缘分的，他没来，就是缘分没到。”说罢，他低头在她额头上吻了一记，“乖，我去给你弄布包。”

谢芳华觉得他说得有理，自己是有些急了，她心底隐隐地怕自己来不及给秦铮生下一男半女，轻轻吐了一口气，问他：“你会吗？”

“会！”秦铮转身走了出去。

谢芳华闻言便安静地坐在床上等着。

不多时，秦铮拿了一个布包回来，递给她："你看这个如何？"

谢芳华接过，只见布包缝制得像模像样的，虽然针脚别扭，但是用的是上好的材料，十分绵软，自然是可以用的。她笑着伸手环住他的脖颈，凑上前吻他："我的夫君上天入地无所不能，嫁给你是我几辈子修来的福气。"

秦铮心神一荡，勾起嘴角，顺势抱住她："这话我爱听。"说罢，他轻轻哼了一声，"既然知道你夫君本事大，以后就不准不乖。"

谢芳华笑着点点头。

秦铮看着她娇俏的脸叹了口气，放开她："又有几日不能碰你了……"

谢芳华好笑，挥手赶他："你出去。"

秦铮又抱住她狠狠地吻了一记，才走了出去。

谢芳华换上布包，换好干净的衣服，将脏乱的衣服和被褥抱出门，站在门口的秦铮顺手接过，走向水池。

谢芳华倚着门框看着他，他正丝毫不嫌弃地动手清洗着。

秦铮做起这些事情来，丝毫不违和。

前世她含恨离开，便想着下一世能和秦铮这样生活。若他们真能这样相守一世，该多好。

她正想着，一只翠鸟盘旋着闯进了院落，落在了她的肩上，清脆地叫了两声。

谢芳华一愣，偏头看着这只翠鸟。

秦铮从水池边转过头，看着那只翠鸟，脸一下子就黑了。

谢芳华见翠鸟的腿上绑着信笺，她伸手取下，看了秦铮一眼，慢慢地将信笺展开。

信笺上有一行字，字迹极其熟悉，是秦钰的笔迹："皇陵，十日之期，该回京了！"

谢芳华盯着这句话沉默地看了片刻，一抬头见秦铮已经转过了身，她拿着信笺走到水池边，低声说道："是秦钰来的信。"

秦铮冷哼一声。

"他说你与他约定了十日之期，告诉我们该回京了。"谢芳华又道。

"只是他说十日而已，爷没答应他。"秦铮道。

谢芳华笑了笑，伸手从后面环住他的腰，将头靠在他的背上，柔声说："秦铮，我们回京吧。这里虽好，但我们过的也不是寻常人家的日子。"

"怎么不是了？"秦铮没回头，有些气闷地问道，"你不喜欢吗？"

"喜欢。"谢芳华点头，又摇摇头，"寻常人家不是我们这般，无论是闹市，还是深山，都是人来客往。我们这样，只是将自己锁在一方天地里而已。能过这些天清净安宁的日子，我已经很满足了。”

“你满足，我还没满足呢。”秦铮郁郁地道。

谢芳华抱着他腰的手紧了紧，柔声说：“我们无论对谢氏，还是秦氏，都有不可推卸的责任。若是我们真什么都不管了，也许我们是清净安宁了，可是良心上又如何过得去？你别说只有我心软，其实，你的心与我一样软。”

秦铮不语。

谢芳华又道：“先皇临终前与我说，当年，他是传了密令，让我父亲回京，可是我父亲终究还是选择了维护南秦江山，娘亲随他去了，虽然是应了魅族的祖训天命，但到底是他们的选择。”她说着，眼眶红了起来，眼底泛起泪花，“在南秦，有谢氏多少人为之守护流洒的血，南秦这片河山，有秦氏先祖兢兢业业的守护、传承。我是谢氏的子孙，你是秦氏的子孙，我们终究都逃不开自己的姓氏和应该肩负的责任。”

秦铮依旧不语。

谢芳华又道：“这一世，我们总不能真的眼看着南秦一步步走向衰落是不是？你的信念，我的执着，哪怕我曾经不止一次恨不得南秦皇室天崩地裂，但是到头来，想想谢氏先祖为这片山河所做的那些牺牲，想想秦氏先祖为了守护江山同样不易，我都能放下私怨，维护大义，哪怕命不久矣，能保住一样也是欣慰。若是两样都能保住，那就是上天厚待我们。”

秦铮抿起嘴角。

谢芳华又低声说道：“南秦的千万子民，南秦的三百年基业，我们出生、长大的南秦京城，你怎么忍心不管，看着它化为尘埃？若是有一日，南秦国将不国，那么，我们的家、父母、兄弟姐妹，忠勇侯府、英亲王府，我们的一切，都将荡然无存，该是何等悲凉！”

秦铮终于叹了口气，回转身揉揉谢芳华的头：“你呀。”

谢芳华抬眼看他。

秦铮伸手拢了拢她的秀发，目光一片温柔，低声说：“君子厚德载物，你虽然是女子，但当得上君子。若是上天也有厚德，该当给我们福荫，全了这一世。”

谢芳华埋进他的怀里。

秦铮低头看着她：“你如今最忌耗心血，在我找到方法之前，不想……”

谢芳华伸手捂住他的嘴，打断他：“就算待在这里，我也不能安心，有些事情也不能不想，已经深入骨髓，忍不住就会去想。”

秦铮住了嘴。

谢芳华看着他：“秦铮，我保证，我会想尽办法去破魅族的天规，我舍不得死，更舍不得拉着你一起死，如今你的命已经与我的命相连。我想与你活着，想生既像你又像我的孩子，想教导他，看着他长大。我们还有许许多多的事情没做，我还想和你相守一辈子。”

秦铮抱紧她。

谢芳华低声说道：“对于魅族的事情，我还是一知半解。隐山宗师一直想要我手中的魅族秘术，他们因南秦江山而生，却为何要反南秦江山？多年来，北齐是否与南秦隐山隐卫有牵连？诸多事情，都要弄清楚，以及……云澜哥哥，他对魅术，知道多少……若是我们一直待在这里，又怎么能知道？”

秦铮轻叹：“我本来没打算这么快回去，如今……就依你吧。”

谢芳华仰起脸问他：“今天就回去？”

“凭什么听秦钰的？”秦铮哼了一声，“如今你癸水来了，身子虚弱不宜奔波，待你癸水去了，我们再回京吧。”

谢芳华点了点头。

秦铮放开她，继续回身洗衣服，催促她：“去屋里歇着。”

谢芳华抬手，早先那只翠鸟落到她的手心，她问秦铮：“要不要给秦钰回信？”

“不要。”秦铮道。

“这只鸟真是有灵性，竟然能找来这里。”谢芳华摸摸鸟羽，“那将它放回去吧？”

“放回去做什么？炖了吃掉。”秦铮干脆地说道。

那只鸟一听，顿时吓得翅膀抖了抖，脱离了谢芳华的掌心，嗖一下飞出了院子，转眼便出了山林。

谢芳华失笑。

翠鸟回到皇宫时，秦钰正与李沐清议事。

翠鸟扑棱着翅膀飞进御书房，恐惧地钻到了秦钰的怀里。

秦钰伸手抓住它，见它腿上无回信，向外看了一眼，挑了挑眉。

翠鸟叽叽叫了两声，委屈地转动着眼珠，似乎在向秦钰诉说自己的委屈。

秦钰轻轻哼了一声，安抚地拍了它一下，它安静了下来，似乎知道安全了，从秦钰的手心里跳下来去觅食了。

李沐清微笑着说道：“皇上竟然还养了这么有灵性的鸟。”

秦钰道：“是初迟驯养的，送与我了。”

李沐清恍然大悟：“怪不得有灵性。”说罢，他问，“去寻秦铮兄与芳华了？”

秦钰点点头，脸色不太好看。

李沐清微笑着说道："看来秦铮兄不愿意回来。"

"由不得他。"秦钰道。

李沐清点点头："消息送到了，依照芳华的脾性，最多不过几日，他们应该就会回京了。没想到齐言轻动作这么快，回北齐一趟，反而让他抓稳了权柄。"

秦钰绷起脸来说道："多年来，北齐未立太子，如今谢云继不愿意继承皇位，北齐皇帝再无顾虑，自然痛快地立了太子。"

"北齐皇帝立了太子后，带着皇后去行宫将养，将北齐交给了太子。"李沐清蹙眉，"北齐太子这是治国，不是监国，这是前所未有的。"

"北齐皇帝这是默许了齐言轻的兴兵之战，全了北齐一直以来的野心，也全了他对皇后谢凤的情意，至少不是他亲自对南秦起兵，谢凤感念北齐皇帝这么多年来的维护，不好再阻拦。"秦钰抿唇，"多年来，南秦只盯着谢氏，从国力、兵力上来看，实在不如北齐……"

"南秦多年来的弊端，就是内部一直拉锯，如今谢氏和秦氏再无隔阂，若是齐心对敌，未必会输。"李沐清道，"若是能拖上至少半年，南秦能喘息半年时间就好了。"

"当然不能输！"秦钰斩钉截铁地说道，"但是半年，齐言轻不会给这个时间。"

李沐清叹了口气。

秦钰抿唇，看着一旁吃饱后睡在玉案上的翠鸟，眯了眯眼睛："月前，南秦大水，耽搁了春种，今年的收成怕是不会理想，依靠税收恐怕只能加重百姓的负担，造成民众怨怼。多年来，谢氏米粮的囤粮估计有一千万石，若是能助一臂之力，粮草上至少没问题了。谢云澜如今在哪里，你可知道？"

李沐清摇摇头："不知。"

秦钰道："他和谢云继出手拦了我派去拦截秦铮的人，却都没回京，难道又回他的寻水涧了？"

李沐清忧心地道："谢云澜身体不好，焚心咒将他折磨得越发虚弱了。"

秦钰闻言沉默了片刻："焚心咒难道真的没有解救之法？"

李沐清摇摇头："若是有就好了，若是焚心咒能解，那么芳华未必会……"他说到这儿，话语顿住，后面的意思不言而喻。

秦钰闻言不再言语。

当日，北齐立太子，北齐皇帝和皇后前往行宫疗养，北齐太子代天子治国的消息传遍了天下。

南秦朝野上下顿时一片哗然，纷纷觉得北齐如今是真正铁了心要兴兵了。

齐言轻在漠北边境私自兴兵，北齐皇帝不但不怪罪，反而立他为太子，将北齐也都交给他治理，这也就意味着，北齐皇帝默许了齐言轻对南秦兴兵，自此，北齐征战天下的心昭然若揭。

南秦如今实在不适合兴兵打仗，北齐抓准了这个机会，南秦只能全力备战。

南秦的满朝文武纷纷在朝堂上各抒己见。

新旧更替，年老的臣卿无力去战场，年轻一辈刚刚踏入朝局，经验不足，南秦如今正是青黄不接之时。

秦钰倒是镇静，于早朝上听了文武百官的一番议论后一言未发，摆摆手，散了朝。

群臣猜不准秦钰的想法。

英亲王回府后，面上的愁云浓得化不开。

英亲王妃温声询问："我听说北齐太子代北齐皇帝治国，北齐皇帝带着皇后去了行宫疗养，不知归期，你是为这个而愁？"

英亲王点了点头："齐言轻和玉家人一直主张兴兵，如今北齐皇帝默许，齐言轻稳住北齐朝局，坐稳太子之位后筹备一番，应该会即刻出兵。"

"皇上一直在准备，我听说自从李沐清、燕亭回京后，一直在筹备粮草。咱们南秦人才济济，若是真正较量起来，未必就会败给北齐。"英亲王妃道。

"话是这么说，但是北齐准备了很多年，北齐皇室和玉家多年来一直和睦，国力蒸蒸日上。南秦如今……唉，准备的时间太短，恐怕不够。"英亲王道，"要知道，差之毫厘，谬以千里，更何况差了这么多年。"

"不知道铮儿什么时候带华丫头回来。"英亲王妃道，"这么多日子了，也没有消息。"

英亲王又叹了口气："就算回来，也不知他和皇上会如何相处。他们若是再不和，那还不如不回来。"

"怎么会？我们铮儿又不是不顾大局、不知晓大义的孩子。"英亲王妃瞪了英亲王一眼，"以前，燕亭向着铮儿，处处看皇上不顺眼，如今如何？燕亭不是好好地在朝中做事，皇上也对其委以重任吗？"

"也是！"英亲王点点头，问英亲王妃，"浩儿还在闭门思过？"

英亲王妃点点头："自从伤了媳妇儿，左相对其也甚是恼怒，你让他闭门思过，他近来便真的闭门思过了，除了先皇驾崩时去了皇宫，在皇宫遇到了雪莹，对她好一番请罪外，一直没做别的事，我看是真的反省了。"

"朝中如今正是用人之际，明日我与皇上提提，看看皇上是否想用他。"英亲王道。

英亲王妃点点头，没有异议："以前他与铮儿不和时，便和皇上走得近，你问问吧。他总归是英亲王府的大公子，不能就此废了。”

谢芳华一直有体虚畏寒之症，来了癸水后更是浑身酸痛难忍。

秦铮看着她整日里白着一张脸，浑身凉寒，极其心疼，不知如何是好，便将她裹着被子抱在怀里，试图焐暖她，但总不见效果，便蹙眉问：“有没有什么药物能解痛？”

谢芳华低声答道：“是药三分毒。”

“那也不能就这样难受着呀。”秦铮眉头皱紧，“要不然我寻个温泉池，你去泡泡？”

谢芳华摇头：“癸水来时，更不宜泡水。”

秦铮长叹：“那怎么办？以前也没见你这样子难受。”

谢芳华靠在他怀里，低声说：“你抱着我，我就不那么难受了，以前我经常服药，后来言宸将我身体里残存的药物去除了个七七八八。再加上如今身体不比以前，便严重了些。没事，我能忍受。”

秦铮心疼：“若是我能替你就好了。”

谢芳华失笑：“这个怎能代替？”

“是呀，不能代替。”秦铮将她搂紧，却觉得她的手脚依旧冰凉，在这样的夏季，她的手脚却这样凉，似乎是从骨子里发出的冷，他一身火热碰到她都觉得冰手，更何况她自己，如何忍受得了？他想了想，对外面喊，“青岩。”

“公子！”青岩应声而出。

“去砍些干柴，将这屋里的炕烧热。”秦铮吩咐。

青岩应了一声，立即去了。

谢芳华笑着说：“青岩跟了你这样的主子真是辛苦，烧火、做饭、砍柴、做琐事都学会了。再过些时日，真该无所不能了。”

“把他锻炼得无所不能，以后谁嫁给他都有福气。”秦铮道。

谢芳华笑着点头：“这样的话，肥水可不能流外人田。”

秦铮不以为意，将脸贴在她冰凉的脸上：“你说了算。”

不多时，火炕暖和起来，从底下透过被褥，升起浓浓的热意。

秦铮低头问：“暖和点儿了吗？好受些了吗？”

谢芳华点点头：“好多了。”

秦铮微微地松了一口气。

身子暖和起来了，谢芳华的脸便没那么苍白了，手脚也没那么冰凉了，便有些昏昏欲睡了。

秦铮察觉到了，抱着她躺下，柔声说：“想睡就睡吧！”

谢芳华动了动身子，轻声说："你不热吗？去别处待着吧。"

"抱着你这么个冰块，想热也热不起来。"秦铮吻了吻她的额头。

谢芳华在他怀里寻了个舒服的位置，凑上身，吻了吻他的唇角，将头埋在他怀里，小声说："那我真睡了，你就这么抱着我。"

秦铮嗯了一声。

谢芳华便真的睡着了。

秦铮低头看着她，怀中的人呼吸均匀，眼底有两片青影，这两日指不定多难受，才使得她一直未曾安睡，她是这样外表看着柔弱却内心刚强的女子，再大的苦难摆在她面前，她都不皱一下眉头。

谢芳华，他的妻子。她说嫁给他是她几辈子修来的福气，但他心里想的是，娶到她才是他几辈子修来的福气。

五日后，谢芳华才算彻底好了，脸色恢复了红润，气色也养回了几分。

秦铮看着她，才真真正正地舒了一口气。

谢芳华觉得这几日秦铮清瘦了许多，本就清俊的棱角看起来更鲜明了，她有些心疼，又有些好笑："这几日明明是折腾我，可是到头来却是折腾你了。"

"吃两顿就补回来了。"秦铮意有所指地看着她。

谢芳华的脸一红，伸手捶了他一下，看向院外，有些不舍地道："咱们该回京了吧？"

秦铮也有些不舍："还能再住些日子。"

谢芳华摇摇头："新皇登基有半个多月了，咱们来这里也这么久了。北齐早该有动静了，不知道外面什么样了。"

秦铮不以为然："还能什么样，一时半会儿变不了天。"

"还是回去吧，多住几日又能如何？总归要出去，以后若是天下太平了，我们平平安安的话再回来。"谢芳华回身抱住秦铮，轻声问，"我们还会回来的吧？"

"当然！"秦铮点头。

谢芳华抱紧他："将那些蘑菇、野菜都带回去，娘兴许也喜欢吃。"

秦铮失笑："好，都带回去。"

当日，二人说定后便启程离开了深山院落，回了京城。

秦铮如来时一般骑马带着谢芳华，下了深山后走官道。

官道上人来人往，人们好像在谈论北齐太子代北齐皇帝治国，北齐正式对南秦宣战的事。

秦铮挑了挑眉。

"北齐立太子了？齐言轻吗？"谢芳华低声问。

“不是他还能是谁？”秦铮轻轻哼了一声，“回京后，先铲除他埋在南秦京城的暗桩，给他一个封位礼。”

谢芳华点头：“不过，要先撤了南秦在北齐的暗桩，或者将他们提前切断联系隐蔽起来，否则，北齐暗桩一旦被拆，齐言轻定然也会对南秦在北齐安插的暗桩出手。”

“自然。”秦铮颔首。

两人一骑，来到了北城门。

北城门的守城士兵见到秦铮，立即恭敬地放行。

有人立即悄悄地前去皇宫报信。

秦铮和谢芳华刚一进城，城内便有百姓惊喜地喊：“铮小王爷和小王妃回京了。”

一传十、十传百，二人回京的消息不多时便传遍了整个南秦京城。

二人还没回到英亲王府，英亲王府内的人便得到了消息，英亲王妃欢喜地从内院迎到大门口。

英亲王府内的所有人都露出欢喜的表情，死气沉沉了多日的府邸，一瞬间恢复了生机。

秦铮勒住马缰绳，看着门口聚集了乌压压的一群人，以英亲王妃打头，连刘侧妃都迎了出来，他挑了挑眉，失笑，问英亲王妃：“娘，这是做什么？”

英亲王妃不理他，对谢芳华招手：“华丫头，快下来。”

谢芳华看着英亲王妃，想起早先她辛苦追出京，自己却布阵拦截她，回京后又在皇宫里避而不见。谢芳华有些愧疚，喊了一声：“娘。”

英亲王妃几乎热泪盈眶，走上前，对秦铮说：“还不快下马？！”

秦铮抱着谢芳华轻轻纵身跳下了马。

英亲王妃一把将谢芳华的手攥住，看着她责备道：“你这孩子，有什么难处就该说出来，不该自己一个人担着。”

“是我不对。”谢芳华低声说，“让娘担心了。”

“担心是小事，你如今能和臭小子和好，娘就欣慰了，快进府。”英亲王妃拉着她的手往里走，“你爹去上朝了，落梅居我每日都吩咐人给你们打扫，就等着你们回来呢。”

谢芳华点点头，看了秦铮一眼。

秦铮对她勾了勾唇角。

一群人簇拥着二人欢喜地进府。

进了正院，刘侧妃等人与他二人寒暄了几句，便各自散去，回了院子，只留下英亲王妃、秦铮、谢芳华三人，清净了下来。

见人都走了，英亲王妃终于忍不住询问："华丫头，你如今能与娘说说了吧，你们到底是怎么回事？"

谢芳华思量着如何开口。

秦铮却没有思量，将事情简略地说了一遍，他说得实在是太简略，几乎一句话带过。

英亲王妃听罢，拍拍谢芳华的手，泪花在眼眶里转了转："你这个孩子，娘就知道你一定有苦衷。当年玉婉和你父亲去得早，她遗留下来的东西让我转交给你，我就觉得，魅族的规矩不同寻常，你们的姻缘怕是多磨多难，却不承想……"

谢芳华沉默了，秦铮刻意隐瞒了两世之事，让她暗暗松了一口气的同时，又觉得实在对不起英亲王妃，总归是她连累了秦铮。

若不是秦铮一心喜欢她，要娶她，他也不必……

"你们能够相爱，这是上天给的缘分，所谓缘分深厚，分也是分不开的。"英亲王妃又道，"总能想到办法的，既生魅族，便总能有破解之法。你外公不是已经去魅族所在地了吗？有时候，人定胜天。"

谢芳华心下微暖，点了点头。

英亲王妃拍拍她："你们路上奔波也累了吧？快去休息吧。"

谢芳华摇摇头："不累。"

"不累也去休息！"秦铮伸手拽起她。

谢芳华无奈，跟着他站起身。

二人出了正院，向落梅居走去，王府内的一林一景、一草一木，依旧是旧时的样子。谢芳华心下感慨，低声说："我那日离开时，以为再不会回来了。"

秦铮伸手敲她的头："欠揍！"

"的确欠揍！"谢芳华握紧他的手。

秦铮的手掌将她温软的手包住，拉着她走进落梅居。

侍画、侍墨等八人以及玉灼、林七早已经得到消息，守在落梅居门口，见二人回来，欢喜地围上前。

白青和紫夜不知道从哪里跑出来了，一只抱着秦铮的衣摆，一只抱着谢芳华的衣摆，来回磨蹭，看得出甚是想念他二人。

谢芳华露出温暖的笑意。

深山林院虽然清幽安静，但是英亲王府这个家处处温暖。

"这两个小东西竟然胖了许多。"秦铮看着白青和紫夜，笑着说。

玉灼立即说道："表哥，你不知道，你和表嫂不在家的这些天，林七日日都做了你们的饭，全部都喂到这两个小东西的肚子里了，它们能不胖吗？"

“怪不得呢。”秦铮偏头去看林七，“这么说，你的厨艺有进步了？”

林七挠挠头，嘿嘿一笑：“待午时做了饭，给您和小王妃品品，看看是否有进步。”

秦铮点点头。

谢芳华蹲下身，拍了拍两只小东西，秦铮抬脚将两只小东西踢开，拉着谢芳华进了屋。

房间内，一应摆设丝毫没动。

二人刚坐下，喜顺便从外面匆匆跑来，禀告道：“小王爷，小王妃，皇上得到了您二人回来的消息，让人来请您二人即刻进宫。”

秦铮挑眉：“我们刚回来，屁股还没坐稳，他着的是哪门子的急？”

喜顺小声说：“是小泉子公公亲自来的。”

秦铮哼了一声：“去告诉他，爷累了，歇够了再进宫。”

喜顺点点头，立即跑去回话了。

小泉子等在英亲王府的大门口，听到喜顺的回话，连连点头，不敢耽搁，回了皇宫。

御书房内，秦钰听到小泉子的回话，沉着脸对他说：“你再去一趟英亲王府，告诉他再晚就来不及了，让他和芳华今日必须进宫。”

小泉子应了一声，立即又跑向英亲王府。

对于小泉子再次来到英亲王府，喜顺愕然。

小泉子招招手，对喜顺低声说道：“大管家，你还是带我去小王爷的落梅居吧，咱家亲自跟他说，皇上那边真有要事，这几日专门等着小王爷和小王妃回来呢，真是耽误不得。”

“好吧！”喜顺点点头，带着小泉子前往落梅居。

喜顺离开后，谢芳华便对秦铮说道：“皇上应该是真的很急，否则也不会在咱们刚回来时便派人来了。”

“让他急一急。”秦铮不以为然。

“小泉子稍后应该还会再来。”谢芳华又说。

秦铮哼了一声：“想请爷没那么容易的。”

谢芳华好笑：“算了，你我换好衣物，这便进宫吧，本来也不累，晚上再歇着，北齐兴兵的事情要紧。”

秦铮坐着不动。

谢芳华伸手拽他。

秦铮看着她：“我忍了好些天了，晚上你要侍候我。”

“你这是在跟我讨价还价？”谢芳华又好气又好笑。

秦铮伸手将她拽到怀里：“抱了你好几日，摸得碰不得，很辛苦的。”

“只要你们今天不再横眉冷对，我就依你。”谢芳华低声说道。

“那就要看他的态度了。”秦铮放开她。

谢芳华转身去衣柜给他找衣物。

二人刚换好衣服，果然如谢芳华猜测一般，小泉子去而复返。

小泉子禀告了来意，又添了几句话：“小王爷，小王妃，这些日子皇上为了北齐兴兵之事，夜不能寐，极其辛苦，就等着小王爷和小王妃回来了。”

秦铮走到门口，看着小泉子，挑眉：“你倒是个好奴才！”

小泉子连忙赔笑：“为主子当差，自当尽心尽力替主子分忧，小王爷快些随奴才进宫吧。”

“宫里如今都什么人在？”秦铮倚着门框问。

“只有皇上一人在御书房。”小泉子道。

“他朝中拿俸禄养的那帮朝臣呢？别告诉我不顶用。”秦铮一点儿也不急着走。

小泉子苦下脸来：“奴才对朝中的事不清楚，只知道北齐传出太子治国的消息后，一下子急病了些老臣……”

秦铮冷嗤：“安逸惯了，一帮废物。”

谢芳华从里面走出来，伸手拽住秦铮的手，温柔地说：“走吧。”

小泉子见到谢芳华，立即高兴地说：“小王妃，您气色真好，可见病好了。”

谢芳华笑笑：“嗯，好了大半了。”

这话秦铮也爱听，秦铮对喜顺挥挥手：“去备车。”

喜顺连忙应了一声，先跑出落梅居备车。

谢芳华和秦铮一起出了落梅居。

英亲王妃得到秦钰派人两次来请谢芳华和秦铮的消息后，心下有些不踏实，毕竟早先的事实在让她心惊胆战，匆匆从正院出来，迎上谢芳华和秦铮，对小泉子询问道：“怎么他们刚回来，还没歇息皇上便来请了？”

小泉子意会，连忙说道：“王妃您放宽心，皇上是为了北齐兴兵之事。”顿了顿，他偷偷看了秦铮一眼，小心翼翼地说，“只要小王爷不对皇上……嗯……皇上不会对小王爷如何的。”

秦铮冷哼一声。

英亲王妃闻言放下了一半的心，看向谢芳华：“华丫头也去？”

“王妃放心，皇上请小王妃一起去，也是为了北齐兴兵之事。”小泉子连忙回答道。

谢芳华温声说：“娘放心吧，我不累，从宫里回来后再歇着。”

英亲王妃点点头，看向秦铮，嘱咐道：“皇上毕竟是皇上，如今你媳妇儿找回来了，不准再没大没小。”

秦铮翻了翻眼皮：“知道了。”

英亲王妃摆摆手：“那快去吧。”

秦铮和谢芳华来到府邸门口，喜顺早已经派人备好了马车，秦铮和谢芳华上了马车，向皇宫而去。

来到宫门口，秦铮和谢芳华下了马车。

永康侯正在宫门口和钦天监的文大人叙话，看到秦铮和谢芳华，那二人连忙走上前来打招呼。

“小王爷，小王妃，你们总算回来了。”永康侯对秦铮和谢芳华拱拱手。

“侯爷好像憔悴了。”秦铮打量了永康侯一眼，又看向旁边的人，挑眉，“文大人怎么看起来比侯爷还憔悴？北齐兴兵，难道钦天监这些日子也没闲着，跟着操心了？”

文大人连连拱手，说道：“几日前，皇上偶然间看到了奇异的星象，着下官破解，下官这些日子查遍了古籍资料，着实是……”

“哦？”秦铮挑眉，“他也看到奇异的星象了？”

文大人一怔，看着秦铮：“难道小王爷也看到了？”

秦铮点头：“看到了。”

文大人立即上前两步，凑近秦铮：“臣知道小王爷对于星象有着常人难以企及的天赋和学论，小王爷既然也看了那奇异的星象，不知可是破解了？”

“破解如何，不破解又如何？天象而已。”秦铮拉着谢芳华向里走，无所谓地道。

文大人呆了呆，又连忙追上秦铮：“小王爷，话不能这么说，古来有观星语论天下之说，这奇异的星象定然预示着什么……”

秦铮停住脚步，看着他：“你拉着永康侯叙话，难道永康侯能破解？”

文大人立即说道：“永康侯府里有一本关于星象的古籍，下官实在破译不了这星象，想借来看看，看是否能找到些眉目，也好对皇上交代。”

秦铮瞟了永康侯一眼。

永康侯立即说道：“是有一本，我正要去给文大人找，不知道是否有关于这奇异星象的概述。”

秦铮摆摆手，对二人道：“既然如此，你就带着文大人去找吧，若是破解了，也告诉我一声，我对那乱七八糟的奇异星象也甚是好奇。”

文大人一愣：“这么说，小王爷亲眼所见奇异星象，也未能参透？”

“你当爷是神人吗？”秦铮瞥了文大人一眼，拉着谢芳华进了宫门。

文大人停住脚步，转头看向永康侯。

永康侯见那秦铮和谢芳华进了宫门走得远了，长舒一口气：“小王爷和小王妃刚刚回来，皇上便派人将他们请进了宫，看来那日之事不会重演，小王爷和皇上和好了。”

文大人连连说道：“和好了就好，和好了就好。”

“皇上和小王爷和好的话，对南秦来说是好事。”永康侯拍拍文大人的肩膀，“走吧文大人，与我回府去找。”

文大人点点头，与永康侯一道去了永康侯府。

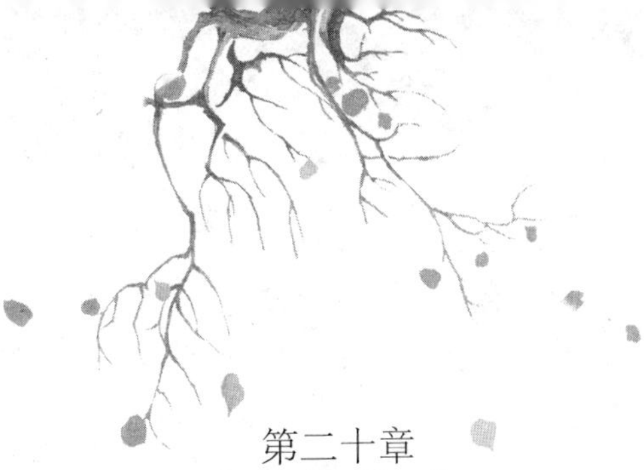

第二十章

相谈甚欢

秦铮和谢芳华进了宫门，径直向御书房走去。

宫里极其安静，除了守卫宫廷的禁军侍卫外，只看得见几名小太监，路上连宫女都少见。

秦铮打量了一番，扬眉："多少年来，难得清静了。"

谢芳华道："先皇驾崩后，皇上清理了皇宫，放出了一批人，不离开皇宫的人如今都安置在了西宫苑，这里自然清静了。"

秦铮轻哼一声："他以为清空后宫就能如何吗？不是他的就不是他的。"

谢芳华捏了捏他的手："既然都是为了南秦，就不要再针尖儿对麦芒儿了。收拾这样一堆烂摊子，秦钰不易。"

秦铮顿时吃醋了，凑近她："爷难道容易吗？你向着谁？"

谢芳华好笑："向着你。"

秦铮的脸色这才变好。

二人来到御书房，小泉子刚要开口，秦铮就已经拉着谢芳华走了进去，小泉子一噎，还是高喊了一声："皇上，小王爷、小王妃来了。"

秦钰正坐在玉案前伏案疾书，听到动静，笔一顿，抬头看来，见秦铮和谢芳华已经进来，他的目光落在秦铮的脸上，语气有些沉："舍得回来了？"

秦铮瞥了他一眼，拉着谢芳华走到一旁的矮榻边，懒洋洋地半躺在了上面，回道："我是舍不得回来，但怕你急得跳墙，只能回来了。"

秦钰冷哼一声："你还知道我急？"

秦铮伸手指了指他玉案上的糕点："端来。"

秦钰放下笔，冷冷地看着他："你支使朕？"

秦铮嗤笑："才这么几天，皇帝的架子就摆起来了？"说罢，他指指谢芳华，"她饿了。"

秦钰刚想反驳，便听到了他的后一句话，看向谢芳华。

谢芳华好笑地看着二人："见面就掐。"说罢，她对秦钰摇头，"别听他的，我不饿。"

秦钰打量了她一眼，站起身，将一盘糕点端到了她面前，蹙眉："怎么瘦了？"

谢芳华道了一声谢，伸手接过盘子，放到一旁的矮几上，摇摇头："你才瘦了，虽然如今朝事繁多，比较辛苦，但还是要注意身体。江山帝业可不是一朝一夕之事，你若是累垮了，齐言轻才要高兴了。"

秦钰面色变好："我如今忙些无碍，身体底子好得很，折腾折腾也不怕，倒是你，身体如何了？这些日子是否在坚持用药？"

谢芳华点头："一直调养，好多了。"

秦钰点点头，嘱咐道："切不可大意。"

"知道。"谢芳华笑着看着他，嘀咕，"跟老妈子一样。"

秦钰又好气又好笑，忽然抬脚踹了秦铮一脚："管好你的女人，你看看她都瘦成什么样子了。"

秦铮挨了一脚，倒也没恼，也没反踹回去："知道，我的媳妇儿用不着你操心。"顿了顿，他扫了秦钰一眼，扬眉，"难道当了皇帝的人都如你这般婆婆妈妈吗？"

秦钰转回身，恨恨地说："果然不是一家人不进一家门。"

"这话我爱听！"秦铮顿时乐了，见秦钰气得不轻，他的心情立即变得愉快起来，"说吧，这么急着叫我们进宫，什么事？"

秦钰闻言正了神色，看了秦铮和谢芳华一眼，说道："五日前，北齐皇帝带皇后前往行宫疗养，将北齐的治国之权全权交给了齐言轻，是治国，不是监国。这件事情你们知道了吧？"

"下山后听说了。"秦铮点头。

"你……"秦钰看着他，气不打一处来，"你竟然下山后才知道？难道这么多天你都不关注外面的消息？"

"没空。"秦铮道。

秦钰狠狠地瞪了他一眼。

谢芳华怕二人再掐起来，立即说道："我们回京时在路上商议，先铲除齐言轻在南秦各地安插的暗桩。但是为防齐言轻报复，应先将南秦安插在北齐的暗桩撤走或者隐匿起来。”

秦钰颔首：“我也正是这个意思，今日得到密报，齐言轻近日怕是会再有动作。只是这动作还不清楚是什么，总归是针对南秦的。”

“他的动作无非是三个：一、继续扰动南秦内乱；二、清除南秦在北齐的暗桩；三、对边境重新进行兵力部署，以尽快攻破边境，不给南秦喘息之机。”秦铮慢悠悠地道。

秦钰点点头：“所以我才急，我们必须尽快地先一步反击，让他一时间无暇对南秦兴兵，我们才能有充分的时间准备。”

秦铮嗤笑：“北齐部署了多少年？准备了多少年？南秦自从忠勇侯府的老侯爷当年从战场上退下来，谢凤嫁去北齐，多少年没筹备了？北齐要给南秦多长的时间，南秦才能够充分部署？”

秦钰一噎：“就算如此，也不能打无准备之仗。”

秦铮摇头：“依我看，就打无准备之仗！”

秦钰看着他：“你有好主意？”

“南秦被动迎敌，北齐照样开战，南秦主动出兵，北齐一样兴兵。你说，如今齐言轻回国了，这个他刚稳住朝局、还不稳定的机会，南秦该不该放过？”秦铮挑眉。

秦钰凝神细思：“你说得有理。”

谢芳华接话道：“漠北的三十万兵马，早先折损了几万之数吧？王贵带兵二十万前去应援，后来又打了一仗，虽然北齐未得到好处，但我南秦又损失了些。齐言轻回国后，对边境早有安排，如今北齐在边境的兵力，只比南秦多，不比南秦少。此时由南秦先出兵，若没有万全之策的话，不见得能讨得好处。”

“秦毅不是带了五万私兵去了边境吗？这五万私兵可是能以一敌百的。”秦铮道，“他们到了漠北，若是出人意料地先对北齐偷袭，那么，给齐言轻的贺礼兴许又得加上一份。”

“如今秦毅带着五万私兵前去会合，算着日子应该快到漠北了。”秦钰道。

“你现在就给大舅兄传信，用最快的鹰，秦毅到漠北后休息一日，偷袭北齐军。”秦铮对谢芳华说，“咱们三日内快速地拔出北齐安插在南秦的暗桩，一起送齐言轻一份大礼。”

谢芳华点头：“好。”

秦钰闻言没有异议，从玉案上的奏折下抽出一张图纸，递给秦铮：“这个是我这里查出的北齐安插暗桩的据点和名单，你们应该还能再查出些空隙，填补进来。”

秦铮接过来看了一眼，递给谢芳华。

谢芳华看了看后，对他道："言宸毕竟是北齐的小国舅，两国兵战，他不该掺和进来，他虽然对北齐没有多少感情，但北齐到底是他的家国，齐言轻毕竟是他的外甥。这件事，天机阁便不出手了。我这里能调动的就是谢氏暗探，我吩咐他们再暗中彻查出一份名单来。"

秦铮道："齐云雪对北齐更没多少感情，如今她不知把言宸带去了哪里，他们纠缠着，言宸一时半会儿顾不上你，更顾不上北齐，他短时间内脱不开身。"

"你和齐云雪达成了什么协议？"谢芳华看向秦铮，"她可不是好利用的女子。更何况，她还是北齐的公主。"

"她这个北齐公主，早就有名无实了。"秦铮懒洋洋地道，"她学媚术而被媚术所困，一直受其所苦，被其反噬，我手里正好有一本清心经，便送给她了。清心经正好克制媚术，双修习的话，能突破大关，对她的功力助益千里。"

谢芳华恍然大悟："怪不得。"

"谢氏的暗探也不可小视。"秦钰接过话，"能挖净北齐暗桩最好不过。"

"谢氏根基遍布南秦，自有它的益处，爷爷和哥哥将庶务交给我后，我打理得不多，若是……"谢芳华顿了顿，说道，"若是云澜哥哥在就好了，他对谢氏比我知道得深。"

"我正想找他，他和谢云继拦了我的人，至今没回京。"秦钰看着她，"你能想办法寻到他最好，谢氏米粮有'天下粮仓'之称，今年遇大水，秋季收成怕是会不到去年的一半，兴兵需要大量的粮草、军械。若是谢氏米粮能相助，粮草之事自然不成问题。"

"若是以前，我要找他容易，如今……"谢芳华看向秦铮。

秦铮眯了眯眼睛："谢云继与谢云澜在一起，却没回京，去了哪里？"

谢芳华也揣测："总不会又回了寻水涧吧？"

"那个地方已经再无意义，他岂会一直在那里待着？"秦铮摇摇头，寻思片刻，摆摆手，"如今国库里的粮草还能抵挡一阵子，长久兴兵的确需要谢氏米粮，这个倒先不必急。"说罢，他将秦钰拿出来的图纸揣进怀里，伸手捏了一块糕点，喂到谢芳华嘴里，对秦钰说，"将铲除北齐安插在南秦的暗桩之事交给我吧，你不必管了，只把月落借出来用就行。"

秦钰无异议："你只管吩咐他就是了。"

"三日！"秦铮又道，"南秦安插在北齐的暗桩中已经暴露的，该撤就尽快撤出，至于不用撤的、隐匿得深的、能够躲避齐言轻和玉家人视线的倒不必撤，以后还有用处。"

秦钰颔首："藏得住最好，藏不住自然不能折损在北齐。"说罢，他又道，

“总之，南秦国内不能留北齐的暗桩，一定得铲除干净。”

秦铮笑了一声：“若是想要将北齐安插在南秦的暗桩铲除干净，有谢氏在不是多难的事。北齐玉家这些年私下里专注于北齐的军事和军权，对于根基和隐卫暗探的培养，差谢氏不是一点儿半点儿，你放心就是了。”

秦钰闻言松了一口气：“那就三日，你抓紧了。”

秦铮看着他：“还有别的事吗？”

秦钰摇摇头：“快晌午了，在宫里用膳吧！”

秦铮拉着谢芳华起身，摆摆手，向外走去。

秦钰蹙眉：“你又不是没吃过宫里的饭，急着走什么？”

“你不是着急吗？我急着回去给你卖命！”秦铮说着，带着谢芳华出了御书房。

秦钰一噎，瞪着晃动的珠帘住了嘴。

小泉子悄悄走进来，对秦钰小声请示：“皇上，奴才送小王爷和小王妃出宫？”

“他们不用你送！”秦钰挥手，“你去凤鸾宫一趟，告诉母后，稍后我过去陪她用午膳。”

“是！”小泉子立即向凤鸾宫跑去。

凤鸾宫内，太后早已经得到了秦铮和谢芳华回京的消息，听说秦钰派小泉子去请人，一时间一颗心又提了起来，在宫内来回走了几圈，吩咐如意去盯着点儿御书房的消息。

如意得了太后的吩咐，一直守在御书房外不远处，见秦铮和谢芳华出了皇宫，刚要去给太后回话，小泉子匆匆走来，见到如意，以他聪明的脑袋顿时了然，他笑呵呵地说：“如意姑姑，快回宫告诉太后，皇上说了，稍后会过去陪太后用午膳。”

如意一听，顿时大喜，对小泉子询问：“皇上今日心情如何？没和小王爷起口舌之争吧？”

“没有，他们相谈甚欢。”小泉子道。

如意一呆，有些难以置信：“相谈甚欢？皇上和小王爷？”

小泉子顿时笑了，凑近如意低声说：“若不是我亲眼所见，别人说我也不信。但是真是那么回事，皇上和小王爷言语和睦，皇上踢了小王爷一脚，小王爷都没恼，也没踢回去，二人商议了一番国事后，皇上要留午膳，小王爷急着出宫办差事，便带着小王妃出宫了。皇上吩咐我去告诉太后，皇上要陪太后用午膳。”

“真是太好了，那……小王妃呢？皇上见到小王妃，如何？”如意小心地问。

“皇上询问了一番小王妃的身体，嘱咐了几句，小王妃嫌弃皇上啰嗦，小王爷附和，皇上气得说小王爷和小王妃不是一家人不进一家门。”小泉子小声说，“皇上看来是放下了。”

“那就好！”如意松了一口气，“太后这回可以安心了。”顿了顿，她又道，“你不必跑了，我这就回宫去禀告太后，顺便准备午膳。”

小泉子省了一趟腿脚，自然乐得清闲，点头，又回到御书房外候着。

如意匆匆回了凤鸾宫禀告太后。

秦铮和谢芳华出了皇宫，燕亭和李沐清正等在宫门口。

看到燕亭和李沐清，秦铮挑了挑眉，停住脚步。

燕亭和李沐清正在一边闲聊，一边等秦铮和谢芳华出宫，见他们出来，齐齐向宫门口看来。

李沐清看到秦铮和谢芳华交握在一起的手，微微一笑。

燕亭走上前来，先打量了一眼谢芳华，然后走到秦铮一侧，伸手勾住他的肩膀：“小时候我就服你，如今还是不得不服。你行呀，这么些日子带着芳华猫到哪里去了？连兄弟也不知会一声。”

秦铮伸手拂开他的手：“如今没空与你闲扯，晚上来福楼见。”

燕亭喊了一声：“这么急着回府？想你的落梅居了？”

秦铮哼了一声。

燕亭又转到一侧，看向谢芳华：“他说晚上来福楼见，你也去呗。”

秦铮将谢芳华环住，与她换了个位置，隔开燕亭，说：“她没空。”

燕亭翻了个白眼：“何必防我跟防狼似的，所谓兄弟妻不可欺，你放心，我早死了心，不会跟你抢人的。”

“你抢也抢不走！”秦铮道。

“那你还怕什么？”燕亭瞪眼。

“她身体不适。”秦铮道。

“这样呀，去来福楼多没意思呀，晚上去你的落梅居。”燕亭又勾住他的肩膀，看向谢芳华，对她说，“就这么说定了。”

谢芳华笑了笑，看了秦铮一眼：“行，晚上我给你们准备酒菜。”

“还是你痛快！”燕亭放开秦铮，对他嗤笑，“你一个大男人，有了媳妇儿便忘了兄弟，还不如女子。”

秦铮睨了燕亭一眼：“废话真多，可见这些日子你还是不累。”

“怎么不累？累死了。”燕亭捶捶肩膀，转头看向李沐清，“你问问他，我们俩都快被秦钰当狗使唤了。”

李沐清失笑：“在这里直呼皇上的名讳，当心传出去，御史台参你一本。”

燕亭哼了一声：“他们还指着我给皇上效命呢，敢！”

“他听说你们回来了，拉着我追去了英亲王府，到了英亲王府后，知道你们进宫了，又追来皇宫。”李沐清笑着对秦铮和谢芳华道，“这些日子的确累得很，你们回来我们应该就轻松了。”

“先皇丢下的烂摊子，新皇登基，你们又刚刚入朝，诸事纷乱，谁也不轻松。”谢芳华笑着说道，“如今我们回来了，的确能分担些。”

“对你来说，还是身体要紧。”李沐清道。

谢芳华点了点头。

秦铮对燕亭和李沐清摆摆手，拽着谢芳华走向马车：“落梅居就落梅居，你们晚上自己来。”

“好！”燕亭和李沐清见他应允，齐齐笑着点头。

秦铮拉着谢芳华上了马车，帘幕落下，车夫赶着马车向英亲王府而去。

李沐清和燕亭目送秦铮和谢芳华的马车拐过了街道，走得没了影，燕亭撇撇嘴，对李沐清说：“你说，他是几辈子修来的福气？”

“你说谁？秦铮兄还是芳华？”李沐清收回视线，笑着问。

燕亭一噎：“当然是说秦铮，关芳华什么事？”

李沐清笑着摇摇头：“两个人能够在一起，缘分深厚，这样子折腾都分不开，不见得是一个人的福气。”

燕亭撇撇嘴：“也有理。”

“走吧，还有一堆事情要处理，今日早做完，才能早去落梅居。”李沐清说。

燕亭深吸一口气：“想当年大把的时间任我们玩耍，如今吃个饭的工夫都要靠挤，真是……”

“如今你便知道父辈们都不容易了，那时候他们顶着朝堂，供我们随性玩耍，如今他们顶不住了，我们不顶着，谁来顶着？”李沐清道。

燕亭头疼地揉揉额头，忽然问：“听说你妹妹闹着要出家？真的假的？”

李沐清脚步一顿，面色沉了下来：“是真的。”

燕亭睁大眼睛：“不会吧？好好的，她做什么想不开要出家？”

李沐清叹了口气：“妹妹性子刚硬，宁缺毋滥。她自小就喜欢秦铮兄，如今与他无望，便打算剔除凡尘去寻六根清净了。”

燕亭唏嘘：“卢雪莹、我妹妹，还有这京城里多少闺中女儿，都喜欢他，又如何？如今一个个还不都看开了？她怎么就这么死心眼儿？她要出家你父亲同意？”

“其实最早在先皇有意撮合右相府和英亲王府的婚事时，我父亲也有心想成就这一桩姻缘，趁秦铮兄去右相府送年节贺礼时，询问了秦铮兄的意思，那时候他就直接回绝了父亲，后来他在灵雀台对芳华逼婚，铁了心要娶芳华，这些事情你知道。”李沐清道。

燕亭点头：“那时候我还没离京，自然知道。”

李沐清叹了口气：“如今养成了妹妹这副执拗的性子，说起来，父亲也一直自责，若是当初他不任由着妹妹，觉得右相府能和英亲王府结亲，放任了妹妹对秦铮兄的喜欢，也不至于弄得如今这不可收拾的地步。如今无论是父亲，还是母亲，就算是我，也拦不住她想要出家的心思。”

燕亭眨眨眼睛：“你娘一直喜好礼佛，如今倒好，把女儿搭进去献给佛祖了。”

李沐清揉揉眉心，无奈地道：“娘多年来在后院暗中下手染了不少的血，日日上香，图个心安，如今我见她日益憔悴，分外后悔。哪怕得知父亲的一房小妾又有了身孕，她也没了动静。”

燕亭忽然喷笑：“右相可真是老当益壮。”

李沐清失笑：“这便是求不到心仪女子的结果，无论官位多高，回到家后依旧空虚冷寂，小妾只是玩物罢了。”

燕亭翻了翻眼皮：“你爹可是只狐狸，这么多年，未必不知道你娘的所作所为。”

李沐清颔首：“他如何不知道？！只是他睁一只眼闭一只眼罢了。”

“你娘疼你妹妹如心肝，若是她出家，你娘岂不是要跟着去出家了？”燕亭又道。

李沐清有些心烦：“自古以来，都说娶妻娶贤。这南秦京城里不知根底的人，都会说右相府的夫人贤良大度。右相府后院一派和乐，妻贤妾恭。可是到如今，那个家连我都不愿意回去。还不如如今的永康侯府，更不如你娘这个被人称作悍妻的人，到底后院干净，没这些事。”

燕亭哈哈一笑：“所谓家家有本难念的经。当年我心烦的时候，你们一个个看戏看得乐和，如今也轮到你了。”说罢，他拍拍李沐清的肩膀，“你也离家出走算了。”

李沐清摇头：“我若是学你离家出走，我娘真会疯，我出京这段时间，她急得头发都白了。更何况，你这可不是个什么好主意，若是被皇上知道你怂恿我离家出走，怕是你肩上的事情又会多一倍。”

燕亭一听，连忙道：“那算了，你还是在京城待着吧。”说罢，燕亭眼睛一亮，给他出主意，“干脆你另立府邸算了，眼不见心不烦。”

李沐清笑了笑：“再说吧，如今父亲母亲都指望着我能想到对策劝住妹妹，哪里肯放过我？殊不知，我却没什么对策可想了。她一门心思要出家，我真怕将她逼急了，她自尽了断，那可就真不如让她出家了。”

燕亭闻言，拍拍李沐清的肩膀：“所谓一帆风顺真不是什么好事，如今我倒有个省心的妹妹，我不在京城的这段时间，她似乎一下子长大了、懂事了，能撑起永康侯府了，多亏了她。”

“燕小郡主经历一番之后，确实沉稳、明智多了。”李沐清颔首。

二人说着话，便离开了宫门口，向议事的地方走去。

秦铮和谢芳华回到英亲王府，喜顺等在门口，见二人回来，连忙上前说道：“王妃知道小王爷和小王妃不会在宫中用膳，已经在正院准备了午膳，告诉老奴等在这里，让您二人一回来就去正院用午膳，王爷刚刚已经回府了。”

秦铮和谢芳华点点头，向正院走去。

春兰见二人来了，连忙挑开门帘。

英亲王和英亲王妃正坐在桌前等着。

谢芳华上前见礼，英亲王摆摆手，将二人上下打量了一番，颔首：“回来就好。”

英亲王妃伸手拉过谢芳华，让谢芳华挨着她坐下，她关心地问：“这次进宫皇上没为难你们吧？他和铮儿没吵起来吧？”

谢芳华摇摇头：“没有。”

英亲王妃松了一口气，感慨道：“这两个孩子总算长大了，知道和平相处了。”

秦铮轻轻哼了一声。

“皇上也不容易，这些日子他甚是劳顿，眼见瘦了下来。如今南秦的形势不容乐观，你既然回来了，理当与皇上及朝野上下同舟共济。”英亲王道。

秦铮颔首：“知道了。”

英亲王还想再说两句，英亲王妃拽了拽他的衣角：“俩孩子刚回京，屁股都没坐稳就被叫进了宫，如今刚回来，先让他们赶紧吃饭吧。”

英亲王住了口。

吃过饭后，秦铮对谢芳华道：“我先送你回去歇着。”

谢芳华见英亲王似乎有话要对秦铮说，笑着对秦铮说道：“我自己回去就行，你陪着爹说会儿话吧。”

“让春兰送华丫头回去。”英亲王妃对秦铮说，转头又对谢芳华道，“上午回来时，我见你气色还好，如今这气色又差了，真是不禁折腾，赶紧回去歇着，下午我让大厨房给你炖汤，好好补补。”

春兰连忙过来扶谢芳华。

谢芳华点点头，由春兰扶着出了正院。

她离开后，秦铮喝了一口茶，不等英亲王询问，便简略地说了今日自己与秦钰在宫中商议的事情。

英亲王听罢，颔首，对他道：“你说得对，我们南秦这么多年就是只知内忧不知外患，太过安逸，准备不足。给我们多少年时间准备，怕是都不够。皇上和你都有主见，既然达成了一致，就按照你们的意思来吧，我也看出来了，皇上就是在等你回京。如今我们老了，能做的也就是在你们的背后稳住朝局。”

秦铮抬眼看英亲王，发现他鬓角的白发都多了，抿了抿唇，有些伤感。

春兰陪着谢芳华一路走回落梅居，在路上与她说了她离京的那些日子里，英亲王妃日日忧急、担心、寝食难安，英亲王日日唉声叹气、愁眉不展，英亲王府整日里死气沉沉。如今谢芳华回来了，春兰才觉得雨过天晴了，英亲王府也像是活过来了一般。

谢芳华听着，既有愧疚，又有感动，英亲王妃对她真是极好，哪怕她做出这么多让人难以理解的事情，英亲王妃都理解、包容了，这是她的福气。

回到落梅居，春兰嘱咐谢芳华好生休憩，便匆匆去了大厨房，吩咐给小王妃炖补品。

谢芳华招来鹰鸟，快速地写了一封信，将鹰鸟放飞，送到漠北给谢墨含。

之后，谢芳华没歇着，而是召来侍画，给她一块令牌，对她吩咐：“你拿着这个去谢氏六房一趟，给六婶传一句话，让她在明日午时之前，动用谢氏暗探给我一份北齐暗桩的名单。”

侍画点点头，出门去了谢氏六房。

谢芳华看着侍画离开，想着，爷爷实在太明智，这南秦京城甚至是天下人，多少人只将谢氏六房看作被忠勇侯府庇护的、不会有什么作为的嫡亲旁支，却不知道谢氏六房的手里攥着谢氏最隐秘的一支暗探。

谢氏六房以微弱的姿态在忠勇侯府、谢氏米粮、谢氏盐仓都人去楼空后，依旧安安稳稳地、孤立地、安全地待在这南秦京城，就算先皇昔日在盛怒之下，也没有对谢氏六房出手。

半个时辰后，侍画回来，对谢芳华低声说道：“小姐，明夫人看到令牌后应了，说让小姐放心，明日午时之前一定会有名单送来。”

谢芳华点点头。

“明夫人还问小姐身体如何。”侍画道，“奴婢答伤势恢复了七七八八，让她宽心。”

谢芳华又点点头。

“奴婢回来时，正碰到小王爷出府，小王爷让告诉您，他出城一趟，晚上回来，让您务必休息，他回来后要检查。”侍画又道。

谢芳华又点点头，对她说道："晚上，小王爷约了右相府的李公子和永康侯府的燕小侯爷来府中吃饭。也许不止他们两个人，你告诉林七让厨房准备晚上的饭菜。"

侍画应了一声，见谢芳华没别的吩咐了，便退了出去。

谢芳华的确有些累了，自从去过九曲山后，她明显地感觉日渐不如从前，她轻轻叹了口气，转身回到床上躺下。

不多时，她便真的疲乏得睡着了。

下午，英亲王妃来了一趟落梅居，侍画迎出去，英亲王妃得知谢芳华午睡还未起，看了看天色，已经日头将落，她将侍画拽到一旁，低声问："你与我细说，华丫头的身体是不是极差？"

侍画犹豫了一下，低声说："不瞒王妃，小姐从带黑紫草回临安城后，身体受损极重，便大不如前了。若是以往，她午睡极浅，不会一睡就半日的。"

英亲王妃点点头，提到临安城，她蹙眉："不知道怜儿那丫头怎么样了，也没有个消息传回京城。"

侍画立即说道："王妃放心吧，怜郡主的伤只要好生地养着，以后不妨碍。"

"那就好！我就担心这丫头，她性子野，伤势刚好一点儿，便又跑出去玩，伤势养不好，会落下病根。"英亲王妃头疼地道。

侍画想想秦怜的性子，还真难保证。

"我没别的事，就是大厨房将汤炖好了，铮儿晌午后就离府去办事了，我听说晚上李沐清和燕亭等人要来落梅居吃饭，看看准备好了没。需不需要我让大厨房再准备？"英亲王妃道。

侍画低声说："小姐晌午就吩咐了，林七已经准备好了，都是按照几位公子的口味准备的菜色，只等几位公子来了，应该不需要再准备了。"

"那就好。"英亲王妃让春兰将汤交给侍画，对侍画嘱咐，"待华丫头醒来，给她热着喝了。"

侍画点点头。

英亲王妃离开了落梅居，返回了正院。

傍晚时分，太阳刚落，秦铮便回府了，与他一同回来的还有李沐清、燕亭、程铭、宋方、王芜、郑译、秦倾以及崔意芝。

秦铮回府时，谢芳华已经睡醒了，正懒洋洋地坐在床上醒盹儿。

外面一帮人走进落梅居，言语热闹，脚步声凌乱。谢芳华向窗外看去，这才发现天竟然黑了，她睡了大半日，睡虫一下子全跑了。

侍画走进屋，一边挑开门帘一边轻声问："小姐可是醒了？"

"醒了。"谢芳华点点头，连忙下床，"什么时辰了？"

"已经酉时三刻了。"侍画来到床边，伸手扶她，"您睡了大半日。"

谢芳华有些无力："怎么睡了这么久？"

"您随小王爷回京时奔波了，又去了皇宫，定是累着了。"侍画帮她整理外衣，小声说道，"王妃来了一次，知道小王爷要请公子们在落梅居吃饭，问问有什么需要大厨房准备的，我告诉王妃，林七都准备好了，王妃留下了给您炖的汤就回去了。"

谢芳华揉揉头："小王爷带着人已经回来了，你快去前面奉茶。"

"有侍墨她们在呢，您放心，怠慢不了各位公子。"侍画低声说。

谢芳华点点头。

二人说着话，秦铮带着人来到外间画堂，将李沐清、燕亭等人扔在画堂，穿过中厅，进了里屋，见谢芳华明显一副刚睡醒的样子，失笑："你可真能睡。"

谢芳华抬眼看他，也有些无奈："本来打算就睡一会儿的，没想到睡了大半日。"

秦铮走到跟前伸手抱住她，凑到她耳边小声说："你睡了大半日也好，晚上正好不用睡了。"

谢芳华的脸一红，羞愤地瞪着他。

秦铮瞅着她："你这副样子可不能出去，还是在屋里待着吧。"

谢芳华看着他，又好气又好笑："客人上门来做客，我这个女主人不出去，不是怠慢了客人吗？"

"女主人……"秦铮将这三个字品了品，笑意加深，"燕岚听说燕亭来做客，也跟过来了，稍后就到，你只要招待她就行了。女主人招待女客就好，男客让我这个男主人招待。"

谢芳华轻笑，伸手推他："那你快出去，别将你的客人晾在客厅里。"

秦铮低头，在她唇上亲了一口，转身走了出去。

他刚来到画堂，程铭就看着他大喊："喂，兄弟，你有多久没见到媳妇儿了？把我们扔在这里，急急地跑进去，我们以为你把我们晾在这里，舍不得出来了呢。"

"就是！"宋方附和。

秦铮扬眉："就算晾了你们又如何？爷好不容易找回来的媳妇儿，自然要捧在手心里。"

程铭一噎。

宋方咳嗽了一声，开玩笑地说道："说得也有理，嫂子呢，怎么不出来？多少日子没见了，我们也想她了。"

秦铮抬手给了宋方一个巴掌："回去想你媳妇儿去。"

"我还没媳妇儿。"宋方道。

"改天我提醒宋伯父和伯母一声，让他们尽快给你娶妻。"秦铮凉凉地道。

宋方顿时求饶："饶了兄弟吧，父亲喜欢姑姑家的女儿，想要大表妹做儿媳妇儿，我娘喜欢舅舅家的二女儿，想要二表妹进门，为了这个他们已经吵了半年了。如今南秦这般形势，我家里好不容易因为紧张的局势消停了几天，你可千万别去提醒。"

秦铮冷哼一声："两个都娶进来算了。"

宋方哆嗦了一下："哪个进门都够我喝一壶，无福消受。"

"那就闭上你的嘴，少胡言乱语，爷的媳妇儿也是你想的？"秦铮瞥了他一眼。

宋方哭笑不得："这不是开玩笑吗？嫂子是天上少有地上无的主儿，你都敢从皇宫里往外抢人了，我们这里谁还有那个胆子乱想？"

"知道就好！"秦铮端起茶喝了一口。

秦倾向里面看了一眼："铮哥哥，芳华姐姐呢？你不会真不让她出来吧？我也多日没见着她了，不知她的伤养得怎样了。我来时太妃还让我问问呢。"

"她刚睡醒，伤已经养得差不多了。"秦铮看向秦倾，"听说太妃在给你物色媳妇儿人选？"

秦倾脸一垮，点点头。

秦铮看着他："你不喜欢谢氏六房的长女，是不是喜欢谢氏六房的次女？"

秦倾一惊，睁大眼睛看着秦铮。

一旁的燕亭听了恍然大悟："原来你不喜欢谢惜，而是喜欢谢伊？"

秦倾的脸一红。

程铭、宋方、王芜、郑译等人齐齐唏嘘。

"铮哥哥，你……你怎么知道？"秦倾心惊了半晌，红着脸小声问。

秦铮笑了一声，懒洋洋地道："就你那点儿心思，可惜太妃精明了一世，竟然没看出来。"

秦倾噎得没了声。

燕亭忽然拊掌："这可有意思了，谢惜喜欢你，据说喜欢得食不下咽，如今谢氏六房里的人提起你的名字都避着，谢氏六房的老太太暗自懊悔，不该和林太妃撺掇，使得谢惜动了心思。而谢伊……据说对你没那个心思吧？"

秦倾红着脸点点头。

"你是怎么喜欢上她的？"燕亭纳闷儿。

程铭说："这个我知道，谢伊活泼，隐约有谢氏女子的骨气、风范，虽然看着不像大家闺秀，但是若是真论起来，两个谢惜也及不上一个谢伊。"

"好像是这么回事，我记得谢伊和嫂子的关系极好？"宋方看向秦铮。

秦铮嗯了一声："还好吧！谢氏诸多的女儿里，她比较喜欢谢伊。"

众人正说着话，谢芳华收拾妥当，从里面走了出来。